民国文化与民国文论

黄健 著

主编 李怡 张中良

"民国历史文化与中国现代文学研究"丛书

国家社科基金项目重点项目："民国社会历史与中国现代文学的研究框架"阶段性成果

山东文艺出版社

总序之一

民国历史文化与
中国现代文学研究的新可能

李怡

　　中国现代文学发生发展的社会历史背景是"民国",从民国历史文化的角度考察中国现代文学,既是这一历史阶段文化自身的要求,也是中国现代文学研究新的动向。

　　中国现代史上的"中华民国"是现代中国历史进程的重要环节,无论是作为"亚洲第一个共和国"的历史标志,还是包括中国共产党人在内的全体中国人都曾为"民国"的民主自由理想而奋斗牺牲的重要事实,"民国"之于现代中国的意义都是值得我们加以深究的。与此同时,中国现代文学的"叙史"也一直都在不断修正自己的框架结构,从一开始的"新文学"、"现代文学"到1980年代中期的"二十世纪中国文学",每一种命名的背后都有显而易见的历史合理性,但同时又都不可避免地产生难以完全解决的问题。"新文学"在特定的历史年代拉开了与传统文学样式的距离,但"新"的命名毕竟如此感性,终究缺乏更理性的论证;"现代文学"确立了

"现代"的价值指向，问题是"现代"已经成了多种文化争相解释、共同分享的概念，中国之"现代"究竟为何物，实在不容易说清楚；"二十世纪中国文学"确立的是百年来中国文学的自主性，但是这样以"世纪"纪年为基础的时间概念能否清晰呈现这一文学自主的含义呢？人们依然不无疑问。正是在这样一种背景上，关于中国现代文学"叙史"的"民国"定位被提了出来，形成了越来越多的"民国文学史"命名的呼吁。

"民国文学"的设想最早是从事现代史料工作的陈福康教授在 1997 年提出来的①，但是似乎没有引起太多的注意；2003 年，张福贵先生再次提出以"民国文学"取代"现代文学"的设想，希望文学史叙述能够"从意义概念返回到时间概念"，② 不过响应者依然寥寥。沉寂数年之后，在新世纪第一个十年即将结束的时候，终于有更多的学者注意到了这个问题，特别是最近两三年，主动进入这一领域的学者大量增加。国内期刊包括《中国社会科学》、《文学评论》、《中国现代文学研究丛刊》、《文艺争鸣》、《海南师范大学学报》、《郑州大学学报》、《现代中国文化与文学》都先后发表了大量论文，《文艺争鸣》与《海南师范大学学报》等还定期推出了专栏讨论。张中良先生进一步提出了中国现代文学研究的"民国史视角"问题，我本人也在倡导"文学的民国机制"研究。在我看来，"民国文学"研究的兴起十分正常，它们都显示了中国现代文学研究在经历了半个多世纪的探索之后一次重要的学术自觉和学术深化，并且与在此之前的几次发展不同，这一次的理论开拓和质疑并不是外来学术思潮冲击和感应的结果，从总体上看属于中国学术在自我反思中的一种成熟。

当前学界的民国文学论述正沿着三个方向展开：一是试图重新确立学科

---

① 陈福康：《应该"退休"的学科名称》，原载 1997 年 11 月 20 日《文学报》，后收入《民国文坛探隐》，上海书店出版社 1999 年。

② 张福贵：《从意义概念返回到时间概念——关于中国现代文学的命名问题》，香港《文学世纪》2003 年 4 期。

的名称，进而完成一部全新的现代文学史；二是为旧体文学、通俗文学等"新文学"之外的文学现象回归统一的文学史框架寻找新的命名；三是努力返回到历史的现场，对民国社会历史中影响文学的因素展开详尽的梳理和分析，结合民国文学历史的一些基本环节对当时的文学现象进行新的阐述和研究。在我看来，前两个方向的问题还需要一定时间的学术积累，并非当即可以完成的工作，否则，仓促上阵的文学史写作，很可能就是各种旧说的汇集或者简单拼贴，而第三个方面的工作恰恰是文学史认识的最坚实的基础，需要我们付出扎实的努力。

从民国历史文化的角度研究中国现代文学，可以为我们拓展一系列新的学术空间。

例如民国经济形态所造就的文学机制，民国法制形态影响下的文学发展，民国教育制度的存在为文学新生力量的成长创造怎样的文化条件、为广大知识分子的生存提供怎样的物质与精神的基础等等。还有，仔细梳理中国现代作家的"民国体验"，就能够更加有效地进入他们固有的精神世界与情感世界，为我们的中国现代文学提出更实事求是的解释。

当然，讨论中国现代文学的"民国"意义，挖掘其中的创造"机制"绝不是为了美化那一段历史。在现代中国文化建设的漫长里程中，在我们的现代文化建设目标远远没有完成的时候，没有任何一段历史值得我们如此"理想化处理"，严肃的学术研究绝不能混同于大众流行的"民国热"。今天我们对历史的梳理和总结是为了呈现 20 世纪上半叶中国文学发展的一些可资借鉴的机制，以为未来中国文学的生长探寻可能——在过去相当长的历史中，我们习惯于在外国文学发展的历史中寻找我们模仿的对象，通过介绍和引入西方文学的各种模式展开自己。殊不知，其中的文化与民族的间隔也可能造成我们难以逾越的障碍。如今，重新返回我们自己的历史，在现代中国人自己有过的历史经验和智慧成果中反思和批判，也许就不失为一条新路。

呈现在读者诸君面前的这一套"民国历史文化与中国现代文学研究"

丛书，试图从不同的方向挖掘"以历史透视文学"的可能。这里既有新的方法论的倡导——诸如"民国"作为"方法"或者作为"空间"的含义，也有不同历史阶段的文学新论，有"民国"下能够容纳的特殊的文学现象梳理——如民国时期的佛教文学，也有民国文学品种的崭新阐述。它们都能够带给我们对于历史和文学的一系列新的感受，虽然尚不能说架构起了民国历史文化现象的完整的知识结构，却可以说是开辟了文学研究的新的可能。但愿我们业已成熟的中国现代文学研究，能够因此而思想激荡、生机勃发。

2014 年 6 月，北京

总序之二

历史还原是现代文学学科拓展的有效途径

张中良

中国现代文学就其学科性质而言，属于历史与文学的交叉学科，历史品格是其立身之本。现代文学是在怎样的社会文化背景下发生与发展起来的，对传统有何承续，对当代有何影响，自身呈现出怎样的脉络等等，都需要以历史的眼光来观照。从这门学科正式确立的 1950 年代之初开始，新民主主义革命的历史观占据支配地位长达数十年之久。1980 年代以来，尽管现代文学史叙述中越来越少使用新民主主义革命的概念，但实际上这一历史观仍然在起着柱石的作用。新民主主义革命史观的确为学科的发展奠定了坚实的基础，现代文学被阐释为无产阶级所领导的反帝反封建的新民主主义文学，与新民主主义革命同步发展，于是，理所当然地成为新民主主义革命正义性与新政权合法性的有力见证。也正因为如此，研究对象只有三十几年历史的这门新兴学科，地位迅速上升，许多高校中文系现代文学教研室与涵盖三千余年历史的古代文学教研室地位相当，后来又吸纳了当代文学，现当代文学与古代文学同样属于一级学科中国文学下面的二级学科，学科队伍快速壮大。学位制度建立之后，现当代文学硕士点、博士点星罗棋布。据初步统计，从1984年到2014年，已经通过答辩的现代文学（含跨现当代文学）博士论文达2000篇之多①。

在新民主主义文学的阐释框架内，文学的政治功能与社会作用得到重视，从1920年代的革命文学到1930年代的左翼文学，再到抗战时期的工农兵文艺获得高度肯定；五四启蒙文学、1930年代的民主主义文学及自由主义文学、九一八之后逐渐发展到卢沟桥事变之后形成高潮的抗日救亡文学，也得到程度不同的肯定。

新民主主义革命是20世纪上半叶中国历史的重要脉络，以新民主主义革命的历史观来审视现代文学的确有其合理之处，并且取得了可喜的成绩。但是，历史是复杂的，20世纪上半叶，中国处于从传统社会向现代社会的转型期，单纯以新民主主义革命的视角审视现代文学，就会有意无意地遮蔽甚至扭曲部分历史事实。譬如，在新民主主义革命视角下，自由主义文学的价值没有得到应有的评价，对于现代文学的审美结构与风格特色及它对传统的继承与突破也显得关注不够。改革开放以来，在现代性视角与20世纪中国文学整体观的观照下，这些缺陷才得到一定程度的弥补。

然而，仅仅增加现代性视角与20世纪中国文学整体观视角，还不能实现全面的历史还原。1912年成立的中华民国不仅为现代文学的发生发展提供了历史背景，而且民国的政治、经济、教育、文化等已经内化为文学的内蕴与风格。在民国视角缺失的情况下，民族主义文学脉络不仅得不到足够关注，甚而被给予有悖于历史主义的负面评价。抗战文学叙事残缺不全，一般

---

① 据洪亮辑录《1984—2012年中国现代文学博士论文题名一览表》（《中国现代文学研究丛刊》2013年7期），1984—2012年通过答辩的博士论文1763篇；中国大陆现代文学博士点（含一级学科）40个左右，按每个博士点每年毕业3人计算，2013—2014年约240篇博士论文通过答辩，累计总数约2000篇。

的叙述模式只说 1938 年 10 月 27 日武汉三镇失陷之前，全国文艺界掀起抗日救亡高潮，接下来便分区域叙述，共产党领导的陕甘宁边区与其他抗日民主根据地的文学，一派新天地、新人物、新风格；国统区文学揭露当局腐败，抨击日本暴行，表现民生苦难；太平洋战争爆发之前的上海租界与香港，成为隐晦表达抗日意旨的特殊场域；沦陷区文学到 1980 年代中期才受到关注；至于表现正面战场的文学，则很少提及，而且评价偏低。这样一种抗战文学叙事，怎么能够与作为世界反法西斯战争主战场之一的中国抗日战场的地位相匹配呢！即使是左翼文学，由于忽略了特定的历史背景，对其复杂性与其在民国文化生态中的位置也未能做出全面而准确的阐释。

那么，为什么民国背景会被长期忽略呢？主要原因在于政治眼光代替了历史眼光，人们往往把民国仅仅理解为政府，而民国政府因为腐败不堪才被中国共产党领导的人民革命所推翻。这样一来，民国就成为一个否定对象，谈现代文学与民国的关系，主要是谈当局对现代文学的限制压迫与现代文学对当局的揭露批判。然而，实际上，民国绝不能简化为政府，民国是辛亥革命的胜利成果，由先驱者抛头颅洒鲜血才终于建成，民国不管有多少新生的稚嫩、成长的扭曲，但毕竟是亚洲第一个民主共和国，应该引为中国的骄傲；民国是一个国家实体，曾经为数万万中华儿女命运之所系，为世界 120多个国家所承认；民国作为一个独立的国家，自然有政府，也有法律、教育、文化、文学、艺术，更有民国的经济（工业、农业、金融、商业等）、军事、外交。我们通常所说的民国，不少场合指称的是 1912 年 1 月 1 日至1949 年 9 月 30 日这一历史时期。在将近三十八年中，中国承受了多少内忧外患，经历了怎样的艰难曲折，但毕竟实现了南北统一，收回了部分被列强攫取的权益，尤其是打败了日本侵略者，确立了在国际上的重要地位；无论存在着多少社会弊端，有着怎样的致命缺陷，但民国毕竟是民国，袁世凯的皇帝梦被枪声所惊醒，一代枭雄在惊恐不安中一命呜呼；张勋复辟，旋即破产，徒然留下一个笑柄；法律并非尽是一纸空文，身为教育部佥事的周树人据理力争，赢得了对教育总长的官司；经济、教育、文化、新闻出版等均有长足发展，若非日本发动全面侵华战争打乱了中国发展的正常秩序，中国现代化进程会取得可观的成就。

即以政府来说，也不是铁板一块，不能一概而论。1912年1月至3月为南京临时政府，时间虽短，但已呈现出万象更新的气象。1912年3月至1928年6月为北洋政府，尽管由于北洋军阀内部矛盾重重，执掌权柄者如走马灯一样变换，其间又上演过复辟的丑剧，而且百般防范、顽固抵御南方革命势力北进，但在此期间，北洋政府是国家主权的代表，事实上控制着中国大部分国土，在经济、外交、教育、文化等方面并非一无是处，否则，怎么可能有第一次世界大战期间民族经济的大发展，怎么可能有巴黎和会上中国权益的最终维护，怎么可能有五四新文化运动的蓬勃发展，怎么可能有新文学社团如雨后春笋，新文学势如破竹，站稳脚跟，走进课堂，在文学殿堂升帐挂帅？在北洋政府尚未完全退出历史舞台而北伐战争的最终胜利可以预期的1927年4月18日，南京国民政府宣告成立。尽管南京国民政府染上了"四一二政变"的血腥，但它毕竟是北伐战争的重大成果，而且到翌年6月终于结束了北洋政府的统治，并于1928年12月完成了政权的统一。1930年代中国经济、外交、文化、教育、科学、文学、艺术的发展，不能说国民政府一点积极作用没有，否则，文学园地的拓展，文学创作与翻译的丰收，《家》、《骆驼祥子》、《边城》、《故事新编》、《死水微澜》、《新月诗选》、《望舒草》、《烙印》、《大堰河》、《义勇军进行曲》、《宝马》、《且介亭杂文》、《缘缘堂随笔》、《泪与笑》、《塞上行》、《画梦录》、《雷雨》、《日出》、《上海屋檐下》等经典的问世，就无法解释。即使在实行"攘外必先安内"方针之时，国民政府也在一定程度上悄悄地进行抗战准备（如聘请德国教官训练部队，进口新式武器装备，修筑吴福线、锡澄线等高等级国防工事，成立专门机构进行抗战对策研究等）。抗战全面爆发之后，抗战建国的国策获得全民的共识，终于赢得了抗战胜利。国民政府的结构性缺陷到抗战胜利后充分显露，一方面挑起内战，另一方面歪风当道，五子登科，贪腐公行，已经到了无可救药的地步，终于在大陆彻底坍台，不得不让位于新生的中华人民共和国政府。一个政权最后垮台，只能说明它背弃了人民，最终为人民所唾弃，但这并不等于这个政权一开始就黑暗至极，否则，古今中外那么多王朝、国家先盛后衰又如何解释呢？

班固《汉书·司马迁传》说："然自刘向、扬雄博极群书，皆称迁有良史之才，服其善序事理，辨而不华，质而不俚，其文直，其事核，不虚美，不隐恶，故谓之实录。"这种"实录"，亦即实事求是，是中华民族的优秀传统，我们在现代文学史研究与叙述中应予发扬光大。把中国现代文学还原到民国历史文化背景下去认识与叙述，不是为一个已经逝去的历史时期唱挽歌，更不是为一个已被历史证明最后失去生命力的政权唱赞歌，而是要还原民国历史文化的原生相，黑即黑，白即白，何时何处姹紫嫣红，何时何处污泥浊水。生态环境明了了，在这一环境中发生发展的现代文学生态系统才能清晰地梳理出来，丰富多彩的样貌与错综复杂的矛盾才能真实地呈现出来。这样的研究与叙述才能既无愧于历史本身与优秀传统，也无愧于今人与后人。

山东文艺出版社出版"民国历史文化与中国现代文学研究"丛书，正是司马迁"实录"精神的发扬光大，有助于中国现代文学学科的发展，因此，我很乐于认同与支持。

2014 年 8 月 7 日于上海交通大学闵行校区南洋公寓

目 录

绪论　民国文化视域中的文论建构与发展

　　民国文化的生成与发展，推动了中国文论的现代转型。作为中国的新文化，民国文化既是晚清以来中国历史、社会、经济、政治、思想、文化等多种因素综合作用的产物，也是现代中国经历长期的物质、精神变革的必然结果。民国文论是在民国文化的语境中获得建构与发展的。从具体的源流上来说，民国文论的建构与发展，分别受到现代西方文化、文学理论思潮，及明清以来中国文学变革思潮的双重影响，在整个建设理念和体系构建上，确立了以"人的文学"为理论基点和价值原则的"大文论"格局。从民国文化维度审视民国文论的生成与发展，特别是通过对民国文论的范式、话语、路径、策略、规则等方面的探讨，人们不难发现，进入民国时期，随着现代出版传播业的迅速发展，新文化、新思想、新观念得以广泛传播，一种新的文学形态和文论形态也随之诞生。民国文论受新文化、新文学观念的影响，也一改历代文论那种重感悟、重点评的传统，转向注重新文学的理论建构，注重文论的逻辑体系建构，形成一种富有现代性价值内涵的"大文论"格局。

民国文论通过整体的现代转型，建立起了一种以现代性价值为内涵的理论构架。在中国文学和文论发展历程中，民国文论开辟了中国文论发展的新纪元，具有"划时代"和里程碑的历史地位与文化价值，对后世文论发展产生了深远的影响。

一 民国文化变革与民国文论观念演化

民国时期"大文论"格局的形成，有着深厚的历史传承和时代发展的双重因素。从历史传承上来说，明中叶以来的文艺变革思潮及对文学理论的影响，也一直延续到晚清和民国。周作人指出，新文学理论的兴起及其创作实践不外乎"两重的因缘，一是外援，一是内应。外援即是西洋的科学哲学与文学上的新思想之影响，内应即是历史的言志派文艺运动之复兴。假如没有历史的基础，这成功不会这样容易。"①从中国文学发展进程上来看，明中叶以来的文艺变革思潮为民国文论建设起到了强有力的支持作用。章培恒、骆玉明主编的《中国文学史》在论述明清文艺变革思潮对新文学的影响时指出："从明中期开始，要求解放个性、积极表现自我的创造精神的文学思潮重新抬头，至晚明达到高峰，并获得丰富的成果。明末至清代前期，它再次受到封建正统文化的反拨和抑制。但这一次却没有达到明代前期的那种效果，晚明文学的种种特点在低潮状态中得到顽强的延续。这表明中国文学中的变异因素已经广泛而深入地浸染人心，不可能加以彻底清除。如此延伸到清代中期，发展成一个新的文学高峰。……与此同时，清末民初的中国知识阶层因为种种矛盾的困扰，开始更为积极地关注和更为深入地了解西方文化，元明以来在封建专制压迫下争取个性解放的历史潮流，为西方具有相似内涵而在理论上更为完整和强烈的学说所激扬，遂由此催发了从文学革命

① 周作人：《〈中国新文学大系·散文一集〉导言》，赵家璧主编：《中国新文学大系》（第6集），上海良友图书印刷公司1935年版，第10页。

开始的'五四'新文化运动。"①

　　明中叶开始，受明代思想家王守仁的"心学"影响，李贽、徐渭、袁宏道等人提出的文学主张，表现出一种改弦更张的恢宏气势。李贽的"童心说"，提倡讲真心话，反对一切虚伪、矫饰。他指出，"童心"亦是"真心"，这是一切文艺的源泉，"天下之至文，未有不出于童心焉者也。苟童心常存，则道理不行，闻见不立，无时不文，无人不文，无一样创制体格而非文者。"② 徐渭也强调创作应有"真我"、"真情"，崇尚个性。在《赠成翁序》中，他说："夫真者，伪之反也"，为人、为文都必须反"伪"，"视必组绣，五色伪矣；听必淫哇，五声伪矣；食必脆脓，五味伪矣"。明公安派代表人物袁宏道则提倡"性灵"说，主张"独抒性灵，不拘格套"，强调文学的时代性和个性化。在他看来，所谓"性灵"乃人之"本色"，亦"真性"也。在《叙小修诗》中，他说文学创作应"性之所安"，"率性而行"，"情至之语，自能感人……情随境变，字逐情生"。无疑，明中叶的文艺变革思潮对文学创作和理论建设的推动，提倡"本心"、"本性"、"本色"，摒弃一切外在束缚的思想，都对后世产生了重要影响。清代的龚自珍、黄遵宪、康有为、梁启超、章太炎等人继承了这一传统，相继提出变革主张，像龚自珍的"尊情"、"宥情"说，主张以充分地抒写情感和解放个性为创作的首要条件，提出以"受天下之瑰丽而泄天下之拗怒"为文学创作的最高境界，要求文学能够真实、集中地反映现实社会和表达民众心声。"诗界革命"倡导者之一的黄遵宪，更是提倡"我手写我口"，倡导诗文口语化，指出语、文一致对文学发展、启发民智和保种强国的重要意义。梁启超的"欲新一国之民，必欲新一国之小说"的"小说界革命"主张，强调小说（文学）所具有的巨大社会功能，在强化文学的社会作用，追求艺术的完善、完美等方面，都对民国的新文学运动、民国文论建设，产生了直接的推

---

① 章培恒、骆玉明主编：《中国文学史》（下），复旦大学出版社1996年版，第627页。
② 李贽：《童心说》，《焚书》卷三。

动作用。

　　辛亥革命的成功，新的共和制民国的建立，对文学的影响深远而重大。特别是民国文化的建设与发展，对民国文学新形态的生成，构筑民国文学整体框架，起到了强有力的促进作用，为新文论建设提供了重要的保障和支撑。这主要表现在两个方面：一是社会语境的开放，为形成适应新形势发展的民国"大文论"格局，提供了时代话语环境和文化氛围的支持。民国时期对民主、科学、平等、自由等现代价值理念的崇尚，构成了民国文化的时代之魂。如胡适所言："旧阶级的打倒，专制政体的推翻，法律之下人人平等的观念的普遍，'信仰，思想，言论，出版'几大自由的保障的实行，普及教育的实施，妇女的解放，女权的运动，妇女参政的实现……都是这个新宗教新道德的实际的表现"。①正是这种新的文化精神，使民国文论建设在开放的社会语境中，更加鲜明地体现出现代文明的精神特质。二是外来文化、文学的影响，为民国文论建设提供了重要的参照系和价值理念的支持。陈独秀曾指出："欧洲输入之文化，与吾华固有之文化，其根本性质极端相反。数百年来，吾国扰攘不安之象，其由此两种文化相触接相冲突者，盖十居八九。凡经一次冲突，国民即受一次觉悟。"②民国建立之后，外来文化、文学思潮在国内的传播更加广泛和深入，反映在文论建设方面也非常突出。西方自文艺复兴以来的各种文学思潮，像启蒙主义、古典主义、浪漫主义、现实主义、象征主义、印象主义、表现主义等，都被大量介绍进来，以其丰富、多样和富于创造性的文学理想，冲击沉闷而压抑的中国文坛，赋予民国文学以全新的审美形态，也使文论建设一改传统的重感觉认知、重心理感悟、重经验传达的发展路径，转向以西方文论为参照，走注重创新文学观念、建构理论体系、设计逻辑框架的发展道路，从而开辟出中国文论新的发展历程。

---

① 　胡适：《我们对于西洋近代文明的态度》，《胡适文存》第 3 集第 1 卷，上海亚东图书馆 1934 年版，第 17 页。
② 　陈独秀：《吾人最后之觉悟》，1916 年 2 月 25 日《新青年》第 1 卷第 6 号。

历史的现代化进程推动了民国文学的整体崛起，反映在文论建设方面，就是开始与传统文论的认识观念和结构模态拉开距离。一般来说，传统文论比较注重个人阅读和体悟的经验性表述，往往是针对创作的具体问题，结合个人的认识体会来进行分析论述，具有较为鲜明的感悟、点评和论道的特点，不是那种宏大性的、思辨性的、体系性的外显逻辑结构，而是微观性的、体验性的、解读性的内化逻辑结构，表意性特征比较鲜明，与文言的表意系统十分吻合，但也存在着不够清晰，比较模糊、笼统的特点。进入民国后，受现代西方文化、文学的影响，则开始注重文学理论的体系建设，注重文学批评的理论建构，强调个人的认识和体悟，应在纳入理论体系中予以表达，如蔡元培所说："文学是传导思想的工具"，文论建设必须纳入新的文学理论整体建构之中。他指出，尽管"我国的复兴，自五四运动以来不过十五年，新文学的成绩，当然不敢自诩为成熟。其影响于科学精神民治思想及表现个性的艺术，均尚在进行中"，但是，"吾人自期的"文化建设以及包括文论在内的新文学建设，都应"使吾人有以鉴既往而策将来"。[①]在这种共识中，民国文论建设具有一种"大文论"的恢宏气度，强调在对整体、全面的历史与时代的审视和把握当中，在社会转型和文化重建当中，突出文论建设与整个民族文化复兴，新文化建设与发展保持紧密联系，兼容中西文论各自的特点，由此创建出与现代文明发展相适应的理论体系。

二 民国文化开放与民国"大文论"格局

民国"大文论"格局的形成，指的不是文论内容与篇幅的大与小，而是指整个文论建设理念和体系构建，在顺乎时代发展中所具有的新的理论基点、构架和价值原则。早在民国诞生之前，王国维受近代西方文化、文学影

---

① 蔡元培：《〈中国新文学大系〉总序》，赵家璧主编：《中国新文学大系》，上海良友图书印刷公司 1935 年版，第 2 页。

响，就将文学定位为"游戏的事业"，以"情"和"景"作为文学的二原质，认为文学审美风格应"自然而简约"，文学作品的优劣标准应由情感、语言的真实性、个性化和创造意义来认定，而文体的更替则体现了文学盛衰的规律，是文学发展的重要标志。①胡适于民国六年（1917 年）发表《文学改良刍议》一文，从历史进化论角度出发，提出了"今日之中国，当造今日之文学"的主张，指出应首先从语言转换着手，创造中国的新文学。他认为，新旧文学的不同主要在于：新文学能够自由地表达人的思想和情感，而旧文学的主张只是"文以载道"。因此，新文学及其理论建构就应紧随时代发展，用现代"活的语言"自由地表达现代人的思想情感。他表示："吾惟愿今之文学家作费舒特（Fichte），作玛志尼（Mazzini），而不愿其为贾生、王粲、屈原、谢皋羽也。其不能为贾生、王粲、屈原、谢皋羽，而徒为妇人醇酒丧气失意之诗文者，尤卑卑不足道矣！"显然，这种对旧文学的批判，使他的文论主张不再停留在就事论事层面上，而是展现出一种以世界文学发展为参照，以革新中国文化、文学为己任的创造性诉求，展现出致力于民国新文化、新文学建设的全新理念。他提出著名的"八事主张"，涵盖文学的思想与情感、内容与形式等各个方面。他反对文言文，提倡白话文，成为民国新文学运动的重要理论主张，引起了巨大的社会反响。新文化运动另一位主将陈独秀则更是以激进的态度，提出要用先进的文化理念，推动伦理、道德和文学的革命。在《文学革命论》中，他提出著名的"三大主义"，即"推倒雕琢的阿谀的贵族文学，建设平易的抒情的国民文学；推倒陈腐的铺张的古典文学，建设新鲜的立诚的写实文学；推倒迂晦的艰涩的山林文学，建设明了的通俗的社会文学"，强调文学应具有充实的时代内容，能够充分反映现实社会的真实状况，重视国民的情感表达。他指出："今欲革新政治，势不得不革新盘踞于运用此政治者精神界之文学，使吾人不张目

---

① 王国维：《文学小言》，1906 年 12 月《教育世界》第 139 号。

以观世界社会文学之趋势，及时代之精神，日夜埋头故纸堆中，所目注心营者，不越帝王权贵、鬼怪神仙与夫个人之穷通利达，以此而求革新文学，革新政治，是缚手足而敌孟贲也"。①民国文化强调"破旧立新"，对于建立一种富有"新质"的民国文学、文论来说，其功能特点是开阔了人的认识视野，革新了文论建设的理念，尤其是将价值建构的逻辑起点建立在现代文明的发展之上，就使民国文论建设呈现出一种创新性的理论特质。

在这当中，周作人的"人的文学"主张成为民国文论建设的重要理论基石。他以欧洲文艺复兴的"人道主义"思想为标准，分别对"人的文学"和"非人的文学"进行了理论区分，批评了中国传统的"非人"文学及其文论主张。他指出："中国文学中，人的文学，本来极少。从儒教道教出来的文章，几乎都不合格。"对于如何建构新文学"人的文学"观，他提出的价值原则主要集中在三个方面：一是个体本位主义。他说："我所说的人道主义，并非世间所谓的'悲天悯人'或'博施济众'的慈悲主义，乃是一种个人主义的人间本位主义。"二是"当以人的道德为本"，即文学反映"道德生活，应该以爱智信勇四事为基本道德，革除一切人道以下或人力以上的因袭的礼法，使人人能享受自由真实的幸福生活。"三是"人爱人类"，"使自己有人的资格，占得人的位置"，进而"改良人类的关系"。②他坚持从"个性解放"的要求出发，充分肯定人道主义的思想作用，强调"利己而利他，利他即是利己"和"理想生活"的主张，提倡新文学及其文论建设应是以"人道主义为本"，"对于人生诸问题，加以记录的文字"的文学，它不在于材料方法，而在于创作观念和态度是否以合乎人性的"灵肉一致"生活为主导，反对一切违反人性的礼法制度和兽性文学。他指出"人的文学"是一种具有现代文明价值原则的人道主义文学，新的文论建设必须坚持这种价值原则。

---

① 陈独秀：《文学革命论》，1917 年 2 月《新青年》第 2 卷第 6 号。
② 周作人：《人的文学》，1918 年 12 月 15 日《新青年》第 5 卷第 6 号。

"人的文学"理论基点和价值原则的确立，揭示出新文学及其理论建构与人、与现实人生之间的密切关系，在中国文学史上第一次明确地把"人"作为文学建设的中心，从而指明了文论建设和发展的方向，为民国文论提供了广阔的理论空间，也为建构与时代发展相一致的"大文论"体系和框架，形成"大文论"的格局和范式，奠定了坚实的基础。

基于"人的文学"理论基点和价值原则，民国文论建设表现出由古典"和谐"类型，向现代"崇高"类型转换的发展特征。所谓古典"和谐"类型，指的是古代文论强调主客体和谐统一，突出以感悟、点拨和求道为特征的文论形态。受中国传统文化和美学的影响，古代文论强调理想与现实、感性与理性、现象与本质、再现与表现、内容与形式等要素的和谐统一，在认识上注重以直观性和经验性的方式认识和把握对象，注重精致性、抒情性的表现与传达，不同于偏重于讲究遵循客观存在逻辑，注重理性分析、理论思辨和论述性的文论，而是在偏重于感悟、体验当中，突出文论的重主观、重心理、重感悟、重意会的境界构筑，强调主体对于客体的认识、感受、把握和体悟，如刘勰在《文心雕龙》中所说，要做到"神用象通，情变所孕，物以貌求，心以理应"，即把形与神、情与景、主观认知与客观对象有机地统一起来，使整个文论在形态上具有一种简约、形象、具体和寓意的表现特征。然而，时过境迁，古代文论追求精致、典雅、和谐的观念，在遭遇现代性意识冲击时，其价值与意义则愈加显示出它的不合时宜和发展滞后的历史局限性。特别是在与现代西方文化、文学的对照比较当中，古代文论缺少理论范畴的严密论证，大多是经验之谈，像"形"、"神"、"气韵"、"妙悟"等一类学说，都没有严格的逻辑内涵和外延，带有较大的随意性、多义性和模糊性，明显地与现代文论讲求规范性、系统性、结构性的要求格格不入，加上在长期演变中所表现出来的负面特征，使其难以再作为时代的主流文论而占据中心位置。进入民国之后，一种要求与时代发展相一致的文论建设，便出现在民国的思想文化和文学界，使晚清以来"我手写我口"的"自由"

理念，在民国时期有了根本性的发展，表现出一种对现代"崇高"类型的文论建设的价值诉求。

不同于古典"和谐"类型的文论，所谓现代"崇高"类型，指的是现代文论强调主客体对立冲突，突出以逻辑思辨、分析论道为特征的文论形态。周来祥在论述"崇高"特性时指出："崇高（包括崇高型的艺术）则是主体与客体、人与自然、个性与社会、必然与自由等元素处于不和谐、不均衡、不稳定、无序的状态，是在它们尖锐的矛盾冲突中求平衡，在不和谐中求和谐、不自由中趋向于自由的获得。"①民国文论建设不回避现实人生矛盾，强调在直面人生中突出对冲突、对立、焦虑等不和谐要素的发掘。民国之初，陈独秀、胡适、鲁迅、周作人、郭沫若等人的文学主张都发出对现代"崇高"的呼吁，如陈独秀就强调："一切虚文空想之无裨于现实生活者"都应"吐弃殆尽"，②并指出："自古以来的汉文的书籍，几乎每本每页每行，都带着反对德赛先生的臭味"，故要将其"打倒"，"就是断头流血，都不推辞。"③胡适则以诗歌创作为例指出："如果诗不表达人类痛苦遭遇的呼喊，而只以做美女圣贤的传声筒自满，那么诗便忽略了其应负的神圣任务之一了。"④鲁迅也是大声疾呼："世界日日改变，我们的作家取下假面，真诚地，深入地，大胆地看取人生并且写出他的血和肉来的时候早到了；早就应该有一片崭新的文场，早就应该有几个凶猛的闯将！"⑤周作人在论述"人的文学"时明确指出："全是妨碍人性的生长，破坏人类的平和的东西，统应该排斥"，同时他还特别强调新文学和文论建设，应突出思想启蒙的现代性价值内涵，要赋予新的文学、文论一种鲜明的目的性，一种建设"人的文学"的使命感，使民国文学能够真正成为现代中国的"人的文学"。

---

① 周来祥：《论中国古典美学》，齐鲁书社 1987 年版，第 56—57 页。
② 陈独秀：《敬告青年》，1915 年 9 月 15 日《青年》第 1 卷第 1 号。
③ 陈独秀：《〈新青年〉罪案之答辩书》，1919 年 1 月 15 日《新青年》第 6 卷第 1 号。
④ 胡适：《中国诗歌中的社会信息》，《中国社会政治科学》（英文版）1922 年 1 月号。
⑤ 鲁迅：《坟·论睁了眼看》，《鲁迅全集》（第 1 卷），人民文学出版社 1981 年版，第 241 页。

如何打破古典的"和谐"，迈向现代的"崇高"，选择、建构与之相适应的新价值标准，这是民国文论建设的中心指向。在这个维度上，民国文论建设继承了晚清"学习西方"的传统，如王国维就是较早自觉运用现代西方哲学来致力文论建设的先驱。他运用叔本华的悲剧哲学阐释《红楼梦》的内在精神和美学、伦理学价值，提出了不少精辟的新见解。民国文论建设以现代西方文化、文学为参照，选择的多是浪漫主义、现实主义、现代主义的文论标准。一般来说，现代西方文论注重人与对象之间（人与自然、人与社会、人与人、人与自我）的"崇高"类型的理论建构，强调对不和谐、不圆满，对立、冲突的现代审美要素的发掘，表现以"对立"、"冲突"为特点的时代生活，反映人生的缺陷和内在矛盾，暴露和批判现实人生和社会的黑暗与丑恶，表现不可调和的人生悲剧，展现出对人的存在境况和前途命运的关注和思考。受现代西方文学思潮的影响，民国文论建设也表现出推崇"崇高"的"力之美"的形态建构，如鲁迅就赞叹荷马史诗的"大文"，赞扬"立意在反抗，指归在动作"的"摩罗诗人"，力倡"刚健雄大"的"力之美"的审美理念和文论框架与理论形态的建构。

　　当然，"崇高"类型的意识和形态并不意味着终极。历史总是螺旋式的上升与发展，向更高层次的"和谐"回归，应是历史发展的规律和特征。从这个角度来说，民国文论建设"崇高"类型的意识和形态，是在"偏至"中发展过来的，本身也充满悖论，充满吊诡。打破"和谐"，崇尚"崇高"，表明其自身不可能是完成时，但它动态发展的态势则展现出民国文论建设的多样性和多元性的形态特征。无论是民国之初各种思潮的介绍引进，还是后来各种理论主张的众说纷纭，都体现出民国文论建设和发展的丰富性和创造性的特点。

三　民国文化新潮与民国文论体系创建

　　民国文论建设具有一种创新性的价值品格。王国维在《文学小言》中说："吾人谓戏曲小说家为专门之诗人，非谓其以文学为职业也"。实际上，民国已开始形成"以文学为职业"的知识阶层。王国维说："职业的文学家，以文学为生活；专门之文学家，为文学而生活。"如同马克斯·韦伯在论述"学术作为一种职业"时所指出的那样，既然选择以一种对象为职业，那么就必须具有职业的精神，确立起"职业性"的担当和责任。民国文论家在新文学理论建设中，就表现出了这种"职业性"的历史使命感和抱负感。像鲁迅当年做出"弃医从文"的决定，就是看到了"文艺是国民精神所发的火光，同时也是引导国民精神的前途的灯火"的特点，因此，他决意做"冲破一切传统思想和手法的闯将"，为建立中国"真的新文艺"尽自己的一份力。民国文论建设的创新性价值品格，主要表现在以下三个方面：

首先，民国文论将建设的重点聚焦在范式转换与话语确立方面，注重建构新的文论范式和话语系统。梁实秋说："我们自经和外国文学发生接触之后，我们新文学的见解完全变了。……这一变可是非同小事，因为不但今后中国文学根本的改变了模样，即是以往的四千年来文学，在中国文学史上的地位和价值都要大大的改动。"①由于民国文学实施了对旧文学、旧文论的大胆颠覆与突破的策略，因而在文论建设上也多致力于与之相匹配、相适应的范式和话语系统的全新建构，以使民国文学能够建构起自身的全新理论体系，确立自身的历史位置，完成新旧文学的历史交接和转型。拉里·劳丹指出："范式是'考察世界的方式'，是有关某些领域的现象应该如何解释的普遍的形而上学的洞见或预感。"②范式往往是一种包含着深刻的思想观念和意义的结构模态。每一种文学观念都凝聚或存在于其相应的范式结构当中。范式有其相对的独立性和稳定性，但构成范式的因子却又总是处在动态演变与发展之中。从这个意义上说，民国发动的"文学革命"，本质上是一场范式革命，是旧范式与新范式的冲突、转换的历史进程，其中最主要的是在文

① 梁实秋：《现代中国文学之浪漫的趋势》，1926 年 3 月 25 日《晨报·副镌》。
② ［美］拉里·劳丹：《进步及其问题》，方在庆译，上海译文出版社 1991 年版，第 72 页。

学观念上完成了现代性的价值转换，从而导致了文学内部范式的不断更新，价值因子获得创造性转化，进而促使新的文学理念与理论体系的生成和建构，为新的文学提供新的审美观和方法论。同时，新范式的建立也必将催生新的话语系统，由此获得新文学发展的主导权，如同福柯所说："话语既可以是权力的工具，也可以是权力的结果。"①民国之初的文言与白话两种话语的冲突，乃是在语言结构内部反映出来文学话语权力的运作，其中反映的也是特定的政治权力、意识形态和文化观念、文学理论的冲突。可以说，民国白话文运动就是新文学争取启蒙话语权力的斗争。换言之，这是白话与文言所代表的两种文化价值理念在民国特定历史时空中的一次正面交锋，也是长期占据中国权威位置的传统权力话语，受到了代表历史发展必然的新生话语的强有力挑战。文白两种语言符号系统的转换，涌动的是轰轰烈烈的思想解放、文化变革和文学理论更新的大潮。从建构现代性的角度来说，文学的现代性最重要的是如何通过语言的置换，来充分地体现新兴的知识阶层对新的民族国家的想象与认同，如李欧梵所说，文学的现代性"最重要的是叙述的问题，即用什么样的语言和模式把故事叙述出来。"②民国作家自觉地策划、领导和实施了这场语言转换的运动，像胡适、鲁迅、周作人、钱玄同、刘半农、沈雁冰、郭沫若、郁达夫、冰心、朱自清、叶绍钧等一大批作家，在这场范式转换和话语确立的新文学运动中，以富有独创性的话语实践，为丰富和发展民国文学、文论提供了丰富的思想和智慧。

其次，民国文论对相关的建设路径和策略进行了认真探讨，注重选择新的文论发展路径和策略。民国作家的人生阅历、知识结构和认识视野，与前人存在很大的差别。面对时代的发展，在文论建设方面，提倡什么，反对什么，赞赏什么，冷落什么，接受什么，拒绝什么，他们都有自己的认识和主

---

① ［法］米歇尔·福柯：《性史》，转引自蒋孔阳、朱立元主编：《西方美学通史》（第7卷），上海文艺出版社1999年版，第381页。

② 李欧梵：《中国现代文学与现代性十讲》，复旦大学出版社2002年版，第9页。

张，即使出现不同的争论，甚至产生诸多恩怨，但所主张的不同路径、不同策略，却反映出特定的社会思潮和价值理念，具有更为深厚、丰富和开阔的历史与文化意识。无论是民国之初的白话文和"人的文学"的倡导，新诗理论和创作的尝试，还是后来的小说、散文、戏剧、电影等新形式的创造，都是在探寻历史、文化和审美的合理性、合法性当中，大力主张新文学、文论的正宗地位。胡适的历史进化论的白话文学和新诗观，陈独秀激进的文学革命论，鲁迅"为人生"的文学理念，周作人"人的文学"的主张，茅盾的自然主义文学观，郭沫若的个性自由文学观，以及后来出现的各种新的文学思潮、文学流派、文学社团、文学理论等，都为民国文学、文论的建设与发展，开辟出新的天地，发挥了先导、先锋的作用。民国文论在建设的路径和策略中，注重新的文学观念的培育、倡导和传播，大力促进新兴文学的发展，促进文学流派的繁荣，目的就是为了加快中国文学的现代化进程。像"文研会"提出"为人生"的文学观，鲁迅对"奴隶丛书"的推荐，郭沫若及创造社对浪漫主义的推崇，林语堂对"性灵"的关注，胡风对"七月诗丛"、"七月文丛"的评介，周作人对废名小说、俞平伯散文的评议，朱光潜对京派文学的批评和对自由主义文学的倡导，都对民国文论建设和发展起到了重要的促进作用。同时，民国文论建设还注重以中外经典文学为参照，积极探索文论的现代理论构架，引导民国文学精品的产生，推动文学创作不断走向成熟。如赵家璧主编《中国新文学大系》，蔡元培亲自作总序，胡适、郑振铎、鲁迅、周作人、茅盾、郑伯奇、郁达夫、朱自清、洪深等人，分别对理论、小说、诗歌、散文、戏剧等诞生于民国的新文体和创作进行了系统的汇集、整理和评价，为建构新的民国文论体系奠定了坚实的基础，促进了民国文论建设的繁荣发展。像后来出现在民国文坛上的诸多批评新秀，如刘西渭，他对京派作家富有审美智慧的批评，就大大提高了民国文论的审美趣味和理论水准。

再次，民国文论注重创造性转化传统文论，吸收可资借鉴的价值因子，从中创建新的文论规则。民国文坛虽然经常发生不同派别、不同主张的争论，但对建立新的文论规则却具有积极的促进作用。民国时期的新旧文学主张之争，"革命文学"论争，左翼文艺与其他派别文艺主张之争，如梁实秋的新人文主义对创造社文学主张的驳难及其反思，左翼作家对五四作家和梁实秋人性论的批判，以及后来关于杂文和小品文的讨论，抗战前后关于战争题材与暴露黑暗问题的争论，关于现实主义和"主观战斗精神"及其"民族形式"的争论等等，都大大开阔了民国文论建设的思维视域和认识维度，特别是对传统文论的创造性转化，充分地体现出了一种自觉的历史理性精神。蔡元培在为《中国新文学大系》作总序时指出："在文学方面，《周易》的洁静，《礼经》的谨严，老子的名贵，墨子的质素，孟子的条达，庄子的傲诡，邹衍的闳大，荀卿与韩非的刻核，《左氏春秋》的和雅，《战国策》的博丽，可以见散文的盛况。风雅颂的诗，荀卿，屈原，宋玉，景差的辞赋，可以见当时韵文的盛况。"在他看来，传统文论也是民国文论可资借鉴的对象，这也是创造性转化传统，建立新的文论规则所必须具有的价值理念和精神品格，所必须走的发展道路。周作人在《中国新文学的源流》中也强调了这一点。他认为，民国新文学的传统源流是与明清以来的文学传统分不开的，新文学的主体特性及其所受到的影响，尽管有现代西方文化、文学的功劳，但没有自身传统的对应，也无法进行创新，不会真正地出现具有现代性价值内涵的民国文学。就总体而言，民国文论的建设与发展，虽然在某些特定阶段有过激进的反传统倾向，甚至一度出现全盘西化的势头，但整体上还是在中西交汇和古今融合的道路上行进和演化，形成了"中西贯通"、"古今相融"的开放、整合的局面，逐步地建立起了具有"中国作风"和"中国气派"的新的文论体系，推动了中国文论的现代转型。

总之，在历史的转型时期，民国文论建设充当了与新文化相关的思想启蒙、民族文化复兴和价值重构的"历史先锋"，提出了许多建设性的文化思路、美学理想、文学观念和艺术主张，其文学史的意义在于：它总是以一种先锋的姿态和精神，努力促使民国文学与世界文化发展主流相对应、相对接，显示出与世界文学发展的一种必然关联，尤其是它的创新品格及其确立的理论基点、价值原则和发展路径，都为中国文学、文论的发展贡献了卓越的思想智慧和全新的价值理念，推动了中国文化、文学和文论的全面建设和整体发展。

第一章　历史进化文化与
民国文论观念变革

　　胡适在《文学改良刍议》一文中宣称："文学者，随时代而变迁者也。一时代有一时代之文学"，并强调指出："吾辈以历史进化之眼光观之，决不可谓古人之文学皆胜于今人也"，并预言："以今世历史进化的眼光观之，则白话文学之为中国文学之正宗，又为将来文学必用之利器，可断言也。"①他还自我评价说："我的文学革命论也只是进化论和实验主义的一种实际应用"，并认为自己对于民国文学的建设和发展，主要有三点贡献可以说："（1）我指出了'用白话作新文学'的一条路子。""（2）我供给了一种根据于历史事实的中国文学演变论，使人明了国语是古文的进化，使人明了白话文学在中国文学史上占什么地位。""（3）我发起了白话新诗的尝试。"②周作人在《人的文学》一文中也指出："我们要说的人的文学，须得先将这

---

① 胡适：《文学改良刍议》，1917 年 1 月 1 日《新青年》第 2 卷第 5 号。
② 胡适：《介绍我自己的思想》，《〈胡适文存〉自序》，上海亚东图书馆 1934 年版，第 3 页。

个人字，略加说明。我们所说的人，不是世间所谓'天地之性最贵'，或'圆颅方趾'的人，乃是说，'从动物进化的人类'。其中有两个要点。（一）'从动物'进化的，（二）从动物'进化'的。我们承认人是一种生物。他的生活现象，与别的动物并无不同。所以我们相信人的一切生活本能，都是美的善的，应该完全满足。凡是违反人性不自然的习惯制度，都应该排斥改正。"①用历史进化的眼光审视中国文学的历史演变，是民国文论获得长足发展的一个重要原因。

法国哲学家埃德加·莫兰指出："理性是一种建立在演示和逻辑学的基础上的思维方法，用以解决反映了一种形势或一种现象特征的材料向精神提出的问题。"②运用历史进化的文化价值观，为民国文论设定发展主旨和路径，是民国文论观念革新的一个显著特点，显示出历史进步的理性精神。所谓进化的文化价值观，其本质内涵具有发展（Development）和变革（Revolution）的双重含义。进化的文化价值观提示人们，人类社会与客观自然界一样，都是在不断地进化和演变，不断地向前发展着。旧的事物、旧的社会必然被新的事物、新的社会所替代。文学和文论要适应新的形势发展，就必须通过进化、革新的方式，完成由传统向现代的价值观念转换。民国初期，像陈独秀、胡适、鲁迅、周作人、钱玄同、刘半农等人，都不同程度地接受了历史进化思想的影响，都善于用进化的文化价值观，批判旧文学，倡导新文学。

第一节　明清文艺变革思潮对民国文论观念的影响

李泽厚在《美的历程》中曾指出："明代中叶以来，社会酝酿着的重大

---

① 周作人：《人的文学》，1918 年 12 月 15 日《新青年》第 5 卷第 6 号。
② ［法］埃德加·莫兰：《复杂思想：自觉的科学》，陈一壮译，北京大学出版社 2001 年版，第 120 页。

变化，反射在传统文艺领域内，变现为一种合规律性的反抗思潮。如果说，前述小说、木刻等市民文艺表现的是日常世俗的现实主义，那么，在传统文艺这里，则主要表现为反抗伪古典主义的浪漫主义。"①明中叶至晚清以来的文艺变革思潮，作为一种最直接的思想资源，对于民国文学、文论的生成和发展来说，不仅仅只是一种时间上的承继关系，同时也是一种价值理念和精神格调的承继关系。周作人在《苦茶随笔·小引》中指出，至明朝的"三袁（指明代袁宏道三兄弟——引者注）虽自称上承白苏（指白居易和苏东坡——引者注），其实乃是独立的基业，中国文学史上言志派的革命至此才算初次成功，民国以来的新文学只是光复旧物的二次革命，在这一点上公安派以及竟陵派（可以算是改组派罢？）运动是很有意思的，而其本身的文学亦复有他的好处"。②在为重刊《袁中郎集》作序时，周作人再次强调："公安派在明季是一种新文学运动，反抗当时复古赝古的文学潮流，这是确实无疑的事实"。③

在中国文学发展历程中，明中叶开始的文学革新运动及其所产生的文艺思潮，对后世的文学发展产生了深远的影响。因为这种革新不仅具有坚实的社会基础，同时也具有深厚的哲学（文化）理念。如果说明中叶手工业和商业的发展，为社会发展打下了扎实的财富基础，并影响上层建筑的思想观

---

① 李泽厚：《美的历程》，中国社会科学出版社 1984 年版，第 242 页。
② 周作人：《苦茶随笔·小引》，高瑞泉编选：《周作人文选》，上海远东出版社 1994 年版，第 345 页。
③ 周作人：《重刊〈袁中郎集〉序》，高瑞泉编选：《周作人文选》，上海远东出版社 1994 年版，第 378 页。

（王阳明 1472—1529）

念的变化，那么，明中叶出现的王阳明的"心学"，①就是对处于变化、革新和转型之中的文艺思想的强有力支持。

王阳明强调"心"的本质乃是一种直觉和感应，而非知识的性质。他提出了著名的"四句理"之说，即他在《传习录》中所提出的"身之主宰便是心，心之所发便是意，意之本体便是知，意之所在便是物"的主张。对此，他进一步解释说：

心者身之主也，而心之虚明灵觉，即所谓本然之良知也。其虚明灵觉之良知，应感而动者谓之意；有知而后有意，无知则无意也。知非意之体乎？意之所用，必有其物，物即事也。如意用于事亲，即事亲为一物；意用于听讼，则听讼为一物；凡意之所用无有无物者，有是意即是物，无是意即是无是物矣，物非意之用乎？

相对于被神圣化了的程朱理学而言，王阳明的世俗化"心学"主张的提出，是富有原创精神的，在实践中产生了广泛影响，正如一些海外学者所指出的那样："王（阳明）的教导被证明是极其有号召力的，而且确实广为

———————————

① 王阳明（王守仁，1472—1529），字伯安，别称姚江，浙江余姚人。因曾筑室故乡阳明洞中，世称阳明先生，为明代杰出的思想家、教育家，也是陆（九渊）王学派的集大成者。他发挥陆九渊"心即理"的学说，认为事物之理即在心中，离开了心也就无所谓理，如认为"有孝亲之心，即有孝之理，无孝之心，即无孝之理矣……理岂外于吾心耶？"（《答顾东桥书》）同时，还认为心之本体即性，性即天理，天理之灵觉即知，知亦为心之本体。心、性、理、知其实就是一回事。他还强调"致良知"，认为只要致吾心之良知，即可得到圆满的知识。他对宋朝以来的理学提出了不同的意见，特别是对朱熹的学说多有批评，认为朱熹的即物穷理是以吾心求理于事事物物之中，而他则是致吾心之良知于事事物物，合心与理为一。他的学说在当时影响甚大，明末清初还传至日本，形成专门的学派。主要著作有《大学问》、《传习录》等，后人辑成《王文成公全书》（亦称《阳明全书》）。

流传。"①王阳明的"心学",改造了程朱"理学",使"浙东学术"成为宋代以来新儒学"相对独立思想潮流的发展",②成为"与朱熹同时但反对占统治地位的朱熹理性主义学派的小学派",③其特点是否定人必须恪守和遵循神圣不可逾越的、人为设立的外在之"理",而主张通过内在的性心修养,将所有的外在规范均落实在主体的"心"之中,以获得个体的道德自觉。王阳明认为:"心之本体即天理","理也者,心之条理也。是理也……千变万化,至不可穷竭,而莫非所发于吾之一心也。"(《书诸阳卷》)在这里,他把"心"看作是超越"理"的终极本体,指出"此心在物则为理"。④同时,他又把"心"当作一切"物"的精神主宰,认为"心者,天地万物之主也。"⑤这样,在一系列的价值主张上,王阳明的"心学"就突破了程朱理学条条框框的束缚。例如,在人性论方面,王阳明的"心学"主张"身心合一","心无外物",这就突破了程朱理学有关"心统性情"主张的局限,把合知、情、意为一的"心体",替代了朱熹的性情分体之说,主张人的"心体"既存良知天理,又不脱离人的躯体的感性存在而独自游离,成为不可捉摸、不可感知的"心之外物"。在认识论方面,王阳明的"致良知"说,突破了程朱理学的"格物致知"说。朱熹所谓"格物是物,物上穷其至理,至知是吾心无所不知"之说,所强调的格物是"即物穷理",是由外向内,而致知则是"即心穷理",是由内向外。而王阳明则认为所谓至高至尊的"天理",皆为世人所体认的"良知",指出"知是心之本体,心自然会知,见父自然知孝,知兄自然是弟,见孺子入井,自然知恻隐,此便良知,不假外求。"(《传习录》)这种"不假外求",即从"心"固有之良知出发,并

---

① [美]狄百瑞:《东亚文明——五个阶段的对话》,何兆武等译,江苏人民出版社1992年版,第65—66页。
② [法]谢和耐:《中国社会史》,黄建华 黄迅余译,江苏人民出版社1995版,第376页。
③ [美]费正清等:《中国传统与变革》,陈仲丹等译,江苏人民出版社1996版,第191页。
④ 《王文成公全书》卷八,《书诸阳卷》。
⑤ 《王文成公全书》卷六,《答季明德》。

由此扩充到万物，通过不待虑而知的直觉，返身达到对良知的自我体认，则恰恰是对程朱"理学"所推崇的"蔽精竭力，人人册子上钻研，名物上考察，形迹上比拟"的求理之法的一种反动。基于这种认识观，王阳明提出了著名的"知行合一"学说，突破了程朱理学所倡导的"先知而后行"主张的限制。他提出即知即行，注重道德实践的知行合一，以获得人生的真知真行，即"知之真切笃实处便是行，行之明觉精查察处便是知。"①"知行合一"学说的提出，强化了"心学"的世俗意义，将不可知的所谓形上之本体，具体地化为可感、可知、可行的人生信念和实践准则，并将其具体地落实在人的社会实践，尤其是道德实践上，这就突出了身心践履在人的道德品性建构中的重要功能，在使人们走出僵化的教条主义"理学"规范方面，起到了重要的引导作用，从而在人生境界建构方面，突破程朱理学所推崇的所谓"圣人气象"之说，主张不以所谓圣人言论而定是非，定乾坤，宣称"我今才做得狂者的胸次，使天下之人都说我行不掩言也罢"（《传习录》）。在当时，这对于破除圣人的权威，解放思想，构建新的人格境界来说，都是具有积极的意义的。王阳明的一整套思想主张，对于当时的社会思想体制都是一种"变革的主体性思想"。②

出生在明嘉靖六年的李贽③，在他的思想形成过程中，正是受到了王阳明"心学"思想的影响。作为王阳明哲学的传人，李泽厚认为他是明中叶兴起的浪漫主义文艺思潮的"中心人物"，并指出："他自觉地、创造性地发展了王学。他不服孔孟，宣讲童心，大倡异端，揭发道学。由于符合了时代要求，故而轰动一时。"④受王阳明"心学"影响，李贽在哲学上提出"天下万物皆

---

① 《王文成公全书》卷二，《答顾东桥书》。

② ［日］沟口雄三：《中国前近代思想之曲折与展开》，陈耀文译，上海人民出版社 1997 年版，第 29 页。

③ 李贽（1527—1602），号卓吾，别号温陵居士，泉州晋江（今福建泉州晋江）人，明代思想家、文学家。曾任河南共城教谕、云南姚安知府等职。54 岁时辞官，晚年著书讲学，因激烈抨击程朱理学，屡遭迫害，后在狱中自杀。

④ 李泽厚：《美的历程》，中国社会科学出版社 1984 年版，第 242 页。

（李贽 1527—1602）

生于两，不生于一"（《焚书·夫妇论》）的观点；在人性论方面，他主张"势利之心"乃"禀赋之自然"的观点，强调了人性的"原恶"特性，要求顺从人的本性发展的要求，指出人的现实生活是以人的"穿衣吃饭"为基础的，离开了物质生活的保障，其他的均无法获得有效的作为，从而将程朱理学的所谓"天理"看作是一钱不值的论调。在是非标准上，他强调要以己心的是非为是非："夫是非之争也，如岁时然，昼夜更迭，不相一也"（《藏书·世纪列传总目前论》），也就是说一切是非均由己生，由己心而生，所突出的则是以"己心"为代表的人的主体自觉精神。针对程朱理学"天理"说法，他提出以"至人之治"替代"君子之治"，指出"因其政不易其俗，顺其性不拂其能"（《焚书·论政篇》），从而揭露了程朱理学以满口的"仁义道德"之辞，来掩盖人的贪欲之心的做法。在著名的《童心说》中，李贽还对儒家经典进行了质疑，指出儒家经典并非"万世之至论"："夫天生一人，自有一人之用，不待给予孔子而后足也。若必待取足于孔子而后足，则千古之前无孔子，终不得为人乎？"（《答耿中丞》）。在文学主张方面，李贽反对复古模拟，要求创作必须抒发"己见"，传达出自己的真情实感和真知灼见，他指出：

　　然则虽有天下之至文，其湮灭于假人而不尽见于后世者，又岂少哉！何也？天下之至文，未有不出于童心焉者也。苟童心常存，则道理不行，闻见不立，无时不文，无人不文，无一样创制体格文字而非文者。诗何必古《选》，文何必先秦，降而为六朝，变而为近体，又变而为传奇，变而为院本，为杂剧，为《西厢曲》，为《水浒传》，为今之举子业，皆古今至文，不可得而时势先后论，故吾因是而有感于童心者之自文也，更说甚么六经，更说甚么《语》、《孟》乎！

　　　　　　　　　　　　　　　　　　　　　　——《童心说》

作为思想家、文学家，李贽的思想对明清社会思想、文化、文学等各方面都产生了重要的影响。章培恒、骆玉明指出："元末已相当繁荣的东南沿海城市的手工业和商业经济，在经历明初的衰退以后，到明中期和后期，重新得到了恢复和进一步的发展，并已出现资本主义萌芽。与此相应的，在思想文化领域也呈现了深刻的变化。以李贽对传统思想学说的尖锐批判为代表，个性解放的思潮曾兴盛一时。它与魏晋时代个性解放的思潮有本质的不同：它是与工商业经济和城市文化相联系的，是具有平民性的；它鲜明地肯定了人的自然欲望和物质追求。这些特点，与欧洲文艺复兴运动有着极其相似的地方。"①文学史家的评价是很高的，道出了处在中国封建社会末期思想文化演变的一些带规律性的道理。李泽厚也着重指出，这股追求个性解放的思潮，首先影响到文艺界，"当时文艺各领域中的主要的革新家和先进者，如袁中郎（文学）、汤显祖（戏曲）、冯梦龙（小说）……等等，都恰好是李贽的朋友、学生或倾慕者，都直接或间接与他有关。……并且这些人物之间，相互倾倒、赞赏、推引、交往，如袁中郎之于徐渭，汤显祖之于三袁，徐渭之于汤显祖……都有意识地推动了这股浪漫思潮。"②

无疑，思想和文学之间的相互影响，是环环相扣、处处相连的。这不是什么牵强附会，而是具有其内在精神的相互关联。明中叶兴起的浪漫主义文艺思潮，无论怎么说，它都与民国新文化、新文学有着内在的精神联系，对民国文论产生了直接的影响。像明代文学家袁中郎（宏道）③就认为："文之不能不古而今也，时使之也。妍媸之质，不逐目而逐时。是故草木之无情

---

① 章培恒、骆玉明主编：《中国文学史》（下），复旦大学出版社 1996 年版，第 197—198 页。

② 李泽厚：《美的历程》，中国社会科学出版社 1984 年，第 244—245 页。

③ 袁宏道（1568—1610），字中郎，又字无学，号石公，又号六休，荆州公安（今湖北公安）人。明代文学家，他反对模拟古文，认为文章与时代有密切关系，指出："世道既变，文亦因之。今之不必摹古者，亦势也。"他亦相信写文要真，认为"古有古之时，今有今之时"（今人称为文学进化论），即"我面不能同君面，而况古人之面貌乎？"同时主张文学创作应"独抒性灵，不拘格套"的"性灵说"。他与其兄袁宗道、弟袁中道并有才名，由于都是荆州公安人，其文学流派世称"公安派"或"公安体"，合称"公安三袁"。

也，而鞓红鹤翎，不能不改观于左紫溪绯。唯识时之士，为能堤其溃而通其所必变。夫古有古之时，今有今之时，袭古人语言之迹，而冒以为古，是处严冬而袭夏之葛者也。骚之不袭雅也，雅之体穷于怨，不骚不足以寄也。后之人有拟而为之者，终不有也。何也？彼直求骚于骚之中也。"①他宣称自己的作文是"独抒性灵，不拘格套，非从自己胸臆流出，不肯下笔。……真人所作，故多真声，不效颦于汉魏，不学步于盛唐；任性而发，尚能通于人之喜怒哀怨好情欲，是可喜也"，并主张："愁极则吟，故尝以贫病无聊之苦发之于诗，每每若哭若骂，不胜其哀生失路之感。予读而悲之。大概情至之语，自能感人，是谓真诗，可传也。"（《序小修诗》）以袁宏道为中心的"公安派"，强调性情之真，

（袁宏道 1568—1610）

直抒胸臆，反对做作，平易近人，力派复古模拟之理，对抗前后七子，在打破古典美学规范的同时，开了一代新风。明代的浪漫主义文学思潮所带来的思想解放、个性解放，以及艺术创作上的主张率性求真，反映现实生活，都对民国兴起的新文学思想产生了深远的影响，使民国作家、文论家在鼓吹新文学时，在思想传承和文学发展的承继方面找到了直接的历史依据，获得了推动文学发展的直接动力。所以，周作人给予那么高的关注和评价。他多次谈到明代文学的重要性及其对后世的影响。在《中国新文学的源流》一书里，他就详细地分析了明代公安派和竟陵派文学对新文学生成的直接影响。他指出："从现代胡适之先生的主张里面减去他所受到的西洋影响，科学，哲学，文学以及思想各方面的，那便是公安派的思想主张了。而他们对于中国文学变迁的看法，较诸现代谈文学的人或者还要更清楚一点"，并由此认为："今次的文学运动（指五四新文学运动——引者注），和明末的一次，

---

① 钱伯诚：《袁宏道集笺校》（中册），上海古籍出版社 1981 年版，第 709 页。

其根本方向是相同的。"①由此可见，明中叶出现的浪漫主义文学思潮，作为一种思想资源和文学传统，对于民国文论生成的支持，是巨大而深远的。没有这样一种资源性的支持，民国文论"大格局"的出现则是不可想象的。

清代文学虽然看起来是明中叶以来的文艺革新思潮的反动，但这种迂回式的发展，从某种意义上来说，恰是民国文学、文论生成的催生剂，如同周作人所说："在十八、九世纪的中国，文学方面是八股文与桐城派古文时代。所以能激动起清末和民国初年的文学革命运动"。②

到了清末，对清代以来的复古主义、伪古典主义、禁欲主义，做出强烈反应的是龚自珍。③这位来自浙江仁和（今杭州），被称为"清代第一个站在独立的学者立场上以个人的思考为依据纵横议论时政的人物"④，在哲学上把自我的价值、人的主体性，提高到了空前的高度，把它看作是宇宙中唯一的也是根本性的可以衍生一切的"意志力量"，夫"天地，人所造，众人自造，非圣人所造"，"众人之宰，非道非极，自名曰我"（《壬癸之际胎观第一》）。在文学创作上，龚自珍把狂傲的自我个性、强烈的自由精神，与对国家、民族的前途的深沉忧患结合起来："九州生气恃风雷，万马齐喑究可哀。我劝天公重抖擞，不拘一格降人才。"（《已亥杂诗》）显然，这种激越的变革精神，乃是他的文学思想的风骨。

---

① 周作人：《中国新文学的源流》，北平人文书店 1934 年版，第 43、53 页。
② 周作人：《中国新文学的源流》，北平人文书店 1934 年版，第 53 页。
③ 龚自珍（1792—1841），浙江仁和（今杭州）人。清代杰出的思想家、文学家，为道光进士，官礼部主事，是嘉道间提倡"通经致用"的今文经学派的重要人物，他看到晚清封建社会已进入"吸饮暮气，与梦为邻"的"衰世"（《明良论》），指出整个社会的种种弊端，提倡"更法"、"改图"，主张按宗授田，恢复三代古制，"不拘一格降人才"。在哲学上，认为"自古及今，法无不改，势无不积，事例无不变迁，风气无不移易"（《上大学士书》），强调万事万物都处在变化之中，主张社会变革。其散文奥博纵横，诗尤瑰丽奇肆，如《尊隐》、《明良论》等文和《已亥杂诗·九州生气恃风雷》，均为其代表作。
④ 章培恒、骆玉明主编：《中国文学史》（下），复旦大学出版社 1996 年版，第 520 页。

纵观龚自珍的整体思想，抨击时弊，抒发真情，是一根贯穿始终的红线。他的为人、为文，既显示出他高于同时代人的思想性，又充分地展现出他高尚的人格，对处在动荡和变革之中的近代中国来说，他的影响是非常大的，正如梁启超所说的那样："自珍性跌宕，不检细行，颇似法之卢骚；喜为要眇之思，其文辞俶诡连犿，当时之人弗善也。……虽然，晚清思想之解放，自珍确与有功焉。光绪间所谓新学家者，

（龚自珍 1792—1841）

大率人人皆经过崇拜龚氏之一时期。初读《定庵文集》，若受电然，稍进乃厌其浅薄。然今文学派之开拓，实自龚氏。"①

从对中国文学发展历史的梳理上来看，明清文艺变革思潮对民国文学、文论的生成与发展，直接起到了"内部对应"的作用，如同周作人在论述民国散文发展特点时所指出的那样："我相信新散文的发达成功有两重的因缘，一是外援，一是内应。……假如没有历史的基础，这成功不会这样容易，但假如没有外来思想的加入，即使成功了也没有新生命。"②的确，对于中国新文学的生成境况来说，二者都是不可缺一的，但从"内应"的角度来说，没有对明清思潮和文学传统的传承，以及从中所获得的文化、文学资源方面的支持，民国文学、文论要获得质的突破乃是难以想象的。一些文学史家也看到了这一点，甚至将作为新文学形态的民国文学形成的源头，推至元代，当然，重点则是明清文学，特别是晚清文学，也就是通称的"近代文学"，如章培恒、骆玉明就指出："从明中期开始，要求解放个性、积极表现自我的创造精神的文学思潮重新抬头，至晚明达到高峰，并获得丰富的成果。明末至清代前期，它再次受到封建正统文化的反拨和抑制。但这一次

---

① 梁启超：《清代学术概论》，商务印书馆 1921 年版，第 122—123 页。

② 周作人：《〈中国新文学大系·散文一集〉导言》，赵家璧主编：《中国新文学大系》（第6集），上海良友图书印刷公司 1935 年版，第 10 页。

却没有达到明代前期的那种效果，晚明文学的种种特点在低潮状态中得到顽强的延续。这表明中国文学中的变异因素已经广泛而深入地浸染人心，不可能加以彻底清除。如此延伸到清代中期，发展成一个新的文学高峰。从晚明到清中期，虽然经历挫折和起伏，文学发展的步履艰难，但所获得的成果却是巨大的，它给中国文学的面貌带来了显著的改变。"①

第二节　引进西方文论对民国文论观念的启示

　　民国三十一年（1942 年），李长之在分析"中国文学理论不发达"的原因时，大致得出三点结论，认为一是中国的"文学观念不正确"，不承认文学的独立价值，缺少"为文学而文学"的精神；二是中国的其他科学如心理学、社会学、艺术学、美学、哲学、语言学、文法学、神话学等不发达；三是中国的著述体例不完备，中国文学理论多是诗话、札记、批点校正、指南等，缺少有课题、有结构、有系统的、有普遍妥当的原理原则。他指出，传统文论是"荒芜、破碎"的，采用的是"即兴式的、冬烘式的"的方法，民国文论如果要有一个理论性的、逻辑性的建构，就需要借用西方文论标准，建立起一个"严格、精确、体系和深入"的理论体系。②

　　其实，关于传统文论的这种特点，在民国初期兴起的新文学运动中，不少民国作家、理论家就已经注意到了这个问题。再早一点，如王国维③，这位晚清至民国时期的学识深厚、博古通今的著名学者，在哲学、美学、史学、文学、教育学、文字学、文献学、考古学、历史人文地理学等诸多学科

---

① 章培恒、骆玉明主编：《中国文学史》（下），复旦大学出版社 1996 年版，第 627 页。
② 李长之：《苦雾集》，商务印书馆 1942 年版，第 24 页。
③ 王国维（1877—1927），字静安，一字伯隅，号观堂，浙江海宁人，清秀才，晚清至民国时期著名学者。一生著述丰富，大部分收入《海宁王静安先生遗书》，代表性著作和文章有《〈红楼梦〉评论》、《人间词话》、《戏曲考源》、《曲录》、《宋元戏曲考》等，1927 年在北京颐和园投昆明湖去世。

领域，都做出了开创性的历史贡献，获得突破性进展，其中一个重要的原因，就是他自觉地运用西方文化、文学的观念和方法来进行理论研究，从而取得了丰厚的成果，对民国文论的建设和发展产生了重要的影响。

王国维在家乡海宁接受的是传统教育，22 岁来到上海后则开始接受"新学"，也即近代西方学说的影响。但是，他对当时时髦的西洋科学、政治学并不感兴趣，而是对一般人所认为的"无与于当世之用"的西方哲学，有着极其浓厚的兴趣。他先是致力于近代西方哲学，尤其是康德、叔本华、尼采哲学的学习与钻研，并由此广泛涉及西方美学、教育学等领域，从中受到近代西方文化的深刻影响。王国维在向国人介

（王国维 1877—1927）

绍近代西方文化的同时，也非常自觉地运用西方文化的观念和方法来研究中国历史、文化和文学，从而获得一种透视中国历史、文化和文学的全新观念与方法。如他运用叔本华的悲剧哲学来阐释《红楼梦》的内在精神和美学、伦理学价值时，就提出了不少的新见解和新感悟。

在王国维看来，《红楼梦》不是那种"茶余饭后"的谈资小说，而是有着深厚的人生哲学意蕴的小说。借助近代西方文化和文学理论，特别是叔本华的悲剧哲学，他发现了《红楼梦》的伟大之处就在于：不仅提出了人的生活之欲的大问题，而且看到痛苦产生于意志，终究也要由意志来解决的出路问题。他认为，《红楼梦》是在通过欲望的故事以寻找解脱之道，是悲观主义的杰作，它的成功在于曲折而错综地反映了伟大的悲观主义思想。而《红楼梦》是悲剧中之悲剧，是一部伟大的著作，根本原因是"以其示人生之真相，又示解脱之不可已"。他说："凡此书中之人有与生活之欲相关者，无不与痛苦相终始。"他甚至认为，贾宝玉名字中的"玉"字就是欲望的"欲"字的谐音。他分析了《红楼梦》第一百十七回中贾宝玉还玉给和尚的一段对话，认为不幸的生活源于自己的欲望，而拒绝、出世也不得不由自

己。玉，欲也，还玉，即意味着抛弃生活之欲。他指出：

唯非常之人，由非常之知力，洞观宇宙人生之本质，始知生活与苦痛之不能相离，由是求绝其生活之欲，而得解脱之道。然于解脱之途中，彼之生活之欲，犹时时起而与之相抗，而生种种之幻影。……故通常之解脱，存于自己之苦痛，彼之生活之欲，因不得其满足而愈烈，又因愈烈而愈不得其满足，如此循环，而陷于失望之境遇，遂悟宇宙人生之真相，遽而求其息肩之所。彼全变其气质，而超出乎苦乐之外，举昔之所执著者，一旦而舍之。彼以生活为炉，苦痛为炭，而铸其解脱之鼎。彼以疲于生活之欲故，故其生活之欲，不能复起而为之幻影。此通常之人解脱之状态也。前者之解脱，如惜春、紫鹃；后者之解脱，如宝玉。前者之解脱，超自然的也，神明的也；后者之解脱，自然的也，人类的也。前者之解脱，宗教的也；后者美术的也。前者平和的也；后者悲感的也，壮美的也，故文学的也，诗歌的也，小说的也。此《红楼梦》之主人公，所以非惜春、紫鹃，而为贾宝玉者也。①

通过文学认识观念的调整，王国维对《红楼梦》的美学价值、伦理学价值进行了全新的阐释。他认为，与其他古典名著相比："《桃花扇》，政治的也，国民的也，历史的也；《红楼梦》，哲学的也，宇宙的也，文学的也。此《红楼梦》之所以大背于吾国人之精神，而其价值亦即存乎此。"因此，"《红楼梦》一书，与一切喜剧相反，彻头彻尾之悲剧也。"它的美学价值与伦理学价值是相关联的："在描写人生之苦痛与其解脱之道，而使吾侪冯生之徒，于此桎梏之世界中，离生活之欲之争斗，而得其暂时之平和，此一切

---

① 王国维：《〈红楼梦〉评论》，徐洪兴编选：《王国维文选》，上海远东出版社1997年版，第168页。

美术之目的也。"①

王国维的这种阐释，以及由此得出的结论，不仅在学术研究上具有极高的价值，而且更重要的是，他的这种学术研究及其所形成的新的文化观念和价值观念，对民国文学、文论的生成与发展也产生了深远的影响。

明清以降，由于政治和文化上的专制主义压迫，"文字狱"的盛行，使得脱离现实的考据之风渐成气候，并一直延续到晚清和民国之初。在文学创作和理论研究方面，出现了所谓的"考据派"，常常对文学作品中的人物进行繁杂的考据，指出作品中的某某人物是谁，而将作品所具有的丰富的思想内容和艺术精神置之一边，王国维对此指出："自我朝考证之学盛行，而读小说者，亦以考证之眼读之。于是读《红楼梦》者，纷然索此书之主人公之为谁，此又甚不可解者也。夫美术之所写者，非个人之性质，而全人类之性质也。惟美术之特质，贵具体而不贵抽象。于是举人类之性质，置诸个人之名字之下。"在他看来，《红楼梦》的价值在于它对人类精神世界的形上探寻上，而非局限在形下层面上的主人公是谁，或作者写的究竟是谁之类的繁杂考证。"夫如是，则《红楼梦》之以解脱为理想者，果可菲薄也欤？夫以人生忧患之如彼，而劳苦之如此，苟有血气者，未有不渴慕救济者也；不求之于实行，犹将求之于美术。独《红楼梦》者，同时与吾人以二者之救济。"②

王国维运用近代西方哲学观念和方法对《红楼梦》进行全新的阐释，其价值与意义早已远远超出单纯的学术研究范畴，连同他后来的《人间词话》等多种文学理论著作的问世，他的学术研究及其影响，已为民国文学、文论的建设和发展做了充分的理论准备，同时也在价值观念、审美理想、创

---

① 王国维：《〈红楼梦〉评论》，徐洪兴编选：《王国维文选》，上海远东出版社1997年版，第168、170页。

② 王国维：《〈红楼梦〉评论》，徐洪兴编选：《王国维文选》，上海远东出版社1997年版，第178页。

作思维和艺术范式等方面，获得自我更新、自我转化的理论机制的建构，为民国文论奠定了深厚的理论基础，诚如陈寅恪在《王静安先生遗书·序》中所指出的那样，先生之著作"其学术性质固有异同，所用方法亦不尽附会"，但足"可以转移一时之风气，而示来者以轨则也。"①

同样，运行近代西方文艺理论的观念和方法，对中国传统戏曲等进行学术研究，王国维也不只是对戏曲这种文学样式进行纯粹的考证式研究，而是通过对传统文学样式的考证、梳理、辨析，从中发掘文学的历史进化规律，对"一代有一代之文学"，提供文学自身进化的内在证明，获得观念上的革新和转变，如他的《宋元戏曲考》等戏曲研究，②其成就及其影响同样不局限在学术研究领域，而是对整个民国文化、文学、文论的建设，都产生了广泛的影响。

就戏曲的文化和审美特性而言，中国传统的戏曲是典型的农耕文明的产物。精致、优雅、中和、通俗的审美形态，在艺术表现上达到了无以复加的地步，充分地表现了生活在农耕社会人们的审美理想，抒发了农耕社会人们的心理情感。不同于西方戏剧通过偏重真实的艺术再现，塑造具有鲜明性格的人物形象，设置激烈的戏剧冲突的方式来再现人生的矛盾，中国传统戏曲则是偏重于艺术表现，以规范而富有灵性的程式，优雅而富有抒情的唱腔，平和而富有韵律的畅晓对白，精湛而富有美感的动作，创造一种不可企及的美，抒发一种追求美好人生的理想情怀。在《宋元戏曲考·序》中，王国维指出："往者读元人杂剧而善之，以为能道人情，状物态，词采俊拔，而出乎自然，盖古所未有，而后人所不能仿佛也。"通过对宋元为代表的中国传统戏曲的考源、辨析和梳理，王国维在这种保存着丰富的中国文化传统和

---

① 陈寅恪《金明馆丛稿二编》，生活·读书·新知三联书店2001年版，第247—248页。
② 自1908年起，王国维先后撰写了八种与戏曲有关的著作，即《曲录》（1908）、《戏曲考源》（1909）、《〈录鬼簿〉校注》（1909）、《优语录》（1909）、《唐宋大曲考》（1909）、《录曲余谈》（1910）、《古剧脚色考》（1911）、《宋元戏曲考》（1912）。后来，他将这些著作合称为《宋元戏曲史》。

审美元素的文学样式上，发现了中国文化、文学独特的艺术审美气质。譬如，在谈到元杂剧的特点时，王国维指出："元剧最佳之处，不在其思想结构，而在其文章。其文章之妙，亦一言以蔽之，曰：有意境而已矣。何以谓之有意境？曰：写情则沁人心脾，写景则在人耳目，述事则如其口出是也。"①显然，王国维真正地发现了元杂剧对中国文化、文学审美理想和艺术表现传统的继承与发展的特点，如同他反复强调的那样："古诗词之佳者，无不如是（指'意境'——引者注）。元曲亦然。明以后其思想结构，尽有胜于前人者，唯意境则为元人所独擅。"如同其他文学样式一样，以元杂剧为代表的中国戏曲，其审美性质也是偏重于艺术表现的。中国戏曲中的唱腔、舞蹈、武打、对白和一系列的程式化艺术表演，都极富抒情性、写意性、诗意性。所以，中国戏曲如同诗词创作一样，所创造的是具有"意境"的艺术，即通过一切艺术手段，创造出一种天人合一、主客一体、情景交融的"意境"，追求艺术表现的"象外之象"、"言外之意"、"弦外之音"和"味外之味"。

王国维对宋元戏曲的考证，不仅对中国戏曲这种文学样式的历史发掘做出了巨大的学术贡献，同时也引发了民国新一代学人在鼓吹新文化、新文学当中，对自身悠久的历史文化、文学传统的高度重视，激发了民国新一代学人相对应的理论思维和治史热情。正是在这个意义上，王国维所做的学术研究工作，为民国文学、文论在建设与发展当中，采用近代西方文艺理论观念和方法，不断激活自身的传统因子，使之进行创造性的转化，构建富有自身丰富的文化积淀的新的审美范式做出了表率。这种学术上的薪火传承，在民国特定的历史文化语境中，实际上它已完全超出了单纯的学术范畴，而具有文化重建和启示推动新文学发展的价值意义。像比王国维的《宋元戏曲史》晚十一年问世的鲁迅的《中国小说史略》，也是对中国小说的生成与发展所

---

① 王国维：《宋元戏曲考》，上海古籍出版社 1998 年版，第 99 页。

进行的学术研究，同样不局限在单纯的学术领域，而是对民国以来的现代小说的建设与发展，提供了有益的历史镜鉴。从晚清至民国治学传统上来看，一直都有以戏曲和小说两种文学样式为"治史"样本的传统。

在民国学术史上，涌现出了一大批优秀的曲论家、史论家，像吕天成、臧懋循、王骥德、李渔、王国维、鲁迅、周作人、郑振铎、马廉……①这种具有深厚的文化积淀的学术研究，作为一种文化"集体无意识"的积淀和资源，对民国文化人在新的历史时期脱颖而出，提供了文化储备上的强有力支持。因此，近代西方文化、文学思潮对民国文学、文论的影响，就是从这样一个特定的历史维度出发，承担了重要的奠基性的任务。

也许，学术研究不会对民国文学、文论的生成产生最直接的推力，但学术研究本身及其所产生的学术成果和影响，则会对文学、文论的生成和发展提供广泛的历史借鉴和深厚的文化学识与理论素养。从民国学术研究对文学、文论的影响上来看，王国维的意义主要表现在两个方面：一是通过对近代西方文化的学习、借鉴，借此来研究中国历史、文化和文学，为新文学生成直接提供一种可参照的摹本，为民国文学、文论在发生学的层面上，认识自身的传统、特质、特征和局限，提供了可借鉴、可学习的样式与思考途径，并对民国文学、文论的观念形成、思想架构等方面产生直接的影响；二是通过对中国历史、文化、文学等诸多领域的考源、考证和史实梳理，为民

---

① 可以说，自王国维以来，民国学人形成了一种"治史"的传统。在王国维之后，有鲁迅的《中国小说史略》的问世。郭沫若在《历史人物》一文中曾认为："王先生的《宋元戏曲史》和鲁迅先生的《中国小说史略》，毫无疑问，是中国文艺史研究上的双璧；不仅是拓荒的工作，前无古人，而且是权威的权威，一直领导着百万的后学。"据不完全统计，民国学人对中国传统戏曲、小说、诗文进行考证研究，比较有影响的有郑振铎，主要著作有：《玄怪录》（辑佚）、《警世通言》、《醒世恒言》、《孤本元明杂剧》（点校）和《中国俗文学史》等；胡士莹（1901—1979），主要著作有：《弹词宝卷书目》、《话本小说概论》等；王季思（1906—1995），主要著作有：《玉轮轩曲论》、《中国文学史》等；蒋瑞藻（1891—1929），主要著作有：《小说考证》、《戏剧考证》等。另外，还有周作人、马廉（1893—1935）等研究中国文学的著名学者。民国学人的这些学术研究工作，无疑都对民国文学、文论的建设和发展，提供了深厚的历史、文化和文学资源的支持。

国文学、文论的建设和发展，直接提供了历史的借鉴和历史传统的深刻透视，同时也为民国文学、文论承继历史传统，批判和扬弃历史传统，以及在认识自身丰厚的历史文化积淀，进行深刻的思想文化反省当中，激活创作和理论热情，获得文学思想和艺术的深度诉求，获得丰富而广泛的文化体验，奠定了扎实的基础。

引进近代西方文化、文学理论，民国在翻译上是不遗余力的。据不完全统计，除了对近现代西方文学作品的翻译之外，同时也翻译了近现代西方文学中的相关理论著作和文章，如鲁迅的翻译活动，他一生共翻译了 15 个国家近 200 多位作家的作品，涉及短、中、长篇小说、戏剧、童话、诗歌、散文（含散文诗）、科幻作品、杂文、文艺理论（含专集和单篇论文），总字数达 300 万字，并且形成了自己独特的翻译观。[①]与鲁迅一道开始文学翻译的周作人，早年对日本、俄国、英国等国家的文学作品，进行了大量的翻译，他的"人的文学"和"平民文学"主张的提出，在相当大的程度上，与他翻译外国文学，受到文艺复兴以来的近现代西方文学观念的影响是分不开的。在民国文学发生之初，沈雁冰（茅盾）对外国文学理论的译介，对民国文学理论的建设也做出了重大的贡献。

民国八至九年（1919 至 1920 年）间，沈雁冰（茅盾）相继撰写了《托尔斯泰与今日之俄罗斯》和《俄国近代文学杂谈》，详细地介绍了俄罗斯文学大师列·托尔斯泰和近现代俄罗斯文学的发展。在他主编的《小说月报》中，曾专门刊发了"俄罗斯文学研究专号"、"法国文学研究专号"和"被损害民族的文学专号"等，此外，还先后刊发了"泰戈尔专号"、

---

① 鲁迅主张"直译"，是"硬译"的倡导者。在《〈文艺与批评〉译者附记》中，他指出："从译本看来，卢那卡尔斯基的论说就已经很够明白，痛快了。但因为译者的能力不够和中国文本来的缺点，译完一看，晦涩，甚至而至于难解之处也真多；倘将仂句拆下来呢，又失了原来的精悍的语气。在我，是除了还是这样的硬译之外，只有'束手'这一条路——就是所谓'没有出路'——了，所余的惟一的希望，只在读者还肯硬着头皮看下去而已。"《鲁迅全集》（第 10 卷），人民文学出版社 1981 年版，第 299 页。

"拜伦专号"、"安徒生专号"、"罗曼·罗兰专号"等。在翻译实践中，沈雁冰（茅盾）还编译了十几种外国神话和寓言故事。客居日本期间，他撰写了《神话杂论》、《北欧神话ABC》，是最早把希腊、北欧神话介绍给中国读者的翻译家之一。在30年代，沈雁冰（茅盾）在进行创作的同时，还撰写了两部重要的西方文学论著《汉译西洋文学名著》（1935年）和《世界文学名著讲话》（1936年），翻译了苏联作家丹钦科的《文凭》和吉洪诺夫的《战争》，编辑了他介绍弱小民族文学的译文集《桃园》，并协助鲁迅在上海创办了《译文》杂志（1934年）。抗战期间及40年代，茅盾也仍然没有停止翻译活动，不仅参加了《苏联文学丛书》的编辑工作，而且还翻译了像巴甫连科的《复仇的火焰》等作品。沈雁冰（茅盾）一贯主张建设民国文学和文论，一是要批判继承中国古典文学的优良传统，二是要广泛吸取外国进步文学的成功经验。他的一系列有关文学翻译的理论主张和外国文学研究的观点，在民国文学创作和理论中都发挥了重要的作用，产生了深远的影响。

民国时期的一些作家，由于从小受到良好的教育，大都有留学海外的经历，在知识结构上，中西文化、文学的学养深厚，对外语的掌握和运用都比较好，因此，在译介近现代西方文学理论方面，所涉及的面则比较广，除了周氏兄弟、胡适、陈独秀等人之外，还有像郭沫若、郁达夫、成仿吾、徐志摩、梁实秋、闻一多、田汉、洪深、宋春舫等，根据民国文学、文论发展的需要，广泛地译介了国外先进的文艺理论，为民国文论建设和发展直接提供借鉴。像徐志摩对英国文学（主要是英国诗歌及著名作家哈代的作品）的翻译与借鉴，戴望舒对法国象征派文学（主要是象征派诗歌及现代欧美诗歌）的翻译与借鉴，夏衍对苏联进步文学的翻译与借鉴，以及郑振铎编撰

《世界文库》等①。民国作家的翻译活动和编撰工作，一方面为国人广泛地介绍了世界文学发展的状况和动向，另一方面则是为民国文学的创作直接提供了可借鉴的榜样，推动了民国文学与世界文学发展主流的对应和对接，为民国文学汇入世界文学发展主流，获得自身新的思维、新的创作视野、新的艺术形式与技巧，提供了借鉴的动力和思想的指南，尤其是为整个中国新文学成功地转化传统文学（古典文学），提供了可转换的理论范本，使许多民国作家能够通过翻译的外国文学，获得对世界文学发展的广泛了解和创作上的深度借鉴。如民国诗人唐湜在回忆自己接受西方现代诗歌影响时就说，他非常喜欢"倾听欧洲诗人们在明媚的河畔歌咏，有时听着雪莱的云雀鸣啭、济慈的夜鹰轻啼，有时也进入象征的森林漫游，浪漫主义的激情引起了我的狂放不羁的幻想。"②值得一提的，民国的翻译活动和编撰工作，在为新文学培养了一批作家的同时，还贡献了一批专业的外国文学翻译家（专业翻译工作者），如梁实秋、孙用、孙大雨、陈望道、傅东华、朱生豪、朱维之、邵洵美、曹未风、黄源、王佐良、罗大纲、草婴、胡风、傅雷、赵萝蕤、赵瑞蕻、袁可嘉、林淡秋、冯亦代等。他们的翻译活动或外国文学的译介、编译、编撰工作，不仅为外国文学在民国时期的普及和传播做出了重要贡献，更重要的是为民国文学、文论的建设和发展，提供了可借鉴、可参考的参照体系和价值尺度。

近现代西方文艺理论的引进和影响，推动民国文论的建设和发展，最受益的还是民国作家，一是让他们的创作在广度和深度方面，得到了理论的滋养，使他们能够深刻地体味到中西文化交汇而激荡出来的那种以往所未曾认

---

① 郑振铎主编的《世界文库》，是我国最早、最有系统性地介绍世界各国文学名著的大型译介丛书。丛书的编译得到了鲁迅、茅盾、郁达夫等著名作家的支持。编译委员会有如蔡元培、鲁迅、周作人、茅盾、郁达夫、俞平伯、王鲁彦、胡愈之、丰子恺、黄源、夏丏尊、陈望道、孙用、孙大雨、吴晗、方光焘、胡仲持、傅东华等人。该文库共刊出十多个国家的100多部文学名著，堪称当时的一项规模较大的文化工程，对民国文学、文论的建设与发展，产生了重要的影响。
② 唐湜：《新意度集》，生活·读书·新知三联书店1989年版，第192页。

识到的精神气质，二是由文化异同所带来的新的心理感受，进而使自身所形成的文学感应和博大的文化胸襟，对异域文化产生独特的反应，这都使民国文学创作迅速与世界文学发展主潮相对接和对应。像鲁迅早期的论文《科学史教篇》、《文化偏至论》、《摩罗诗力说》等，就反映出 20 世纪初中国知识界对近代西方的科学、文化、哲学、文学思潮的完整理解。在文学方面，周氏兄弟（鲁迅、周作人）翻译、编撰《异域小说集》，办《新生》杂志，向国人大力介绍异域文化、文学，也都充分地显示出了此时的作家对于近现代西方文化、文学的独特理解，例如，周作人对日本文化、文学的独特观感和摄取，郁达夫对日本"私小说"的独特认识和精细体味，都是非常典型的个案。还有在欧美留学的民国作家也是如此，像徐志摩对"康桥"（剑桥）的深情厚谊，林徽因对欧美诗歌、戏剧的偏爱，李金发、戴望舒、巴金、艾青接受法国文学的影响，还有左翼作家对苏俄文学的接受和传播，都对近代西方文化特质有着独到的理解和深刻的体验。这种现象都说明，在近现代特定的历史文化变迁的语境中，民国作家率先完成了审美意识的现代转换。

周作人在民国七年（1918 年）撰写《爱的成年》一文中，曾借勃来克的话说："'勃来克承认力（Energy）是唯一的生命；理（Reason）便是力的外界。力是永久的悦乐。'……他的希望，是在将来社会上，成立一种新理想新生活。"①通过对近现代西方文化、文学思潮及其理论的译介，民国文论不仅自身获得新理论的建构，同时本身也成为鼓吹新文化、传播新思想、推动新文学创作的新生力量，特别是对民国进入现代化历史进程中的种种精神现象，做出了独特的文化反应，也使民国文学创作在表现处于大变动、大转型历史时期的国人特定的文化心理、性格、生存境况、存在意义和历史命运，乃至整个中国社会的发展前景等方面，都进行了独特的理论阐释和建构。因此，民国文论对近代西方文艺思潮的引进和自觉地接受影响，可以

① 周作人：《爱的成年》，高瑞泉编选：《周作人文选》，上海远东出版社 1994 年版，第 3 页。

说，对于整个新文学和文论的生成与发展而言，意义重大。民国作家和文论家在知识结构和理论素养方面，大都有学贯中西的特点，特别是像鲁迅、郭沫若、茅盾、梁实秋等民国文学大家，以及像周作人、徐志摩、巴金、艾青等一大批具有留学经历的民国作家，他们能够带着深刻的异域文化体验和感受，主动地接受世界文学主流和新潮的心理体验，来进行文学创作和理论研究，这样也就使他们能够产生与以往的作家不同的文学抱负、文学理想，能够做到融通中西，与时俱进，进而为整个中国的发展制定一条"外之不后于世界潮流，内之仍弗失固有血脉"①的文化、文学发展策略，主导着（至少是深刻地影响着）民国以来兴起的新文学和文论的发展方向，整体性地推动了中国文学的现代转型，加快了与世界文学对接的步伐。

第三节　民国新文化运动兴起对民国文论观念的构建

　　民国新文化运动的兴起，以《新青年》的创办为标志。《新青年》杂志于民国四年，也即 1915 年 9 月 15 日在上海创刊。主办人，也即杂志主编是陈独秀。创刊伊始，原名为《青年》杂志，从第 2 卷第 1 号（民国五年，即 1916 年 9 月）起改名为《新青年》。

　　在晚清时期开始发达的传媒出版业，进入民国后，更是进入了快速发展的时期，为传播新思想、新文化，提供了良好的条件。以当时的上海为例，因为开埠较早，工商业发达，城市生活繁华，思想较为活跃，在民国四年（1915 年）前后，上海就已经成为现代中国的出版中心。当时许多出版物，如《滑稽时报》、《莺花杂志》、《笑林杂志》等，就是其中几种畅销月刊。在传播思想文化方面，民国三年（1914 年），有章士钊办的《甲寅杂志》，

---

① 　鲁迅：《坟·文化偏至论》，《鲁迅全集》（第 1 卷），人民文学出版社 1981 年，第 56 页。

主张"以条陈时弊、朴实说理为主旨"的办刊理念。
尽管不久被查禁，但它传播自由主义和改良主义思想
的传统，则部分地由另一刊物《大中华》所承担。该
刊于 1915 年（民国四年）1 月在上海创刊，由中华书
局发行，主要撰稿人包括晚清著名的思想家梁启超、
严复、谢无量、王宠惠、任致远、张东荪、马君武、
林纾、张謇、叶景莘等。该刊主旨是："养成国民世
界知识，增进国民人格，研究事理真相，以为朝野上
（陈独秀 1879—1942）
下之南针。"在《发刊辞》中，梁启超指出："吾以为中国今日膏肓之疾，
乃在举全国聪明才智之士悉辏集于政治之一途……而以举国聪明才智之士悉
辏集于政治，故社会事业一方面虚无人焉，既未尝以从社会方面培养适于今
世政务之人才，则政治虽历十年百年终无根本改良之望。"该刊注重社会教
育，报道评论世界大势，战争之因果及中国将来之地位和国民的天职，并有
国际知名人士的传记及介绍国际事务关系的评述文章，对于欧战之影响及日
本的动向亦非常重视。内容涉及政治、军事、经济、外交、文化、科技等方
面的论说与记述，亦发表小说、诗歌、法令、文牍一类。梁启超本人在该刊
上也发表一系列重要文章，阐述他的政治、社会改造和思想文化方面的主
张。据不完全统计，他在该刊发表的文章主要有：《吾今后所以报国者》、
《中日最近交涉平议》、《欧战之动因》、《政治之基础与言论家之指针》、
《中国与土耳其之异》、《余之币制金融政策》、《各国交战时之举国一致》、
《作官与谋生》、《中日时局与鄙人之言论》、《中国地位之动摇与外交当局之
责任》、《外交轨道外之外交》、《交涉乎命令乎》、《解决悬案耶新要求耶》、
《示威耶挑战耶》、《痛定罪言》、《敬举两质义促国民之自觉》、《复古思潮
平议》、《宪法起草问题答客问》、《良心麻木之国民》、《异哉所谓国体问题
者》等，对民国之初的文化界、思想界、学术界均产生了广泛的影响。

早在 1903 年，陈独秀从日本留学归来，到达上海时，就开始考虑办报纸或杂志的事宜。同年 8 月，他与章士钊等人合作，创办了《国民日日报》，接替当时已被查封的《苏报》。相比《苏报》的激进倾向而言，该报比较注重对社会现象和思想文化方面动态的理性分析，但即便如此，仍然被晚清政府视作"异端邪说"，并"通令长江一带，严禁售阅"。在这之后，陈独秀从上海回到安庆，于 1904 年 3 月在芜湖创办《安徽俗话报》，他既是主办人，也是主要撰稿人和编辑。这份报纸通俗易懂，丰富的思想内容和白话文的形式，深受民众喜爱。民国建立之后，陈独秀认为，现代国家的建立，"欲使共和名副其实，必须改变人的思想，要改变思想，须办杂志"。①据汪原放在《亚东图书馆与陈独秀》一书中记载，陈独秀曾请好友汪孟邹帮忙在上海创办杂志。据汪孟邹后来回忆说："他想出一本杂志，说只要十年、八年功夫，一定会发生很大影响。"然而，当时亚东图书馆财力较弱，无力资助，但汪孟邹找到群益出版社的陈子沛、陈子寿兄弟商讨此事，两兄弟欣然答应，并商定杂志每月编辑费和稿费为二百元。经过一系列筹备工作，1915 年 9 月 15 日，《青年》（La Jeunesse）杂志在上海正式诞生了。②

在《青年》杂志创刊词中，陈独秀呼吁青年人为民族和国家的未来，创造新的文化，传播新的思想，提倡新的道德，他告诫青年人要——

　　自主的而非奴隶的；进步的而非保守的；进取的而非退隐的；世界的而非锁国的；实利的而非虚文的；科学的而非想象的。

---

① 转引自：任卓宣《陈独秀先生的生平与我的评论》，《传记文学》第 30 卷 5 号。

② 汪原放：《亚东图书馆与陈独秀》，学林出版社 2006 年版，第 33 页。《青年》杂志于 1916 年 9 月改名为《新青年》，原因是上海群益书社收到了上海青年会的一封信说，《青年》杂志与他们的周报《上海青年》的名字有些雷同，应该及早更名，以避免冒名之嫌。而当时北洋政府的著作权法对假冒仿制等也有明文规定。于是，出版方为了避免不必要的麻烦，建议杂志更名为《新青年》。参见张珊珍：《陈独秀和〈新青年〉》，http://cpc.people.cn/2012 - 12 - 26

他同时还指出："青年如初春，如朝日，如百卉之萌动，如利刃之新发于硎，人生最可宝贵之时期也。青年之于社会，犹新鲜活泼细胞之在人身。新陈代谢，陈腐朽败者无时不在天然淘汰之途，与新鲜活泼者以空间之位置及时间之生命。人身遵新陈代谢之道则健康，陈腐朽败之细胞充塞人身则人身死；社会遵新陈代谢之道则隆盛，陈腐朽败之分子充塞社会则社会亡。"

《青年》杂志的创刊，特别是陈独秀等新文化先驱者的文章的发表，标志着中国新文化运动的发生，也标志着晚清以降的中西文化碰撞、交汇，已经从社会政治制度层面，全面进入到了思想、精神和文化层面，出现了重建新的文化、重构新的人生价值与意义的历史发展新时期。如同茅盾在论述民国兴起的新文学生成原因时所指出的那样："那时的《新青年》杂志自然是鼓吹'新文学'的大本营，然而从全体上看来，《新青年》到底是一个文化批判的刊物，而新青年社的主要人物也大多数是文化批判者，或以文化批判者的立场发表他们对于文学的议论。他们的文学理论的出发点是'新旧思想的冲突'，他们是站在反封建的自觉上去攻击封建制度的形象的作物——旧文艺。这是'五四'文学运动初期的一个主要的特性，也是一条正确的路径。"①

在民国兴起的新文化运动中，胡适也是一员主将。在反驳当时流行的"西洋文明是物质的，东方文明是精神的"论调时，他坚持认为："人们用思想作为工具，运用科学方法，利用、征服、约束、支配周围的环境，使生活能力变得格外自由和强大，生活的色彩也随之丰富起来。"② 基于对民国兴起的新文化观念的肯定，胡适选择的首先是在文学领域，根据"文明进

（胡适 1891—1962）

---

① 茅盾：《〈中国新文学大系·小说一集〉导言》，赵家璧主编：《中国新文学大系》（第3集），上海良友图书印刷公司1935年版，第5页。

② 胡适：《实验主义》，转引自：《现代学术史上的胡适》，生活·读书·新知三联书店1993年版，第165页。

化之公理"，提出了"一时代有一时代之文学"的观点，以彰显新文化运动的影响力。他说：

> 文学者，随时代而变迁者也。一时代有一时代之文学：周秦有周秦之文学，汉魏有汉魏之文学，唐、宋、元、明有唐、宋、元、明之文学。此非吾一人之私言，乃文明进化之公理也。即以文论，有《尚书》之文，有先秦诸子之文，有司马迁、班固之文，有韩、柳、欧、苏之文，有语录之文，有施耐庵、曹雪芹之文，此文之进化也。试更以韵文言之：击壤之歌，五子之歌，一时期也。三百篇之诗，一时期也。屈原、荀卿之骚赋，又一时期也。苏李以下，至于魏晋，又一时期也。江左之诗流为排比，至唐而律诗大成，此又一时期也。老杜、香山之"写实"体诸诗（如杜之《石壕吏》、《羌村》，白之《新乐府》），又一时期也。诗至唐而极盛，自此以后，词曲代兴。唐五代及宋初之小令，此词之一时代也。苏、柳（永）、辛、姜之词，又一时代也。至于元之杂剧传奇，则又一时代矣。凡此诸时代，各因时势风会而变，各有其特长。吾辈以历史进化之眼光观之，决不可谓古人之文学皆胜于今人也。左氏、史公之文奇矣，然施耐庵之《水浒传》视《左传》《史记》，何多让焉？三都两京之赋富矣，然以视唐诗宋词，则糟粕耳。此可见文学因时进化，不能自止。唐人不当作商周之诗，宋人不当作相如、子云之赋，即令作之，亦必不工。逆天背时，违进化之迹，故不能工也。
>
> 既明文学进化之理，然后可言吾所谓"不摹仿古人"之说。今日之中国，当造今日之文学。不必摹仿唐宋，亦不必摹仿周秦也。①

在胡适看来，随着文明的进化，一个时代将会出现适应一个时代的文学，而这种文学进化发展的特点，就是在"不摹仿古人"的基础上，获得

---

① 胡适：《文学改良刍议》，1917 年 1 月 1 日《新青年》第 2 卷第 5 号。

自身的一种新的创造。他认为，当今"惟实写今日之情状，故能成真正文学。""言之有物"，"不摹仿古人"，"讲求文法"，"不作无病之呻吟"，"务去烂调套语"，"不用典"，"不讲对仗"，"不避俗语俗字"等文学主张，并不是单纯地探讨文学的写作技巧问题，而是与"人"的文学观相对应的，与提倡文学的"写实"、"抒情"，提倡文学有"情感"、有"思想"的新的理念相一致的，体现了觉醒之后的现代中国人对于精神需求和情感表达的一种新的思想观念。同时，在这当中将文学语言从文言文改变为白话文，胡适的策略决非只仅仅是关注到文学语言形式的改变问题，其中还蕴含着深刻的文化理念的变化，以及相应的意义系统的变化。同时，也预示着新文学对文学话语权的抢占和置换，表明其对意义重构的高度关注，目的是要使民国兴起的新文学能够更好地传达现代人的思想和情感。胡适主张通过文学启迪国民心智，淳化国民情感，转变人的观念，提高精神境界，并认为这应是民国兴起的新文学的创作宗旨和意义诉求。他说："情感者，文学之灵魂。文学而无情感，如人之无魂，木偶而已。行尸走肉而已。（今人所谓'美感'者，亦情感之一也。）"又说："所谓'思想'，盖兼见地，识力，理想三者而言之。思想不必皆赖文学而传，而文学以有思想而益贵。思想亦以有文学的价值而益贵也。……思想之在文学，犹脑筋之在人身。人不能思想，则虽面目姣好，虽能笑啼感觉，亦何足取哉。文学亦犹是耳。"[1]通过文学的情感抒发，构筑新的人生意义世界，体现思想文化启蒙的目的，那么，民国兴起的新文学就完全不同于传统文学的"载道"，而是要充分地表现进入共和体制的现代中国人的思想情感、性格心理和历史命运。因为文学与情感、思想是互为一体的，它不是什么思想或载"道"的工具。出于"历史进化的文学观"的认知维度，胡适大力提倡"白话文学"，给予民国新文学的生成以有力的理论支持，同时也为民国文论建设和发展奠定了重要的理论基础，如

---

① 胡适：《文学改良刍议》，1917 年 1 月 1 日《新青年》第 2 卷第 5 号。

他所宣称的那样:"我们所提倡的文学革命,只是要替中国创造一种国语的文学。有了国语的文学,我们的国语才可算得真正国语。"①

胡适的文学理论主张,获得了广泛的响应。陈独秀在《文学革命论》一文中宣称:"余甘冒全国学究之敌,高张'文化革命军'大旗,以吾友之声援。旗上大书特书吾革命军三大主义:曰,推倒雕琢的阿谀的贵族文学,建设平易的抒情的国民文学;曰,推倒陈腐的铺张的古典文学,建设新鲜的立诚的写实文学;曰,推倒迂晦的艰涩的山林文学,建设明了的通俗的社会文学。"在陈独秀眼中,当时的文学,也即"今日吾国文学,悉承前代之弊。所谓桐城派者,八家与八股之混合体也。所谓骈体文者,思绮堂与随园之四六也。所谓西江派者,山谷之偶像也。……文学之文,既不足观。应用之文,益复怪诞。碑铭墓志,极量称扬,读者决不见信,作者必照例为之。寻常启事,首尾恒有种种谀词。居丧者即华居美食,而哀启必欺人曰,苫块昏迷。赠医生以匾额,不曰术迈岐黄,即曰著手成春。穷乡僻壤极小之豆腐店,其春联恒作'生意兴隆通四海,财源茂盛达三江'。此等国民应用之文学之丑陋,皆阿谀的虚伪的铺张的贵族古典文学阶之厉耳。"这种已经僵化了的文学,自然不是"人"的文学,不是"人之子"的心声,多半是腐朽之作、套路之作、形式之作,毫无生气、生机可言。陈独秀说,这些文学"于其群之大多数无所裨益也。其形体则陈陈相因,有肉无骨,有形无神,乃装饰品而非实用品。其内容则目光不越帝王权贵,神仙鬼怪,及其个人之穷通利达。所谓宇宙,所谓人生,所谓社会,举非其构思所及。……此种文学,盖与吾阿谀夸张虚伪迂阔之国民性,互为因果。"②

在新文化观念的影响下,民国七年(1918 年)《新青年》刊发了周作人的《人的文学》一文。这是民国文论史上一篇重要的文章,鲜明地表明了民国文学、文论的核心理念。在文中,周作人以欧洲文艺复兴时期所倡导

---

① 胡适:《建设的文学革命论》,1918 年 4 月 15 日《新青年》第 4 卷第 4 号。
② 陈独秀:《文学革命论》,1917 年 2 月 1 日《新青年》第 2 卷第 6 号。

的"人道主义"思想为标准，抨击了中国传统的"非人"文学，并对"人的文学"和"非人的文学"进行了区分。他指出：

　　欧洲关于这"人"的真理的发现，第一次是在十五世纪，于是出了宗教改革与文艺复兴两个结果。第二次成了法国大革命，第三次大约便是欧战以后将来的未知事件了。女人与小儿的发见，却迟至十九世纪，才有萌芽。古来女人的位置，不过是男子的器具与奴隶。中古时代，教会里还曾讨论女子有无灵魂，算不算得一个人呢。小儿也只是父母的所有品，又不认他是一个未长成的人，却当他作具体而微的成人，因此又不知演了多少家庭的与教育的悲剧。自从茀罗培尔（Froebel）与戈特文（Godwin）夫人以后，才有光明出现。到了现在，造成儿童学与女子问题这两大研究，可望长出极好的结果来。中国讲到这类问题，却须从头做起，人的问题，从来未经解决，女人小儿更不必说了。如今第一步先从人说起生了四千余年，现在却还讲人的意义，从新要发见"人"，去"辟人荒"，也是可笑的事。但老了再学，总比不学该胜一筹罢。我们希望从文学上起首，提倡一点人道主义思想，便是这个意思。

　　我们要说人的文学，须得先将这个人字，略加说明。我们所说的人，不是世间所谓"天地之性最贵"，或"圆颅方趾"的人。乃是说，"从动物进化的人类"。其中有两个要点，（一）"从动物"进化的，（二）从动物"进化"的。

　　……

　　这样"人"的理想生活，应该怎样呢？首先便是改良人类的关系。彼此都是人类，却又各是人类的一个。所以须营一种利己而又利他，利他即是利己的生活。第一，关于物质的生活，应该各尽人力所及，取人事所需。换一句话，便是各人以心力的劳作，换得适当的衣食住与医药，能保持健康的生存。第二，关于道德的生活，应该以爱智信勇四事为基本道德，革除一切人道以下或人力以上的因袭的礼法，使人人能享自由真实的幸福生活。这种"人的"理想生活，实行起来，实于世上的人，无一不利。富贵的人虽然觉得不免失去了他的所谓尊严，但他们因此得从非人的生活里救出，成为完全的人，岂不是绝大的幸福么？这真可说是二十世纪的新福音了。只可惜知道的人还少，不能立地实行。所以我们的在文学上略略提倡，也稍尽我们爱人类的意思。

但现在还须说明，我所说的人道主义，并非世间所谓"悲天悯人"或"博施济众"的慈善主义，乃是一种个人主义的人间本位主义。这理由是，第一，人在人类中，正如森林中的一株树木。森林盛了，各树也都茂盛。但要森林盛，去仍非靠各树各自茂盛不可。第二，个人爱人类，就只为人类中有了我，与我相关的缘故。墨子说兼爱的理由，因为"己亦在人中"，便是最透彻的话。上文所谓利己而又利他，利他即是利己，正是这个意思，所以我说的人道主义，是从个人做起。要讲人道，爱人类，便须先使自己有人的资格，占得人的位置。耶稣说，"爱邻如己"。如不先知自爱，怎能"如己"的爱别人呢？至于无我的爱，纯粹的利他，我以为是不可能的。人为了所爱的人，或所信的主义，能够有献身的行为。若是割肉饲鹰，投身给饿虎吃，那是超人间的道德，不是人所能为的了。

用这人道主义为本，对于人生诸问题，加以记录研究的文字，便谓之人的文学。其中又可以分作两项，（一）是正面的，写这理想生活，或人间上达的可能性；（二）是侧面的，写人的平常生活，或非人的生活，都很可以供研究之用。这类著作，分量最多，也最重要。因为我们可以因此明白人生实在的情状，与理想生活比较出差异与改善的方法。①

周作人坚持从"个性解放"的要求出发，充分肯定人道主义的思想作用，强调"利己而利他，利他即是利己"和"理想生活"的主张，提倡民国兴起的新文学应是以"人道主义为本"，"对于人生诸问题，加以记录研究的文字"的文学，它不在于材料方法，而在于创作态度，是以合乎人性

---

① 周作人：《人的文学》，1918 年 12 月 15 日《新青年》第 5 卷第 6 号。

"灵肉一致"生活为主导的，而"非人的文学"是以违反人性的礼法制度和兽性为主导的文学。他还强调指出，人的文学是以一种个人的人间本位主义为本的人道主义文学。他要求民国兴起的新文学必须以人道主义为本，观察、分析、思考和严肃认真地对待社会"人生诸问题"，尤其是社会底层人的"非人的生活"，必须对改造社会、改造人生持积极的态度，而非"游戏的态度"，要充分地展示人的"理想的生活"。他认为："中国文学中，人的文学，本来极少。从儒教道教出来的文章，几乎都不合格。"对于如何建构民国的新文学，确立"人"的文学观，周作人提出的思路主要集中在三个方面：一是个体本位主义。他说："我所说的人道主义，并非世间所谓'悲天悯人'或'博施济众'的慈悲主义，乃是一种个人主义的人间本位主义。"二是"人的文学，当以人的道德为本"，即"道德生活，应该以爱智信勇四事为基本道德，革除一切人道以下或人力以上的因袭的礼法，使人人能享自由真实的幸福生活。"三 是"人爱人类"，"使自己有人的资格，占得人的位置"，进而"改良人类的关系"。在文中，周作人对"人"的文学理论进行了全面系统的论述。他说："我们希望从文学上起首，提倡一点人道主义思想"，要"将人的意义，从新要发现'人'，去'辟人荒'"，以"改良人类的关系"，"人爱人类"。①基于"人的文学"观念，周作人后来还大力提倡"平民文学"，反对文学只讲功利，"以文艺为伦理的工具变成坛上的说教"，宣称他"很反对为道德的文学"，"以为艺术当然是人生的，因为他本是我们感情生活的表现……艺术是独立的，却又原来是人性的，所以既不必使他隔离人生，又不必使他服侍人生，只任他成为浑然的人生的艺术便好了"。②由此可见，周作人"人的文学"主张的提出，紧紧把握了民国初期新文学关于"人的发现"的根本主题，揭示出了新文学与现实人生之间的密切关系，在中国文学史上，第一次明确地把人作为文学表现的中心，从而确立了文学

① 以上引文均出自周作人：《人的文学》，1918 年 12 月 15 日《新青年》第 5 卷第 6 号。
② 周作人：《自己的园地》，北新书局 1923 年版，第 3 页。

革命的方向，使人道主义、个性解放，均成为民国新文学创作最重要的特色，也成为民国文论的核心价值观念，对民国时期新文学的理论建设和创作实践，都产生了重大的影响。

"人"的文学观念的确立，不仅区分了民国兴起的新文学与传统的旧文学的界限，为新文学的生成与发展，提供了思想发展和艺术想象的广阔空间，同时也为建构与时代发展相一致的新型审美理想，形成新的审美范式，特别是构建"大文论"的格局，奠定了坚实的基础，体现出了一种新的"文"的自觉，即由对人的主体精神的推崇，到对文学主体性的确认，这是民国文学理论观念上的一次重大的推进。说明新文学在生成之后，也在不断地向文学自身回归，而文学主体性的确立，又意味着文学对社会人生拥有多视角、多维度、多层次的独立思考和审美价值选择的自主权。因此，作为一种新的样式，民国兴起的新文学将不同于古代文学，其内在的理论内涵、艺术追求、审美理念和艺术规范等，在文化转型的特定历史语境中，都将获得根本性的转变和新的发展。

正是基于这种新的观念，对于正在兴起的民国新文学来说，民国文论提出了一系列的新观点，如鲁迅就认为，新文学应具有改变国人精神、启迪国人心智的功能。在他看来，改变国民的精神是"第一要著"，而"善于改变精神的"，"当然要推文艺"，①因为"文艺是国民精神的火化"。通过文学启迪国民心智，淳化国民情感，转变人的观念，提高精神境界，这就是新文学的创作宗旨和意义诉求。胡适也指出："情感者，文学之灵魂。文学而无情感，如人之无魂，木偶而已。行尸走肉而已。（今人所谓'美感'者，亦情感之一也。）"又说："所谓'思想'，盖兼见地，识力，理想三者而言之。思想不必皆赖文学而传，而文学以有思想而益贵。思想亦以有文学的价值而益贵也。……思想之在文学，犹脑筋之在人身。人不能思想，则虽面目姣

---

① 鲁迅：《呐喊·自序》，《鲁迅全集》（第 1 卷），人民文学出版社 1981 年版，第 417 页。

好，虽能笑啼感觉，亦何足取哉。文学亦犹是耳。"①通过文学的情感抒发，构筑意义世界，体现思想启蒙的文化目的，就完全不同于传统文学的"载道"。文学与情感、思想是互为一体的，而不是思想或载"道"的工具。守常（李大钊）在题为《什么是新文学》一文中指出："我们所要求的新文学，是为社会写实的文学，不是为个人造名的文学；是以博爱心为基础的文学，不是以好名心为基础的文学；是为文学而创作的文学，不是为文学本身以外的什么东西而创作的文学。"②民国发起的新文化运动，使文学在由"旧"向"新"的转变过程中，开始摆脱传统文学那种与"道"的依附关系。陈独秀说："文学本非为载道而设，而自昌黎以讫曾国藩所谓载道之文，不过钞袭孔孟以来极肤浅极空泛之门面语而已。"在他看来，传统文学的"文以载道"，"既非创造才，胸中又无物，其伎俩惟在仿古欺人，直无一字有存在之价值。虽著作等身，与其时之社会文明进化无丝毫关系。"③沈雁冰（茅盾）也指出，"文以载道"的文学观是"抛弃真正的人生不去观察不去描写，只知把圣经贤传上腐朽了的格言作为全篇的'柱意'，凭空去想象出些人事，来附会他'因文见道的大作'。"④所以，新文学要摆脱那种与"道"的依附关系，抛弃那种"工具"性质的依附物，因为"人类情绪的流泄于文学中的，不是以传道为目的，更不是以娱乐为目的，而是以真挚的情感来引起读者的同情"。⑤这样，民国兴起的新文学在肩负思想文化启蒙的重任当中，也将真正地使自身具有"独立自尊之气象"，成为"人生的自然呼声"，"不管它浪漫也好，写实也好，表象神秘也好，一言以蔽之，这总是人的文学——真的文学。"⑥

---

① 胡适：《文学改良刍议》，1917 年 1 月 1 日《新青年》第 2 卷第 5 号。

② 守常：《什么是新文学》，1919 年 12 月 8 日《星期日》社会问题号。

③ 陈独秀：《文学革命论》，1917 年 2 月 1 日《新青年》第 2 卷第 6 号。

④ 沈雁冰：《自然主义与中国现代小说》，1922 年 7 月《小说月报》第 13 卷第 7 号。

⑤ 西谛：《新文学观的建设》，1922 年 5 月 11 日《文学旬刊》第 37 期。

⑥ 沈雁冰：《文学和人的关系及中国古来对于文学者身份的误认》，1921 年 1 月《小说月报》第 12 卷第 1 号。

第二章　文化转型发展与
民国文论意义诉求

晚清以来的中西文化的碰撞、交汇，导致了中国传统的文化语境、知识谱系、价值典范、话语系统等都出现了前所未有的震荡，并从根本上开始摇撼传统的以"仁"为价值核心，以"忠、孝、礼、义、廉、耻"为人生纲常的威权地位，迫使其开始从中心滑向边缘。从文化体系和结构的特性上来看，造成传统意义失落的最根本的原因，还在于建立在农业文明基础之上的儒家文化，作为长期主导中国文化发展的中坚力量和中国人长期推崇的价值理想与人生信仰，在整个世界性的现代化进程中，愈来愈显示出它的不适应性和发展的滞后性，进而再难以为整个中国的社会变迁和文化转型，为迈向现代化的中国人提供一整套具有时代意义的终极关怀。意义的失落和危机，导致了现代中国人的价值取向危机：传统的精神信仰——以儒家基本道德价值为核心的人生价值观发生基础性的动摇；传统的价值取向——儒家的意义世界不足以支持现代人生，传统文明的失重引发文化认同上的深刻危机。

作为"后发外生型"迈入现代化的民国，文化转型是一种必然发生的现象。这种转型是在多重合力下发生的，既有外来文化冲击的压力因素，也有自身文化发展逻辑的推力因素。林毓生强调指出，导致中国文化的全面转型，其中一个最根本的原因就是"西方文明以各种不同的形式逐渐破坏了传统文化的稳定性和连贯性，而且在总的方面影响了中国思想和文化的发展方向。"①本杰明·史华慈（Benjamin Schwartz）也指出："无论二十世纪中国反传统冲动如何真实，有力，也不管过去的政治文化秩序结合得如何实在……对传统文化的复杂性以及它内部的多样性特征，正在进行富有成果的探索。"②出于强烈的民族文化复兴和对建立现代民族国家的热情企盼与想象，民国的知识分子以近现代西方文化为参照系，对中国传统文化的历史语境、价值理念、知识谱系、结构范型、话语方式等，都重新进行了全面的梳理与厘清，在为中国文化的现代转型进行全盘性策划的当口，重点是从文学的角度，对构建民国新的文论构架进行了认真的探索。

第一节　　"破"与"立"：民国文论新思维

置身于文化转型的历史时期，民国的文论家对传统文论的态度，首先是"破"，所采用的多是"批判性"的思维方式。陈独秀就曾指出："一切虚文空想之无裨于现实生活者"，都应"吐弃殆尽"。③他对传统文论进行了猛烈的批评，他说："自古以来的汉文的书籍，几乎每本每页每行，都带着反对德赛先生的臭味"，故要将其"打倒"，"就是断头流血，都不推辞。"④ 胡适明确指出，以往文学史上的这个派，那个派的，如江西派、桐城派、文选派等，"都没有破坏价值"，不是"真文学"和"活文学"。他希望倡导新

---

① ［美］林毓生：《中国意识的危机》，穆善培译，贵州人民出版社1986年版，第14页。
② ［美］本杰明·史华慈：《中国意识的危机·序》，穆善培译，贵州人民出版社1986年版，第3页。
③ 陈独秀：《敬告青年》，1915年9月15日《青年》第1卷第1号。
④ 陈独秀：《〈新青年〉罪案之答辩书》，1919年1月15日《新青年》第6卷第1号。

文学的人"对于那些腐败文学，个个都该存一个'彼可取代也'的心理，个个都该从建设一方面用力，要在三五十年内替中国创造出一派新中国的活文学"。①在他眼中，"真文学"、"活文学"就是有思想、有真情实感的文学。他以诗歌创作为例指出："如果诗不表达人类痛苦遭遇的呼喊，而只以做美女圣贤的传声筒自满，那么诗便忽略了其应负的神圣任务之一了。"②周作人在论述"人"的文学时，明确指出："全是妨碍人性的生长，破坏人类的平和的东西，统应该排斥"，③强调了新文学、新文论应在正视现实人生的矛盾中，确立现代思想意识的重要性。

在《文学革命论》一文中，陈独秀直接用了"推倒"一词来表示对传统文学、文论的"破"，他指出："元明剧本，明清小说，乃近代文学之粲然可观者。惜为妖魔所厄、未及出胎，竟尔流产。以至今日中国之文学，萎琐陈腐，远不能与欧洲比肩。此妖魔为何？即明之前后七子及八家文派之归、方、刘、姚是也。此十八妖魔辈，尊古蔑今，咬文嚼字，称霸文坛，反使盖代文豪若马东篱，若施耐庵，若曹雪芹诸人之姓名，几不为国人所识。若夫七子之诗，刻意模古，直谓之抄袭可也。归、方、刘、姚之文，或希荣誉墓，或无病而呻，满纸之乎者也矣焉哉。每有长篇大作，摇头摆尾，说来说去，不知道说些什么。此等文学，作者既非创造才，胸中又无物，其伎俩惟在仿古欺人，直无一字有存在之价值。虽著作等身，与其时之社会文明进化无丝毫关系。"在陈独秀看来，不彻底地"破"旧文学、旧文论的体系，对于民国文学而言，新的文学、新的文论就建立不起来。他严肃地指出："际兹文学革新之时代，凡属贵族文学、古典文学、山林文学，均在排斥之列。以何理由而排斥此三种文学耶？曰，贵族文学，藻饰依他，失独立自尊之气象也；古典文学，铺张堆砌，失抒情写实之旨也；山林文学，深晦艰

---

① 胡适：《建设的文学革命论》，1918 年 4 月 15 日《新青年》第 4 卷第 4 号。
② 胡适：《中国诗歌中的社会信息》，《中国社会政治科学》（英文版），1922 年 1 月号。
③ 周作人：《人的文学》，1918 年 12 月 15 日《新青年》第 5 卷第 6 号。

涩，自以为名山著述，于其群之大多数无所裨益也。其形体则陈陈相因，有肉无骨，有形无神，乃装饰品而非实用品；其内容则目光不越帝王权贵、神仙鬼怪及其个人之穷通利达。所谓宇宙，所谓人生，所谓社会，举非其构思所及，此三种文学公同之缺点也。此种文学，盖与吾阿谀夸张虚伪迂阔之国民性，互为因果。今欲革新政治，势不得不革新盘踞于运用此政治者精神界之文学，使吾人不张目以观世界社会文学之趋势，及时代之精神，日夜埋头故纸堆中，所目注心营者，不越帝王权贵、鬼怪神仙与夫个人之穷通利达，以此而求革新文学，革新政治，是缚手足而敌孟贲也。"①

民国文论的建构，强调"破"的思维，形成了一种思想共识。郑振铎在评论"文学研究会"的文学主张时指出：

他们反抗无病呻吟的旧文学；反抗以文学为游戏的鸳鸯蝴蝶派的"海派"文人。他们是比《新青年》派更进一步的揭起了写实主义的文学革命的旗帜的。他们不仅推翻传统的恶气，也力拯青年们于俗流的陷溺与沉迷之中，而使之走上纯正的文学大道。

他们排斥旧诗旧词，他们打倒鸳鸯蝴蝶派的代表"礼拜六"的文士们。

他们翻译俄国，法国及北欧的名著，他们介绍托尔斯泰，屠格涅夫，高尔基，安特列夫，易卜生以及莫泊桑等人的作品。

他们提倡血与泪的文学，主张文人必须和时代的呼号相应答，必须敏感着苦难的社会而为之写作。文人们不是住在象牙塔里面的，他们乃是人世间的"人物"，更较一般人深切的感到国家社会的苦痛与灾难的。②

---

① 陈独秀：《文学革命论》，1917年2月1日《新青年》第2卷第6号。
② 郑振铎：《五四以来文学上的论争》，蔡元培等：《中国新文学大系导论集》，上海良友图书印刷公司1935年版，第71页。

对于传统文学和文论的"破"，鲁迅则分别是在理论和实践两个层面来展开的。他声称："孔孟的书我读得最早，最熟，然而倒似乎和我不相干"，①旨在以一种激进的方式，来对传统论文进行全面的清理与批判。在他看来，传统文论论人、论文均是"中庸"、"调和"，让人"沉静，而又疲弱"②，"默默生长，以至枯萎"，也就是"教人不要动"。③鲁迅重点是对由传统文论所表现的出来的"四平八稳"的观念，进行了

（鲁迅 1881—1936）

猛烈的批评。譬如，对传统文论鼓吹的"大团圆"、"十景病"、"类型化"等理论主张，认为其直接的结果就是为国民制造出了一条"瞒"和"骗"的"奇妙逃路"，并且日益堕落，缺乏"直面人生"的勇气：

> 不幸这一勇气，是我们中国人最所缺乏的。
>
> ……
>
> 中国的文人，对于人生，——至少是对于社会现象，向来就多没有正视的勇气。
>
> ……
>
> 于是无问题，无缺陷，无不平，也就无解决，无改革，无反抗。因为凡事总要"团圆"，正无须我们焦躁；放心喝茶，睡觉大吉。
>
> ……
>
> 中国的文人也一样，万事闭眼睛，聊以自欺，而且欺人，那方法是：瞒和骗。

---

① 鲁迅：《坟·写在〈坟〉后面》，《鲁迅全集》（第1卷），人民文学出版社1981年版，第285页。
② 鲁迅：《集外集拾遗·〈路谷虹儿画选〉小引》，《鲁迅全集》（第7卷），人民文学出版社1981年版，第325页。
③ 鲁迅：《华盖集·北京通信》，《鲁迅全集》（第3卷），人民文学出版社1981年版，第52页。

……

中国人的不敢正视各方面，用瞒和骗，造出奇妙的逃路来，而自以为正路。在这路上，就证明着国民性的怯弱，懒惰，而又巧滑。一天一天的满足着，即一天一天的堕落着，但却又觉得日见其光荣。①

鲁迅终生厌恶古典的柔和、纤巧之音，他曾以屈原为例，指出屈原虽有"放言无惮"的抗俗精神，但也"多芳菲凄恻之音，而反抗挑战，则终其篇未能见，感到后世，为力所强。"②在他看来，传统文论作为一种历史的形态，如果不对此进行创造性的价值转换，也就难以再适应新时代的发展需要。

民国时期对旧文学、旧文论的"破"，矛头主要是指向"文以载道"。陈独秀说："所谓载道之文，不过钞袭孔孟以来极肤浅极空泛之门面语而已。余尝谓唐宋八家文之所谓'文以载道'，直与八股家之所谓'代圣贤立言'，同一鼻孔出气。以此二事推之，昌黎之变古，乃时代使然。于文学史上，其自身并无十分特色可观也。"③胡适在解释"文学改良"的"八事"主张时，第一条就是要做到"言之有物"，并还特别申明他所说的"物"，"非古人所谓'文以载道'之说也"，而是指文章的思想和情感，也就是古人所说的文章的"质"。刘半农则是认真地从"文"的释义入手，解析了"文"和"道"的关系。他指出："道是道，文是文。二者万难并作一谈。"如果作文只是"生吞活剥孔孟之言"，"堆砌之于纸上"，"则'文'之一字，何妨付诸消灭"，而"奉为神圣无上之五经之一之诗经"也没有一首"足当'文'之名者"，故"文以载道"之说，"其立说之不通，实不攻自

---

① 鲁迅：《坟·论睁了眼看》，《鲁迅全集》（第1卷），人民文学出版社1981年版，第241页。
② 鲁迅：《坟·摩罗诗力说》，《鲁迅全集》（第1卷），人民文学出版社1981年版，第69页。
③ 陈独秀：《文学革命论》，1917年2月1日《新青年》第2卷第6号。

破"。①叶圣陶对此也进行了认真的反思，他指出："国人对于文学素抱一种谬误的见解：一方视为玩弄之具，一方视为卫道之器。本此见解而从事撰作，当然长居于黑暗时期，没有永久辉耀的作品出现了。这是深沉的酣梦，是必须促使觉醒的。"②而周作人则是从中国文学发展史的角度，考察了"文以载道"的来龙去脉。在他看来，对于真正的中国文学来说，"文以载道"只被看作是一个口号而已，只是到了唐宋以后才成为中国文学的主流观念，出现了一个"载道派"的"道统"传统。

　　大概是受到周作人的影响，苏雪林曾专门写了一篇《文以载道》的文章。这篇被她自己称为足以代表她学术功底的文章，收入她的评论集《蠹鱼生活》一书中，由上海真善美书店于民国十八年（1929 年）出版。在文章中，她旁征博引，以翔实的史料，从文学史的角度阐释了什么是道，文应该载什么样的道，文与道之间究竟存在着什么样的关系。通过充分的学理性论证，她提出"文学最大的作用是表现感情的，而不应超负荷地传道"的观点。在她看来，传道或者传播知识、传播真理，都应该是科学的事情，是自然科学、哲学社会科学、法学等承担的使命，而文学就是要"表现人的丰富情感"，如果将文学当作工具使用，就大大降低了文学的艺术功效，也就是扩大和超过了文学自身所承受的范围，文学是不应载什么道的，否则，文学就不能称其文学，文学是难以承受"道"的重负的。她指出："文学与人有密切的关系，则谓文学为发表真理的工具，更没有什么不可。……以文学本身使命而言；文学最大的作用是表现情感的，它的职能是感（to move）而不在教的。安诺尔德（Anorld）谓文学非以喻特殊之人，及仅为事物之记识。包斯勒德（Posnett）谓文学无论为散文，为诗，在愉快于最大多数之人，而不务训诫，且当训之于通知识，而排弃专门知识。这话就比较圆满。传达智识尚不必，发表真理的义务，当然要教哲学去担负。文学尽不必当仁

①　刘半农：《我之文学改良观》，1917 年 5 月 1 日《新青年》第 3 卷第 3 号。
②　叶圣陶：《文艺丛谈》，《叶圣陶集》（第 9 卷），江苏教育出版社 2004 年版，第 54 页。

不让，将它拉到自己身上来。"因此，"对于'文以载道'的学说，可以下一个结论了。我的结论是：文学的使命，并不在发现真理，至于狭义的真理，如孔子之道，当然更不成问题。"①诗人朱湘也在同名的文章中，则从世界文学的范畴论述了"文以载道"的实际含义，他指出，世界文学发展中存在三种不同类型的"载道"文学，即"载神道，载世道，以及载人道"的文学。他认为，"古代便是载神道的文学的兴盛期，中代便是载世道的文学的，近代便是载人道的"文学。②

与苏雪林的观点相接近的还有老舍，同是在大学任教的缘故，需要给学生讲清楚"文以载道"的来由，老舍在30年代写的《文学概论讲义》中，也对"文以载道"进行了学理上的分析。他认为，在建设新文学、新文论时，首先就应该用"怀疑，思考，比较，评定古物价值"的眼光，去梳理传统文学的价值观念。他指出，在"文以载道明理遂成了文人的信条"时，也就把"文艺毁苦了！这种论调与实行的结果，弄得中国文学""毫无生气"可言。而这"怎能说得通呢！道德是伦理的，文学是艺术的；道德是实际的，文学是要想象的；道德的目标在善，文艺的归宿是美；文学嫁给道德怎能生得出美丽的小孩呢？"③新文学倡导者对旧文学、旧文论主张的"文以载道"观念进行了全面的批判，为建构民国新文学、新文论，扫除了认识观念上的障碍，奠定了理论的基础。

不言而喻，民国时期对于旧文学、旧文论的"破"，并不是单纯地为了"破"而"破"，真正的目的还是为了"立"，也就是为了建立民国新的文学和文论体系，如同陈独秀所呼吁的那样："吾国文学界豪杰之士，有自负为中国之虞哥、左喇、桂特、郝卜特曼、狄铿士、王尔德者乎？有不顾迂儒

---

① 苏雪林：《文以载道》，参见：《蠹鱼生活》，上海真善美书店1929年版。

② 朱湘：《文以载道》，《文学闲谈》北新书局1934年版，第51页。

③ 老舍：《文学概论讲义》，《老舍文集》（第15卷），人民文学出版社1990年版，第10、22、27页。

之毁誉，明目张胆以与十八妖魔宣战者乎？予愿拖四十二生的大炮，为之前驱！"①也如同创造社成员周全平在《〈洪水〉复活宣言》中所指出的那样："没有创造，便没有世界。真正的破坏也是难能的而且是必需的……彻底的破坏，一切固有势力的破坏，一切丑恶的创造的破坏，恰是美善的创造的第一步工程。"②

如何建立民国新文学、新文论的体系，民国文论家非常注重从近现代西方文化、文学的知识谱系中，介绍、转译、接受和传播与现代文论的相关理论。胡适在比较东西方文明的特征时就指出："东方的文明的最大的特色是知足，西洋近代文明的最大特色是不知足"，"知足的东方人自安于简陋的生活，故不求物质享受的提高；自安于愚昧，自安于不识不知，故不注意征服自然，只求乐天安命，不想改革制度；只想安分守己，不想革命，只做顺民"，③因此，他主张"让那个世界文化充分和我们的老文化自由接触，自由切磋琢磨，借它的朝气锐气来打掉一点我们的老文化的惰性和暮气"，④甚至还提出要"充分的世界化"（Whole – hearted modernization）的观点。鲁迅也是如此，他认为，西方文化"常进于幽深，人心不安于固定"，⑤故"十九世纪以后的文艺，和十八世纪以前的文艺大不相同。十八世纪的英国小说，它的目的就在供给太太小姐们的消遣，所讲的都是愉快风趣的话。十九世纪的后半世纪，完全变成和人生问题发生密切关系。我们看了，总觉得十二分的不舒服，可是我们还得气也不透地看下去。"⑥在鲁迅看来，近代西方文学

---

① 陈独秀：《文学革命论》，1917 年 2 月 1 日《新青年》第 2 卷第 6 号。
② 《〈洪水〉复活宣言》，1925 年 9 月 16 日《洪水》第 1 卷第 1 号。
③ 胡适：《我们对于近代西洋文明的态度》，《胡适文存》（第 3 集第 1 卷），上海亚东图书馆 1930 年版，第 21 页。
④ 胡适：《试评所谓"中国本位的文化建设"》，《中国本位文化建设讨论集》，文化建设月刊社 1936 年版，第 238 页。
⑤ 鲁迅：《坟·文化偏至论》，《鲁迅全集》（第 1 卷），人民文学出版社 1981 年版，第 55 页。
⑥ 鲁迅：《集外集·文艺与政治的歧途》，《鲁迅全集》（第 7 卷），人民文学出版社 1981 年版，第 118 页。

前半部还显得安宁、平和、消闲，而随着文明进程的发展，在后半部其内在的对立、冲突、动荡，则是显而易见的。这说明其审美意识的转变是一种历史发展的趋向，民国新文学、新文论也应具有这样的一种建设性思路，应具有一种现代性的价值建构。

鲁迅选择的大都是近代西方文学那些"立意在反抗，指归在动作"的摩罗诗人，从翻译域外小说，到弃医从文后，系统翻译、引进近代西方文化、文学，他都坚持用现代的审美意识及其标准，来推动民国新文学、新文论的建设，其目的是要在文化转型时期，用现代的"天马行空似的大精神"，冲决旧文学、旧文论的囚笼，在创立新的文化、新的文学和新的文论。在他看来，应"大呼猛进，将碍脚的旧轨道不论整条或碎片，一扫而空"，只要是阻碍历史前进的，"无论是古是今，是人是鬼，是《三坟》《五典》，百宋千元，天球河图，金人玉佛，祖传丸散，秘制膏丹，全都踏倒他。"①鲁迅十分赞同厨川白村的美学观，认为新文学创作必须从一切内外在的束缚当中彻底解放出来，即"忘却名利，除去奴隶根性，从一切羁绊束缚解放出来，这才能成文艺上的创作。"②他强调："没有冲破一切传统思想和手法的闯将，中国是不会有真的新文艺的"，③主张写出人生的"血"和"肉"来。在《摩罗诗力说》里，他大力倡导"恶魔派文学"，以为"恶魔者，说真理也。"由此，鲁迅向古典的"和谐"进行发难："中国之诗，舜云言志；而后贤立说，乃云持人性情，三百之旨，无邪所蔽。夫既言志矣，何持之云？强以无邪，即非人志，许自繇于鞭策羁縻之下，殆此事矣？然厥后文章，乃果辗转不逾此界。"④在中国文学史上，《摩罗诗力说》可以算得上是第一篇公开提倡"恶"的文论。鲁迅推崇"上抗天帝，下制民众"的恶魔，就是

① 鲁迅：《华盖集·忽然想到六》，《鲁迅全集》（第3卷），人民文学出版社1981年版，第45页。
② ［日］厨川白村：《苦闷的象征》，鲁迅译，北新书局1925年版，第13页。
③ 鲁迅：《坟·论睁了眼看》，《鲁迅全集》（第1卷），人民文学出版社1981年版，第241页。
④ 鲁迅：《坟·摩罗诗力说》，《鲁迅全集》（第1卷），人民文学出版社1981年版，第68页。

要求民国的新文学、新文论，能够展示现代性的价值取向，以扫除旧文学、旧文论中那种文雅、中道、纤细、阴柔、伪善之气，建立新文学、新文论的开阔、理性、崇高、阳刚、进取的精神风尚。

胡适除了提倡"八不"主张之外，另一个策略是重点从"国语的文学"和"文学的国语"着手，要"替中国一种国语的文学"。他指出："有了国语的文学，方才可有文学的国语。有了文学的国语，我们的国语才可算得真正国语。国语没有文学，便没有生命，便没有价值，便不能成立，便不能发达。"①他从"工具"、"方法"和"创造"三个层面，对如何建立"国语的文学"，进行了理论的梳理和阐释。民国十年

《小说月报》封面

（1921 年）成立的"文学研究会"在"宣言"中也强调："整理旧文学的人，也须应用新的方法，研究新文学的更是专靠外国的书籍。"因此，在他们看来，"将文艺当作高兴时的游戏或失意时的消遣的时候，现在已经过去了。我们相信文学是一种工作，而且又是于人生很切要的一种工作；治文学的人当以这事为他终身的事业。"②在《〈小说月报〉改革宣言》中，民国新文学的倡导者们再次强调："同人深信文艺之进步全赖有不囿于传统思想之创造的精神；当其创造之初，固井庸俗之耳目，迨及学派确立，民众始仰其真理。……同人以为今日谈革新文学非徒事模仿西洋而已，实将创造中国之新文艺，对世界尽贡献之责任"。③创造社的同人则宣称，他们是在创造中国的前所未有的新文学。麦克昂（郭沫若）说："前一期的陈，胡，刘，钱，周主要在向旧文学的进攻，这一期的郭，郁，成，张却主要在向新文学的建

---

① 胡适：《建设的文学革命论》，1918 年 4 月 15 日《新青年》第 4 卷第 4 号。

② 文学研究会：《文学研究会宣言》，1921 年 1 月 10 日《小说月报》第 12 卷第 1 号。

③ 《〈小说月报〉改革宣言》，1921 年 1 月 10 日《小说月报》第 12 卷第 1 号。

设，他们以'创造'为标语，便可以知道他们的运动的精神。"①创造社建设新文学、新文论的主张，就是郁达夫在撰写《创造日宣言》中所强调的"我们想以纯粹的学理和严正的言论来批评文艺政治经济，我们更想以唯真唯美的精神来创作文学和介绍文学。"②

"破"和"立"的新思维，使民国文论的建构在起始阶段就显示出应有的思想深度，符合新文化"思想革命"所要求的建设目标，展示出"对于他自己的与共同的人类的运命"的精神。③正如西谛（郑振铎）所宣称的那样，民国新文学是"人生的自然的呼声。人类情绪的流泄于文字中的，不是以传道为目的，更不是以娱乐为目的。而是以真挚的情感来引起读者的同情的。"他还特别强调"这种新文学观的建立，便是新文学的建立的先声了。"④"破"和"立"的新思维，同时也让民国新文学、新文论发展的走向，显示出了与世界文学发展主流对应与对接的趋向。

第二节 "民主""科学"文化与民国文论新导向

1919 年（民国八年）1 月 15 日，陈独秀在《新青年》撰文说：本刊"只因为拥护德谟克拉西（Democracy）和赛因斯（Science）两位先生，才犯了这几条滔天的大罪。要拥护那德先生，便不得不反对孔教、礼法、贞洁、旧伦理、旧政治。要拥护那赛先生，便不得不反对旧艺术、旧宗教。要拥护德先生又要拥护赛先生，便不得不反对国粹和旧文学。……我们现在认定只有这两位先生，可以救治中国政治上道德学术上思想上一切的黑暗。若因为拥护这两位先生，一切政府的迫压，社会的攻击笑骂，就是断头流血，

---

① 麦克昂：《文学革命之回顾》，1930 年 4 月 10 日《文艺讲座》第 1 册。
② 郁达夫：《创造日宣言》，1923 年 7 月 21 日《创造日》。
③ 仲密：《平民文学》，1919 年 1 月 19 日《每周评论》第 5 号。
④ 西谛：《新文学观的建设》，1922 年 5 月 11 日《文学旬刊》第 37 期。

我们都不推辞。"①民国新文化和新文学的倡导者们从近现代西方文化的思想库里，直接搬来了"德先生"（民主）和"赛先生"（科学）两个武器，以弥补中国传统文化中的在这两个领域的不足。在他们看来，建设民国新文学、新文论，没有"民主"和"科学"的文化，既难以与传统文化、传统文学抗衡，也难以在"破"和"立"方面有所作为。

　　一般来说，中国传统文化中向来缺少"民主"和"科学"的思想元素，尽管有足以引为自豪的"四大发明"，对人类文明做出了重要的贡献，但严格的意义上来说，这只属于"技术"上的发明。因为没有"民主"（德先生）和"科学"（赛先生）的文化传统，所发明的火药长期以来多半只是用来做鞭炮，因为鞭炮主要功能有二：一是制造"热烈"的人伦欢乐场景，二是用来"驱邪"，扫除一些乌烟瘴气，而所发明的"指南针"，却多半只是用来做"罗盘"看风水。相比之下，"四大发明"中的"火药"和"指南针"传到欧洲，从某种角度来说，欧洲人在他们的"民主"和"科学"文化观念指引下，将中国人的发明转化为生产力，进而推动了欧洲的社会发展。可以说，欧洲人就是拿着中国人发明的"火药"，"炸毁"了中世纪的封建堡垒，推动了工业革命。用中国人的"指南针"，推动了航海术的发展，发现了新大陆，最终用坚船利炮撬开了近代中国落后的大门。民国的知识分子显然看到了这一历史进化的境况，认为不引进"民主"和"科学"的思想文化，也就不能推动新文化、新文学的发展，也不能完成中国社会、文化的现代转型。鲁迅就指责中国社会充斥着"吃人，劫掠，残杀，人身卖买，生殖器崇拜，灵学，一夫多妻，凡有所谓国粹，没一件不与蛮人的文化（？）恰合"。②如何治理中国社会这种怪现象？民国的知识分子认为，只能靠"民主"和"科学"的文化。鲁迅就指出："因为科学能教道理明白，

---

① 陈独秀：《本志罪案之答辩书》，1919 年 1 月 15 日《新青年》第 6 卷第 1 号。
② 鲁迅：《热风·四十二》，《鲁迅全集》（第 1 卷），人民文学出版社 1981 年版，第 327 页。

能教人思路清楚，不许鬼混，所以自然而然的成了讲鬼话人的对头。"①胡适也指出："科学的发达提高了人类的知识，使人们求知的方法更精密了，评判的能力也更进步了，所以旧宗教的迷信部分渐渐被淘汰到最低限度"。②虽然"民主"的文化诉求旨在保障公民应有的法律权利，看似与"科学"的文化在显性的逻辑形态层面上不尽相同，但其内在的文化意义诉求是一致的，所以，在民国时期，"民主"（德先生）与"科学"（赛先生）常被知识分子看做是一体化的，因为二者显示出文化诉求的一致性。

以"民主""科学"文化的标准来审视传统文论，不难发现，传统文论的概念和语义往往是模糊、朦胧而集约多义的，质本简约，意蕴含蓄，且大多不是那种框架、体系明晰，也不太擅长于理性的、明晰的逻辑推理、论证与分析，而多是有感而发，针对性、指向性明晰的感悟和点评，对应的大都为古朴、宁静和直觉感悟式的艺术经验的总结、提炼和传达，大多不是那种具有严格的美学规范和严密的逻辑论证性的论述，除刘勰的《文心雕龙》、叶燮的《原诗》等少数文论著作有内在的逻辑体系之外，绝大部分是以点评的方式，或心得体会的方式，如诗话、语录、笔记、批注等，表达一些富有理论概括性的范畴，像"韵外之致"、"象外之意"、"形神皆备"，以及"气韵"、"兴象"、"滋味"等等，都不是现代意义上的、严格的逻辑概念的界定，往往给后人留下了太多的随意性的理解和阐释。如"风骨"一词，有人认为"风是情，骨是辞"，也有人认为"风是情，骨是理"，还有人认为"风是内容，骨是形式"。可谓是公说公有理，婆说婆有理，众说纷纭，莫衷一是，其语义也大都模糊的、多义的、感悟式的。鲁迅对此曾有过精辟的论述。他说："假如有一位精细的读者，请了我去，交给我一枝铅笔和一张纸，说道，'您老的文章里，说过这山是'峻嶒'，那山是'巉岩'的，那究竟是怎么一幅样子呀？您不会画画儿也不要紧，就钩出一点轮廓来给我

<hr>

① 鲁迅：《热风·三十三》，《鲁迅全集》（第 1 卷），人民文学出版社 1981 年版，第 298 页。
② 胡适：《胡适文存》（第 3 集）上海亚东图书馆 1930 年版，第 7 页。

看看罢。请，请，请……'这时我就会腋下出汗，恨无地洞可钻。因为我实在连自己也不知道'峻嶒'和'巉岩'究竟是什么样子，这形容词，是从旧书上钞来的，向来就并没有弄明白，一经切实的考查，就糟了。此外如'幽婉'，'玲珑'，'蹒跚'，'嗫嚅'……之类，还多得很。"①传统文论的这种模糊、多义、朦胧的特点，在民国文论家看来，显然难以适应现代社会急剧变化的知识信息的快速与准确的传播，也难以清晰地传达现代人在多变的社会里那种复杂而纷繁的心理感受与情思。鲁迅在谈到翻译时就曾指出，"务欲直译，文句也反成蹇涩；欧文清晰，我的力量实不足以达之。"②他要求在翻译中尽量保持"欧文"的清晰文法。因此，中国新文学选择白话作文，其宗旨很明确，就是"不做言之无物的东西"，"要有话说，方才说话"，"有什么话，说什么话，话怎么说，就怎么说"，"要说自己的话，别说别人的话"，"是什么时代的人，说什么时代的话"，③做到明白、清晰、无误。用傅斯年的话来说，用白话作文，务必做到清晰，要使新文学成为"独创的白话文"，"超于白话文"，"有创造精神的白话文"。他主张"直用西洋文的款式，文法，词法，句法，章法，词枝（Figure of speech）……一切修辞学上的方法，造成一种超于现在的国语，欧化的国语，因而成就一种欧化国语的文学"，并在此基础上，"制造白话文"，"长进国语"，"借思想改造语言"。④由此可见，将传统文论的模糊、多义、朦胧，转向现代文论的清晰、明了、直义，显然不仅仅是单纯的文论技术层面的转向问题，而是在民国新文化的观念指引下，建构新文学、新文论的理论体系的需要，是与中国文化新旧转型时期特定思想文化启蒙的语境相吻合的，从中体现了一种历

---

① 鲁迅：《且介亭杂文二集·人生识字胡涂始》，《鲁迅全集》（第 6 卷），人民文学出版社 1981 年版，第 296 页。
② 鲁迅：《译文序跋集·〈小约翰〉引言》，《鲁迅全集》（第 10 卷），人民文学出版社 1981 年版，第 257 页。
③ 胡适：《建设的文学革命论》，1918 年 4 月 15 日《新青年》第 4 卷第 4 号。
④ 傅斯年：《怎样做白话文?》，1919 年 2 月 1 日《新潮》第 1 卷第 2 号。

史的和逻辑的必然性。

民国的"民主""科学"文化，给民国文论首先带来的是价值理念上的变化。蔡元培指出："欧洲近代文化，都是从复兴时代演出；而这个时代所复兴的，为希腊罗马的文化；是人所公认的。我国周季文化，可与希腊罗马的文化比拟，也经过一个烦琐的哲学时期，与欧洲中古时代相同，非有一种复兴运动，不能振发起衰；五四运动的新文学运动，就是复兴的开始。"同时，他还强调指出："其影响于科学精神民治思想及表现个性的艺术，均尚在进行之中。但是吾国历史，现代环境，督促吾人，不得不有奔轶绝尘的猛进。"①蔡元培认为欧洲文化，特别是自文艺复兴以来出现的近代民主科学文化，为近现代欧洲文学、文论的发展提供了观念变革的支持。遵循这种原则，民国文学、文论要获得发展，也同样要受到这种文化的洗礼，这样才会通过"科学民治思想"的展示，表现新文学的个性艺术，表现新文论的价值理念。

在这种文化的氛围中，民国文论所获得的新观念，主要集中在对新文学的价值特性的认定上。对于什么是新文学，新文学与旧文学的根本区别在哪里，在民国之初，各派文学主张都提出了各自不同的建设性意见。陈独秀认为，应充分认识"文学美术自身独立存在之价值"，②新文学的审美价值认定，应注重其自身独立性的培育。胡适则是将"情感"和"思想"看做是文学独立性之根本，指出："文学而无情感，如人之无魂"，而"文学以有思想而益贵，思想亦以有文学的价值而益贵也。"③鲁迅则认为，新文学应"是国民精神所发的火光，同时也是引导国民精神的前途的灯火"，并呼吁民国的新文学"作家取下假面，真诚地，深入地，大胆地看取人生并且写

---

① 蔡元培：《〈中国新文学大系〉总序》，赵家璧主编：《中国新文学大系》，上海良友图书印刷公司 1935 年版，第 2 页。
② 陈独秀：《答胡适之》，《独秀文存》，安徽人民出版社 1987 年版，第 636 页。
③ 胡适：《文学改良刍议》，1917 年 1 月 1 日《新青年》第 2 卷第 5 号。

出他的血和肉来的时候早到了；早就应该有一片崭新的文场，早就应该有几个凶猛的闯将！"①周作人将新文学的价值基点立在"人"的维度上，指出"用这人道主义为本，对于人生诸问题，加以记录研究的文字，便谓之人的文学。其中又可以分作两项，（一）是正面的，写这理想生活，或人间上达的可能性；（二）是侧面的，写人的平常生活，或非人的生活，都很可以供研究之用。"至此，民国新文学、新文论在价值观念上，基本上完成了"新"与"旧"的价值转换，这对于发展民国新文学，建立民国新文论来说，是一个巨大的历史进步。因为将"人"与"非人"的标准作为价值特性的认定原则，也就很好地区分了新文学、新文论与旧文学、旧文论的根本区别，如同周作人所说的那样："人的文学与非人的文学的区别，便在著作的态度，是以人的生活为是呢？非人的生活为是呢？这一点上，材料方法，别无关系。即如提倡女人殉葬——即殉节——的文章，表面上岂不说是'维持风教'，但强迫人自杀，正是非人的道德，所以也是非人的文学。中国文学中，人的文学，本来极少。从儒教道教出来的文章，几乎都不合格。"②

在这种价值观念的指引下，民国文论对新文学进行了体系性的建构，对新文学的使命、功能、文体、创作方法等各个方面都进行了认真的探索。成仿吾在论述新文学的使命时指出：

我想我们的新文学，至少应当有以下的三种使命：

一、对于时代的使命。

二、对于国语的使命。

三、文学本身的使命。

---

① 鲁迅：《坟·论睁了眼看》，《鲁迅全集》（第 1 卷），人民文学出版社 1981 年版，第 241 页。

② 周作人：《人的文学》，1918 年 12 月 15 日《新青年》第 5 卷第 6 号。

他还强调指出："至少我觉得除去一切功利的打算，专求文学的全 Per-
fection 与美 Beauty 有值得我们终身从事的价值之可能性。而且一种美的文
学，终或它没有什么教我们，而他所给我们的美的快感与慰安，这些美的快
感与慰安对于我们日常生活的更新的效果，我们是不能不承认的。"①成仿吾
坚持把"内心的要求"，当做是一切文学的"原动力"，也是肩负着使命的
一种"样式"，是文学家的"重大的责任"。他坚决反对旧文学所宣扬的
"文以载道"，强调文学应有自身的特性，应是"一种美的文学"。

西谛（郑振铎）也说："文学是人类情感之倾
泻于文字上的。他是人生的反映，是自然而发生的。
他的使命，他的伟大的价值：就在于通人类的感情
之邮。……而是以真挚的情感来引起读者的同情
的。"②胡适在论述新文学的功能时也强调指出："因
为文学的基本作用（职务）还是'表情达意'，故
第一个条件是要把情或意，明白清楚的表出达出，
使人懂得。"同时，他又指出还"必须有活泼精细的
理想（Imagination），把观察经验的材料，一一体会

《创造月刊》封面

出来，一一整理如式，一一组织完全；从已知的推想到未知，从经验过的推
想到不曾经验过的，从可观察的推想到不可观察的。这才是文学家的本
领。"③民国文论对新文学的这种价值认定导向，对新文学的体系建构产生了
很大的影响，同时也引发了对新文学的内部意识的高度关注，譬如对主观
"自我"表现的高度关注，像郭沫若就宣称："文艺的本质是主观的、表现
的"，"文艺是天才的创造物"，④"对于艺术上的见解，终觉不当是反射的

①　成仿吾：《新文学之使命》，1923 年 3 月 20 日《创造周刊》第 2 号。
②　西谛：《新文学观的建设》，1922 年 5 月 11 日《文学旬刊》第 37 期。
③　胡适：《建设的文学革命论》，1918 年 4 月 15 日《新青年》第 4 卷第 4 号。
④　郭沫若：《艺文私见》，1922 年《创造季刊》创刊号。

应当是创造的……真正的艺术品当然是由于纯粹的主观产生的。"①可以说，民国文论对新文学的价值特性的认定，体现了民国之初"民主""科学"文化的理性精神，对新文学的繁荣发展提供了坚实的理论支撑，也与古代文论的价值取向拉开了距离，为形成自身的独立价值体系，铺平了道路。正如钱理群后来所表述的那样，中国新文学"不仅是思想意义和道德意义上的解放，更是情感意义、审美意义的解放，人的一切情感—— 喜、怒、哀、乐、悲、愤、爱、憎……都被引发出来，在空前广阔的审美天地里，作自由的、奔放的、真实自然的表现。"②

在民国倡导的"民主""科学"文化氛围中，民国文论在与近代以来的西方文论进行互动中，获得认识观念上的启示，并正式引进西方的"litera-ture"（文学）理念，来对传统文论进行整体性的理论转化，就像鲁迅高度评价魏晋时期曹丕明确将"文"（文学）从其他领域独立出来一样，真正把"文"归入文学，使之获得自身鲜明的独立性，以便能够充当新文化运动的历史先锋，为民国社会的变革贡献文学的智慧。而文论也在整个新文学的体系中，获得自身的独立位置。在民国教育部公布的《高等师范学校课程标准》中，就曾正式要求"国文部及英语部之豫科，每周宜减他科目二时，教授文学概论"，也就是将"文学概论"（文论）正式进入了教学体系，获得了专业性的学科建设与发展。③

第三节　"人的文学"与民国文论的理论自觉

蔡元培在为《中国新文学大系》撰写《中国的新文学运动》一文中，曾将民国兴起的新文化、新文学与近代西方的文艺复兴相提并论，认为中国

---

① 郭沫若：《论国内的评坛及我对于创作上的态度》，1922 年 8 月 4 日《时事新报·学灯》。
② 钱理群：《试论五四时期"人的觉醒"》，《文学评论》1989 年第 3 期。
③ 转引自：舒新城编《中国近代教育史资料》（中册），人民教育出版社 1981 年版，第 729 页。

新文学是"人"的"复兴的开始"。鲁迅则在《文化偏至论》一文中，明确提出"立人"的思想主张："是故将生存两间，角逐列国是务，其首在立人，人立而后凡事举，若其道术，乃必尊个性而张精神。"同时，鲁迅还进一步提出要建立"人国"："国人之自觉至，个性张，沙聚之邦，由是转为人国。人国既建，乃始雄勇无前，屹然独见于天下。"①周作人更是提出了"人的文学"观念，指出："我们现在应该提倡的新文学，简单的说一句，是'人的文学'。应该排斥的，便是反对的非人的文学。"②高高飘扬着"人"的旗帜，可以说，这正是民国新文学的核心价值理念，也是民国文论生成的逻辑起点。

自从周作人倡导"人的文学"以来，民国文论在整体的建构上显示出一种理论自觉精神，也即是以自觉的历史理性批判精神，开辟民国新文学的新局面，形成民国文论新格局，推动传统文学、文论由古典向现代的转型。民国之初兴起的新文化、新文学、新文论，无论是提出打倒旧文化，提倡新文化，打倒旧道德，提倡新道德，打倒旧思想，提倡新思想，还是在文学上倡导白话文，提倡"人的文学"，都展示出一种新知识谱系的新人文精神。特别是反映在文学创作和理论建构上，无论白话诗歌的尝试，小说、戏剧新形式的创造，还是从域外介绍各种近现代文学思潮和创作方法，都首先是要论述其历史的迫切性和文化的合理性，以便确立新文学的正宗地位，建构民国富有逻辑思辨气息的"大文论"的理论体系。因此，无论是陈独秀的文学革命论，胡适的白话文学论和新诗创作，鲁迅的"立人"思想和"为人生"的文学观，周作人的"人的文学"观，茅盾提倡自然主义的文学，郭沫若、郁达夫、成仿吾等创造社同仁提倡富有个性自由的浪漫主义文学，及其后来形成的"革命文学"论争、左翼文学与自由主义文学论争、京派文学、海派文学、民族主义文学、"战国策"派等等，都为民国新文学、新文

---

① 鲁迅：《坟·文化偏至论》，《鲁迅全集》（第1卷），人民文学出版社1981年版，第57、56页。
② 周作人：《人的文学》，1918年12月15日《新青年》第5卷第6号。

论的建设与发展，开辟出广阔的新天地，筚路蓝缕，展现出先驱者鲜明的使命意识和崇高的责任感，正如鲁迅所说的那样"自己背着因袭的重担，肩住了黑暗的闸门，放他们到宽阔光明的地方去"。①

民国文论的理论自觉，总的发展取向和路径，是要借鉴近代以来西方文论的理论框架和逻辑理路，来打造具有现代"中国气派"和"中国风格"的文论体系，就像胡适在倡导"文学改良"和"文学革命"时一开始所明确指出的那样："有了这种'真文学'和'活文学'，那'假文学'和'死文学'，自然会消灭了。所以我望我们提倡文学革命的人，对于那些腐败文学，个个都该存一个'彼可取而代也'；个个都该从建设一方面用力，要在三五十年内替中国创造出一派中国的活文学。"②

究竟什么是民国文论所要追求的"中国气派"和"中国作风"，以及如何建构，这涉及民国文论如何获得自身理论自觉的根本问题。尽管明确提出这组文论概念是在40年代，③但自民国建立以来，各种文论的主张尽管不同，但基本上还是沿着这一理路演化、发展而来，逐渐地构建起了富有现代性价值内涵的民国文论体系。

从理论自觉的维度来看，围绕"人的文学"这一核心命题展开文论体系的建设，显示出民国文论的一种整体性、系统性和高品格的文论理论形态，其核心内涵主要表现在四个方面，即民族性、科学性、现代性和实践性的理论建构和追求。其中，民族性是其内在的文化底蕴，科学

---

① 鲁迅：《坟·我们现在怎样做父亲》，《鲁迅全集》（第1卷），人民文学出版社1981年版，第140页。
② 胡适：《建设的文学革命论》，1918年4月15日《新青年》第4卷第4号。
③ 有关"中国气派"和"中国作风"的提法，应是时任中共主席的毛泽东在1938年（民国二十七年）10月12日至14日在中共六届六中全会上所作的政治报告《论新阶段》的第七部分提出的，后编入《毛泽东选集》第2卷。原题为《中国共产党在民族战争中的地位》，目的是要求中共全体党员应明确地知道并认真地负起中国共产党领导抗日战争的重大历史责任。在1942年的延安文艺座谈会上，毛泽东再次强调了这一观点和提法。王任叔（巴人）在1939年（民国二十八年）9月1日的《文艺阵地》第3卷第10期上，发表题为《中国气派和中国作风》的文章，着重从文论的角度强调了这一观点和提法。

性是其鲜明的发展导向，现代性是其深厚的价值内涵，实践性是其指导创作实践的实际功能。

民国文论在初始阶段，存在着较明显的外倾性的现象。由于传统文论至少是在显性的逻辑理论体系上，思辨性不强，体系不鲜明，故民国初期的文论家大都是直接模仿近现代西方文论的理论建构，表现出比较明显的"欧化"或"西化"的特点。像傅斯年在《怎样做白话文》一文所直言的那样："照我回答，就是直用西洋文的款式、文法、词法、句法、章法、词枝（Figure of Speech）……一切修词学上的方法，造就一种超于现在的国语、欧化的国语，因而成就一种欧化国语的文学。"[1]但在实践中，这种全然的"欧化"的方式，显然举步维艰，难以适应民国文学、文论的发展。胡适后来提倡"多研究一些问题，少谈些'主义'"，也包含着这层意思。他说："空谈外来进口的'主义'，是没有什么用处的。一切主义都是某时某地的有心人，对于那时那地的社会需要的救济方法。我们不去实地研究我们现在的社会需要，单会高谈某某主义，好比医生单记得许多汤头歌诀，不去研究病人的症候，如何能有用呢？"[2]成仿吾在论述新文学的使命时也尖锐地指出："民族的自负心每每教我们称赞我们单音的文字，教我们辩护我们句法的呆板。然而他方面卑鄙的模仿性，却每每叫我们把外国低级的文字拿来模仿。这是很自相矛盾而极可笑的事情，然而一部分人真把他当做很自然的事了。譬如日本的短歌我真不知何处有模仿的价值，而介绍者言之入神，模仿者趋之若鹜如此。一方面那样不肯努力，他方面这样轻于模仿，我真不知道真的文学作品，应当出现于何年何月了。"[3]从民国文化的发展取向上来说，在文论体系建设中注重民族性内涵，是历史发展的必然要求。因

---

① 傅斯年：《怎样做白话文》，1919 年 2 月 1 日《新潮》第 1 卷第 2 号.
② 胡适：《多研究一些问题，少谈些"主义"》，1919 年 7 月 20 日《每周评论》第 31 期。
③ 成仿吾：《新文学之使命》，1923 年 3 月 20 日《创造周刊》第 2 号。

此，王任叔从毛泽东谈论马克思主义中国化那里受到启发，在民国二十八年（1939 年）撰写《中国气派和中国作风》一文中，对有关如何民族化的问题，算是有了一个正式的说法。

　　所谓民族性内涵，指的是在借鉴近现代西方文论的基础上，整个民国文论的理论话语体系，应该充分蕴含中华民族的特性，特别是应具有中华文化的精神元素，如同王任叔指出的那样："什么是'气派'？什么是'作风'？'气派'也就是民族的特性；'作风'也就是民族的情调，特性是属于作品内容的，这里有思想，风俗，生活，感情；情调是属于作品的形式的，这里有趣味，风尚，嗜好，以及语言的技巧。但无民族的情调，不能表现民族的特性；没有民族的特性，也无以表现民族的情调。中国作风与中国气派，在文艺作品上，是应该看作一个东西——一种特征"。他还指出："但新文学发展到今天，我们的文学的作风与气派，显然是向'全盘西化'方面突进了。这造成新文学与大众隔离的现象，大众没有可能把新文学当作他们精神的食粮"。对于新文学而言，如果作家是"不懂得旧的历史的传统的人，也无法创造新的历史。中国旧文学的遗产，是否全部都应该抛弃呢？不，我们可以坚决的说，其间有很多的优秀的作品，是值得我们学习的。简劲、朴素与拙直的《诗经》的风格；阔大、壮丽与放浪的《庄子》与《离骚》的想象，自然、和谐而浑然的汉魏六朝的古诗，杜甫对社会的关心与诗的格律的谨严，《西厢记》的口语运用的泼刺，《红楼梦》、《水浒》、《儒林外史》描写人物的逼真与记述的生动……这一切是否都是我们应该继承的遗产呢？我说，是的，是我们应该继承的遗产。"①从民族性的维度，建立与中华民族特性和具有中华文化精神的文论体系，这无疑是民国文论理论自觉的体现。因为民族性作为文论的一种内在的文化底蕴，是将具有"中国气派"和"中国作风"理论话语的基

---

① 王任叔：《中国气派和中国作风》，1939 年 9 月 1 日《文艺阵地》第 3 卷第 10 期。

础，进行传统的扬弃和现实的创新。

受民国之初倡导"民主"和"科学"文化的影响，民国文论注重自身科学体系的建构。如果说传统文论多是一点感悟式的评点，呈"点状"的结构模态，一些概念还缺乏清晰的理论界定，科学理论的思辨性和逻辑性有所欠缺，就像《小说月报》进行改革发表宣言所指出的那样："我国素无所谓批评主义，月旦既无不易之标准，故好恶多成于一人之私见"，①那么，民国文论理论体系的建构，就非常注重科学逻辑精神的培育。胡适在谈到民国文论借鉴西方经验而形成自身特点时指出："据我个人的观察，新思潮的根本意义只是一种新态度，这种态度叫做可叫作'评判的态度'。评判的态度，简单说来，只是凡事要重新分别一个好与不好。"②这种"评判的态度"，实际上指的就是科学的态度，强调要用科学的精神建立民国文论的理论体系，坚持实事求是，坚持真理的标准，主张理论和实践相结合、相一致，正确把握民国新文学的发展规律，把握其精神价值的诉求和艺术发展的特点。正如西谛（郑振铎）指出的那样："文学是人生的自然的呼声。人类情绪的流泄于文字之中的，不是以传道为目的的，更不是以娱乐为目的。而是以真挚的情感来引起读者的同情的。这种新文学观的建立，便是新文学的建立的先声了。不先把中国赖疲的'读者社会'的娱乐主义与庄严学者的传道主义除去，新文学的运动，虽不至绝对无望，至少也是要受到十分的影响的。"③用科学理论和精神审视新文学的建立和发展，民国文论注重从思想观念到创作实践的全方位的理论建构，如沈雁冰（茅盾）在写《文学与人生》、《社会背景与创作》等文章时，就注重从社会、人种、环境、时代、人格（作家人格）等多个维度来探讨新文学的发展问题。他指出："中国向来文学作品，诗，词，小说等都很

① 《〈小说月报〉改革宣言》，1921 年 1 月 10 日《小说月报》第 12 卷第号。
② 胡适：《新思潮的意义》，1919 年 12 月 1 日《新青年》第 7 卷第 1 号。
③ 西谛：《新文学观的建设》，1922 年 5 月 11 日《文学旬刊》第 37 期。

多，不过讲文学是什么东西，文学讲的是什么问题的一类书籍却很少，讲怎样可以看文学书，怎样去批评文学等书籍也是很少。刘勰的《文心雕龙》可算是讲文学的专书了，但仔细看来，却也不是，因为他没有讲到文学是什么等等问题。他只把主观的见解替文学上的各种体格下个定义。诗是什么，赋是什么，他只给了一个主观的定义，他并未分析研究作品。司空图的《诗品》也没讲'诗含的什么'这类的问题。从各方面看，文学的作品很多，研究文学作品的论文却很少。"在他看来，民国文论建设应注重科学理论的建构，他以近代西方文学为例指出："近代西洋的文学是写实的，就因为近代的时代精神是科学的，科学的精神重在求真，故文艺亦以求真为唯一目的。科学家的态度重客观的观察，故文学也重客观的描写。因为求真，因为重客观的描写，故眼睛里看见的是怎样的一个样子，就怎样写。……老老实实，不可欺人。"[①] 他强调要将"文学和别种方面，如哲学和语言文字学等"，划出"清楚的界限"，并注重对文学与人生的关系进行科学的考察，民国文论的科学理论体系就会真正建立起来。纵观整个民国文论发展的历史进程，可以说，沿着科学理论的轨道行进，是民国文论与传统文论拉开距离，形成自身独特性的一个重要因素。

"现代性"（Modernity）是民国文学发展挥之不去的话题。就民国社会、文化发展境况而言，晚清以来渴望摆脱被动挨打和贫穷落后的困境，迈向民族的独立、解放和建立新型国家的意识，不仅是确立现代性主体不可或缺的要素，而且它本身几乎就是现代性意识的唯一标记，由此生成的民国文学宏大叙事（Grand narrative），就一直都在为现代性重构构筑最基本的认知空间。李欧梵认为，晚清以来，梁启超提出的有关"中国国家新的风貌的想象"，对民国文化、文学的现代性建构，做出了重要的贡献，产生了深远的影响。他指出，梁启超一个非常重要的贡献就是"提出了对于中国国家新

---

① 沈雁冰：《文学与人生》，1922 年 7 月《松江第一次暑假学术演讲会演讲录》第 1 期。

的风貌的想象"。新的民族国家风貌的想象,"从文学的意义上来说,最重要的是叙述问题,即用什么样的语言和模式把故事叙述出来。"①因为文学是语言艺术,用什么样的语言和模式叙述故事,不单是一个文学技巧问题,而是一个通过文学如何赋予新的人生意义的问题。如果说旧的文学已经不能承担赋予新的人生以意义的功能,那么,民国通过新文学来寻求新的人生意义,赋予其新的思想内涵,乃是呼之欲出的历史必然,就像成仿吾指出的那样:"至少我觉得除去一切功利的打算,专求文学的全 Perfection 与美 Beauty 有值得我们终身从事的价值之可能性。而且一种美的文学,终或它没有什么教我们,而他所给我们的美的快感与慰安,这些美的快感与慰安对于我们日常生活的更新的效果,我们是不能不承认的。"②

民国文论家对新文学"现代性"价值内涵的建构,体现了晚清以来民族生存危机中的文化转型和发展的基本思路,其特点也就是以民族生存与发展为基点,以现实层面中"富国强兵"的民族国家理念为主导,以追求个性解放为核心的个人主体的觉醒和对新的民族国家共同体的道义承担,展开文学对新的民族国家共同体的想象。正如本尼迪克特·安德森所指出的那样,任何迈向现代化的民族国家,其"想象的共同体"都是由一系列文化符号所构成的,而它之所以是一种想象的、"虚幻"的共同体,原因就在于它是全民族成员的一种文化认同和情感的凝聚。民国文论家对"现代性"的关注,鲜明地表达出了全民族成员对新的民族国家共同体的文化认同和情感趋向。因为自晚清以来,文学的发展总是得益于渴望建立新的民族国家为主导的思想意识发展的强力驱动,也就是说,它几乎是强制性地与整个民族国家建构现代性的思想文化诉求紧密地联系在一起的。民国文论家对新文学现代性的建构,之所以被赋予诸多的思想文化启蒙的意识形态功能,并强调个人主体的确立必须获得民族国家主体的对应,就在于它被认为能够通过民

---

① 李欧梵:《中国现代文学与现代性十讲》,复旦大学出版社 2002 年版,第 9 页。
② 成仿吾:《新文学之使命》,1923 年 3 月 20 日《创造周刊》第 2 号。

族国家想象的共同体，将有关现代民族国家进入现代化历史进程所萌发的现代性价值的诉求，成功化地转化成人们的共识，如茅盾所强调的那样，新文学应有"三件要素：一是普遍的性质；二是有表现人生指导人生的能力；三是为平民的非一般特殊阶级的人的。唯其是要有普遍性的，所以我们要用语体来做；唯其是注重表现人生指导人生的，所以我们要注重思想，不重格式；唯其是为平民的，所以要有人道主义的精神，光明活泼的气象。"①用施蛰存的话来说，就是"现代人在现代生活中所感受的现代的情绪，用现代的词藻排列成的现代的诗形。"②正是在这个意义上，民国文论整体上显示出一种理性思考的精神，一种鲜明的理论自觉性。

民国文论的理论建构，注重实践性的功能和功效作用，而不是躲在"象牙之塔"里做纯粹的理论研究与探讨，也绝非少数精英人士的理论。作为中国历史上的一个全新形态的共和制国家，民国在展现"民主""科学"文化的现代性精神特质中，要求文论体系的建构应紧紧与新文学的创作实践相对应、相结合，旨在及时地总结新文学的创作经验，更好地进行指导新文学的创作。受近代西方文学的"反映论"思想的影响，沈雁冰（茅盾）指出，要克服传统文学粉饰现实、逃避现实的状况，就应该将文学与人生紧密地结合，"人们怎样生活，社会怎样情形，文学就把那种种反映出来。譬如人生是个杯子，文学就是杯子在镜子里的影子。所以可说'文学的背景是社会的'。"③民国文论是现代文化和现代思想在文学理论上的反映，民国文论的理论建设沿着这种路径而发展，重点是要用现代文化和现代思想来指导新文学的创作实践。

---

① 冰：《新旧文学评议之评议》，1920 年 1 月《小说月报》第 11 卷第 1 号。
② 施蛰存：《又关于本刊的诗》，1933 年 11 月 1 日《现代》第 4 卷第 1 期。
③ 沈雁冰：《文学与人生》，1922 年 7 月《松江第一次暑假学术演讲会演讲录》第 1 期。

在新文化和新文学运动二十年之际，由赵家璧主编的《中国新文学大系》①问世。为什么要进行这项编纂工程呢？一是为了显示"文学革命"的"实绩"，二就是为了对应、对接新文学创作实践，全面打造一种全新文论体系。赵家璧说："我国的新文学运动，自从民国六年在北京的《新青年》上由胡适、陈独秀等发动后，至今已近二十年。这二十年时间，比起我国过去四千年的文化过程来，当然短促不值得一提。它所结的果实也许及不上欧洲文艺复兴时代般的盛体美满，可是这一群先驱者开辟荒芜的精神，至今还可以当做我们年青人的模范，而他们所产生的一点珍贵的作品，更是新文化的至宝。"②从新文化发展的视域来审视新文学创作所取得的实绩，使民国文论获得了一种开阔的视野。在新文化先驱者看来，民国兴起的新文化、新文学运动，就是中国的文艺复兴运动。虽然只短短二十年的光景，但显示出破坏旧世界、创造新世界的精神气质，给中国文学的发展增添了思想和艺术的动力，所以，站在文学理论体系建设的高度，分别对民国文学的各个方面所取得的成就及时地进行总结，也就为打造全新的民国文论体系，创造了良好的条件，就像蔡元培在总序中所写道的那样："我国的复兴，自五四运动以来不过十五年，新文学的成绩，当然不敢自诩为成熟。其影响于科学精神民治思想及表现个性的艺术，均尚在进行之中。但是吾国历史，现代环境，督促吾人，不得不有奔轶绝尘的猛进。吾人自期，至少应以十年的工作抵欧洲各国数百年。所以对第一个十年先作一总审查，使吾人有以鉴既往而策将

---

① 《中国新文学大系》由赵家璧主编，1935—1936 年间由上海良友图书印刷公司出版。全书分为 10 卷：①《建设理论卷》，胡适编选。②《文学论争集》，郑振铎编选。③《小说一集》，茅盾编选。④《小说二集》，鲁迅编选。⑤《小说三集》，郑伯奇编选。⑥《散文一集》，周作人编选。⑦《散文二集》，郁达夫编选。⑧《诗集》，朱自清编选。⑨《戏剧集》，洪深编选。⑩《史料·索引》，阿英编选。由蔡元培撰作总序，各卷编选者分别就所选内容写了长篇导言（第十卷为《序列》）。特别是《建设理论集》、《文学论争集》和《史料·索引》选辑近 200 篇理论文章，系统地反映了民国兴起的新文学运动和新文学理论建设，从无到有、初步确立的历史过程。

② 赵家璧：《〈中国新文学大系〉前言》，赵家璧主编：《中国新文学大系》，上海良友图书印刷公司 1935 年版，第 1 页。

来，希望第二个十年与第三个十年时，有中国的拉飞儿与中国的莎士比亚等应运而生呵！"①总结民国新文学的创作经验和成就，这部大系共收小说 81 家的 153 篇作品，散文 33 家的 202 篇作品，新诗 59 家的 441 首诗作，话剧 18 家的 18 个剧本。值得注意的是，大系所编选的作品，均是在新文学的建设与发展过程中产生了积极作用，同时在艺术上也有很高成就的名作。蔡元培撰写的总序和各卷主编撰写的导言，都从理论的高度对新文学的发生、发展、理论主张、活动组织、重大事件、各种体裁的创作，进行了认真的审视和总结，既指出了民国新文学在创作上的成就与不足，也勾画出民国文论体系的整体框架，为后续的发展奠定了坚实的基础。

---

① 蔡元培：《〈中国新文学大系〉总序》，赵家璧主编：《中国新文学大系》，上海良友图书印刷公司 1935 年版，第 11 页。

第三章 审美文化嬗变与
民国文论价值建构

民国新文化的兴起，在审美领域内引发了从观念到行为的嬗变。在激烈的反传统的浪潮中，古典"中和之美"的审美观念开始受到质疑和批判。鲁迅在论述《红楼梦》的创作特点时指出："至于说到《红楼梦》的价值，可是在中国底小说中实在是不可多得的。其要点在敢于如实描写，并无讳饰，和从前的小说叙好人完全是好，坏人完全是坏的，大不相同，所以其中所叙的人物，都是真的人物。总之自《红楼梦》出来以后，传统的思想和写法都打破了。"①在谈到一些人将传统视作"国粹"时，鲁迅则愤激地指出："凡有所谓国粹，没一件不与蛮人的文化（？）恰合。"②沈雁冰（茅盾）也指出："中国文学，都表示中国人的性情，不喜现实，谈玄，凡事折中。

---

① 鲁迅：《中国小说的历史的变迁》，《鲁迅全集》（第9卷），人民文学出版社1981年版，第338页。
② 鲁迅：《热风·四十二》，《鲁迅全集》（第1卷），人民文学出版社1981年版，第327页。

中国的小说，无论好的坏的，末后必有个大团圆：这是不走极端的证据。"①
民国文论家注意到了传统文学、文论追求"中和之美"价值理想的特点，
他们认为，传统文论尽管在历史上发挥了重要功效，也有着重要的遗产价
值，但是在进入现代化社会后，这种审美文化日益显示出与历史进程的不合
拍，必须进行革命性的改造，才能显示出民国文论新的价值。茅盾在谈论
"文学研究会"的宗旨时指出："文学研究会是一个非常散漫的文学集团。
文学研究会发起诸人，什么'企图'，什么'野心'，都没有的；对于文艺
的意见，大家也不一致——并且未尝求其一致；如果有所谓'一致'的话，
那亦无非是'将文艺当作高兴时的游戏或失意时的消遣的时候，现在已经
过时了'，这一基本的态度。……当时文学研究会同人在反对游戏的消遣的
文艺观这一点上，颇有点战斗的精神了！"②他还强调指出："在那时候这正
是新文学运动的纲要之一，并且和那时候一般的文化批判的态度相应和。"③

　　民国文论对传统"中和之美"的批判，标志着传统审美文化在民国时
期开始嬗变，而这也将预示着民国文论启动了价值转换的进程。成仿吾指
出："我们是时代潮流中的一泡，我们所创造出来的东西，自然免不了要它
的时代色彩。然而我们不当止于无意识地为时代排演，我们要进而把住时
代，有意识地将它表现出来。我们的时代，它的生活，它的思想，我们要用
强有力的方法表现出来，使一般的人对于自己的生活有一种回想的机会与评
判的可能。所以我们第一对于时代负有一种重大的使命。现代的生活，它的
样式，它的内容，我们要取严肃的态度，加以精密的观察与公正的批评，对
于它的不公的组织与因袭的罪恶，我们要加以严厉的声讨。"④强调新文学的
发展应与时代的发展保持一致，肩负时代的重大使命，从审美文化观念上来

---

① 沈雁冰：《文学与人生》，1922 年 7 月《松江第一次暑假学术演讲会演讲录》第 1 期。
② 茅盾：《关于"文学研究会"》，1933 年 5 月 1 日《现代》第 3 卷第 1 期。
③ 茅盾：《〈中国新文学大系·小说一集〉导言》，赵家璧主编：《中国新文学大系》（第 3 集），
　　上海良友图书印刷公司 1935 年版，第 3 页。
④ 成仿吾：《新文学之使命》，1923 年 3 月 20 日《创造周刊》第 2 号。

说，民国文论的价值转换，也就是要推动新文学的审美理想由传统的"中和之美"向现代的"崇高之美"的价值转换。

第一节 由"中和"向"崇高"的价值转换

从总体上来说，中国传统文学、文论受中国文化、哲学和美学价值观念的影响与制约，非常注重建立人与对象之间（人与自然、人与社会、人与人、人与自我）"和谐"的相互关系，其特点是以传统的"中庸"哲学为基础，将"中和之美"作为审美的最高价值准则。中国传统文论善于在偏重于伦理美学的规约中，注重建构以"天人合一"为主导的审美思想体系。不论是在审美理想上，还是在艺术实践上，都强调坚持"乐而不淫，怨而不怒，悲而不伤"的"中和之美"的价值尺度，特别是中国文化注重"观乎人文以化成天下"的审美精神的构筑，在整个审美实践中，突出的是重人文的理想，重人伦的秩序，重和谐的思想，重直觉的体悟和重文化审美的化育功能的精神特征。冯天瑜指出，中国文化和社会的各种意识都是在遵循"天人合一"的思路中，走了一条"循天道，尚人文"①的发展路线。与其他形态的文化相比，中华文化（尤其是儒家文化）的生成和发展，主要是出自对现实人生的热爱与忧患，本质上是一种人生哲学，其核心是它一贯倡导的现世人文关怀。中国文化和美学精神，在遵循道德和伦理秩序的本体意义上，突出了中国文化所特有的"天人合一"的宇宙观，"知行合一"的实用理性精神，直观体验和感悟人生的思维方式，非功利的人生价值尺度，从容中庸的人生态度，对尽善尽美的人生理想的执着追求，贵和持中的人际关系，充满人性之善的人文关怀，重视天人关系和谐与现世人间性和人间秩序等方面的重要内涵。因此，中国文化和美学精神总是以其内涵的丰富性和精

---

① 冯天瑜：《中华元典精神》，上海人民出版社 1994 年版，第 174 页。

神价值的恒久性，深深地影响着整个中国古代社会、历史、人生、哲学、伦理、文学、艺术等各个领域。换言之，在整个文学领域内，无论是艺术创作，还是理论研究，这种影响都直接规约了文学的审美价值和意义的生成。

关于"中和之美"，《礼记·中庸》将其解释为："喜怒哀怨未发谓之中，发而皆中谓之和。致中和，天地位焉，万物育焉。"作为一种审美价值尺度，既有"定量"方面的折中、平衡的意思，也有"定性"方面的交汇、融合的含义。它是强调对立统一，主张在差异中求同，也即求同存异，和谐共生，相互渗透，融会贯通。就人生而言，指的是喜怒哀乐的情绪应持中贵和，反映在审美领域，也就是在表达情感时，要有一个适中的"度"的控制，不偏不倚，保持动态平衡。朱熹解释说："喜怒哀乐，情也；其未发，则性也。无所偏倚，故谓之中。"（朱熹：《四书集注》）所主张的就是对本身固有的"质"和"量"的坚守，对喜怒哀乐之情的掌控。程颢、程颐也解释说："不偏之谓中，不易之谓庸。中者，天下之正道；庸者，天下之定理。"（程颢、程颐：《二程集》）

坚持"中和之美"的价值尺度，传统文论在探讨文学的艺术机理和表现时，大多要求在文学创作中，能够以主体的智慧，囊括宇宙，包容一切，进而以主体融于客体，包融客体，超越客体的和谐自由，使有限的主体进入无限的宇宙时空，达到天、地、人的完美融合。不论是诗文、戏曲、歌舞还是绘画、书法等，都应遵循这一美学原则，坚持这一审美价值尺度，强调艺术处理多讲究在虚实相间、形神兼备的基础上，以"不涉理路，不落言筌"的方式，追求"羚羊挂角，无迹可求"，"透彻玲珑，不可凑泊"（严羽：《沧浪诗话·诗辨》），"不着一字，尽得风流"，"如空中之音，相中之色，水中之月，镜中之花，言有意而意无穷"（司空图：《诗品》）的审美意境，主张依据主体对客观对象的细致观察、感受和体悟的方式，将主观情感、情怀化作善于表意性的情感符号，展现出一种"贵在似与不似"、"妙在有意与无意"之间的艺术境界。

以"中和之美"为主导意识的传统文论，突出了将理想与现实、感性与理性、现象与本质、再现与表现、内容与形式单一地、朴素地、和谐地统一在一起的文论价值评判标准。在审美认识上，也非常注重以直观性和经验性的方式把握论述对象。周来祥在论述中国古典美学的特点时指出，中国传统文论也"基本上属于古典主义"。周来祥指出，古典主义"以素朴的唯物主义和辩证法为思想基础，强调差异、杂多的统一，以和谐为美，以人与自然、物与我、再现与表现、感性与理性的和谐结合，作为艺术的理想。它要求形式的和谐（形式美），更重视社会伦理的和谐（内容美）。"①

然而，当历史驶入现代化进程，传统"中和之美"的审美理想和价值尺度开始受到质疑和批判。这种追求宁静、精致、典雅的审美理想，在遭遇以现代化为标志的工业文明时代的审美意识冲击时，其价值与意义也就愈加显示出它的不合时宜性、滞后性和历史局限性的特点。特别是在与近代西方文化、文学、美学的对照比较当中，古典"中和之美"的价值，在理论建构上缺少严格的美学范畴的严密论证，大多是经验之谈，像"形"、"神"、"气韵"、"妙悟"等，都没有严格的逻辑内涵和外延，带有很大的随意性、多义性和模糊性，明显地与进入工业文明时代那种讲求明晰性、规范性、系统性、结构性的审美要求格格不入，加上在长期演变中所呈现出来的负面特征，使其本身难以再作为时代的主流审美意识占据中心的位置。于是，一种与时代发展相一致的审美呼唤之声，开始出现在中国的思想界、文化界和文学界。近代以来强调"我手写我口"的"自由"性质的审美理念，在民国之初开始有了"质"的发展，这就是对现代"崇高"审美意识的时代要求。

关于"崇高"，从审美文化的维度来看，它不像古典"中和"审美意识那样，注重矛盾的消融和对不和谐因素的剔除，而是在强调直面人生的矛盾当中，突出对立、冲突等不和谐审美元素的价值意义，从中完成对审美对象

---

① 周来祥：《论中国古典美学》，齐鲁书社 1987 年版，第 10 页。

的深度认识、审视、把握和创造。如同周来祥指出的那样："崇高（包括崇高型的艺术）则是主体与客体、人与自然、个性与社会、必然与自由等元素处于不和谐、不均衡、不稳定、无序的状态，是在它们尖锐的矛盾冲突中求平衡，在不和谐中求和谐、不自由中趋向于自由"，获得对人生意义和审美理想的再创造与再建构。①德国美学家席勒在论述"崇高"的涵义时指出："在有客体的表象时，我们的感性本性感到自己的限制，而理性本性却感觉到自己的优越，感觉到自己摆脱任何限制的自由，这时我们把客体叫做崇高的；因此，在这个客体面前，我们在身体方面处于不利的情况下，但是在精神方面，即通过理念，我们高过它。"②席勒把"美是自由"的理念，作为确定"崇高"审美的价值尺度，旨在通过对矛盾冲突的超越，获得由感性的限制向理性自由的转化。因为在他看来，在"崇高"中，感性和理性总是处在不和谐、不协调之中，必须进行相应的价值规约，方能实现"自由"的超越，如同张玉能指出的那样："席勒把主体与客体，主体身上感性与理性之间的矛盾斗争，精神的紧张和感官中明显的害怕痕迹，最终的精神振奋，作为崇高的特性。"③

民国文论在新文化、新文学生成之初，就表现出了对"崇高"审美价值转换和创造性的意义欲求，要求新文学摆脱越来越走向"虚幻"的古典"中和之美"审美意识的束缚，能够正视现实人生和凸显其内在矛盾，确立追求"崇高之美"的审美意识。陈独秀、胡适、鲁迅、周作人、钱玄同、刘半农、郭沫若、郁达夫、成仿吾、郑振铎等人，分别在理论和创作实践的层面上，发出了"崇高之美"的呼吁，并进行了系统的理论阐述，如陈独秀就指出："一切虚文空想之无裨于现实生活者"，都应"吐弃殆尽"。④他

---

① 周来祥：《论中国古典美学》，齐鲁书社 1987 年版，第 56—57 页。
② ［德］席勒：《论崇高》，张玉能译，文化艺术出版社 1996 年版，第 179 页。
③ 蒋孔阳、朱立元主编：《西方美学通史》（第 4 卷），上海文艺出版社 1999 年版，第 415 页。
④ 陈独秀：《敬告青年》，1915 年 9 月 15 日《青年》第 1 卷第 1 号。

对古典的"中和之美"发出了猛烈的批评，他说："自古以来的汉文的书籍，几乎每本每页每行，都带着反对德赛先生的臭味"，故要将其"打倒"，"就是断头流血，都不推辞。"①胡适说："知足的东方人自安于简陋的生活，故不注意真理的发现与技艺器械的发明；自安于现成的环境和命运，故不想征服自然，只求乐天安命，不想改革制度；只想安分守己，不想革命，只顾做顺民。"②因此，应借助近代西方文明的"崇高"精神来进行冲击、洗刷，"借它的朝气锐气来打掉一点我们的老文化的惰性和暮气。"③鲁迅也对"中和之美"的审美功能表示了质疑，认为就是让人消除缺陷和不平，保持"超稳定"的社会结构状态和人生心理平庸的平衡状态。所谓"和谐"、"中庸"，塑造的只是"沉静，而又疲弱"④的"默默生长，以至枯萎"的性格—心理特征，也就是"教人不要动"。⑤他对"中和之美"所表现的"四平八稳"式的审美规范，表示了强烈的不满，如对由追求"和谐"而提出的"大团圆"、"十景病"、"类型化"等，就提出了强烈的批评，认为其直接的结果就是为国民制造出了一条"瞒"和"骗"的"奇妙逃路"，并且日益堕落，缺乏"直面人生"的勇气。周作人在论述"人"的文学时，也十分明确地指出："全是妨碍人性的生长，破坏人类的平和的东西，统应该排斥"，⑥强调了新文学应在正视现实人生的矛盾中，确立现代的"崇高之美"审美意识的重要性。显然，在民国兴起的新文化浪潮中，新文学开启了由传统的"中和之美"向现代的"崇高之美"的历史进程。

走向"崇高之美"的价值转换，反映在民国文论领域内，一个最鲜明

① 陈独秀：《本志罪案之答辩书》，1919 年 1 月 15 日《新青年》第 6 卷第 1 号。
② 胡适：《我们对于西洋近代文明的态度》，《胡适文存》第 3 集第 1 卷，上海亚东图书馆 1934 年版，第 19 页。
③ 胡适：《试评所谓"中国本位的文化建设"》，1935 年《独立评论》第 145 号。
④ 鲁迅：《集外集拾遗·〈路谷虹儿画选〉小引》，《鲁迅全集》（第 7 卷），人民文学出版社 1981 年版，第 325 页。
⑤ 鲁迅：《华盖集·北京通信》，《鲁迅全集》（第 3 卷），人民文学出版社 1981 年版，第 52 页。
⑥ 周作人：《人的文学》，1918 年 12 月 15 日《新青年》第 5 卷第 6 号。

的标志就是从主体的维度对"力"和"自我"的倡导，并由此推动新文学的实践和发展。

对于"力"的崇拜和倡导，鲁迅在《摩罗诗力说》中，就选择了那些"立意在反抗，指归在动作"的摩罗诗人，认为屈原的诗歌虽表现出"放言无惮"的反抗精神，但也"多芳菲凄恻之音，而反抗挑战，则终其篇未能见，感动后世，为力非强。"他大力倡导"恶魔派"文学，认为"恶魔者，说真理也"，并对"中和之美"进行发难："中国之诗，舜云言志；而后贤立说，乃云持人性情，三百之旨，无邪所蔽。夫既言志矣，何持之云？强以无邪，即非人志，许自繇于鞭策羁縻之下，殆此事矣？然厥后文章，乃果辗转不逾此界。"①在中国文论史上，《摩罗诗力说》可以算得上是第一篇公开提倡"恶"（亦是现代"崇高"审美意识的重要构成要素）的文章。鲁迅推崇"上抗天帝，下制民众"的"恶魔"，就是要求新文学能够具有"恶"（"崇高之美"）的审美性质，扫除古典的文雅、中道、纤细、阴柔、伪善，倡导"力"（"崇高"）的新文学。他十分赞同厨川白村的美学观，主张那种"天马行空似的大精神"，那种冲决传统的、古典的"中和之美"的囚笼，在"立人"的思想层面上，创立新文化、新文学的精神。他宣称，要"大呼猛进，将碍脚的旧轨道不论整条或碎片，一扫而空"，只要是阻碍历史前进的，"无论是古是今，是人是鬼，是《三坟》《五典》，百宋千元，天球河图，金人玉佛，祖传丸散，秘制膏丹，全都踏倒他。"②只有这样，才能从一切内外在的束缚当中彻底解放出来，做"冲破一切传统思想和手法的闯将"，③才会催生新文学。

郭沫若也是"力"的大力倡导者。在《立在地球边上放号》一诗中，他强烈地表达了对"力"的讴歌：

---

① 鲁迅：《坟·摩罗诗力说》，《鲁迅全集》（第1卷），人民文学出版社1981年版，第68页。
② 鲁迅：《华盖集·忽然想到六》，《鲁迅全集》（第3卷），人民文学出版社1981年版，第45页。
③ 鲁迅：《坟·论睁了眼看》，《鲁迅全集》（第1卷），人民文学出版社1981年版，第241页。

无数的白云正在空中怒涌，

啊啊！好幅壮丽的北冰洋的情景哟！

无限的太平洋提起他全身的力量来要把地球推倒。

啊啊！我眼前来了的滚滚的洪涛哟！

啊啊！不断的毁坏，不断的创造，

不断的努力哟！

啊啊！力哟！力哟！

力的绘画，力的舞蹈，力的音乐，力的诗歌，力的 Rhythm 哟！

对"力"的赞美和讴歌，既凸显了对新文学"崇高之美"的推崇，也对生成新文学各种形态的文学，起到了强有力的促进作用。郭沫若就大力倡导"生命文学"，指出："生命与文学不是判然两物。生命是文学底本质。文学是生命底反映。离了生命，没有文学"，认为"生命底文学是个性的文学，因为生命是完全自主自律的。生命底文学是普遍的文学，因为生命是普遍咸同的。生命底文学是不朽的文学，因为 Energy 是永恒不灭的。生命底文学是必真、必善、必美的文学：纯是自主自律底必然的表示故真，永为人类底 Energy 底源泉故善，自见光明。谐乐，感激，温暖故美。真善美是生命底文学所必具之二次性。"①在郭沫若看来，彰显生命之"力"，新文学才会"精神愈健全"，"愈有生命，愈真、愈善、愈美"，也愈加张扬出新文学的精神活力，在回应旧文学的反击中，更加突出新文学审美理念的合法性和合理性，如同郑振铎在评论"文学研究会"的文学主张时所指出的那样：

他们反抗无病呻吟的旧文学；反抗以文学为游戏的鸳鸯蝴蝶派的"海派"文人。他们是比《新青年》派更进一步的揭起了写实主义的文学革命

① 郭沫若：《生命底文学》，1920 年 2 月 23 日《时事新报·学灯》。

的旗帜的。他们不仅推翻传统的恶气，也力拯青年们于俗流的陷溺与沉迷之中，而使之走上纯正的文学大道。

他们排斥旧诗旧词，他们打倒鸳鸯蝴蝶派的代表"礼拜六"的文士们。

他们翻译俄国，法国及北欧的名著，他们介绍托尔斯泰，屠格涅夫，高尔基，安特列夫，易卜生以及莫泊桑等人的作品。

他们提倡血与泪的文学，主张文人必须和时代的呼号相应答，必须敏感着苦难的社会而为之写作。文人们不是住在象牙塔里面的，他们乃是人世间的"人物"，更较一般人深切的感到国家社会的苦痛与灾难的。①

"力之美"，实际上就是"崇高之美"。它突出了新文学创作的主体力量，展现出新文学精神的生机盎然。沿着这种路径，民国文论重点在两个方面进行了理论的建构：一是主体性的理论建构，二是"自我"的理论建构。

关于主体性的理论建构，最初主要集中在对情感作用的肯定。传统文学虽然也注重情感的作用，如陆机在《文赋》中就指出："诗缘情而绮靡，赋体物而浏亮"，认为诗歌创作是因情而发，是为了抒发诗人的情感，将先秦和汉代的"情志"说向前推进了一步，更加强调了"情感"对于创作所起的重要作用。但是由于长期的"文以载道"创作观的制约，"情"始终是被强制性地受到"理"的规约，不能突破"中和之美"所要求的"情理交融"的范畴，这样，作为创作主体的"力"的精神要素构成部分的"情"，实际上也就受到"理"的牵制，从而不能有效地彰显主体的情怀和力量。民国文论在这方面进行了大胆的探索和突破，周作人曾借英国 18 世纪诗人勃莱克（Blake）的话说："力是唯一的生命，是从身体发生的。理就是力的外面的界"，同时，"力是永久的悦乐"。②郭沫若也宣称："文艺的本质是

---

① 郑振铎：《五四以来文学上的论争》，蔡元培等：《中国新文学大系导论集》，上海良友图书印刷公司 1935 年版，第 71 页。

② 周作人：《人的文学》，1918 年 12 月 15 日《新青年》第 5 卷第 6 号。

主观的、表现的"，"文艺是天才的创造物"，①"对于艺术上的见解，终觉不当是反射的应当是创造的……真正的艺术品当然是由于纯粹的主观产生的。"②在这里，他将文艺的本质定在"主观"方面，也就是要将"情"突破"理"的束缚，突出主体的生命情怀。由充分的自我抒情，到对主体力量充分肯定的文学主张，贯穿在民国文论的发展主线之中，即便到了40年代抗战处于相持阶段，"战国策"派同人也坚持这一理念，他们认为，面对一个新的"战国时代"，必须从改造国民性着手，恢复中国固有文化中的"尚力"精神，培养出一个健康的民族，创造出一个崭新的有光有热的文化。如同鲁迅从尼采的"超人"哲学那里获得启迪一样，"战国策"派同人也力荐尼采的主张，强调主体的"力"的功能，以作为挽救民族危亡的妙方，如陈铨就说："中国处在生存竞争的时代，尼采的哲学，对于我们，是否还有意义，这就要看我们愿意作奴隶，还是愿意作主人，愿意作猴子，还是愿意作人类……因为尼采的哲学，根本就不是替奴隶猴子写的。"③这种"尚力"的主张，反映在艺术创作上，所突出的自然也就是对主体力量的充分肯定。林同济在《力》一文中，就提出了一个"力"的价值观：

力者非他，乃一切生命的表征，一切生物的本体。力即是生，生即是力，天地间没有"无力"之生，无力便是死。——生、力、动三字可以说是三位一体的宇宙神秘连环。④

在《寄语中国艺术人——恐怖·狂欢·虔恪》一文中，他更是在自我与时空之上，发现了"力"的一个无限的绝对体——"虔恪"。这个充满无

① 郭沫若：《艺文私见》，1922年《创造季刊》创刊号。
② 郭沫若：《论国内的评坛及我对于创作上的态度》，1922年8月4日《时事新报·学灯》。
③ 陈铨：《尼采的思想》，1940年7月1日《战国策》第7期。
④ 林同济：《力》，1940年5月1日《战国策》第3期。

限之"力"的"虔恪":伟大、崇高、至善、万能,是在"神圣的绝对体面前严肃屏息崇拜。"①显然,这种"尚力"的精神,无疑是突出了主体力量的"崇高"精神,旨在为新文学的发展增添无限的精神动力。

关于"自我"的理论建构,民国文论也予以了高度的关注。郭沫若说,新文学"这内在的要求、自由的组织,无形之间便是他们的两个标语。这用一句话归总,便是极端的个人主义的表现。"②对个体、个人、个人主义的肯定,这也是主体自觉的一个标志,反映在文学上就是"自我表现"的创作主张。田汉说:"艺术的动机只在表现自己","自己表现"的冲动才是艺术的真正"起源"。③周作人也指出:"古代的个人消纳在族类里面,个人的简单的欲求都是同类所具有的,所以便将族类代表了个人。现代的个人虽然原也是族类的一个,但他的进步的欲求,常常超越族类之先,所以便由他代表了族类。"在周作人看来,"人间本位主义",即是主体的普遍性,而"个人主义"则是主体的个人性。所以,在提倡"人的文学"、"平民的文学"当中,周作人又建构了他的新文学的主体观:"就是个人以人类之一的资格,用艺术的方法表现个人的感情,代表人类的意志,有影响于人间生活幸福的文学。"④在《自己的园地·序》当中,他更加明确地将自己的文学观表述为:"文艺只是自己的表现。"⑤在《诗的效用》一文中,他还强调,作家只要"诚实地表现自己的情思,就会自然地创作出有价值的文艺。"⑥"自己"、"我"在新文学当中确立了崇高的地位,新文学高呼着"我崇拜我!"响彻在时代的上空。不论是时代的"强者",还是时代的"弱者",都在以"我"的方式倾诉着时代的情绪、人生的情绪和内心世界的情感。这种主体

①　独及:《寄语中国艺术人——恐怖·狂欢·虔恪》,1942年1月21日重庆《大公报》。
②　麦克昂:《文学革命之回顾》,1930年4月10日《文艺讲座》第1册。
③　田汉:《诗人与劳动问题》,1920年2月15日《少年中国》第1卷第8期。
④　周作人:《新文学的要求》,1920年1月8日《晨报》。
⑤　周作人:《自己的园地·序》,北新书局1923年版,第2页。
⑥　周作人:《自己的园地》,北新书局1923年版,第17页。

价值形态的建构，既赋予了新文学的"人"的中心地位，赋予人以主体形象，也展现出鲜明的"崇高之美"的价值原则，使中国新文学能够以崭新的审美形态昭示人们：人应当在确立自我的主体意识当中，认识人生，表现人生，认识自己，表现自我。

从审美文化嬗变上看，传统的"中和之美"价值体系的解体，意味着主客体之间原本朴素、和谐的审美关系也随之解体。走向主客体的"对立"、"冲突"，反映人生尖锐矛盾的文学诉求，由此产生"崇高之美"的价值体系，乃是一种历史发展的必然。明清至民国以来文坛上出现的各种思潮，各种文学主张，如浪漫主义、现实主义、现代主义，"为人生"的文学、"为艺术"的文学，"新月派"、"语丝派"、"论语派"、"战国策"派，以及有关文学改良、文学革命、左翼文学、自由主义文学、海派文学、京派文学，及其文学与政治、文学与生活、文学与时代、民族主义文学、民族形式的大讨论，等等，无一不是在现代的"崇高"审美价值理念的导向下而产生的，具有丰富内涵的民国文学和文论现象。传统"中和之美"的审美价值追求，强调主客体的融合、统一，更多地则表现出主体被消融在客体之中，那种深藏在心灵深处的不可名状的主体感受和生命体验，难以清晰地表达出来。只有到了现代，随着自我意识的觉醒，人的依附关系被解除，人的主体被发现、确立，人的主观意识才被提高到了一个至高无上的位置，个性获得空前的解放，"崇高之美"的审美价值才得以真正诞生，并成为民国时代的主流审美价值，对文学和文论的发展，产生至关重要的影响。

第二节　"崇高"审美意识与民国文论的价值追求

周来祥在论述现代"崇高"美学原则时指出，"崇高"乃是"偏重于矛盾的对立。它的美学理想不是和谐的美，而是对立的崇高。崇高是它们的美学理想，对立是它们美学和艺术的哲学根源。崇高是主体实践和客观规律的对立，主体要去掌握客观规律，客观规律抗拒它，它和规律之间形成对立，在对立当中趋向于掌握规律。"①在现代社会充满着矛盾冲突的生存境况中，民国文学、文论的美学建构离不开对现代社会和人生的规律的独特认识和掌握。周作人在提倡"平民文学"时特别强调："平民文学应以普通的文体，写普遍的思想与事实"，"平民文学应以真挚的文体，记真挚的思想与事实"。平民文学"乃是研究平民生活——人的生活——的文学"，"乃是对于他自己的与共同的人类的运命。"②民国文学、文论的审美价值建构指向"崇高"领域，就不再是古典文学、文论所要致力表现的帝王将相、才子佳人或英雄美女的历史传奇，也不是要在调和人生矛盾中刻意追求所谓"中和之美"，而是要反映包括普通平民在内的现代所有人的性格特征、心理状态、行为规范和历史命运，展示现代社会尖锐的生存事实。因为这既是对现实人生的真实反映，又是对现实人生规律的认识把握。同时，更重要的是，新的人生意义、新的美学价值，也将从这种"崇高"审美意识中获得完整的理论建构。

民国文论的"崇高"审美意识，其价值建构的核心是确立以"人"为中心的新文学观。鲁迅就曾指出："实际上，中国人向来就没有争到过'人'的价格，至多不过是奴隶。"③倡导新文学要展示人的尊严，确立人的权利和地位，表现人的内心细腻的情感，描写人性的丰富性，是民国文论审美价值建构的主旨。梁实秋说："文学发于人性，基于人性，亦止于人性。"④沈从文则明确表示，他的文学创作"只想造希

（郁达夫 1896—1945）

---

① 周来祥：《论中国古典美学》，齐鲁书社 1987 年版，第 22 页。
② 仲密：《平民文学》，1919 年 1 月 19 日《每周评论》第 5 号。
③ 鲁迅：《坟·灯下漫笔》，《鲁迅全集》（第 1 卷），人民文学出版社 1981 年版，第 215 页。
④ 梁实秋：《文学的纪律》，商务印书馆 1936 年版，第 11 页。

腊小庙",而"这庙供奉的是'人性'。"①以"立人"为价值建构导向,以展现"人性"的丰富性为价值基点,民国文论建设体现出了一种新的人文理性精神,其特点是恪守人道主义、人文主义的价值立场,倡导"人的文学",主张以深邃的思想文化启蒙精神来破毁传统的价值偶像,主张个性解放,鼓吹自由、平等、民主和科学,注重在思想文化层面上启迪现代中国人的心灵,强调民国文学对中国文明发展汇入世界文学主流的主动对应和积极参与。与此同时,民国文论的价值建构,还致力于人的主体性价值的确立,呼唤人的自我精神的觉醒,强调人对自身生命潜能的发掘,拷问人性的本质,描述心灵意识的非理性状态,探索人的存在状态和前途命运,揭示被理性长期遮蔽的人的某些特性,展示被理性压制甚至扭曲的生命本质,促使新文学高度关注存在的荒谬性、人的异化本源性,注重探讨人生的终极意义,寻找人的根本出路。早在民国文学兴起之初,胡适就以杜威的哲学方法来探讨人的终极性价值建构问题,他指出:"真正的哲学必须抛弃从前种种玩意儿的'哲学家的问题',必须变成解决'人的问题'的方法。"②他的这种哲学思想同样贯穿在他的文学观念上,主张民国兴起的白话文学应是"表现人生"的文学,他指出:"即如今日的贫民社会,如工厂之男女,人力车夫,内地农家,各处大负贩及小店铺,一切痛苦情形",都应为新文学所关注,因为这是解决"人的问题",表现"人的问题"的价值导向所在。在他看来,"一切家庭惨变,婚姻苦痛,女子之位置,教育之不适宜,……种种问题,都可供文学的材料。"③这种以"人"为中心的价值建构,如同周作人所期盼的那样:"我们希望从文学上起首,提倡一点人道主义思想",要"将人的意义,从新要发现'人',去'辟人荒'",以"改良人类的关系",

① 沈从文:《习作选集·代序》,1936 年《国闻周报》第 13 卷第 1 期.
② 胡适:《实验主义》,1919 年 4 月 15 日《新青年》第 6 卷第 4 号。
③ 胡适:《建设的文学革命论》,1918 年 4 月 15 日《新青年》第 4 卷第 4 号。

"人爱人类"。①

　　与"立人"为价值建构导向紧密关联的是，民国文论强化了新文学对"个人"、"个体"的高度关注，要求在思想文化启蒙运动中，大力倡导"个性解放"，让每一个作为个体存在的人，能够真正从一切内外的束缚中解放出来，获得对自身存在价值的充分肯定。以历史发展的维度而言，民国新文化、新文学运动倡导"个性解放"，目的就是要与封建专制主义价值观根本对立，从中体现的是"人的解放"的一种内在要求，也是人本身的价值实现的一种基本方式。郁达夫说："五四运动的最大的成功，第一要算'个人'的发现。从前的人，是为君而存在，为道而存在，为父母而存在的，现在的人才晓得为自我而存在了。我若无何有乎君，道之不适于我者还算什么道，父母是我的父母；若是没有了我，则社会，国家，宗族等那里会有？以这一种觉醒的思想为中心，更以打破了械梏之后的文字为体用，现代的散文就滋长起来了。"②周作人也强调："我所说的人道主义……乃是一种个人主义的人间本位主义。……所以我说的人道主义，是从个人做起。要讲人道，爱人类，便须先使自己有人的资格，占得人的位置。"③

　　民国文论的这种高度关注"个性解放"的价值导向与追求，无论是对新文学的创作，还是对理论研究，都产生了深远的影响。郁达夫说："五四运动，在文学上促生的新意义，是自我的发现"，而"自我发见之后，文学的范围就扩大，文学的内容和思想，自然也就丰富起来了。"④因为倡导"个性解放"，鲜明地表明了民国文论价值建构的反封建的思想文化启蒙性质。在民国文论家看来，压抑和摧残人的个性是封建专制主义制度的最大罪恶，也可以说是封建制度一切罪恶的根源。傅斯年在《新潮》杂志的创刊号上

①　周作人：《人的文学》，1918 年 12 月 15 日《新青年》第 5 卷第 6 号。
②　郁达夫：《〈中国新文学大系·散文二集〉导言》，赵家璧主编：《中国新文学大系》（第 7 集），上海良友图书印刷公司 1935 年版，第 5 页。
③　周作人：《人的文学》，1918 年 12 月 15 日《新青年》第 5 卷第 6 号。
④　郁达夫：《五四文学运动之历史的意义》，1933 年 7 月《文学》杂志创刊号。

曾发表文章说，破坏个性是最大的罪恶，是"万恶之原"。胡适则把"个性解放"，看作是"个性主义"（individuality），认为这种"个性主义"有两个特性，"一是独立思想，不肯把别人的耳朵当耳朵，不肯把别人的眼睛当眼睛，不肯把别人的脑力当自己的脑力；二是个人对于自己思想信仰的结果要负完全责任，不怕权威，不怕监禁杀身，只认得真理，不认得个人的利害。"①他还指出，封建社会是偏向于专制的，其特点是"往往用强力摧折个人的个性，压制个人自由独立的精神；等到个人的个性都消灭了，等自由独立的精神都完了，社会自身也没有生气了，也不会进步了。"②在民国文化的影响下，民国文学、文论在价值建构中都鲜明地体现出了张扬个性、追求个性解放和自由的特点。随着新文化和新文学运动的深入发展，人们越来越认识到"个性解放"的重大价值和意义，如同郁达夫在总结民国散文创作情形时所指出的那样："现代的散文之最大特征，是每一个作家的每一篇散文里所表现的个性，比以前任何散文都来得强。古人说，小说都带些自叙传的色彩的，因为从小说的作风里人物里可以见到作者自己的写照；但现代的散文，却更是带有自叙传的色彩了，我们只消把现代散文集一翻，则这作家的世系，性格，嗜好，思想，信仰，以及生活习惯等等，无不活泼泼地显现在我们眼前，这一种自叙传的色彩是什么呢，就是文学里所最可宝贵的个性的表现。"③

当然，民国文论谈论个性，倡导人的文学，从来都不是孤立地来谈，而是将其作为整个民族生存与发展的问题来进行论述。鲁迅在论述"中国人"的生存问题时就说："许多人所怕的，是'中国人'这名目要消灭；我所怕的，是中国人要从'世界人'中挤出。"④又说，在中国置于世界性的冲击之

---

① 胡适：《非个人主义的新生活》，1920 年 1 月 15 日《时事新报》。
② 胡适：《易卜生主义》，1918 年 6 月 15 日《新青年》第 4 卷第 6 号。
③ 郁达夫：《〈中国新文学大系·散文二集〉导言》，上海良友图书印刷公司 1935 年版，第 5 页。
④ 鲁迅：《热风·三十六》，《鲁迅全集》（第 1 卷），人民文学出版社 1981 年版，第 307 页。

中，他最担心的是"中国永远与世界隔绝"。①他主张通过忧患的人生体验和危机认识，在追求个性解放、人的解放的同时，也为整个民族、整个中国社会找到一条最终摆脱贫困、落后和被动挨打局面的道路，消除传统文化与现代文化的隔阂、冲突和对立，在"立人"的层面上，确立现代中国人的主体意识。因此，民国文论对"个性"、"个性解放"价值元素的肯定，就不是像近代西方文论那样基于较纯粹的个体精神，而是基于民族生存的整体精神，也就是把封建社会的"非人"、"非个体性"现象，视为阻碍整个民族生存与发展的问题来对待，主张将"个性"、"个体"、"个性解放"的价值元素，植入民国文论的价值体系之中，使新文学能够更加吻合时代精神的发展。

追求"个性解放"的价值意义，形成了民国文化追求"自由"精神的特点，这也深深地影响了民国文论对"自由"精神的价值追求。俞平伯在论述诗的本质特性时就指出，他"对于做诗第一个信念，是'自由'。诗的动机只是很原始的冲动，依观念底自由联合，发抒为词句篇章。我相信诗的个性的自我——个人底心灵底总和——一种在语言文字上的表现，并且没条件没限制的表现。"②有关"自由"和"自由精神"，在民国之初兴起的新文化运动中，是一个被广泛接受和认可的价值理念。陈独秀就批判传统的家族制度、宗法社会和礼教对人的"自由"天性的束缚，指出其"恶果"在于"损坏个人独立自尊的人格"，"窒息个人意志之自由"，使人产生"依赖性，戕害个人之生产力。"他号召青年"利刃断铁，快刀理麻，决不作牵就依违之想，自度度人"，③李大钊则更是鲜明地提出"自由为人类生存必须之要求，无自由则无生存之价值"的观点，④强调了自由和自由精神对于人类生存和发展的重要性。在文章中，他还重点谈到了自由对于民国新文化所具有

① 鲁迅：《坟·未有天才之前》，《鲁迅全集》（第1卷），人民文学出版社1981年版，第167页。
② 俞平伯：《诗底自由和普遍》，1921年10月《新潮》第3卷第1号。
③ 陈独秀：《东西民族根本思想之差异》，1915年12月15日《青年》第1卷4号。
④ 李大钊：《"少年中国"的"少年运动"》，1919年9月15日《少年中国》第1卷第4期.

的重要作用。

随着民国文学的深入发展，民国文论对"自由"价值的认识也在不断地深化。到了 20 年代，由闻一多、徐志摩、梁实秋等人发起的"新月社"，就将"自由"的价值理念作为组社、办刊、创作的宗旨。梁实秋后来回忆说："我们办月刊的几个人的思想是并不完全一致的，有的是信这个主义，有的是信那个主义，但是我们的根本精神和态度却有几点相同的地方。我们都信仰'思想自由'，我们都主张'言论出版自由'，我们都保持'容忍'的态度（除了'不容忍'的态度是我们所不能容忍以外），我们都喜欢稳健的合乎理性的学说。"①民国三十七年（1948 年）胡适在论述自由和自由主义时，更进一步地明确指出："自由主义最浅显的意思是强调的尊重自由，……自由主义里没有自由，那就好像长坂坡里没有赵子龙，空城计里没有诸葛亮，总有点叫不顺口罢！据我的拙见，自由主义就是人类历史上那个提倡自由，崇拜自由，争取自由，充实并推广自由的大运动。'自由'在中国古文里的意思是：'由于自己'，就是不由于外力，是从外力裁制之下解放出来，才能'自己作主'。"②从审美文化维度上来说，"自由"价值的确立，乃是主体对客体的充分把握，实现对一切来自内外在的"必然性"束缚的绝对超越。反映在文学领域，也就是促使新文学创作能够达到主体精神的最高层次，完成主体的价值实现。正是在这个意义上，可以说，民国文论对"自由"价值的追求与建构，本质上就是一种精神自由和超越的价值体现，其中心旨意乃是要求新文学作家通过自我的体认、体悟，充分展示精神世界的丰富性和自由性。成仿吾说："我们的新文学正在建设时代，我们要秉我们的天禀，自由不羁地创造新的形式，与新的内容，不可为一切固定的

---

① 梁实秋：《忆"新月"》，《梁实秋文集》（第 3 卷），鹭江出版社 2002 年版，第 55 页。
② 胡适：《自由主义》，转引自：刘军宁主编《北大传统与近代中国自由主义的先声》，中国人事出版社 1998 年版，第 65 页。

形式所拘束了。"①郭沫若则在《湘累》中宣称："我效法造化的精神，我自由创造，自由地表现我自己。"相对传统的"中和之美"强调主客观交融而相互牵制、相互约束而言，现代的"崇高之美"的审美意识对"自由"价值的建构，则是一种对旧的传统樊篱的冲决和破坏，旨在使人能够从一切既定的内外在束缚中解放出来，在"立人"的思想层面上，改造国民性，重铸民族魂灵，建构与时代发展相一致的理想人性、理想人格。

民国文化对"自由"价值理念的推崇，导致自由主义文化的盛行，在文学领域内也形成了一种称之为"自由主义文学"的创作流派。尽管不是像民国初期的文学研究会、创造社、太阳社、新月社、语丝社等社团，这股创作流派没有上述社团那样明确的组织规约，但在文学创作理念和风格上，则是有着自身鲜明的审美特色。如果依狭义的"自由主义"定义来说，所谓"自由主义文学"，主要还是出现在 30 年代一群来自学院派作家群的创作理论和实践。民国三十七年（1948 年），朱光潜就专门写过一篇题为《自由主义与文艺》的文章，他声称："我拥护自由主义，其实就是反对压抑与摧残，无论那是在身体方面或是在精神方面。我主张每个人无牵无碍地发展他的'性所固有'，以求达到一种健康状态，不消说得，'自由'的这两个意义是相因相成的，奴隶离不了压抑，能自主才能自由发展。谈到究竟，我所了解的自由主义与人道主义（humanism）骨子里是一回事。"对于文艺而言，他表明自己的观点说："我在文艺的领域维护自由主义"，并指出："文艺应自由，意思是说它能自主……文艺不但自身是一种真正自由的活动，而且也是令人得到自由的一种力量。西方人常说：'艺术是使人自由的'（Art is Liberative），而不带工业性的艺术如音乐图画文学之类通常也冠上'自由的'（Liberal arts）一个形容词。这'自由的'和'解放的'有同样的意义。艺术使人自由，因为它解放人的束缚和限制。"②民国文论追求"自

---

① 成仿吾：《诗之防御战》，1923 年 5 月 11 日《创造周报》第 1 号。
② 朱光潜：《自由主义与文艺》，1948 年 8 月 6 日《周论》第 2 卷第 4 期。

由"价值的建构，旨在维护艺术的独立性，为自由主义作家找到强调远离政治，与现实保持一定距离，实现超越功利而无所羁绊地探索人性，探索纯粹的艺术审美创造，传达具有生命超验意义的宇宙情怀，提供理论的依据和支持。一般来说，从狭义的维度来界定"自由主义"作家，主要代表人物有胡适、周作人、朱光潜、徐志摩、梁实秋、朱自清、废名、沈从文、师陀等，在创作观念上大多主张"人生的艺术化"，以一种清静无为的姿态，在静谧的文学中挥洒人性的自由，营造一种怡然自得的精神境界。而从广义的维度来界定"自由主义"作家，主要代表人物还应包括鲁迅、老舍、巴金、曹禺、张爱玲、早期的何其芳、李广田、卞之琳、戴望舒，以及海派作家施蛰存、刘呐鸥、穆时英等。

以"立人"为核心价值的民国文论，将人、人性、个性、自由等价值元素置于理论体系的建构之中，在使新文学获得巨大的思想文化启蒙功能当中，也在艺术上多有创新，取得卓越成就，从而打破了传统文学在艺术方面的清规戒律，条条框框，推动了现代艺术的发展，尤其是使其能够自觉地依据新的艺术标准，来质疑、审视和反抗传统的不合时宜的艺术规范，使其善于调动各种艺术资源、手段，特别是善于借鉴、吸收近现代西方的艺术方式，来致力于新文学的艺术审美建构。这对于打破传统文学"文以载道"艺术观念的束缚，是具有积极的意义的。在审美层面上，与传统文学相比，新文学打破了传统的"中和之美"思想的束缚，推崇以"对立"为特征的"崇高"型美学，甚至是将"丑"纳入审视的范畴，如同李斯托威尔在论述近代美学特点时所指出的那样，"丑"在"对立"的崇高型美学当中，成为"近代精神的一种产物"。①这使得民国新文学始终都能够执着于对传统既定的美学规范进行颠覆，同时也注重对文学未来的审美发展进行各种可能性的积极实验，不仅改变传统审美的单一性局面，而且也使"对立"、"崇高"

———————————

① ［英］李斯托威尔:《近代美学史评述》，蒋孔阳译，上海译文出版社1980年版，第103页。

的美学规范本身处在一种不断调整和不断演化的态势中，使之总是能够以一种开放的姿态和包容的精神，来与世界文学的发展主流相对接、对应，从中获得自身不断变革、不断发展的文化审美驱动力。

第三节　"崇高"美学范式与民国文论的价值形态

从美学涵义上来说，价值的界定是从人与对象之间的审美关系上来确定的，同时也是围绕着作为主体存在的人及其相关的美学范式来完成意义的确定的。认定民国文论具有"崇高"性质的美学范式及其价值形态，一是要结合民国文论演变与发展的历史维度来进行审视，探寻它对古典"中和"美学理想及其价值形态的创造性转化，二是要围绕着民国文论的价值主体结构来进行审视，探寻其自身主体价值的本体意义及其对新文学生成所产生的重要影响。

"崇高"美学理想及其范式的确立，是民国文论完成价值体系的转换和建构的标志。如果说确立"人"的文学观，从人作为主体对审美对象的需求上说，民国文论所要求的就是破除一切妨碍人的自由和发展的内外在樊篱，获得人的真正自由与解放，即鲁迅所强调的那样："思虑动作，咸离外物，独往来于心之天地"。①但是，民国社会发展的现实情况，则使文论建设在主体价值形态的建构上，不可能走向绝对化的"纯"文论境地，也不可能让新文学与现实人生脱离，完全划入纯"自我表现"的境地。它要求打破传统的"中和之美"的那种主客一体的限制，而在价值建构上寻求一种新的主体性建构，使之能够在本质形态上产生一种与传统"中和之美"而完全不相同的新的内容，达到意义重构的目的。例如，强调文学应具有思想文化启蒙的功能，要求能够借助文学的方式改造国民性，重建理想人格，促

---

① 鲁迅：《坟·文化偏至论》，《鲁迅全集》（第1卷），人民文学出版社1981年版，第53—54页。

进人的个体觉醒、自我觉醒和精神解放，等等，都是通过确立"崇高"美学理想及其范式而获得的价值认同。又如，在"为人生"的主题思路中，要求文学能够积极参与社会变革实践，探索人生价值，表现生命意识，表达对理想、信念、信仰的需求。在"为艺术"的文学主张中，要求文学能够充分表现"自我"情感，显示陶冶情操，抒发性灵，获得艺术审美创造的愉悦。民国文论在整体的价值建构上，无论出于何种动机和考量，都发出了通过文学激励民气，凝聚人心，揭露与批判社会黑暗，展现对新生活的期盼的呼声。这种与人的需要相适应的审美导向，使民国文论在确立"崇高"美学理想范式当中，聚集了巨大的艺术能量，使之能够在起始阶段，就以一种前所未有的、全新的价值特征，横空出世，势如破竹，显示出一种创造和创新的冲动。可以说，在从传统的"中和之美"向现代的"崇高之美"的价值转换中，越是与人的主体需求及其精神发展相适应的美学理想及其范式，也就越是能够为时代所接受，为社会所首肯，并产生巨大的影响。

在审美价值的转换与建构上，"崇高"美学理想及其范式对于民国文论的规约，主要表现在以下三种价值形态方面：

一　启蒙价值形态

卡西勒指出："启蒙哲学的特殊魅力和它真正的体系价值，在于它的发展，在于它有鞭策自己前进的思想力量。"[①]受民国文化的影响，民国文论首先表现出对新文学同时具有思想启蒙和艺术启蒙双重功能的价值规约。在思想启蒙方面，如果说以往主导中国思想文化和意识形态的儒家文化与美学范式，不再成为时代发展的主导意识，并日显负值效应而从中心退居边缘，那么，追寻现代思想文化和意义重构的民国文论家，就注重选择思想启蒙作为

---

① 　［德］卡西勒：《启蒙哲学》，顾伟铭等译，山东人民出版社 2004 年版，第 1 页。

文论确立的基点。"启蒙"既是时代发展的审美需求，也是知识精英实现自身价值的审美需求。特别是近代各种西方文化、文学的思潮输入，使新文化、新文学在自身的体系建构上获得了巨大的参照系，来自近代西方的价值因子也成为他们的理想预设和行动目标。因此，在价值建构中，将具有"启蒙"的价值因子作为无须验证和无须阐释的标准，就成为民国文论的一项重要任务。如胡适所指出的那样："今日吾国之急需，不在新奇之学说，高深之哲理，而在所以求学论事观物经国之术。以吾所见言之，有三术焉，皆起死之神丹也：一曰归纳的理论，二曰历史的眼光，三曰进化的观念。"①

康德在论述启蒙价值形态时曾明确指出："启蒙运动就是人类脱离自己所加之于自己的不成熟状态，不成熟状态就是不经别人的引导，就对运用自己的理智无能为力。当其原因不在于缺乏理智，而在于不经别人的引导就缺乏勇气与决心去加以运用时，那么这种不成熟状态就是所加之于自己的了。"②简言之，启蒙就是要用"知识和智慧"的光芒去照亮人的精神世界，使人摆脱蒙昧的状态而走向高度的主体自觉，走向精神的解放和心灵的自由，也即康德所推崇的"自由意志"，因为这种启蒙价值将使人能够"独立于感性世界，追求崇高的道德理想，摆脱尘世的限制，向往无限的自由世界。"③

民国文论秉持了新文化的思想启蒙精神，追求现代的"崇高"美学理想，建构相应的美学范式，在启蒙价值形态建构中，就必然要突出涉及"崇高"美学的重要理念："自由"和"理想"的价值形态建构。

民国文学提倡"人"的文学，在"立人"的思想层面上构筑意义系统，目的是要求文学能够使人达到人及人的生命、精神、心灵的自由境地，"致

---

① 胡适 1914 年 1 月 25 日日记，《胡适日记全编》（第 1 卷），安徽教育出版社 2001 年版，第 222 页。

② ［德］康德：《历史理性批判文集》，何兆武译，商务印书馆 1996 年版，第 22 页。

③ ［德］康德：《实践理性批判》，邓晓芒译，商务印书馆 1996 年版，第 164 页。

人性于全"。①民国文论也坚持了这一价值立场，强调文学对于改造国民性，重铸民族魂灵，建立与时代发展相一致的理想人性、理想人格所具有的重要作用。刘半农说："文字是一种表示思想学术的符号，是世界的公器"。②鲁迅则鲜明指出："中国人的不敢正视各方面，用瞒和骗，造出奇妙的逃路来，而自以为正路。在这路上，就证明着国民性的怯弱，懒惰，而又巧滑。一天一天的满足着，即一天一天的堕落着，但却又觉得日见其光荣。"如何有效地克服这种现象呢？在鲁迅看来，"文艺是国民精神所发的火光，同时也是引导国民精神的前途的灯火。……中国人向来因为不敢正视人生，只好瞒和骗，由此也生出瞒和骗的文艺来，由这文艺，更令中国人更深地陷入瞒和骗的大泽中，甚而至于已经自己不觉得。世界日日改变，我们的作家取下假面，真诚地，深入地，大胆地看取人生并且写出他的血和肉来的时候早到了；早就应该有一片崭新的文场，早就应该有几个凶猛的闯将！"③因此，民国新文学采用白话文写作，绝非只是单纯的语言和文体的转化，在价值层面上，而是要通过白话文来更精准地显现现代思想，展示现代文化和文明，充分地表现现代人向往"文明"、"自由"的价值理想。

就文学承担思想启蒙的实践价值而言，民国文论也强调了追求"理想"精神价值元素的重要性。康白情在论述白话新诗的特点时指出，诗本质上"是理想，是主义的"。理想的价值既体现了一种精神的召唤，也显示出了一种崇高的人生意义。旧的人生理想被认为不合时宜，在新的时代应予以摒弃，那么，新文化、新文学的价值建构，就不能离开新的理想建构，这同时也是思想启蒙的性质所决定了的。周作人曾宣告新文学的理想就是"人道主义"，他说："人道主义的理想就是他们的信仰，人类的意志便是他的

---

① 鲁迅：《坟·文化偏至论》，《鲁迅全集》（第1卷），人民文学出版社1981年版，第52页。

② 刘半农：《复王敬轩书》，1918年3月15日《新青年》第4卷第3号。

③ 鲁迅：《坟·论睁了眼看》，《鲁迅全集》（第1卷），人民文学出版社1981年版，第240页。

神"。①沈雁冰说："我相信文学不仅是供给烦闷的人们去解闷，逃避现实的人们去陶醉；文学是有激励人心的积极性的。尤其在我们这时代，我们希望文学能够当担唤醒民众而给他们力量的重大责任。"②郁达夫在《创造日宣言》中说："我们想以纯粹的学理和严正的言论来批评文艺政治经济，我们更想以唯真唯美的精神来创作文学和介绍文学。……我们这一栏是世界人类共有的田园，无论何人，只须有真诚的精神和美善的心意，都可以自由来开垦。"③民国文论注重将人道主义的理想价值元素和对未来的美好期盼，注入新文学的价值建构之中，目的也是使新文学在生成之际就充满着自信和乐观主义情怀的一个重要因素，也是新文学之所以能够迅速占领文学中心的主要原因之一。

自由、理想，这些属于主体范畴的价值因子的植入，显示出民国文论对现代"崇高"美学理想的追求和对相应的美学范式规约的认可，直接表现出来的就是通过启蒙价值形态的确立，使人的"自我"、"个性"、"个人"等意识得到充分的张扬，使"自由"、"激情"、"理想"等精神元素得到充分的价值肯定，使之成为衡量新文学得失的一个重要的审美价值标准。

二 求真价值形态

马克思将求真性审美活动称之为"变成自己的意志和意识的对象"的活动。④"真"作为主客体之间的连接点和融合点，首先是表现了创作主体对客观对象审美特性和内在规律的认识与把握。其次"真"还表现在主体在认识和把握客观对象的审美特性与内在规律当中，所显示出来的主体意志

---

① 周作人：《新文学的要求》，1920 年 1 月 8 日《晨报》。

② 雁冰：《"大转变时期"何时来呢？》，1923 年 12 月 31 日《文学》。

③ 郁达夫：《创造日宣言》，1923 年 7 月 21 日《创造日》。

④ 马克思：《1844 年经济学—哲学手稿》，刘丕坤译，人民出版社 1979 年版，第 50 页。

力量和情感力量。求真，其价值意义就在于可以通过实践活动达到主体对客体的本质认识和规律性的把握。在建构以"人"为中心的价值当中，民国文论对现代"崇高"美学范式的体认，要求以求真的方式进行价值形态建构，主旨也是要使新文学能够促进人的精神自由、人的精神发展，真实地再现现实人生的"真"和真诚地表现人的主观情感的"真"。

在民国新文学的发展过程中，其中一个主导的意识就是反对任何以假面出现的、以否定人的价值为特点的"瞒"和"骗"的文学观，要求在"崇高"美学理论的层面上，建立具有现代意识的人与文学的审美关系。鲁迅在弃医从文之后，就一直将文艺看作是点燃"国民精神的火花"的重要方式，主张文学应把改造国民性、重铸民族魂灵作为主要的价值目标，要求通过对国民劣根性的批判和否定，建立理想的人性和人格。他在"立人"的思想主张中，提出人"独具我见"、"人各有己"、"不和人嚣"、"不随风波"的价值标准，①主旨是要求人在认识自己当中，能够认真严肃地审视现实，审视人生，使新文学对审美意识和精神价值的追求，与人生的实践价值紧密地结合起来。这种对文学求真的审美价值要求，增强了新文学对于现实人生的批判功能，也增强了新文学的艺术真实性、历史感和精神超越性价值。尤其是在"真"的审美价值建构当中，突出了新文学所具有的思想启蒙的历史使命意识，突出了新文学对于社会、现实人生所具有的巨大认识价值功能。

周作人在提倡"平民文学"时指出："平民文学应该着重与贵族文学相反的地方，是内容充实，就是普遍与真挚两件事。第一，平民文学应以普通的文体，写普遍的思想与事实。……第二，平民文学应以真挚的文体，记真挚的思想与事实。"他还特别指出，这种求真的"平民文学"，不是"专做给平民看的"，而是"研究平民生活——人的生活——的文学。他的目的，

---

① 鲁迅：《集外集拾遗补编·破恶声论》，《鲁迅全集》（第 8 卷），人民文学出版社 1981 年版，第25 页。

并非要想将人类的思想趣味，竭力按下，同平民一样，乃是想将平民的生活提高，得到适当的一个地位"。因此，"既是文学作品，自然应有艺术的美，只须以真为主，美即在其中。"①李大钊则以新文学应将"写实"作为创作的准则，他指出："我们要求的新文学，是为社会写实的文学，不是为个人造名的文学；是以博爱心为基础的文学，不是以好名心为基础的文学；是为文学而创作的文学，不是为文学本身以外的什么东西而创作的文学。"②沈雁冰（茅盾）也认为，"真"是文学的生命，"求真为唯一的目的"，③文学只有"真"，才会有"恒久的价值"。他提出了"'美''好'是真实（Reality）"的命题，④明确指出"真"是文学具备"美"、"好"的基础，只有这样，新文学才能够使人们对社会、对现实的认识更为深刻。同时，他还强调，新文学"唯其是注意表现人生指导人生的"，应具有"表现人生指导人生的能力。"⑤胡适也曾要求新文学创作应基于"文学是社会生活的表示"的理念，⑥取材均应注重生活的"本真"，这样创作出来的新文学，才会真正地具有感召力。

民国文论对"求真"价值形态的建构，对新文学创作起到了很大的规范作用。俞平伯说："我怀抱着两个做诗的信念：一个是自由，一个是真实"，因为"真实和自由这两个信念，是连带而生的。因为真实便不能不自由了，惟其自由才能够有真正的真实。我宁说些老实话，不论是诗与否，而不愿做虚伪的诗"。⑦冰心也以自己的创作强调指出："我平日总想以'真'

① 仲密：《平民文学》，1919 年 1 月 19 日《每日评论》第 5 号。
② 守常：《什么是新文学》，1919 年 12 月 8 日《星期日》"社会问题号"。
③ 沈雁冰：《文学与人生》，1922 年 7 月《松江第一次暑期学术演讲会演讲录》第 1 期。
④ 沈雁冰：《小说新潮栏宣言》，1920 年 1 月《小说月报》第 11 卷第 1 期。
⑤ 沈雁冰：《文学和人的关系及中国古来对于文学者身份的误认》，1921 年 1 月《小说月报》第 12 卷第 1 号。
⑥ 胡适：《答觉僧君》，1917 年 1 月 1 日《新青年》第 2 卷第 5 号。
⑦ 俞平伯：《冬夜·自序》，上海亚东图书馆 1922 年版，第 2—3 页。

为写作的惟一条件。"①确立求真的价值形态，民国文论的这一诉求在新文学创作实践中得到了广泛的响应和运用。叶绍钧就说："我们作文，要写出诚实的自己的话。"②沈雁冰（茅盾）在《什么是文学？》一文中，则通过观察新文学的创作特点指出："据我个人的观察，这几年来的新文学运动，都是向这个假上攻击，而努力于求真的方面，现在差不多已成为了一个普遍的记号，这是可喜的事情！"③他还进一步强调，"真的文学"应该"反映这时代的创作应该怎样的悲惨动人"，应"再进一层观察，顽固守旧的老人向新进取的青年，思想上冲突极厉害"。他认为，"表现社会生活的文学是真文学，是于人类有关系的文学，在被迫害的国里更应该注意这社会背景"。④王元化在论述"现实主义"创作特点时强调指出："详细情节的真实描写供给了作家把一般事物具化到特殊的个别的事物上的方法，显示出从未有过的典型性的完满的创造。"⑤

与此同时，民国文论求真的价值形态建构，还要求主体情感、意识、内心感受和体验在向现实人生的外化当中，应充分表现人的内心的真实、真挚和真诚，以真情实感去展现内心世界的博大与精深，突出作为主体的人对于世界、人生所具有的无限创造性。郭沫若说，文学"纯是由自己内心的要求以从事于制作"的，⑥是"自我创造"。在这种自我创造当中，应该努力地"净化自己、充实自己、表现自己"。⑦郁达夫在倡导"唯真唯美"的文学思想当中，也强调指出："艺术的价值，完全在一个真字上。"⑧当然，郁达夫

---

① 冰心：《寄小读者》，开明书店 1948 年版，第 78 页。
② 叶绍钧：《作文论》，商务印书馆 1924 年版，第 8 页。
③ 沈雁冰：《什么是文学？》，赵家璧主编：《中国新文学大系·文艺论争集》，上海良友图书印刷公司 1935 年版，第 157 页。
④ 郎损：《社会背景与创作》，1921 年 7 月 10 日《小说月报》第 12 卷第 7 号。
⑤ 王元化：《现实主义论》，1940 年 3 月 10 日《戏剧与文学》第 1 卷第 2 期。
⑥ 郭沫若：《编辑余谈》，《创造季刊》第 2 卷第 2 期。
⑦ 郭沫若：《中国文化之传统精神》，《创造周报》第 2 号。
⑧ 郁达夫：《艺术与国家》，1923 年 6 月 23 日《创造周报》第 7 号。

所强调的"真"，应主要还是指主观情感的"真"，如同他自己所申明的那样："我若要辞绝虚伪的罪恶，我只好赤裸裸地把我的心境写出来。"①对这种主观情感的"真"的强调，对主体状态的真实展现，当然不只是纯粹地表现自我、创造自我，在新文学生成的特定历史时期，主要的还是要使新文学在将千百年来被封建专制和礼教所压迫的那种生命体验和痛切感受表现出来，从而否定传统的伦理价值，揭露封建家族和礼教制度罪恶的目的，使新文学能够从个体生命的形上体验的角度，提出反封建的历史命题，体现新文学的社会价值，与时代的需求相吻合，体现历史的前进态势。不论是郭沫若在《女神》中表现出自我的"强悍"和"力的创造"，还是郁达夫在小说创作中表现"零余者"的忧伤和哀怜，其实都是在充分地表现人的自我觉醒、个性自由、精神自由、人格独立的时代精神当中，显示新文学在对古典的抑情主义的强有力冲决，体现新文学在把人的主体意志、情感意向作为审美价值当中，进一步强化主体改造客体的审美功效。

因此，民国文论的求真价值形态建构，就客体而言，强调的是新文学应具有否定、批判旧道德、旧思想和旧文化的功效；就主体而言，所要求的是新文学应能够充分表现、暴露自我和追求内心真实的功效。

三 主情价值形态

传统的"中和之美"审美意识也十分重视文学的"主情"，历来就有"诗缘情"之说。然而，传统的"主情"，在意义的层面上是与传统的伦理理性相统一的。在审美的层面上，它要求的是以理制情，情理交融，"情"始终不能跃过"理"的限制。而在民国文论倡导现代的"崇高"美学理论及其范式当中，所要求的文学"主情"就往往是一种较为纯粹的主观情感，

---

① 郁达夫：《写完了〈茑萝集〉的最后一篇》，《茑萝集》，上海泰东书局1923年版，第194页。

是一种基于自由意志和理念之上的，不受任何内外在樊篱的束缚，要求能够把人从传统的伦理道德的精神束缚中彻底解放出来的主观情感。罗素在论述浪漫主义运动时指出："浪漫主义运动从本质上讲目的在于把人的人格从社会习俗和社会道德的束缚中解放出来。"①众所周知，浪漫主义的主导审美价值就是"主情"。其实，在新文学生成之际，不论是倡导现实主义的，还是主张浪漫主义的，实际上都不反对文学的"主情"。以偏重于主张现实主义审美导向的文学研究会而言，他们也十分注重文学的"情"的表达，主张文学应成为"沟通人类感情代全人类呼吁的唯一工具"。②沈雁冰（茅盾）要求文学能够激励人心，唤醒民众，也就是注意到了文学"情感"的力量。他说："我们自然不赞成托尔斯泰所主张的极端的'人生的艺术'，但是我们决然反对那些全然脱离人生的而且滥调的中国式的唯美的文学作品。我们相信文学不仅是供给烦闷的人们去解闷，逃避现实的人们去陶醉；文学是有激励人心的积极性的。"③他还曾批评俞平伯的小说《花匠》"表情不够"，过于说理化。他希望新文学"更能宣泄当代全人类的情感，更能声诉当代全人类的苦痛和期望。"④而主张浪漫主义审美导向的创造社更是强调了"主情"的重要性。郭沫若说："艺术的根底，是立在感情上的。"⑤成仿吾宣称："文学始终是以情感为中介的，情感便是他的始终"，"不仅诗的全体要以他所传达的情绪之深浅决定他的优劣，而且一字一句亦必以情感的贫富为选择的标准。"⑥田汉也曾指出，诗歌"就是说诗人把他心中歌天地泣鬼神的情感，创造为歌天地泣鬼神的诗歌"，"诗歌者是托外形表现于音律的一种情

① ［英］罗素：《西方哲学史》（下卷），马元德译，商务印书馆1976年版，第224页。
② 沈雁冰：《文学和人的关系及中国古来对于文学者身份的误认》，1921年1月《小说月报》第12卷第1号。
③ 雁冰：《"大转变时期"何时来呢？》，1923年12月31日《文学》。
④ 沈雁冰：《新文学研究者的责任与努力》，1921年2月《小说月报》第12卷第2期。
⑤ 郭沫若：《文艺之社会使命》，1925年5月18日《民国日报·觉悟》。
⑥ 成仿吾：《诗之防御战》，1923年5月11日《创造周报》第1号。

感文学。"①

由于在美学理想和范式上，现代的"崇高"审美
意识将"情"与"理"对立起来，推崇情感而排斥理
性，在意义的重构层面上，就要极力反对一切传统的
伦理道德对人的自然情感的束缚。所以，民国文论在
审美价值建构上就特别强调："文学是直诉于我们的感
情，而不是刺激我们的理智的创造；文艺的玩赏是感
情与感情的融洽，而不是理智与理智的折冲。"②郭沫
若强调，主情就是要创造"命泉中流出来的 Strain（旋
律），心琴上弹出来的 Melody（曲调），生底颤动，心
灵底叫喊。"③正是在"主情"的价值形态建构中，民国文论强调文学的"情
感"作用，突出新文学以"情感"的方式反映人生，表现自我，展现对传统
伦理道德的思想批判，成为时代发展的一种主流的审美意识和价值形态。

值得一提的是，在把主情作为价值形态时，人的意志、人生的价值就被
赋予无限的意义内涵，这样，属于生命主体的"激情"，就成为现代的"崇
高"美学理想及其范式的重要价值元素。民国文论对"情感"、"激情"的
艺术功效进行了深入的探讨。郭沫若说："由内在的或者外界的一种或多种
的刺激，同时在我们的心境上反映出单纯的或者复杂的感情来"，然后这种
"感情"再"加了时序的延长"而成为"心的印象"。④激情，是破坏和创造
的主要动力之一。在新文学生成的那个充满"火山爆发"的时代，激情的
审美元素，乃是一种时代需求所驱使的必备审美情愫，也是现代的"崇高"
审美意识必备的价值审美元素。成仿吾说，新文学应具有"最深的'生命'

郭沫若诗集
《女神》封面

---

① 田汉：《诗人与劳动问题》，1920 年 2 月 15 日《少年中国》第 1 卷第 8 期。

② 成仿吾：《诗之防御战》，1923 年 5 月 11 日《创造周报》第 1 号。

③ 郭沫若：《郭沫若全集》（第 15 卷），人民文学出版社 1982 年版，第 13 页。

④ 郭沫若：《文学的本质》，《文艺论集》，上海光华书局 1933 年版，第 28 页。

的冲动"。①郁达夫也说，新文学应是"人生内部深藏着的艺术冲动"。②郭沫若则强调新文学是"人格底创造冲动底表现"。③"冲动"、"创造"、"要求"，都属于激情范畴，在民国新文化倡导的思想启蒙运动中，文学在这个方面具有特殊的艺术功效，如同康白情所强调的那样："诗人就是宇宙的情人"，写诗"就不可不善养情"。④无疑，这是基于生命意识的情感勃发和冲动，也是基于人的生命意识和自我意识的觉醒，是主体走向高度自觉的审美表现。对于新文学致力于"破坏"和"创造"来说，也是一种精神的原动力。同时，从文学思潮生成的角度来说，这种基于自由意志的生命情感，也是导致新文学中的激进主义文学生成和发展的一个重要原因，使启蒙的话语逐渐地演变为具有"宏大性"的革命话语，成为演绎民国文学最富有激情的创作的重要源泉。

民国文论推崇现代的"崇高"美学理想及其范式，完成对传统"中和之美"审美价值形态的转换，由此获得了一种与传统"中和之美"审美意识完全不同性质的意义重构。这种价值形态的转换和建构是革命性的，是范畴、体系、结构和相关模式的全新建构。新文学正是在完成这样的转换与建构之后，才真正地获得了对旧文化、旧思想、旧道德、旧文学进行全面批判，对新文化、新思想、新道德进行整体建构的历史合法性和审美合理性，从而为推动中国文化、文学的现代化进程，完成由传统向现代的价值转换和建构，奠定了坚实的基础。

---

① 成仿吾：《新文学之使命》，1923 年 3 月 20 日《创造周刊》第 2 号。
② 郁达夫：《文学概说》，商务印书馆 1933 年版，第 35 页。
③ 郭沫若：《由诗的韵律说到其他》，《文艺论集》，上海光华书局，1933 年，第 67 页。
④ 康白情：《草儿》附录《新诗短论》，上海亚东图书馆 1922 年版，第 370 页。

第四章　文化开放格局与民国文论思潮流变

　　历史进入晚清阶段，中国遭遇了来自西方的强有力挑战。这种挑战是全方位的，尤其是在文化领域，有着五千年文明的中华文化，面对近代西方文化如潮水一般的涌入，一时竟显得手足无措，自乱阵脚。尽管中国历史上也曾不时地受到外族的入侵，甚至被统治，但在文化层面上，似乎从未被征服、被同化过。因为祖先创造和传承下来的丰富而悠久的文化，是举世不可比拟和替代的。然而，到了晚清，一向在文化上有着无比优越感的国人，此时感到了中西文化冲突、碰撞而带来的空前压力。加上晚清社会的激烈动荡，如两次鸦片战争、太平天国运动等，都使整个社会大伤元气。尽管出现过短暂的"同治中兴"，即洋务运动带来的"中兴"局面，但仍旧是好景不长。甲午海战的失败，再一次深深地刺激了国人，一些"先进的中国人"，像康有为、梁启超等人发起的"戊戌变法"，试图为晚清社会找到一条改良变革之路，结果仍然未能逃脱失败的悲剧结局。随着八国联军的入侵，义和团运动的兴起，晚清社会动荡更是不断加剧，晚清政府的腐败无能，终于让国人感到深深的失望，整个社会处在风雨飘摇之中。

晚清社会的残酷现实，使"先进的中国人"进一步认识到，如果不从文化冲突中汲取教训，不真正地实行文化开放政策，整个中国所出现的危机，将会比以往任何时候都来得猛烈。作为第一代"先进的中国人"的代表，康有为、梁启超、严复等人，开始认识到要回应西方文化的强力挑战，拯救文明衰落之颓势，弘扬中华文化之精神，就绝对不只是"器"与"物"层面上简单的"师夷"问题，而应是文化层面上的"师夷"问题，尽管他们的"师夷"本身还是为了"制夷"。特别是日本明治维新的成功和由此带动国家的日益强盛，以及甲午海战的中方惨败，则使他们深深地感到"师夷"问题的核心应是"求新、求变"。①到了第二代"先进的中国人"这里，如陈独秀、胡适、鲁迅等人，就将这种"求新、求变"的主张，更进一步地落实到从西方引进的"德先生"（民主）和"赛先生"（科学）文化层面上，全面地推行文化开放的策略，并由此对传统文化进行全面的审视和批判，像陈独秀的批孔，胡适的文学改良，鲁迅对"儒道"文化的批判，都将批判的重心落在对传统文化不适应现代文明的思考方面，不再是单纯地停留在传统文化概念和逻辑体系内去反复论证，小心推论，而是自觉地面对现代文化建设的整体构架，探究转型中的现代文化全部的逻辑结构和历史进程，从中发掘出能够迅速改变落后的中国面貌的文化机制，选择传统文化所不拥有的新的文化因子，以便在重新认识传统、改造传统当中，能够以现代文明的崭新面貌来创造"中国历史上未曾有过的第三样时代"。②显然，民国初期兴起的新文化运动，以及所倡导的"民主""科学"文化的深入人心，表明民国文化开放的格局已经形成。

---

① 早期像魏源就提出"师夷制夷"的主张，并对古圣先贤的遗教提出质疑："执古以绳今，是为诬今，执今以律古，是为诬古。"（《默觚·治集五》)，后期像严复就通过中西文化比较，提出要学习"以自由为体，以民主为用"（《原强》修订稿）的西学，来"鼓民力"，"开民智"，"新民意"，以"求新、求变"。

② 鲁迅:《坟·灯下漫笔》,《鲁迅全集》（第1卷)，人民文学出版社1981年版，第213页。

第一节　文化交汇与文学思潮的兴起和发展

1912 年中华民国的建立，是近代中国政治体制重大变动的转折点。在文化领域，在民国四年（1915 年）由陈独秀创办的《青年》（后改为《新青年》）杂志的创刊，则无疑是民国文化开放的重大事件，标志着新文化运动的兴起。

民国新文化运动宣扬"民主""科学"文化，提倡观念的更新，理性的张扬，开创了思想文化领域的百家争鸣、百花齐放的局面。民国时期，各种思潮与主义兴盛，使社会各阶层的文化观念发生了巨大的变化。值得注意的是，民国所采取的文化政策，是民国文化开放、发达的一个重要因素。民国建立之时，孙中山就颁布《中华民国临时约法》，其中明确规定，人民不分种族、阶级、宗教，一律平等，公民享有人身、财产、言论、出版、集会、结社、通信、信仰等自由。即便后来袁世凯采取了一系列钳制文化发展的措施，但民国三年（1914 年）袁世凯颁布的《中华民国约法》，其中有关国民自由与权利的规定，与孙中山颁布的《临时约法》并无根本区别，后来的北洋政府也同样承认两个约法的有效性。这表明民国在法律上，确保了国民的各种自由的权利，使言论自由、新闻出版、集会结社等得到了有效的法律保障，为文化自由发展，形成开放的格局提供了良好的环境。在南京国民政府时期，国民政府也实行了一系列奖励、促进文化发展的相关政策，如民国二十七年（1938 年）国民党在武昌召开"国民党临时全国代表大会"，会上就提出要设立国家学会，选拔文学、艺术、科学等方面的优秀人才，以奖进学术研究之深造，并着手出台有关建立三民主义的哲学、文学及社会科学之理论体系等相关政策。同时，值得一提的还有民国时期的教育，蔡元培在担任教育总长时，发表《对于教育方针之意见》，曾向参议院宣讲政见，提出专门教育的方针是"务养成学问神圣之风习"。在担任北京大学校长时则提出"兼容并包、思想自由"的主张，认为大学之大就是"囊括大典、网罗众家"，也为推动文化开放做出了重要贡献。他曾亲自为《北京大学月刊》写发刊词，在文中，他以各国大学办学理念为例写道：

> 各国大学：哲学之唯心论与唯物论，文学美术之理想派与写实派，计学之干涉论与放任论，伦理学之动机论与功利论，宇宙论之乐天观与厌世观，常樊然并峙与其中。此思想自由之通则，而大学之所以为大也。①

民国文化的开放，使近代以来的西方民主、科学文化，得以广泛传播，给民国文化发展输入了新的血液，中西文化的交汇、渗透、融合与创新，导致了民国文化繁荣的空前盛况。尤其是五四前后，近代以来的西方文化、文学思潮不断地传入，形成了民国思想的解放，学术的多元和文化的繁荣。陈独秀在《青年》创刊号上发表《敬告青年》一文，举起了"民主""科学"的文化旗帜，传播"法律上的平等人权，伦理上的独立人格，学术上的破除迷信，思想上的自由解放"的现代观念，都为民国时期思想、文化、道德上的发展，增添了强劲的动力。

民国文论在文化交汇中得到了长足的发展，其中一个重要的特点就是各种文学思潮获得了广袤的发展空间。李大钊曾说："由来新文明之诞生，必有新文艺之为先声"。②民国文论作为民国文学整体的重要构成部分，在历史变革中同样是充当了先锋的角色，起到了传播新文化、新思想、新道德的作用。因此，民国时期各种文学思潮的兴起，也是民国文论繁荣的一个重要成就。

---

① 蔡元培：《北京大学月刊发刊词》，1919 年 1 月《北京大学月刊》第 1 卷第 1 期。
② 守常：《"晨钟"之使命》，1916 年 8 月 15 日《晨钟报》创刊号。

文学研究会成立时同人的合影

茅盾在《〈中国新文学大系·小说一集〉导言》中指出，民国文学理论的出发点"是'新旧思想的冲突'，他们是站在反封建的自觉上去攻击封建制度的形象的作物——旧文艺。"在这种共识中，1920年（民国九年）11月在北京成立了"文学研究会"，茅盾认为这是民国文学"最早的一个纯文艺的社团"。社团在宣言中明确其中一项重要任务就是"增进知识"。[①]所谓"增进知识"，其实就是要兴起文学理论的研究，以弥补新文学的理论之不足，方法之陈旧的缺陷。周作人在起草《文学研究会宣言》中明确指出："研究一种学问，本不是一个人关了门可以成功的；至于中国的文学研究，在此刻正是开端，更非互相补助，不容易发达。整理旧文学的人，也须应用新的方法，研究新文学的更是专靠外国的资料"。[②]正是在这种文化开放的观念指导下，民国文学思潮得以蓬勃发展。茅盾主导的《小说月报》改革，就强调要"谋更新而扩充之，将于译述西洋名家小说而外，兼介绍世界文

---

① 茅盾：《〈中国新文学大系·小说一集〉导言》，赵家璧主编：《中国新文学大系》（第3集），上海良友图书印刷公司1935年版，第2—3页。

② 《〈文学研究会〉宣言》，1921年1月10日《小说月报》第12卷第1号。

学潮流之趋向，讨论中国文学革进之方法"。①宣言明确"认西洋文学变迁之过程有急须介绍与国人之必要，而中国文学变迁之过程则有急待整理之必要"，且"译西洋名家著作，不限于一国，不限于一派，说部，剧本，诗，三者并包"。显然，这种开放的文化态度，对民国文学思潮的发展起到了很大的促进作用，使得文艺社团如雨后春笋般涌现，茅盾、鲁迅、郑伯奇在各自为《中国新文学大系·小说集》进行编选而撰写的导言中，就对民国建立以来的文学社团进行了认真的梳理，总结了各个文学社团的创作观念和所取得的成就，显示出民国文学思潮的丰富性。还有收入《中国新文学大系》中的《文艺评论集》和《建设理论集》中的各种批评文章和理论文章，也都显示出这种特点。

就民国文学思潮发展态势来说，由于文化开放、交汇带来的思想自由和观念革新，使民国文论有着丰富的生态环境，民国文坛上的各种文学思潮都十分活跃，有文学研究会主张的为人生的文学，有创造社主张的"表现自我"的"为艺术"而创作的文学，有从国外引进的"新浪漫主义"、"象征主义"等现代主义文学，也有国粹派的带有复古主义倾向的文学，有鸳鸯蝴蝶派的通俗文学，还有后来陆续出现的语丝派的"闲适文学"，随"革命文学"论争而兴起的左翼文学，带有鲜明的自由主义文学理念的新月派，论语派及其提倡的"性灵文学"，有京派文学与海派文学之分，有"第三种人"的文艺主张，有民族主义文学、"国防文学"等，还有抗战期间兴起的七月派、战国策派，西南大后方出现的现代派文学，沦陷区中的"市民文艺"，以及国共内战期间出现的不同政治控制区域的各派文学，如延安期间的"延安文学"（或称"解放区文学"），等等。撇开意识形态方面的因素而言，这些都显示出了民国文学思潮发展的多姿多彩，也显示出民国文论丰富多样的特点。

---

① 《〈小说月报〉改革宣言》，1921 年 1 月 10 日《小说月报》第 12 卷第 1 号。

民国文化开放的格局，使民国文论能够在文化交汇当中，获得更多文化理念和智慧的启迪，通过比较的视野和方法，探讨新文学的本质特征、新文学的各种艺术范式，探讨文学思潮演化的流变，显示出相当的深度，尤其是通过对域外不同文学思潮的引进和对文学的不同论争，对于新文学如何发展这个问题，虽然还存在不同的意见，但总体的发展趋向是在一步一步地与世界文学发展的主流相对应、相对接，显示出开阔的文学视野。茅盾在《〈中国新文学大系·小说一集〉导言》中总结新文学十年的成就时就指出："那时候发表了的创作小说有些是比现在各刊物编辑部积存的废稿还要幼稚得多呢，……现在我们这'文坛'，比起十多年前，可以说是'进步'得多了？现在我们所见一个月里的在水平线以上的作品有从前一年的总数那么多；我们觉得现在这点儿'成绩'还是贫弱，我们要求更多的表现生活各方面的作品，我们要求'伟大的作品'。"①郑伯奇在编辑《小说三集》时也接着指出："中国的启蒙文学运动以后，创造社的浪漫主义和文学研究会的写实主义的对立的发展是值得注意的有趣的现象。同时，文学研究会的写实主义始终接近着俄国的人生派而没有发展到自然主义；创造社的浪漫主义从开始就接触到'世纪末'的种种流派。……我们应该加以注意：创造社的倾向虽然包含了世纪末的种种流派的夹杂物，但，它的浪漫主义始终富于反抗的精神和破坏的情绪。用新式的术语，这是革命浪漫主义。它以后的发展在它的发端就豫约了的。"②在开放的文化格局中，民国文论对于文学的认识和论述，尤其是对文学本质的把握，不再是局限在文学自身相对狭小的范畴内，而是善于从更广阔的文化视域中来审视文学发展的规律，改变了以往文论囿于文论本身，就"文学而论文学"而形成的"不识庐山真面目，只缘身在

---

① 茅盾：《〈中国新文学大系·小说一集〉导言》，赵家璧主编：《中国新文学大系》（第3集），
　　上海良友图书印刷公司1935年版，第2页。
② 郑伯奇：《〈中国新文学大系·小说三集〉导言》，赵家璧主编：《中国新文学大系》（第5集），
　　上海良友图书印刷公司1935年版，第2—3页。

此山中"的视野狭窄局面，推动了民国文学更广泛深入的发展，同时也使文论本身获得更丰富的价值和意义的内涵。

在文化交汇当中，民国文论由于有了丰富的参照系，对作为语言艺术的文学自身的特性，也有了更深入的认识和把握。胡适在《文学改良刍议》中提出著名的"八不"主张，力推白话文写作，并亲自"尝试"白话文作诗，从作文的具体方式上，探讨了由白话文替代文言文的可行性和必然性，并注重从话语权的转换中，为新文学打造一整套"国语的文学"的实践模式，使新文学真正成为一种"活文学"。他指出："有了国语的文学，方才可有文学的国语。有了文学的国语，我们的国语才可算得真正国语，国语没有了文学，便没有生命，便没有价值，便不能成立，便不能发达。"①胡适抓住了文学是语言艺术的特点，剔除"文以载道"的工具角色，回归文学自身的本质特性，把用白话文创作新文学的理念落实到了实处。刘半农在《我之文学改良观》一文，也同样是从文学的艺术特性着手，指出："故研究文学而不从性灵中意识中讲求好处。徒欲于字句上声韵上卖力，直如劣等优伶，自己无真实本事，乃以花腔滑调博人叫好。此等人尚未足与言文学也。"他以西方文学理论为参照、对比指出："欲定文学之界说，当取法于西文，分一切作物为文字 Language 与文学 Literature 二类。西文释 Language 一字曰，'Any means of conveying or communicating ideas'，是只取其传达意思，不必于传达意思之外，更用何等功夫也。又 Language 一字，往往可与语言 Speech 口语 Tongue 通用。然明定其各个之训诂，则 'LANGUAGE is generic, denoting, in its most extended use, any mode of conveying ideas; SPEECH is the language of sounds; and TONGUE is the Anglo – Saxon term for language, especially for spoken language.' 是文字之用，本与语言无殊，仅取其人人都能了解，可以布诸远方，以补语言之不足，与吾国所谓'言之

---

① 胡适：《建设的文学革命论》，1918 年 4 月 15 日《新青年》第 4 卷第 4 号。

无文，行而不远'正相符合。"①重视文学的语言艺术特性，由此形成新文学的新的语法规则，就能更好地传达出现代人的思想和情感。从文学思潮兴起的维度而言，如果说新文学一时无法撼动文言文的话语霸主地位，那就不如另辟蹊径，从语言本身及其所涉及的话语体系、权力、范式等方面进行根本性质的价值转换，便能获得一种全新的话语体系和范式的建构，使新的意义能够在新的话语范式中得以全新的展示，如同钱玄同所指出的那样："世界万事万物，都是进化的，断没有永久不变的；文字亦何独不然。"②文学作为语言艺术，并不是单纯的文学表达技巧问题，而是涉及相关的文学价值理念、意义取向等知识体系建构等相关问题，正如福柯在论述知识与权力（主要是指话语权力）关系所指出的那样："权力制造知识；……权力和知识是直接相互连带的；不相应地建构起一种知识领域就不可能有权力关系，不同时预设和建构权力关系就不会有任何知识。……认识主体、认识对象和认识模态应该被视为权力—知识的这些基本连带关系及其历史变化的众多效应。总之，不是认识主体的活动产生某种有助于权力或反抗权力的知识体系，相反，权力—知识，贯穿权力—知识和构成权力知识的发展变化和矛盾斗争，决定了知识的形式及其可能的领域。"③放弃与旧文学在文言文语言系统里的话语权力的争斗，建构新文学的新的语言系统和话语权力，旨在建构新文学的新的艺术范式，重构新的艺术形态，促进新文学的发展。在这种理念的引导下，民国文论对如何做白话文及其所形成的新文体问题，进行了广泛深入的探讨。

正是在这种情形下，傅斯年的《怎样做白话文？》一文可谓是一篇力作。在他看来，"新文学建设的第一步，就是应用白话做材料。"因为"文

---

① 刘半农：《我之文学改良观》，1917 年 5 月日《新青年》第 3 卷第 3 号。
② 钱玄同：《通讯：渡河与引路——唐俟、钱玄同答》，1918 年 11 月 15 日《新青年》第 5 卷第 5 号。
③ ［法］米歇尔·福柯：《规训与惩罚》，刘北成等译，生活·读书·新知三联书店 2007 年版，第 29—30 页。

学家对于语言有主宰的力量，文学家能变化语言，文学家变化语言的办法，就是造前人所未造的句调，发前人所未发的词法，造的好了，大家不由的从他，就自然而然的把语言修正。我们现在变化语言的第一步，创造的第一步，做白话文的第一步，可正是取个外国的榜样啊！"他着重提出了两点意见："第一，留心说话；第二，直用西洋词法。"①遵循文学的艺术特性，参照外国文学发展经验，民国文论对新文学的艺术特质进行了重新的审视，提出了许多新颖的观点。像周作人就提出了"美文"的标准，主张新文学应创作"叙事与抒情因素并重的散文"的"美文"，希望由此"给新文学开辟一块新的土地"。以后，他又多次指出"美文"是"集合叙事说理抒情的分子，都浸在自己的性情里，用了适宜的手法调理起来"的一种新型文体。②茅盾在谈到"美文"时也说："'美文'并不是定是文言，白话的或不用典的，也可以美。"③郁达夫受到日本现代文学影响，提出了"自叙传"文学的构想，他认为"文学就是个人的自叙传"，指出"小说就是个人情感的流露"。在《日记文学》一文里，他认为，日记文学是"文学的重要分支"，也是"文学里的一个核心，是正统文学以外的一个宝藏"。在文中，他大力提倡用第一人称写的日记体、书简体文章，并指出如果用第三人称来写，很容易使读者感到幻灭，假如要对第三人称的主人公心理进行描写，读者就会怀疑作者何以知道得如此精细，这样就会使文学的真实性消失。他坚持认为，日记体文学是"最便当的一种体裁"，最易抒发主人公的内心情感，传达主人公的心灵意识，解剖自己，展示自己，从而也能够自如地"批评文化"，"穷究哲理"，因而也就"比第一人称的小说在真实性的确立上更有凭藉，更有把握"，也更艺术感染力，艺术的"兴味更觉浓厚"。④沈从文在论

---

① 傅斯年：《怎样做白话文？》，1919 年 2 月 1 日《新潮》第 1 卷第 2 号。
② 周作人：《〈近代散文抄〉序》，1930 年 9 月《骆驼草》第 21 期。
③ 冰：《新旧文学平议之评议》，1920 年 1 月《小说月报》第 11 卷第 1 号。
④ 郁达夫：《日记文学》，1927 年 5 月 1 日《洪水》第 3 号第 32 期。

述郁达夫的文学观念时指出："多数的读者，由郁达夫作品，认识了自己的脸色与环境。……展览苦闷由个人转为群众，十年来新的成就，是还无人能及郁达夫的。说明自己、分析自己、刻划自己，作品所提出的一点纠纷处，正是因为国内大多数青年心中所感到的纠纷处。"①

在文化开放和交汇中，深入探讨对文学的艺术特性，民国文论对文学的艺术之美的理论建树颇多，如梁实秋，受白璧德人文主义审美思想影响，他坚持"人性"论的文学批评立场，在审美理想上追求古典主义，寻求至善至美的文学理念。他认为，文学的美不同于音乐美和绘画美，它是由文字而包含的思想和情感，使人产生了对美的向往，而不是单纯地显示美。文字的美学效用就在于：它能够将作者的思想倾向、情感经验、道德意识，乃至人生所认识、体验和感悟的各种社会现象和生活体验，生动有效地传达给读者，使之产生认识的体验和共鸣，从而使文学能够充分地发挥其特有的道德功效，但这与单纯的美无关。他坚持"文学不应单纯是美感"的观点，强调"文学必是美的，而同时也必是道德的，文学的美必须体现出道德的意义"。他指出："文字这种符号还有更伟大更严肃的效用，若经过适当的选择与编排，它能记载下作者的一段情感使读者起情感的共鸣，它能记载下人生的一段经验使读者加深对于人生的认识，它能记载下社会的一段现象使读者思索那里面含蕴的问题……文学里面两项重要的成分是思想与情感。文学的题材，严格的讲，是人的活动（man in action），其处置题材的方法是具体的描写，不是抽象的分析，所以文学异于社会科学，是想像的安排，不是各别的记载，所以文学异于历史。文学作者必先对于人事有所感或有所见，然后他才要发而为文，所以文学家不能没有人生观，不能没有思想的体系。因此文学作品不能与道德无关，除非那文学先与人事无关。"②熊佛西在论述

---

① 沈从文：《论中国小说创作》，转引自：王自立、陈子善编《郁达夫研究资料》（下），天津人民出版社1982年版，第363页。
② 梁实秋：《文学的美》，1937年1月1日《东方杂志》第34卷第1号。

戏剧文学的艺术特性时也指出："戏剧是人生的模仿，是创造人生的艺术，不是抄袭人生的技术。戏就是戏，不管中国演外国戏。不应该有写实写意之分。我们应该把艺术与技术的程式划分清楚，虽然二者是很难划分的。"①胡秋原也坚持这一观点，他指出："人类在生活中感觉之，在自然发现之，而在艺术中，创造之。艺术家创造人所欲望之一切，以提高生活之意兴与标准。因此，离开人生，也没有美和艺术了。"②由此可见，民国文论对文学的艺术特质的深入探讨，以及所形成的思潮及其达成的基本共识，都对整个民国文学的发展产生了深远影响。

文化开放和交汇的时代，为民国文论带来了新视野、新思维、新观念，构筑了广阔的理论空间，释放出了长期以来被旧文论所束缚的精神活力。尽管新文学、新文论所走的路程还十分漫长，但民国文论在发生之际，毕竟给中国文学的发展带来了一种新的理论气息，从而使整个新文学在理论和实践的两个方面都焕发出异彩。

第二节　文化融合与三大文学思潮的交错

民国文化开放的格局，为文化的融合提供了良好的环境，也使民国文论的各种思潮交相辉映，交错发展。在民国文学生成之初，近代以来的西方各种文化思潮、文学思潮被大量地介绍过来，现实主义、浪漫主义、自然主义、唯美主义、印象主义、象征主义、心理分析派、立体派、意象派、未来主义等等，以及与此相关的各种社会思潮，如进化论、人道主义、叔本华的唯意志论、尼采的超人哲学、弗洛伊德主义、托尔斯泰主义、无政府主义、马克思主义、国家主义、基尔特社会主义等等，都是作为一种新潮而被广泛地介绍、宣传、实验。不过，构成新文学主干思潮的，则是现实主义、浪漫

---

① 熊佛西：《佛西论剧》，新月书店 1931 年版，第 99 页。
② 胡秋原：《民族文学论》，文风书局 1944 年版，第 16 页。

主义、现代主义这三大思潮。从民国文学发展的实践上来看，民国文论在三大主干思潮的发展与演变过程中所发挥的影响力是不可忽视的。从倡导"真的文学"、"人的文学"、"平民文学"，到提倡"自我抒情"，再到引进现代主义，民国文论所提出的一系列重要的主张，在相当的程度上为推动新文学三大思潮的交错发展，提供了广阔的空间和平台。

现实主义作为一种文学思潮，特指欧洲文学史上 19 世纪 30 年代在法、英等国家，继浪漫主义文学思潮之后所出现的一股新的文学潮流。高尔基将其称之为"19 世纪一个主要的，而且是最壮阔、最有益的文学流派。"①现实主义文学思潮强调以批判现实为主导方向，特别推崇文艺复兴和启蒙主义文学中冷静观察现实，如实反映现实，批判现实丑恶的精神。1823 至 1825年间，法国著名作家司汤达发表文艺评论集《拉辛与莎士比亚》，提出文学要符合时代发展潮流，主张作家要直接观察现实，反映当代社会生活。这部评论集被视为批判现实主义的第一部纲领性文献。按照现实主义美学原则，司汤达于 1830 年创作了长篇小说《红与黑》，被称之为批判现实主义文学的基石之作。紧接着，法国著名作家巴尔扎克创作了批判现实主义巨著《人间喜剧》。在这部内容丰富、规模宏伟的巨著里，巴尔扎克汇集了 19 世纪上半叶法国社会的全部历史，生动地展示了当时法国，乃至整个欧洲社会的生活图景。巴尔扎克使批判现实主义从理论到创作实践臻于完善，把批判现实主义文学推向了一个新的高峰，进而席卷整个欧洲。在民国文学生成之初，现实主义是率先影响新文学的最大的一种思潮。

民国文论对现实主义文学思潮的理论接受和反应，是十分积极的，最为突出的就是将"真的文学"和"人的文学"，作为现实主义文学的核心理念加以大力倡导。

随着"民主""科学"文化的传播，现实主义开始成为民国文论所关注

---

① 高尔基：《论文学》，人民文学出版社 1978 年版，第 335—336 页。

的一个主要文学思潮。特别是在民国之初，例如，在民国九年（1920年），一些报刊就密集地刊发介绍了现实主义文学的文章。愈之（胡愈之）在《近世文学上写实主义》一文中介绍说："19世纪是科学万能的时代。文化上各方面——政治，哲学，艺术等等——受了科学的影响，多少都带此物质的现实的倾向；在文学上这种影响更大；写实文学的勃兴，就为这缘故。"①茅盾也写了《文学上的古典主义、浪漫主义和写实主义》一文，他说："科学昌明时代的十九世纪后半，人人有个科学万能的观念；所谓科学方法一直运用到哲学方面，不但哲学，社会改造的企图，本是多少带几分理想性质的，也闹起'科学的'、'不科学的'来。文学当这潮流，焉能不望风披靡呢？这是写实主义兴起的一个大原因。"②民国十一年（1922年），茅盾在《小说月报》上发表《自然主义与中国现代小说》一文，认为具有科学精神的"自然主义"可以"疗救"包括"游戏消闲的观念"和"不忠实的描写"等在内的中国现代小说的"缺点"。③谢六逸则发表了《自然派小说》一文，在《小说月报》上连载。他说："写实派是浪漫派的反动，受了自然科学的影响，重视直接经验，为纯客观的文学。……作者由透光镜而变为反光镜；这派的小说家所取的材料，并不透过作者的脑海去任意团练他，只是将材料反射出来，即成著作。所以是朴直无华，有什么写什么。不具抽象的观念与成见（Prejudice），照实写出。"④

在民国文论家看来，现实主义倡导对现实的关注，主张客观理性的写作态度，追求精细和细节真实的艺术描绘，对现实生活中的丑恶现象予以暴露和批判，应值得新文学的大力借鉴，以便使新文学在创作实践中能够处处以觉醒了的"人"的意识来审视现实人生、社会历史和人的精神世界。胡适

---

① 愈之：《近世文学上写实主义》，1920年1月10日《东方杂志》第17卷第1号。
② 茅盾：《文学上的古典主义、浪漫主义和写实主义》，1920年8月《学生杂志》第7卷第9期。
③ 茅盾：《自然主义与中国现代小说》，1922年7月10日《小说月报》第13卷第7期。
④ 谢六逸：《自然派小说》，1920年11月1日《小说月报》第11卷第11号。

就曾强调指出新文学创作须"注重实地的观察和个人的经验"相结合，他指出："现今文人的材料大都是关了门虚造出来的，或是间接又间接的得来的，因此我们读这种小说，总觉得浮泛敷衍，不痛不痒的，没有一毫精采。真正文学家的材料大概都有'实地的观察和个人自己的经验'做个根底。不能作实地的观察，便不能做文学家；全没有个人的经验，也不能做文学家。"①鲁迅在对新文学发展提出要求时，就指出作家要取下假面，写出人生的"血"和"肉"，认真分析当时社会所存在的种种非人道的、不合理的现象。他说："试看中国的社会里，吃人，劫掠，残杀，人身卖买，生殖器崇拜，灵学，一夫多妻，凡有所谓国粹，没一件不与蛮人的文化（？）恰合。"②在鲁迅看来，"真的文学"的核心就是要求作家能够正视现实，正视自身，分析产生现实异化的根源。他认为："因为古代传来而至今还在的许多差别，使人们各各分离，遂不能再感到别人的痛苦；并且因为自己各有奴使别人，吃掉别人的希望，便也就忘却自己同有被奴使被吃掉的将来。于是大小无数的人肉的筵宴，即从有文明以来一直排到现在，人们就在这会场中吃人，被吃，以凶人的愚妄的欢呼，将悲惨的弱者的呼号遮掩，更不消说女人和小儿。"③周作人在倡导"人的文学"时，就列举了传统文学中九类"妨碍人性的生长，破坏人类的平和的东西"，指出"统应该排斥"。④在提倡"平民文学"时，他又特别指出现实主义应有两个重点：一是"应以普通的文体，写普遍的思想与事实"，二是"应以真挚的文体，记真挚的思想与事实。"⑤周作人从"人的文学"立场出发，将"真的文学""人的文学"视为一体，作为现实主义文学的核心价值理念。郎损（茅盾）也指出："我们可说正因为是乱世所以文学的色调要成了怨以怒；是怨以怒的社会背景产

---

① 胡适：《建设的文学革命论》，1918年4月15日《新青年》第4卷第4号。
② 鲁迅：《热风·四十二》，《鲁迅全集》（第1卷），人民文学出版社1981年版，第327页。
③ 鲁迅：《坟·灯下漫笔》，《鲁迅全集》（第1卷），人民文学出版社1981年版，第217页。
④ 周作人：《人的文学》，1918年12月15日《新青年》第5卷第6号。
⑤ 仲密：《平民文学》，1919年1月19日《每周评论》第5号。

生出怨以怒的文学，不是先有了怨以怒的文学然后造成了怨以怒的社会背景！我们又该知道：在乱世的文学作品而能怨以怒的，只是极合理的事情，正证明当时的文学家能够尽他们的职务。"对此，郎损（茅盾）认真地分析社会现实异化现象是："现在社会内兵荒屡见，人人感着生活不安的苦痛，真可以说是'乱世'了，反映这时代的创作应该怎样的悲惨动人呵！"①

对于以现实主义（在当时多称之为写实主义）为主导风格的新文学创作而言，民国文论的认识思路主要表现在两个方面：一是强调从对社会现象分析入手，反映现实异化，进而达到对社会本质、人生本质特征的认识高度，显现批判现实异化的思想深度；二是主张从对人的生存境况、前途命运高度关注入手，塑造鲜明的人物形象，反映现实异化对人的压迫，从中展现有关人的解放、个性解放的思想。

随着科学文化的深入发展，民国文论对现实主义的论述也不断深化。吴宓曾撰写《论写实小说之流弊》一文，详细地分析了现实主义的弊端，并从人生哲学的维度，指出现实主义要避免过于写实的流弊，就应当在"实境"、"真境"和"幻境"三个层面来进行创作。叶公超在《写实小说的命运》一文中则强调要将"自己"，也即作家的主体意识融入其中，不能将现实主义沦为现实的翻版。成仿吾则主张"真实主义"，认为"真实主义的文艺是以经验为基础的创造"。对于现实主义提出最富有真知灼见的应是鲁迅，他在指出俄国著名作家陀思妥耶夫斯基的创作特点时，提出了"在高的意义上的写实主义"的观点。他说：

凡是人的灵魂的伟大的审问者，同时也一定是伟大的犯人。审问者在堂上举劾着他的恶，犯人在阶下陈述他自己的善；审问者在灵魂中揭发污秽，

----

① 郎损：《社会背景与创作》，1921 年 7 月 10 日《小说月报》第 12 卷第 7 号。

犯人在所揭发的污秽中阐明那埋藏的光耀。这样，就显示出灵魂的深。①

　　鲁迅对现实主义的论述，见解十分独到，他将现实主义与人的主体意识关联在一起，强调现实主义不仅仅只是单纯地反映现实，同时更重要的是要在主体维度的层面，将生活在现实中的人的灵魂也展示出来，这样的现实主义才是真正意义上的现实主义。鲁迅这种独到的现实主义文学观，推动了新文学现实主义文学的深入发展，使之成为新文学的一种主导型思潮。

　　民国文化的开放，也使现实主义的各种形态和相关学说在民国文论中有所反映。在 30 年代，由于"革命文学"的论争，以及后来的苏联文化和文学的影响，有关"革命现实主义"、"社会主义现实主义"的主张，在左翼文学中得到较大范围的接受，并产生较大的影响。连鲁迅也说，他被创造社同人硬是"挤"看了几本"科学"的，也即马克思主义的文艺论著，也使得他对现实主义文学的论述，有了更多的参照系。譬如，他对普列汉诺夫和卢那察尔斯基有关现实主义文学论述的认同。他先后翻译卢那察尔斯基的《艺术论》和普列汉诺夫的《艺术论》，对卢那察尔斯基有关"执着现实"和"现实底理想主义"的观点表示了认同。他说："如所论艺术与产业之合一，理性与感情之合一，真善美之合一，战斗之必要，现实底理想之必要，执着现实之必要，甚至于以君主为贤于高蹈者，都是极为警辟的。"②

　　到了 40 年代，有关现实主义的论述，民国文论也仍然热度不减，王元化在民国二十九年（1940 年）专门发表了《现实主义论》一文，对现实主义进行深度的理论阐述。他从世界文学发展的视域，对当时所涉及的有关现实主义的观点，特别是就李南桌在《广现实主义》一文所提出的观点进行

---

① 鲁迅：《集外集·〈穷人〉小引》，《鲁迅全集》（第 7 卷），人民文学出版社 1981 年版，第 92 页。

② 鲁迅：《译文序跋集·〈艺术论〉小序》，《鲁迅全集》（第 10 卷），人民文学出版社 1981 年版，第 296 页。

了商榷，对旧现实主义与新现实主义进行了认真的比较，并依据恩格斯对现实主义的阐述，对新现实主义的涵义和特征进行了全面的阐述，指出："只有新现实主义才可以把这崩溃的'世界文学'解救出来"，并认为新现实主义"它无疑的是站在辩证唯物论的基础上面，它将运用这创造人为新史诗的武器来扬弃旧的现实主义作风与理想主义作风。新现实主义彻底的解决了文艺史上这一遗留在现在还未解决的许多矛盾——世界观与创作方法的矛盾，理想与现实的矛盾等等——而成为现实主义与理想主义的更高一级的发展。"同时，他也明确指出，在"今日的中国，新现实主义已经获得了无数艺术家，青年学徒以及读者大众们的热烈的拥护，他们正为着这个方向而努力。"①文章强调了坚持现实主义精神和方法的重要性，以期在文学创作中能够更好地掌握现实主义的创作方法，创作出更好的富有现实主义精神的作品。

与此同时，民国文论对浪漫主义思潮的宣传与推动，也是不遗余力的，但聚焦的主要还是体现在对"自我"抒情的大力提倡方面。郁达夫对浪漫主义的解释是："大抵是热情的、空想的、传奇的、破坏的。这一倾向在文学上的表现，就是浪漫主义。"②朱光潜在论述浪漫主义特征时指出："浪漫主义最突出的而且也是最本质的特征是它的主观性。"③以充分的主体感悟方式、强烈的自我抒情风格，展现主体对现实的认知，在新文学生成当中对浪漫主义的提倡，最为突出的是创造社成员。作为创造社主将之一的郁达夫，在创作当中所表现出来的特征又最具代表性。他的创作抒发了一种苦闷焦灼、彷徨无主的时代情绪，表现了历史现代化进程的艰难性和曲折性特征，代表了新文学浪漫主义对时代负面的认识和对时代弱者形象的塑造艺术的特点，如 B.万斯洛夫所说："浪漫主义无论怎样表现，其特征就是对现实的深

---

① 王元化：《现实主义论》，1940 年 3 月 10 日《戏剧与文学》第 1 卷第 2 期。
② 郁达夫：《文学概说》，《郁达夫全集》（第 5 卷），浙江文艺出版社 1992 年版，第 362 页。
③ 朱光潜：《西方美学史》（下），人民文学出版社 1984 年版，第 272 页。

刻不满，理想观念和存在的根本不相符合。"①在特定的历史时代，那种失去了终极关怀的人生苦闷、消沉，甚至是颓废、颓唐的心理情绪，也在时代的上空中回旋，给人以生之艰难、生之压迫的痛感。这种情绪在民国文学浪漫主义思潮层面上生成，主要就是表现出了苦闷、忧郁、哀怨、飘零、孤独、颓废等方面的情绪特征。

民国九年（1920）年，茅盾就较为系统地介绍了浪漫主义。他说："讲到浪漫主义出发的地方，也就在法国。鼎鼎大名的哲学家卢骚（Rousseau）便是浪漫文学的第一人……他反过来提倡创造，提倡个性。于是法国始为古典文学的重镇，现在又成为浪漫文学发祥的福地。"②在向国内介绍浪漫主义文学思潮时，茅盾重点介绍了浪漫主义重主观、推崇自由、主张个人主义、崇尚大自然的特点，同时也指出了它在欧洲衰落的趋势。郁达夫对浪漫主义的推崇，并运用到创作实践中，创立了民国文学的"自我抒情"体小说，从中显示出一种情绪的张力和思想的深度。他非常注重"性欲"与"死亡"这种涉及主观情感深度的浪漫主义精神元素。他说："性欲与死，是人生的两大根本问题。"并认为"以这两者为材料的作品，其偏爱价值，比其他一般的作品更大。"他曾把近代戏剧所反映的生活概括为三个方面：生的苦闷、性的压迫和死的恐怖。他认为："情欲中间，最强有力，直接动摇我们的内部生命的是爱欲之情，诸本能中，对我们的生命最危险而同时又最重要的是性的本能。"③秉持这种浪漫主义理念，他在创作中也将"性"、"情欲"表现得淋漓尽致，而且多表现为不正常的变态的情欲，呈现一种被极度压抑后的畸形欲望的状态。普实克在论述中国浪漫主义文学时指出："可以肯定的是，主观主义、个人主义和悲观主义以及对生活悲剧的感受结合在一起，

---

① B.万斯洛夫：《艺术与美学中浪漫主义的共同特征》，《世界艺术与美学》（第5辑），文化艺术出版社1985年版，第15页。
② 茅盾：《文学上的古典主义、浪漫主义和写实主义》，1920年8月《学生杂志》第7卷第9期。
③ 郁达夫：《文艺鉴赏上的偏爱价值》，《郁达夫文集》（第5卷），花城出版社1983年版，第162页。

再加上反抗的要求，甚至自我毁灭的倾向，就是从 1919 年五四运动直至抗日战争爆发的这一时期中国文学的最突出的特点。有一个事实无疑也典型地代表着当时时代的情调，即新的青年一代曾把《少年维特之烦恼》奉为他们的圣经。……它反映了欧洲浪漫主义的伟大作品是怎样在中国的革命青年中找到同类的精神和情调的。它证明了，中国的情调在很多方面会让人联想到欧洲浪漫主义情调及其夸大的个人主义、悲剧色彩和悲观厌世的感受。"①虽然自我世界的浪漫主义抒情也表现了某种形上的非理性感受，但更多的还是一种被主观主义、悲观主义、个人主义混合夸大了的主观情怀。

　　民国文论对浪漫主义的论述，也看到浪漫主义与现实主义交错演化的特点。郑伯奇指出："最近这几年来，五四时代的文学曾经有过一番新的估价。文学研究会被认为写实主义的一派，创造社是被认为有浪漫主义的倾向。这也不过是大概的区分。文学研究会里面，也有带浪漫主义色彩的作家；创造社的同人中也有不少的人发表有写实倾向的作品。"②从这种对现实主义和浪漫主义文学思潮交错演化的观察上来看，民国文论对两种文学思潮的论述，可以说，大多不是从纯理论的角度来进行的，而是结合新文学的创作实践来进行的，这是民国文论对文学思潮认识和把握的一个特点。苏雪林在评论创造社的浪漫主义创作特点时，就认为"过去十年中创造社成为新文艺运动主要潮流之一"。她以郁达夫的创作为例指出，郁达夫创作所聚焦的就是"性欲"，指出他"所表现的思想都是一贯的，那就是所谓'性欲'的问题。……此外则'自我主义'（Egotism）'感伤主义'（Sentimentalism）和'颓废色彩'，也是构成郁氏作品的原素。"③民国文论抓住了浪漫主义重主观、重自我、重情感的艺术特征，具有一定的广度和深度。

---

① 普实克：《普实克中国现代文学论文集》，湖南文艺出版社 1987 年版，第 4—5 页。
② 郑伯奇：《〈中国新文学大系·小说三集〉导言》，赵家璧主编：《中国新文学大系》（第 5 集），上海良友图书印刷公司 1935 年版，第 2—3 页。
③ 苏雪林：《郁达夫论》，1934 年 9 月 1 日《文艺月刊》第 6 卷第 3 期。

值得注意的是，同样是受到苏联文艺思想的影响，30 年代左翼文艺阵营对有关"革命的浪漫主义"进行了广泛的介绍。民国二十二年（1933年）周扬就在《现代》杂志上发表了《关于"社会主义的现实主义与革命的浪漫主义"》一文，对苏联的有关"革命的浪漫主义"观点进行了详细的介绍，这对民国时期左翼文学创作产生了较大的影响。他认为"革命的浪漫主义"可以包含在"社会主义的现实主义"之内，二者并不是对立的，而是相互交错和渗透的。但他又同时强调，"革命的浪漫主义"不应独立地成为一种主观观念而与"社会主义的现实主义"相互并存，只能作为一种主观的"情绪"而存在，并纳入"社会主义的现实主义"的体系之中。他以高尔基的创作为例指出，高尔基式的"革命浪漫主义"就很好地展现出了"社会主义的现实主义"的精神特点。左翼文艺的这种理论，实际上是对民国之初大量介绍西欧浪漫主义文论的一个修正。早在民国十五年（1926 年），郭沫若就发表《革命与文学》一文，就判定西欧的"浪漫主义的文学早已成为反革命的文学"，并认为现在的"最新最进步的革命文学"，在精神上就是要"彻底表同情于无产阶级的社会主义的文艺"和在形式上"彻底反对浪漫主义的写实主义的文艺"。[1]民国二十一年（1932 年），瞿秋白在《革命的浪漫谛克》一文中指出，西欧式的旧"浪漫主义是新兴文学的障碍"，应提倡"文学上的现实主义"来反对"浅薄的浪漫主义"及其"一切自欺欺人的浪漫蒂克"。[2]

不过，持自由主义理念的作家对此有较大的不同意见。如梁实秋，尽管他原先也是浪漫主义的崇拜者和鼓吹者。他曾在《创造季刊》上发表作品，非常认同浪漫主义的自我表现和自我抒情。他创作的《荷花池畔》一诗也带有浓郁的浪漫主义艺术特征。但在接受新人文主义者白璧德的文艺思想影响后，他对浪漫主义有了新的看法。民国十五年（1926 年），他在《晨报·

---

① 郭沫若：《革命与文学》，1926 年 5 月 16 日《创造月刊》第 1 卷第 3 期。

② 静华：《马克斯、恩格斯和文学上的现实主义》，1933 年 4 月 1 日《现代》第 2 卷第 6 期。

副镌》上发表了长文《现代中国文学之浪漫的趋势》，对浪漫主义进行了反思，认为不经理性审视的浪漫主义，只能造成文学上的"混乱"局面。因为它是"病态的"、"偏畸的"，甚至是"逾越常轨的"。他指责"浪漫主义者有一种'现代的嗜好'，无论什么东西凡是'现代'的，就是好的。这种'现代狂'是由于'进步的观念'而生"。在他看来，过于"煽情"的浪漫主义，也过度地表现了人的"欲念"，而这种"欲念"没有理性的节制，就会出现泛滥的局面。因此，自民国十六年（1927 年）起，他陆续出版了《浪漫的与古典的》、《文学的纪律》、《文艺批评论》、《偏见集》等四本文论著作，建立起一套古典主义文学理论体系，并由此出发，坚持在理性指引下，从普遍的人性出发开展文学创作。他坚持认为，"理智"即"内在的控制力"（Inner Check），所表现的是"完善的人性"，而要达到这一目标，必须有纪律，有标准，有节制，因为这三者都是"内在的节制"，而"不是外来的权威"。在他的眼中，"内在的节制"就是理性。民国十七年（1928年）他与郁达夫等人的"卢梭之争"，也涉及他对浪漫主义所持有的新看法。他坚持认为，浪漫主义在中国是"混乱"的，出现了所谓的"浪漫的混乱"，认为这将严重地影响新文学的发展，他说："全部影响之最紧要处，乃在外国文学现象之输入中国（非表面）。换言之，我们自经和外国文学发生接触之后，我们新文学的见解完全变了。……这一变可是非同小事，因为不但今后中国文学根本的改变了模样，即是以往的四千年来文学，在中国文学史上的地位和价值都要大大的改动。"①

与浪漫主义相关联的是民国文论对"新浪漫主义"的论述。在新文学发展史上，真正具有类似于西方现代主义的非理性创作特征的，要算新文学生成之初就出现的"新浪漫主义"文学思潮和三四十年代出现的"现代诗派"、"新感觉派"和"九叶诗派"所反映出来的现代主义思潮。

---

① 梁实秋：《现代中国文学之浪漫的趋势》，1926 年 2 月 15 日《晨报·副镌》。

关于新浪漫主义，新文学的两大社团——文学研究会和创造社，都对此进行了专门的介绍和提倡。①鲁迅、沈雁冰（茅盾）等人也在不同的场合和不同的文章里，谈到和介绍过新浪漫主义。从文学发展的角度说，新浪漫主义不是浪漫主义的简单发展，也不是现实主义的对立翻版，而是一个具有综合性的概念，沈起予说："新浪漫主义的范围实很漠然——似乎凡是代表世纪末的、主观的、颓废的、享乐的、神秘的精神等的东西都可以放进去。"②从文学思潮的维度上来说，"新浪漫主义"实际上也就是今天人们常说的现代主义。它包括象征主义、超现实主义、表现主义、未来主义、意识流等各种文学思潮，或者说是这些文学思潮的总称，民国文论在新文学运动兴起之初，就予以了较多的关注。五四前后，《新青年》、《新潮》、《时事·学灯》等，都发表过有关现代派的文章。像《新青年》就刊发了陶履恭的《法比二大文豪之片影》和周作人的《杂译诗二十三首》，就介绍了象征主义诗人、剧作家梅特林克、果尔蒙的创作境况。雁冰（茅盾）在《时事新报·学灯》、《小说月报》上先后发表了《表象主义的戏剧》、《我们现在可以提倡表象主义的文学么?》。《少年中国》也从 1920 年（民国九年）3 月至 1921 年（民国十年）12 月，密集地发表了介绍和论述现代主义的文章。在 30 年代，《北斗》、《新垒》、《现代文学评论》、《新月》、《文艺月刊》等文艺刊物，也都发表了许多有关现代主义的文章。鲁迅在论述现代主义文学思潮的特点时指出，这股思潮是"异域"来的"营养"，同时"又是'世纪

---

① 如沈雁冰（茅盾）在《小说月报》第 11 卷第 2 号就发表了题为《我们现在可以提出表象主义文学么?》，指出"最终目的是为了提倡新浪漫主义"。在《改造》第 3 卷第 1 号上，沈雁冰又发表《为新文学研究者进一解》，并宣称："我认为中国的新文学，要提倡新浪漫主义……能帮助新思潮的文学，该是新浪漫文学；能引导我们到真确人生观的文学，该是新浪漫文学，不是自然主义的文学。所以今后的新文学运动，是新浪漫的文学。"田汉在《少年中国》第 1 卷第 12 期上发表文章，专门介绍《新罗曼主义及其它》。从介绍的内容来看，所谓新浪漫主义，基本上就是人们后来所说的现代主义。

② 沈起予：《什么是新浪漫主义》，傅东华：《文学百题》（重印本），岳麓书社 1987 年版，第 87 页。

末'的果汁：王尔德（Oscar Wilde），尼采（Fr. Nietzsche），波特莱尔（Ch. Baudelaire），安特莱夫（L. Andreev）们所安排的。'沉自己的船'还要在绝处求生，此外的许多作品，就往往'春非我春，秋非我秋'，玄发朱颜，却唱着饱经忧患的不欲明言的断肠之曲。"①

象征主义是现代主义文学影响最大的一股思潮，民国文论对此也予以特别的关注。茅盾说，之所以要介绍象征主义，是因为它包含着"讲人生问题"，而视域非常开阔，"讨论什么东西可以引人生到光明而不失望。"②李金发也说，象征主义所表现的是人生，是自我，"从事艺术的人，非但不能身居此丑恶之环境，且必设法更正之，方算为人的生活，才好齿于文明民族之列。"③他提出："艺术是不顾道德，也与社会不是共同的世界。艺术上唯一目的，就是创造美；艺术家唯一工作，就是忠实表现自己的世界。所以他的美的世界，是创造在艺术上，不是建设在社会上。"④在艺术表达上，象征主义不像浪漫主义那样主张直抒胸臆，任内心激情奔涌而出，也不像现实主义那样注重直接描写外部世界，展示现实生活的画面，而是强调暗示，因为暗示主要是象征。李金发说："诗之需要 image（形象，象征）犹人身之需要血液。现实中，没有什么了不得的美，美是蕴藏在想象中，象征中，抽象的推敲中，明乎此，则诗自然铿锵可诵，不致'花呀月呀'了。"⑤

对象征主义进行较全面、系统介绍和阐释的是梁宗岱，他专门写了一篇《象征主义》的文章，在民国众多的介绍和论述象征主义文章中，是较有深度的一篇。在文中，梁宗岱将西方的象征主义理论与中国古代诗论的基本理念，如境界、意境、品格、诗心、诗境等学说结合起来，运用比较文学的原

---

① 鲁迅：《〈中国新文学大系·小说二集〉序》，赵家璧主编：《中国新文学大系》（第 4 集），上海良友图书印刷公司 1935 年版，第 5—6 页。
② 雁冰：《安得列夫·注四》，1920 年 5 月《东方杂志》第 17 卷第 10 号。
③ 李金发：《少生活的美性之中国人》，1926 年 7 月 6 日《世界日报·副刊》第 6 号。
④ 华林：《烈火》，1920 年 4 月 20 日《美育》创刊号。
⑤ 李金发：《序林英强的〈凄凉之街〉》，1933 年 8 月《橄榄月刊》第 35 期。

理和方法，对象征主义的内涵和表现特征进行了深度阐释。他认为，象征之道在于主客体的"契合"，非一般的比喻、拟人和托物的修辞手法，而是"藉有形寓无形，藉有限表无限，藉刹那抓住永恒"，是"一种超越了灵与肉，梦与醒，生与死，过去与未来的同情韵律在中间充沛流动着"的艺术境界，使人们能够具有"形骸俱释的陶醉和一念常惺的彻悟"，并进入"形神两意的无我底境界"。他指出：

> 换句话说：所谓象征是藉有形寓无形，藉有限表无限，藉刹那抓住永恒，使我们只在梦中或出神的瞬间瞥见的遥遥的宇宙变成近在咫尺的现实世界，正如一个蓓蕾蕴蓄着炫煜芳菲的春信，一张落叶预奏那弥天漫地的秋声一样。所以它所赋形的，蕴藏的，不是兴味索然的抽象观念，而是丰富，复杂，深邃，真实的灵境。①

虽然在文中，他所列举的多是中外的诗人创作的诗歌作品，但对于象征主义文学思想和艺术原理的阐释，则是极具理论的广度和深度的，在民国文坛上所产生的影响也非常大。

30 年代，《现代》杂志发表了一系列有关现代主义的理论文章和创作的作品。《现代》杂志主编之一施蛰存在谈到《现代》杂志的性质时说，《现代》杂志"不是狭义的同人杂志"，只以"文学作品的本身价值"为"标准"。尽管《现代》杂志声称"并不预备造成任何一种文学上的思潮、主义或党派"，但所信奉的美学信念仍是偏向于现代主义的。施蛰存说："《现代》中的诗是诗，而且纯然是现代的诗。他们是

《现代》封面

---

① 梁宗岱：《象征主义》，1934 年 4 月 1 日《文学季刊》第 2 期。

现代人在现代生活中所感受到的现代情绪用现代的词藻排列的现代的诗形。"他在解释"现代诗"表现"现代生活"特点时指出:"这里包括着各式各样的独特的形态:汇集着大船舶的港湾,轰响着噪音的工场,深入地下的矿坑,奏着 Jazz 乐的舞场,摩天楼的百货店,飞机的空中战,广大的竞马场……甚至连自然景物也和前代的不同了。这种生活所给予我们的诗人所得到的感情相同的吗?"①戴望舒认为,现代诗就是现代人"新的情绪","诗应当将自己的情绪表现出来,而使人感到一种东西",因为"诗的韵律不在字的抑扬顿挫上而在是的情绪的抑扬顿挫上,即在诗情的程度上。……新诗最重要的是诗情上的 Nuance,而不是字句上的 Nuance"。②从现代西方象征主义那里获得理论的启示,戴望舒诗论的特点就是将现代西方诗歌的特点与中国传统诗歌的特点有机地对接起来了,从而使现代西方的理论与现代中国诗歌的创作做到了有机的结合,使传统诗歌的"诗言志"式的"主情",转化为现代诗歌以"自我表现"为主导的"主情"。新诗的这种"主情",也是在表现思想,或者说,思想即主情,主情即思想。杜衡在《〈望舒草〉序》中非常赞同戴望舒的观点,他说:"没有真挚的感情作骨子,仅仅是官能的游戏,像这样的写诗实在是走了使艺术堕落的一条路。"③现代派的诗歌创作,连同"新感觉派"的小说创作,基本上都是沿着这种现代主义美学理念所确定的路径而演变发展的。

到了 40 年代,抗战大后方出现的以西南联大诗人群为代表的新一群现代诗人,他们的诗歌理论和创作把 30 年代的现代主义文学思潮推向了一个新的发展高峰。从思想信念上来说,"西南联大诗人群"是"一批对于人生苦于思索的诗人"。在《中国新诗》发刊词《我们呼唤》中,他们明确申明:"我们面对着的是一个严肃的时辰与严肃的工作,我们必须以血肉的感

---

① 施蛰存:《又关于本刊的诗》,1933 年 11 月《现代》第 4 卷第 1 期。
② 戴望舒:《望舒诗论》,1932 年 11 月《现代》第 2 卷第 1 期。
③ 杜衡:《〈望舒草〉序》,上海复兴书局 1932 年版,第 3 页。

情抒说思想的探索。我们应该把握整个时代的声音在心里化为一片严肃，严肃地思想一切，首先思想自己，思想自己一切历史生活的严肃的关联。"①可以说，主张诗要表现思想，表现对社会现实的冷峻解剖和理智批判，对现代人生存境况的关注和对自我深层心理的探索，是"西南联大诗人群"诗歌创作的共同的主题意向，从中反映出这股文学思潮的一个重要特点，就是在表现精神领域的情与思时，注重传达生命"超验意义"的宇宙情怀。

舍勒在谈到人的精神结构时就认为，人是通过精神抑制或调节来面对现实生活的。人通过直观和生命体验的方式认识世界的本质，在主客体的对应关系中，人向世界开放，将自己的意志扩张到世界的各个领域。于是，人的精神就能够为世界、历史和人生提供一个无限广阔的生命世界，从中展现出人的生存历史由单一的向多元的方向发展，展现生命结构的复杂性与精神的丰富性。②从 20 年代的象征主义诗论，经由 30 年代"现代派"诗论，直到 40 年代"西南联大诗人群"的诗论，都十分强调注重现代人的精神领域的状态和需求，并坚持认为"人底精神是无限自由的，是有无限能动的活动的。这样从本质上凝视人底灵魂，末后就能领会这灵魂与宇宙灵魂或世界灵魂同一根元——或更进一步说，是与宇宙灵魂相调和地微妙活动"，并且"人的灵魂回到了最本然而精髓的状态"，"最灵活地最本源地体得人生的状态"。③本着这种创作理念，现代主义文学创作强调对人的精神领域中的生存状态的发掘。在生命"超验"意义上，展开对人的精神世界开凿的创作思路，首先获得的是生命对"灵肉生活之苦恼"的表现和"生之困顿"的体验。同时，由对现实异化的否定而产生的灵的搏斗，也是现代主义着力表现的主题，其能指意义是对现实异化的反抗，期盼生命的升华。穆旦、唐湜、

---

① 中国新诗社:《我们呼唤》，1948 年 6 月《中国新诗》第 1 集。
② 参见:［德］舍勒《人在宇宙中的地位》，李伯杰译，贵州人民出版社 1989 年版，第 78 页。
③ ［日］金子筑水:《"最年轻的德意志"的艺术运动》，厂晶译，1921 年 8 月《小说月报》第 12 卷第 8 期。

袁可嘉、王佐良、赵瑞蕻等人的创作，就借鉴现代主义的艺术方式，抒发"在生活的土壤里伸根"的生命情怀。经历了战乱的流亡，现代诗人从中获得了个人最为感性的，也是最为沉潜的生命体验和心灵感悟。他们从西方现代主义艺术中获得创作启悟，结合民族诗歌创作的传统，创造出白话新诗的新的艺术样式，如袁可嘉在《九叶集》序中所指出的那样，他们"认真学习我国民族诗歌和新诗的优秀传统，也注意借鉴现代欧美诗歌的某些手法"，从中创造出不失本民族特色，又具有现代主义艺术特征的新诗体，从而将现代主义思潮推向了一个新的高峰。王佐良指出，到40年代，新诗创作"也恰好到了一个转折点，西南联大的青年诗人们不满足于'新月派'那样的缺乏灵魂上的大起大落的后浪漫主义；如今他们跟着燕卜逊（当时在西南联大任教的英国著名诗人——引者注）读艾略特的《普鲁弗洛克》，读奥登的《西班牙》和写于中国战场的十四行，又读狄仑·托马斯所谓'神启式'诗，他们的眼睛打开了——原来可以有这样的新题材与新写法。"①于是，他们大胆地借鉴、转化西方现代主义艺术，由此获得了对现代主义的广泛认同，也使现代主义获得更具本土化色彩的深入发展。

民国文论对现代西方文学思潮及其各种文学理论的认同、吸收、借鉴和转化，使新文学的创作不仅仅只是停留在单纯的现实反映、批判，或单一的主观抒情上，而是展现出新文学创作的多元化、多样性发展的趋势。与此同时，它还使新文学展现出了一种对历史进程的直观认识、把握和超越的态势，正如舍勒所说，文学艺术"总是超越每一个真正的悲剧性事件，隐隐约约地眺望那些经久不变的，偕世界本质同在的，使'这些'（指现存的价值状况——原注）成为可能的因素、关系、力量。"②在生命体悟中展现对现实的形上审视和批判，虽然不是理性思辨，但在情感的深度体验当中，也使

① 王佐良：《谈穆旦的诗》，《丰富和丰富的痛苦》，北京师范大学出版社1997年版，第3—4页。
② ［德］舍勒：《论悲剧性现象》，转引自：刘小枫主编《人类困境中的审美精神》，东方出版中心1996年版，第295页。

新文学获得了一种意义深度的支持。如果说新文学的现实主义、浪漫主义思潮，注重将生活的丑恶和精神的痛苦直观地再现或表现出来，那么，新文学的现代主义思潮则更加注重将生命的本质属性及其深刻的精神意蕴表现出来。从这个意义上来说，民国文论对新文学三大思潮的推动和贡献，为使新文学创作具有一种向纵深发展的动力，进行了大胆的实验和探索。

第三节　文化多元与民国文学流派和论争

文学流派的生成，往往是文学繁荣发展的一种标志。众多不同风格的流派，构成了文学园地百家争鸣、百花齐放的局面。在新文学发展史上，出现过诸多不同性质的流派，涵盖了新文学的各种文体，在小说、诗歌、散文、戏剧等领域，均出现了不同性质、不同派别的创作流派。在民国开放的文化格局中，由文化的多元发展而带来的新文学运动的蓬勃开展，出现了各式各样的文学流派，也出现了不同观点的文学论争。在民国二十四年（1935 年）开始编纂的《中国新文学大系》中，编纂者所写的导言，就分别对新文学诞生以来文学社团、流派和有关新文学的不同观点和论争进行了点评和总结概括，显示出众多的新文学流派及其所带来的繁荣局面，也显示出民国文论繁荣的特点，表明新文学能够以各种不同的文学理念、不同的艺术风格、不同的创作方式，推动新文学的发展。

茅盾在《〈中国新文学大系·小说一集〉导言》中，对新文学生成之初的文学社团情况进行了梳理和总结。据他的统计，截至民国十四年（1925年），新文学社团已"不下一百余"个，并呈全国燎原之势。他指出："现在我们回顾民国六年（1917）到民国十年（1921）这五年间（这是中国新文学史上第一个'十年'的前半期），总会觉得那时的创作界很寂寞似的。作者固然不多，发表的机关也寥寥可数，然而我们再看看那时期的后半的五年（1922 到 1926），那情形可就大不同了。从民国十一年起（1922），一个普通的全国的文学的活动开始来到！"①鲁迅在编纂小说二集时也先后对弥洒社、浅草社、沉钟社、莽原社、未名社等文学社团的创作进行了梳理和总结，指出了各种不同的文学理念和创作特点。其他的编纂者在对散文、诗歌、评论等的编纂过程中，也都对新文学发展过程中出现的不同观念、不同主张进行了理论的梳理和总结概括。从整个民国文论对新文学的理论探讨情形上来看，由民国文化多元发展而带来的对文学不同的文论主张，大致表现在以下几个方面：

一　文学与文化（语言）的关系

民国新文学的兴起是在新文化运动中发生的，可以说，新文学充当了新文化倡导历史变革的"先锋"角色。换言之，新文学的发生，不是一件孤立的事件，也不是文学自身单纯的演化，而是与文化所涉及的各个领域发生密切的关联，这样，对于新文学兴起所涉及的一系列问题，特别是与文化、社会、历史、思想观念等一系列的问题而产生的不同的观念和主张，也就成为民国文论高度关注的一个问题。这个问题在民国新文学兴起之初，探讨得尤为集中和激烈。

民国之初出现的桐城派、学衡派、甲寅派，一般都视作为文坛上的复古派，即这些派别的文学主张，与主张新文学的派别有着根本的不同。同时，各自发生的论争，则又主要集中在文学与国粹（文化）的关系上。

所谓"国粹"，指的就是传统的文化。章太炎曾说："为甚提倡国粹，不是要人尊信孔教，只是要人爱惜我们汉种的历史。"②民国新文化和新文学运动兴起之际，对新文化、新文学持激烈批评的各派别，大都以坚持维护

---

① 茅盾：《〈中国新文学大系·小说一集〉导言》，赵家璧主编：《中国新文学大系》（第3集），上海良友图书印刷公司1935年版，第4—5页。
② 章太炎：《东京留学生欢迎会演说辞》，1906年7月《民报》第6期。

"国粹"的面貌出现在文坛上。林琴南（林纾）就先后在《新申报》上发表了两篇小说——《妖梦》和《荆生》，攻击用白话创作新文学的人，希望出现一个"伟丈夫"来，一扫文学出现的新"妖孽"。他还致信给时任北京大学校长的蔡元培，认为新文化和新文学运动是以"覆孔孟，铲伦常为快"，批评"近来尤有所谓新道德者，斥父母为自感情欲，于己无恩"。同时，他还批评用白话文写作是有碍于新学术，如"用土语为文字，则都下引车卖浆之徒，所操之语，按之皆有文法，不类闽广人为无文法之啁啾，据此则凡京津之稗贩，均可用为教授矣。"①"学衡派"同人对新文化和新文学运动也持有疑义，梅光迪发表《评提倡新文化者》一文，批评"提倡'新文化'者"，"犹以工于自饰，巧于语言奔走，颇为幼稚与流俗之人所趋

（梅光迪 1890—1945）

从。"他指责新文化和新文学的提倡者"非思想家乃诡辩家"，是"在以新异动人之说，迎阿少年。在以成见私意，强定事物。"在他看来，古文、文言均有自身"独立并存之价值，岂可尽弃他种体裁，而独尊白话乎？文学进化至难言者。西国名家（如英国十九世纪散文及文学评论大家韩士立 Hazlitt）多斥文学进化为流俗之错误，而吾国人乃迷信之"。梅光迪接着说，提倡新文化者"其所称道，以创造矜于国人之前者，不过欧美一部分流行之学说，或倡于数十年前，今已视为谬陋，无人过问者。……马克斯之社会主义，久已为经济学家所批驳，而彼梅光迪等犹尊若圣经。其言政治，则推俄国，言文学，则袭晚近之堕落派（The Decadent Movement，如印象、神秘、未来诸主义皆属此派。所谓白话诗者，纯拾自由诗 Vers Libre 及美国近年来形象主义 Imagism 之唾余，而自由诗与形象主义亦堕落派之两支。乃倡之者数典忘祖，自矜创造，亦太欺国人矣。）庄周

---

① 林琴南：《致蔡鹤卿太史公书》，1919 年 3 月 18 日《公言报》。

曰，井蛙不可以语海者，拘于虚也。彼等于欧西文化，无广博精粹之研究，故所知既浅，所取尤谬。以彼等而输进欧化，亦厚诬欧化矣。"①同属"学衡派"的胡先骕、吴宓也先后发表文章，批评新文化和新文学运动。胡先骕发表《中国文学改良论》一文，批评新文化和新文学倡导者将白话文替代文言文的做法，指出："用白话以叙说高深之思想，最难剀切简明"，认为文学之进步，都需要基于前代文学之即出，"居今日而言创造新文学，必以古文学为根基，而发扬光大之，则前途当未可限量。"他主张言文不必合一，文学须有文采，"文字仅取其达意，文学则必于达意之外，有结构，有照应，有点缀，而字句之间，有修饰，有锻炼"，"白话之适用与否为一事，诗之为诗与否又一事也，且诗家必不能尽用白话"。为此，他表明了自己的文学观："欲创造新文学，必浸淫于古籍，尽得其精华，而遗其糟粕，乃能应时势之所趋，而创造一时之新文学。"②吴宓接着发表《论新文化运动》一文，他说："彼新文化运动之所主张，实专取一家之邪说，于西洋之文化，未识其涯略，未取其精髓，万不足代表西洋文化全体之真相"，并认为"其取材则惟选西洋晚近一家之思想，一派之文章，在西洋已视为糟粕为毒鸩者，举以代表西洋文化之全体"。他还更为激烈地批评说："今新文化运动之流，乃专取外国吐弃之余屑，以饷我国之人。闻美国业电影者，近将其有伤风化之影片，经此邦吏员查禁不许出演者，均送至吾国演示。又商人以劣货不能行市者，远售之异国，且获重利，谓之 Dumping。呜呼！今新文化运动，其所贩入之文章、哲理、美术，殆皆类此，又何新之足云哉！"③吴芳吉则在三论"吾人眼中之新旧文学观"等文章，针对新文化倡导者对白话文的推崇，也进行了一一的批驳，认为"夫文字本身且无白话文言之分别"，而"新派乃附会其词，以文言比作欧洲古代之拉丁文。以白话比于各邦现

---

① 梅光迪：《评提倡新文化者》，1922 年 1 月《学衡》第 1 期。
② 胡先骕：《中国文学改良论》，1919 年 3 月《东方杂志》第 16 卷第 3 期。
③ 吴宓：《论新文化运动》，1922 年 4 月《学衡》第 4 期。

代之文字，不知自欧洲各邦以视本属外国文字。各邦之人各自用其文字著书，实为义之至当。若我国之文字，则吾先民之所创造，非自他邦侵入者也，有四千余年之生命，将自今而益发展，非所语于陈死者也。"①

属于"甲寅派"的章士钊，同样是基于保守的文化立场，批评新文化和新文学运动。他的《评新文化运动》一文，从保守的文化立场出发，强调两点：一是中国文化博大精深，不需要去学西方，因为"吾人非西方之人，吾地非西方之地，吾时非西方之时，诸缘尽异"。二是也不需要创制"新文化"，因为"新者早已孕育于旧者之中，而决非无因突出于旧者之外"。②对于文言文，他指出："吾之国性群德，悉存文言，国苟不亡，理不可弃。"在他看来，文言文有着白话文所无法比及的表意系统和广泛应用基础，且历史悠久，富有自身的独特性。他说"文言贯乎数千年，意无二致，人无不晓"，"二千年外之经典，可得朗然诵于数岁儿童之口"，而白话文"诵习往往难通"。如果硬性推广白话文，则是"去贵族平民之辩万里也"，"废手书而用口述，使所谓工具者，无可更加浅近，亦只便于佻达不学者之恣肆耳。"③

新文化和新文学的阵营，对上述持保守主义文化立场的观点进行了反驳。从文论的角度而言，这种反驳一方面是突出了文学与文化的紧密关系，另一方面也是突出了新文学的独立性。

蔡元培在回复林纾的信中，强调了文化开放和多元对于文化与文学发展的重要性，并提出了著名的"思想自由"原则和"兼容并包"的主张。他指出："对于学说，仿世界个大学通例，循'思想自由'原则，取兼容并包主义……无论为何种学派，苟其言之成理，持之有故，尚不达自然淘汰之运

---

① 吴芳吉：《再论吾人眼中之新旧文学观》，1923 年 9 月《学衡》第 21 期。
② 行严：《评新文化运动》，1923 年 8 月 21—22 日《新闻报》（上海）。
③ 孤桐：《评新文学运动》，1925 年 10 月《甲寅周刊》第 1 卷第 14 号。

命者，虽彼此相反，而悉听其自由发展。"①对于主张保留"国粹"的主张，鲁迅在《随感录·三十五》中说："什么叫'国粹'？照字面看来，必是一国独有，他国所无的事物了。换一句话，便是特别的东西。但特别未必定是好，何以应该保存？譬如一个人，脸上长了一个瘤，额上肿出一颗疮，的确是与众不同，显出他特别的样子，可以算他的'粹'。然而据我看来，还不如将这'粹'割去了，同别人一样的好。"②他站在激进主义文化立场上，激烈地反对保留"国粹"，而大力提倡新文化和新文学。同样，在批驳"学衡派"、"甲寅派"的文学观点中，他也表现得十分激进和强烈、犀利。在《估〈学衡〉》一文中，批评持保守主义立场的"学衡派"，其"可惜的是于旧学并无门径，并主张也还不配。倘使字句未通的人也算是国粹的知己，则国粹更要惭惶煞人！"③在《答 KS 君》一文，更是用嘲笑的口吻批评"甲寅派"是"至于这一回，却大大地退步了，关于内容的事且不说，即以文章论，就比先前不通得多，连成语也用不清楚，如'每下愈况'之类。尤其害事的是他似乎后来又念了几篇骈文，没有融化，而急于掉搬，所以弄得文字庞杂，有如泥浆混着沙砾一样。……我中国自有文字以来，实在没有过这样滑稽体式的著作。这种东西，用处只有一种，就是可以借此看看社会的暗角落里，有着怎样灰色的人们，以为现在是攀附显现的时候了，也都吞吞吐吐的来开口。至于别的用处，我委实至今还想不出来。倘说这是复古运动的代表，那可是只见得复古派的可怜，不过以此当作讣闻，公布文言文的气绝罢了。"④新文化和新文学阵营中其他的同人也一同加入了批判的阵营，如罗家伦就批驳胡先骕的观点，指责他为"一班脑筋不清楚的人听了颇为点

---

① 蔡元培：《北京大学月刊发刊词》，1919 年 1 月《北京大学月刊》第 1 卷第 1 期。
② 鲁迅：《热风·随感录·三十五》，《鲁迅全集》（第 1 卷），人民文学出版社 1981 年版，第 305 页。
③ 鲁迅：《热风·估〈学衡〉》，《鲁迅全集》（第 1 卷），人民文学出版社 1981 年版，第 379 页。
④ 鲁迅：《华盖集·答 KS 君》，《鲁迅全集》（第 3 卷），人民文学出版社 1981 年版，第 112 页。

首", "乃以修词学和作文学来骄人", ①强调了新文学的语言艺术的特性及其替代文言文的必然性。雁冰（茅盾）则明确指出, "学衡"也好, "甲寅"也好, "和其他反动运动一样, 文学上的反动运动的主要口号是'复古'。不论是他们反对白话, 主张文言的, 或是主张到故纸堆里寻求文学的意义的, 他们的根本观念同是复古。"②胡适则是更进一步地强调了自己提出白话文学的主张, 他说: "白话文学的运动是一个很严重的运动, 有历史的根据, 有时代的要求, 有他本身的文学的美, 可以使天下睁开眼睛的共见共赏。这个运动不是用意气打得倒的。"③成仿吾则在批评中注重新文学的建设, 他指出: "所以我们批评别人关于新文学的议论的时候, 我们应当由更原始的, 比别人的假设更 Einwand freier 的假设出发。而我们批评的标准也应从文艺的原则出发。文字的诸要素之中, 最重要的约有下列数种: 一、实用量, 有多数人理解与应用, 才能成为有力的文字。二、表现力, 常能供给新鲜的表现, 才能是有生气的文字。三、柔软 Flexibility。四、明确。五、优美。这五种要素轻重不同, 须各乘以相当之重量 Weight。我觉得实用量乘五, 表现力乘五, 柔软乘二, 优美乘一, 最为适当。我们批评一种文字的良否, 我以为可就这几种要素研究。"④

在民国开放的文化语境中, 民国文论通过不同派别的不同文学观点的论争, 进一步地密切了文学与文化, 特别是新文学与新文化的内在关联, 取得了鲁迅所说的"放开度量, 大胆地, 无畏地, 将新文化尽量地吸收"⑤的文论建设硕果, 同时也推动了新文学的创作实践和理论建设的发展。

---

① 罗家伦:《驳胡先骕君的中国文学改良论》, 1919 年 5 月《新潮》第 1 卷, 第 5 号。
② 雁冰:《文学界的反动运动》, 1924 年 5 月 12 日《文学》第 121 期。
③ 适之:《老章又反叛了!》1925 年 8 月 30 日《京报副刊·国语周刊》第 12 期。
④ 成仿吾:《读章氏〈评新文学运动〉》, 1925 年 12 月 1 日《洪水》（半月刊）第 1 卷第 6 号。
⑤ 鲁迅:《坟·看镜有感》,《鲁迅全集》（第 1 卷）, 人民文学出版社 1981 年版, 第 200 页。

二 文体的变革和创新

胡适在《谈新诗》一文中指出："我常说，文学革命的运动，不论古今中外，大概都是从'文的形式'一方面下手，大概都是先要求语言文字文体等方面的大解放。欧洲三百年前各国国语的文学起来代替拉丁文学时，是语言文字的大解放；十九世纪法国嚣俄英国华次活（Wordsworth）等人所提倡的文学改革，是诗的语言文字的解放；近几十年来西洋诗界的革命，是语言文字和文体的解放。这一次中国文学的革命运动，也是先要求语言文字和文体的解放。新文学的语言是白话的，新文学的文体是自由的，是不拘格律的。初看起来，这都是'文的形式'一方面的问题，算不得重要。却不知道形式和内容有密切的关系。形式上的束缚，使精神不能自由发展，使良好的内容不能充分表现。若想有一种新内容和新精神，不能不先打破那些束缚精神的枷锁镣铐。"①民国新文学对旧文学的发难，是从语言着手的，但不是单纯就语言而论述语言，而是深入到语言所涉及一系列的问题，如思想观、创作观、审美观、文体观等等。特别是有关文体问题，则是民国文论关注的对象，并从中引发出有关风格、内容、形式等文学自身建设的问题。

胡适指出："文学的生命全靠能用一个时代的活的工具来表现一个时代的情感与思想。工具僵化了，必须另换新的，活的，这就是'文学革命'。……我也知道光有白话算不得新文学，我也知道新文学必须有新思想和新精神。但是我认定了：无论如何，死文字决不能产生活文学。若要造一种活的文学，必须有活的工具。……我们必须先把这个工具抬高起来，使它成为公认的中国文学工具，使它完全替代那半死的或全死的老工具。有了新工具，我们才

---

① 胡适：《谈新诗——八年来一件大事》，赵家璧主编：《中国新文学大系》（第1集），上海良友图书印刷公司1935年版，第295页。

谈得到新思想和新精神等等其他方面。这是我的方案。"①这个"新工具"不是通常意义上的用来使用的"工具",而应该是指新文学的文体变革,因为只有进行文体的变革,方能将旧文学改造为新文学,而非单纯的语言置换,如同刘半农所说:"胡君仅谓古人之文不当摹仿,余则谓非将古人作文之死格式推翻,新文学决不能脱离老文学之窠臼。"②

无论是文体,还是语体,都不仅仅只是一个形式问题,即便到了40年代有关民族形式之争时,同样还是涉及形式之后的思想观念等系列问题。周作人早就以新旧小说为例指出:"新小说与旧小说的区别思想果然重要,形色也甚重要。旧小说的不自由的形式,一定装不下新思想。"③

在这种较为成熟的文学理论指导下,以民国小说为例,首先是在小说文体上取得了很大的成就,茅盾、鲁迅、郑伯奇三人在为《中国新文学大系》编选小说时,在导言中都对民国小说创作的特点进行了理论分析和总结。在这之后,像老舍、巴金、沈从文、傅雷、李健吾、叶灵凤、施蛰存,以及通俗小说家张恨水、程青等人,也都对小说进行了理论探讨。鲁迅在《〈中国新文学大系·小说二集〉导言》中就说他的小说由于"格式的特别",注重对"家族和礼教制度的暴露",故"颇激动一部分年轻人的心"。郁达夫则强调"自我抒情"对小说所具有的重要功能,从而创立了以自叙传为特点的"自我抒情"体小说,也被称为现代"诗化小说"文体。到了30年代,由于现代西方小说文体的影响,施蛰存就运用比较的方法,指出中国古典小说用"一大堆文字去描写(人物的)一言一动",结果是冗繁的对话,徒增复杂的心理叙述,反而不如现代西方小说那种"以简洁的文体叙述之使读

---

① 胡适:《逼上梁山》,赵家璧主编:《中国新文学大系》(第1集),上海良友图书印刷公司1935年版,第19—20页。

② 刘半农:《我之文学改良观》,1917年5月1日《新青年》第3卷第3号。

③ 周作人:《日本近三十年小说之发达》,赵家璧主编:《中国新文学大系》(第1集),上海良友图书印刷公司1935年版,第292页。

者在掩卷之后有一个想象体味的余地","更能表现出中国文字之美"。①叶灵凤也指出:"现代短篇小说,已经不需要一个完美的故事,一个有首有尾的结构。而是立脚于现实的基础上,抓住人生一个断片,革命也好,恋爱也好,爽快的一刀切下去,将要所显示的清晰的显示出来,不含糊,也不容读者有呼吸的余裕,在这生活脉搏紧张的社会里,它的任务已经完成了。"②老舍用自己的小说创作经验对现代小说文体提出要求,他说:"小说是用散文写的,所以应当力求自然。诗中的装饰用在散文里不一定有好结果,因为诗中的文字和思想同是创造的,而散文的责任则在运用现成的言语把意思正确的传达出来。诗中的言语也是创造的,有时候把一个字放在那里,并无多少意思,而有些说不出来的美妙。散文不能这样,也不必这样。自然,假若我们高兴的话,我们很可以把小说中的每一段都写成一首散文诗。"③傅雷在论述张爱玲的小说时,也是运用比较的方法,认为她的《金锁记》是当时文坛"最美收获之一",并从结构、节奏、色彩、心理、风格、创作手法等多个维度,对这部小说进行了精辟的艺术分析,重点是以"情欲"为中心来分析主人公曹七巧的个性和悲剧,指出张爱玲在这部小说中的心理分析少用"独白",但仍然精彩绝伦,尤其是采用电影的"节略手法",凸显小说美学独有的意境,这应是张爱玲的小说创作当中的"最完满之作",颇有鲁迅的《狂人日记》中"某些故事的风味"。但也对张爱玲的另一部小说《倾城之恋》提出了批评,指出两个主人公个性肤浅,缺乏现实感,而其他的作品也还存在类似的问题,如《连环套》,它的主要弊病就是内容的贫乏,人物"缺少真实性,用语错乱并且俗气"。④

　　如果说民国文论对小说文体变革和创新的论述相对比较成熟,少有争议

---

① 施蛰存:《小说中的对话》,1937年4月16日《宇宙风》第39期。
② 叶灵凤:《谈现代的短篇小说》,1936年4月15日《六艺》第1卷第3期。
③ 老舍:《言语与风格》,1936年12月16日《宇宙风》第31期。
④ 迅雨:《论张爱玲的小说》,1944年5月《万象》第3卷第11期。

之外，那么理论探讨比较多的文体是诗歌。自胡适"尝试"白话作诗以来，有关诗歌的论述，也是民国文论的着力点。中国是诗歌的国度，无论是四言、五言，还是七言，广义地来说，也可以包括词以及元曲，都属于诗论的范畴。在新文学兴起之际，一些持保守主义文化立场的人，几乎是坚决否定白话写诗，认为那只是下三流的吆喝声，根本不能进诗歌的大雅之堂。但是，民国文论对诗歌文体变革的必然趋势，认识和把握都非常精准。胡适说："有了这一层诗体的解放，所以丰富的材料，精密的观察，高深的理想，复杂的感情，方才能跑到诗里去。五七言八句的律诗决不能容丰富的材料，二十八字的绝句决不能写精密的观察，长短一定的七言五言决不能委婉达出高深的理想与复杂的感情。"他认为，白话诗歌文体，是诗歌发展的必然，也是诗歌历史进化的规律，他说，白话新诗创作要"不拘格律，不拘平仄，不拘长短；有什么题目，做什么诗；诗该怎样做，就怎样做。这是第四次的诗体大解放。这种解放，初看去似乎很激烈，其实只是《三百篇》以来的自然趋势。自然趋势逐渐实现，不用有意的鼓吹去促进他，那便是自然进化。自然趋势有时被人类的习惯性守旧性所阻碍，到了该实现的时候均不实现，必须用有意的鼓吹去促进他的实现，那便是革命了。一切文物制度的变化，都是如此的。"①在胡适的倡导和亲自创作实践中，白话新诗很快成为一种新的诗歌文体，而在民国广泛流行起来。"新月派"诗人饶孟侃以自己的诗歌创作为例说："我不但相信土白有入诗的可能，而且相信土白在新诗里并要占一个重要的位置。我们知道一切诗的灵魂都是脱胎于人生，而人的惟一的表现又即是语言，（我不说文字，因为文字，无论它是文言或语体，即是一种人文的和普遍化的语言）所以往往在语言里我们也能发现一点诗意和类似的节奏。"②在新诗人的眼中，白话入诗不应是一个障碍，只要

---

① 胡适：《谈新诗——八年来一件大事》，赵家璧主编：《中国新文学大系》（第 1 集），上海良友图书印刷公司 1935 年版，第 295、299 页。

② 饶孟侃：《新诗话》，1926 年 5 月 20 日《晨报副刊·诗镌》第 8、9 号。

能够充分地表现思想和情感，就完全可以创作出经典的诗歌，因为在现代自由的价值理念指引下，诗歌是最能够充分地展现自由思想和情感的文体，也是最具有创造性的文体，如同陈梦家所说："诗，具有两重创造的涵义：在表现上，它所希求的是新的创造，是从锻炼中提选出的坚实的菁华，他是一个灵魂紧缩的躯壳；在诗的灵感上，需要那新的印象的获取（就是诗的内在，是一首新的诗的发现）。所以写诗人的涵养是必不可少的。真实的感情是诗人最紧要的元素。如今用欺骗写诗的人到处都是，他们受感情以外的事物的指示。其次，要从灵感所激动的诗写出来，他要忠实于自己。技巧乃是从印象到表现的过渡，要准确适当，不使橘树过了河成了枳棘。……我们不怕格律。格律是圈，它使诗更显明、更美。形式是观感赏乐的外助。格律在不影响内容的程度上，我们要它，如像画不拒绝合适的金框。金框也有它自己的美，格律便是形式上给予欣赏者的贡献。但我们决不坚持非格律不可的论调，因为情绪不容许格律来应用时，还是得听诗的意义不受拘束地自由发展。"他尽情地呼吁："总之，我们写诗，只为我们喜爱写。比是一只雁子在黑夜的天空里飞，她飞，低低的唱，曾不记得白云上留下什么记号？只是那些歌，是她自己喜爱的！她的生命，她的欢喜！"①

针对民国初期白话新诗在文体上出现形式不严谨、过于泛滥的现象，为进一步规范白话新诗体，新月派诗人提出了"理性节制情感"的美学原则，强调要"诚心诚意的试验作新诗"。②在这里，梁实秋所强调的带试验性质的新诗论，指的是具有自身鲜明特色的新诗体的建构。譬如，强化新诗的抒情客观性，减少过分的主观抒情所带来的随意性对新诗体的冲击，同时还主张增强新诗的叙事成分，通过戏剧性的情节设置，使诗歌抒情能够更加"诚心诚意"。在后期的新月诗派中，徐志摩再次提出了革新新诗体的主张。他认为前期所标榜的新诗格律，在实践中出现了"可怕的流弊"和"危险"，

① 陈梦家：《新月诗选·序》，新月书店1931年版，第5、6—7页。
② 梁实秋：《新诗的格调及其他》，1931年1月20日《诗刊》第1期。

存在着"无意义乃至无意识的形式主义"。由此，他对新诗体提出了具体的要求，指出："一首诗的字句是身体的外形，音节是血脉，'诗感'或原动的诗意是心脏的跳动，有它才有血脉的流转。"他对此还对"用中文写十四行诗"的问题，发表了自己的看法，认为转借十四行诗有助于新诗体的建构，他指出，这是"我们钩寻中国语言的柔韧性，乃至探险语文体的浑成、致密，以及别一种单纯的'字的音乐'的可能性的较为方便的一条路。"①陈梦家则在这个基础上更进一步地主张新诗体应有"本质的纯正，技巧的周密和格律的谨严"的特点，试图在格律规约与自由抒情两者之间找到平衡点，提出"不做夸大的梦"的主张。他以徐志摩的《再别康桥》为例说，新诗应具有这种"柔丽清爽的诗句"，有"澄清"的感情，这样才能给人以"舒快的感悟"。②孙大雨则主张借鉴外国的诗来打造中国的新诗体，并在运用外国诗的韵律上有独到之处，例如，他采用商籁体（Sonnet）写诗，格律严谨，运作自如。"现代诗派"的领军人物戴望舒，更是主张新诗体要"为自己制最合自己的鞋子"，其内涵是以"真挚的感情作骨子"，形成新诗体特有的"铺张而不虚伪，华美而有法度"，以及具有"象征派的形式与古典派的内容"的特色。③

到了30年代中后期至40年代，艾青、穆旦等人进一步地提出诗体革新的主张。艾青从印象画派那里获得创作新诗必须重视内心的"感觉"和"感受"的启悟，注重抓住刹那间的心理感觉和感受所产生的新颖印象，通过艺术渲染，用恰当的诗句将其表现出来。同时，他又大力提倡主观情感对心理"感觉"和"感受"的积极介入，要求新诗体做到"对于外界的感受与自己的感情思想"的有机"融合"，④从中引发对抒情对象的多层次联想，

---

① 徐志摩：《诗刊放假》，1926年6月10日《晨报副刊·诗镌》第11号。
② 陈梦家：《新月诗选·序》，新月书店1931年版，第5页。
③ 杜衡：《〈望舒草〉序》，上海复兴书局1932年版，第4页。
④ 艾青：《诗论》，新新出版社1947年版，第3页。

创造出具有广阔象征意义的感觉印象。艾青还倡导新诗自由体，主张新诗应具有"散文美"的那种自由度，他说，新诗自由体是"新世界的产物"，它"受格律的制约少，表达思想感情比较方便，容量比较大——更能适应激烈动荡、瞬息万变的时代"发展的需要，并"富有人间味，它使我们感到无比的亲切。"①在这种革新理念的指导下，艾青创作了大量的自由体的新诗，其特点是自由奔放而不落俗套，在诗形的不断变化中获得情感的有序化的抒发。不同于早期白话新诗那种鼓吹强烈的自我情感抒发主张，突出新诗体的主观抒情特征，穆旦则强调了新诗体建立在"对立"与"崇高"之美的基础上的抒情张力作用，认为新诗体只有在理想与现实、主观与客观、内容与形式、表现与再现的对立冲突形式中，才能获得抒情的深度。面对后期新月诗派、现代诗派愈来愈重视传统意象、传统意境的点化作用，穆旦坚持自己的新诗体革新理念，反对"风花雪月"式的抒情写意，也坚持"不用陈旧的形象或浪漫而模糊的意境"来创作新诗，而是大力提倡新诗的"非诗意"词句，提倡"诗的形象现代生活化"。在穆旦看来，白话新诗体是"白话的"，而非"文言的"，这不仅仅只是表现在新诗的语言维度，同样表现在新诗的意象构筑上。他认为，白话新诗体的革新就应当做到减少"传统的诗意"，创造出"介于口语与书面语之间的文体。"②，可见，到了 40 年代，白话新诗革新理念是最富有先锋性特质的，成为白话新诗艺术现代化的一个具有里程碑意义的标志。

在散文文体方面，民国文论同样予以高度关注。如鲁迅就指出，在新文学之初"散文小品的成功，几乎在小说戏曲和诗歌之上。"③他本人就分别为新文学开拓了"杂感"式的杂文体和"独语"式的散文诗体两个最主要的

---

① 艾青：《诗的散文美》，《诗论》，新新出版社 1947 年版，第 79 页。
② 郑敏：《回顾中国现代主义新诗的发展并谈当代先锋派新诗创作》，《国际诗坛》1989 年第 8 期。
③ 鲁迅：《南腔北调集·小品文的危机》，《鲁迅全集》（第 4 卷），人民文学出版社 1981 年版，第 575 页。

散文文体。在他看来，寓庄于谐，嬉笑怒骂皆成文章的"杂感"式的杂文体，更能适应他对中国历史、文化、社会和现实人生所开展的"社会批评"和"文明批评"，特别是对中国社会、人生的丑恶现象"毫无忌惮地加以批评"。①而"独语"式的散文诗体，则能够充分地展示他"难于直说"的内心奥秘，袒露自己的心灵世界，排遣隐藏在心灵深处的"毒气"与"鬼气"。②

周作人对现代散文文体的理论贡献也是巨大的。1921 年 6 月，他发表《美文》一文，从理论上确认了文学性散文的历史地位。他在文章中大力提倡"美文"创作，强调现代散文"叙事与抒情因素并重"，从而扩大了现代散文的创作题材，大大增强了现代散文的艺术表现力，"给新文学开辟了一块新的土地"。③他开创的"闲适体"散文，"言志"派散文，追求散文创作的"调和"审美之道，主张自由抒写与含蓄的"涩味"和调和，平实与奇警、雅与俗、情与理的调和，融知识性、趣味性于一体，充分展现散文书写的从容、闲适、冲淡、自由的风格和境界。在回顾民国小品散文发展状况时，朱自清就曾高度赞同周作人关于小品散文的定义："用平淡的谈话，包藏着深刻的意味；有时很像笨拙，其实却是滑稽。"在他看来，民国以来的小品散文的创作实践，打破了"美文不能用白话写作"的说法，新文学作家就是用白话写作出了上乘的小品散文。他指出，五四新文学成就最发达的"要算是小品散文"，不仅"有种种的样式，种种的流派，表现着、批评着、解释着人生的各面，迁流曼衍，日新月异"，而且"有中国名士风，有外国绅士风，有隐士，有叛徒，在思想上是如此。或描写，或讽刺，或委曲，或缜密，或劲健，或绮丽，或洗练，或流动，或含蓄，在表现上是如此。"④同

---

① 鲁迅：《华盖集·题记》，《鲁迅全集》（第 3 卷），人民文学出版社 1981 年版，第 4 页。
② 鲁迅：《书信集·240925·致李秉中》，《鲁迅全集》（第 11 卷），人民文学出版 1981 年版，第 430 页。
③ 周作人：《美文》，1921 年 6 月 8 日《晨报》。
④ 朱自清：《论现代中国的小品散文》，1928 年 11 月 25 日《文学周报》第 345 期。

样，朱自清的散文理论和创作实践，对中国现代散文的创作也产生了深远的影响。

1924 年（民国十三年）11 月，语丝社成立，主要的成员有周作人、钱玄同、林语堂、俞平伯等人，创办有《语丝》周刊，鲁迅也是该刊的主要撰稿人。"语丝派"散文注重社会与文化批评，尤其是其"任意而闲淡"的随笔散文文体，短小犀利的杂感，其批评的文字中"富于俏皮的语言和讽刺的意味"，被称为"语丝体"，在现代散文发展中影响很大。除了鲁迅、周作人之外，孙伏园、孙福熙的散文革新理念和创作成就，也是比较突出的。鲁迅后来在评论"语丝体"散文时，也肯定了它的"任意而谈，无所顾忌，要催促新的产生，对于有害于新的旧物，则竭力加以排击"的特色。①另外，在将报告文学（Reportage）作为现代散文的新文体方面，夏衍、曹聚仁、邱东平等人的报告文学和战地报道，都是这一文体的代表作品，特别是夏衍创作的报告文学《包身工》，其特点是将新闻纪实与文学叙事相结合，用细腻、感人、真实的文学描写，揭示出了包身工们悲惨的身世和生活真相，从而使这一散文文体以新闻性、纪实性和文学性的特点，吸引了大批的读者，促使了新闻与文学的联袂与合作，开辟了散文创作的一种新文体。

在民国文论发展中，对从域外引进的戏剧——话剧、歌剧以及电影等有别于传统戏曲的新剧种，也有系统的理论探讨。胡适、郭沫若、田汉、钱玄同、傅斯年、宋春舫、张石川、陈大悲、夏衍、袁牧之、沈西苓、史东山等人就分别对戏剧和电影文体进行了开创性的拓新。《新青年》在民国六年（1917 年）和七年（1918 年）间，专门开辟了"旧剧评议"的栏目，批评中国传统戏曲的封建性思想内容。周作人批评旧剧是"多含原始的宗教的分子"，是"野蛮戏"，应加以"排斥"。②《新青年》为此还出过一本"戏

---

① 鲁迅：《三闲集·我和〈语丝〉的始终》，《鲁迅全集》（第 4 卷），人民文学出版社 1981 年版，第 167 页。
② 周作人：《论中国旧戏之应废》，1918 年 11 月 15 日《新青年》第 5 卷第 5 号。

剧改良专号"，探讨戏剧改良问题。这次大讨论主要是批判传统旧剧与文明戏的流弊，商讨中国今后戏剧发展的方向。大讨论批判了"仅以娱悦耳目"的旧剧观念，提出了以戏剧传播新思想，组织社会，改善人生的工具的新戏剧观念，并主张建立取材于平常人日常生活的现实主义戏剧观。[1]显然，这种以贴近中国现实社会和生活的新型剧种，在中国社会、文化变革和转型的过程中，很快就发挥出它独特的审美功能和作用，并在特定的历史时空中延续着自身的艺术生命，获得一种"恒久"的文化审美创造活力。[2]鉴于话剧是"舶来品"的特点，为使这一剧种能够更好地适应现代人的审美欣赏，宋春舫在话剧的理论和实践两个方面都做了大量的开创性工作。他力排众议，提出了较为客观、公允和稳重的戏剧发展观。他认为旧戏必须要进行革新，因为它不能适应时代审美发展的需要，而新戏（当时称之为"文明新戏"）也必须得到稳健的发展。他主张通过理论引进、研究和创作上的模仿、借鉴，在探索中不断发展新戏。他写于1919年的《小剧院的意义、由来及现状》一文，是现代戏剧史上第一篇介绍倡导"小剧院"运动的文章，为促使中国现代戏剧的规范化，提出了许多精辟的见解。陈大悲也是如此，在戏剧理论和实践两个方面齐头并进，不遗余力地推动中国现代戏剧的发展。他对"爱美剧"（Amateur）的大力提倡，为克服"文明新戏"产生的弊端，促使现代戏剧的健康发展指明了方向。他曾参考美国关于"小剧场"的论著，撰写了《爱美的戏剧》长文，主张以"导演制"[3]替代当时流行的"明星制"，提出要以"导演"为中心，将剧作家、演员，以及舞美，形成一个系统整体，完整地展现现代戏剧的"剧场艺术"。陈大悲的戏剧理论和

---

[1] 傅斯年：《再论戏剧改良》，1918年10月15日《新青年》第5卷第4号。

[2] 据不完全统计，从1919年到1924年间，仅28种报刊就发表了翻译的46位外国作家的81部剧作，同时西方戏剧史上的各种流派理论，从现实主义、浪漫主义、趣味主义到象征派、未来派、唯美派、新浪漫派等，都接踵而来，涌进中国。参见宋春舫《戏剧改良平议》、欧阳予倩《予之戏剧改良观》，1918年10月15日《新青年》第5卷第4号。

[3] 当时称之为"舞台监督"制。

实践，为革新现代戏剧文体，促进中国现代戏剧朝正规化、专门化的方向发展，奠定了扎实的基础。

曹禺的戏剧创作，代表了民国戏剧发展的一个高峰，也是中国现代戏剧成熟的标志。曹禺戏剧创作的一个最大特点就是，将早期戏剧创作单纯的注重写"事"，转变为注重写"人"，将刻画人的性格、展示人的生存境况和前途命运，作为戏剧创作的中心。在创作《雷雨》时，曹禺说，当他初次有了《雷雨》一个模糊的印象时，逗起他的兴趣的是"几个人物"，"一两段情节"，以及"一种复杂而又原始的情绪"。他说，人们"怎样盲目地争执着，泥鳅似的在情感的火坑里打着昏迷的滚，用尽心力来拯救自己，而不知千万仞的深渊在眼前张着巨大的口。他们正如一匹跌在沼泽里的羸马，愈挣扎，愈深沉地陷落在死亡的泥沼里。"① 可以说，真正以"人"为中心的现代戏剧观，在曹禺那里取得了完整的文体建构。夏衍也基本上是沿着这个文体建构的路径走过来的。在民国二十五年（1936 年）创作了轰动一时的"讽喻史剧"《赛金花》，虽然在当时的历史境况下，主要还是出于"宣传"的目的，但却创造出"历史剧"的一种新文体，即借古喻今，在特定的政治环境中，"表达一点自己对政策的看法"。尽管艺术上还不同程度地存在着"时代传声筒"的特点，但也使人们能够从历史剧的创作中充分地感受到历史与现实一脉相承的内在关联性。到了创作《上海屋檐下》时期，他的戏剧创作开始日趋成熟，善于用现实主义的艺术手法，在典型环境中刻画典型人物、典型性格，"将当时的时代特征反映到剧中人物身上"，描绘他们对时代感受的"内心活动"。②

电影作为工业文明时代的艺术产物传入中国之后，很快就为在新文学前卫位置的作家所青睐。张石川、陈大悲、夏衍、袁牧之、沈西苓、史东山等

---

① 曹禺：《雷雨·序》，中国戏剧出版社 1957 年版，第 1 页。
② 夏衍：《谈〈上海屋檐下〉的创作》，《夏衍剧作集》（1），中国戏剧出版社 1984 年版，第 361 页。

人，在电影方面，特别是在电影文学文体的开拓方面所取得的成就是十分突出的。在中国电影的初创时期，张石川所导的影片题材、类型多种多样，导演手法平易朴实，故事性强，为开拓中国电影事业做出了很大的贡献。夏衍在《〈中国新文学大系·电影一集〉序言》中，就高度评价了他与郑正秋联合导演的影片《难夫难妻》，后来的学者则认为"20 年代散文电影导演艺术是张石川的艺术时代。"①陈大悲从民国十六年（1927 年）开始也把精力转向电影事业，陆续撰写了有关论述国产影片和电影表演方面的文章，为电影文学这一新型文体和艺术类型，进行了理论方面的探索。他善于从中国历史和文学中取材，在电影剧本创作民族化方面做出了较大的贡献。夏衍是以左翼作家的身份介入电影事业的，曾担任上海老资格的电影公司"明星电影公司"的编剧顾问，主张运用电影这一新型的艺术样式，来向广大民众宣传进步思想。他先后创作了电影剧本《狂流》、《上海二十四小时》，并将茅盾的小说《春蚕》改编成电影。他的《时代儿女》、《脂粉市场》、《自由神》、《压岁钱》等电影剧作，不仅具有鲜明的时代特色和现实意义，同时也以较为成熟、精湛的艺术表现，为中国电影文学创作和电影事业的发展，奠定了坚实的基础。袁牧之、沈西苓的电影文学创作和电影编导，也基本上是沿着夏衍的路子而来，同时他们又往往以自己的亲身演出实践，丰富和发展了中国的电影事业。史东山的电影编导，十分注重尊重电影特性，善于运用电影语言来展示电影艺术的魅力，如他所强调的"注意图案"和"光线的远近"等电影艺术表现手法，就大大地增强了电影的艺术表现力，风格也极为简洁明快。"新感觉派"代表人物之一的刘呐鸥，对电影艺术的论述，也有许多独到的见解。他大力提倡电影自身特有的思想、艺术和表现技法，认为电影虽与文学、绘画、戏剧等艺术门类有密切的联系，但电影不是这些艺术门类的翻版，而是有着自身独特的艺术特性，即"影片独自的美

---

① 李少白：《电影历史及理论》，文化艺术出版社 1991 年版，第 69 页。

的价值"。文章全面地分析论述了电影的艺术特点，从电影的物质形式及其内部艺术构成要素出发，认真地讨论了作为新兴的现代艺术——电影的特殊艺术特性、艺术形式和艺术表现手法，强调要尊重电影艺术规律，用现代的科技观念和技术，如运用"开麦拉"（即照相机、摄影机）等独特的电影工具，采用诸如织接（即蒙太奇 Montage），"影戏眼"（Kinoglaz）等电影手法，来形成不同于文学阅读和戏剧舞台观看的艺术效果。同时，他也认真地探讨了电影与文学的关系，指出："影戏本来是文学的革命的儿子。它的层进法、对位法（Cut back）等无一不是从文学的组织法学来的。原作当然也不外此例。它的所以异于文学，就是把 Montage 即文学上的构成定式化了的一点。看文学的人得自由想象，自造其幻境，但观电影的人们却只得享受同一的视觉定形而已。因此决定一个影片的好坏可说完全倚靠导演一个人的视觉化（Visualization）的能力。除了些形式上及技术上的差别之外，文学和影片在组织法上简直可称为兄弟。"在《影片艺术论》一文中，基于电影艺术的文体特点，他还认真地区分了电影艺术与文学的语言艺术的不同，探讨了电影艺术这种独特文体的特征。他指出："影戏是个艺术上的叛逆儿。在产生的初期它便模仿了舞台，结合了文学，而把它的'科学的玩具'性换为有艺术性的娱乐价值。但是因为学不了演剧的诸锐利的武器，例如台词音响色彩立体感等等，于是便努力于脱离演戏的奴隶的地位，另找新路，终于在自身上寻出本来的真面目，创造了影片独自的美的价值。影响的心理学的研究者 Huco Mürnsternburg 当时在他的著述中就把影戏与演剧的相异点分为八项——使用实景；幕面的变化迅速；用 Cut—back 得将在两个地点发生的时间拼在一瞬间里，使其轮流地表现；风物的速度得自由自在；得表现不受物理法则的制限的幕面和动作；用技术的操作得使人变为猿等等；用双重露出得制造鬼灵，和兼演的超自然的场面；等于舞台的台词的性质的最重要的'大写的效果'。……影戏是动作的艺术，影戏的内容应该盛入动作表现的形式里。用文字的表现，那是文学的手法，由影戏艺术的独立性上来说，那是不应采取的。影艺上演着文字的角色的便是那银幕上的动作底连续的映象，一切的努力尽可放到那里去。然因发生史上的关系现代的电影可惜仍脱不了字幕这文学的要素的羁绊。"① 他还结合国产电影所存在的问题，进行了有针对性的批评，对中国电影（包括电影文学创作）的发展，具有一定的指导价值和影响意义。

民国文论对文体的革新理念，适应了时代的发展需求，具有一种前卫的姿态，所主张的理论学说，能够完整地潜植在新文学发展的整体构架之中，体现出超越于传统文论之上的一种创新意识。

三　文学的艺术审美特性的认定

在对文学的艺术审美特性的判断和认定上，民国文化多元的价值取向，也给民国文论上带来了广阔的讨论空间。随着新文学的深入发展，人们对新文学应该有怎样的艺术和审美特性，产生了不同的看法，形成了不同的观点。正是在这种不同的观点碰撞中，使得民国文论在认识和把握新文学的艺术和审美特性上，具有相应的广度和深度，也具有相当的创新意识。

如果说民国之初的文论主要集中在文学观念和体裁的新旧论争上，那么，进入30年代相对平稳的发展时期，随着民国政局的相对稳定，民国文论对新文学的艺术审美特性的论争，出现了多元的价值取向，表现出推动初期的"文学改良"、"文学革命"不断深入发展的态势。在20年代后期至30年代，受苏联文学的影响而形成的"左翼"文学派别，对文学的艺术审美特性的认定有了更多的"革命"意识形态的诉求。像后期创造社成员李初梨就提出新文学的任务是"反映阶级的实践和意欲"，只要将"革命"的意识形态植入其中，就能充分地表现"革命"的诉求，特别是无产阶级的

① 刘呐鸥：《影片艺术论》，1932 年 7 月 1 日至 10 月 8 日《电影周报》第 2—15 期连载。

"革命"诉求。因此，在这个意义的层面上，文学必须是"革命"的工具，它的艺术审美特性只能是"当做组织的革命的工具去使用"。①后期创造社同人几乎都对民国之初以来的新文学发展的艺术审美价值取向，持否定的立场和态度，认为新文学那种要求忠实于现实生活，揭示社会矛盾的艺术审美要求，已经过时并变得反动起来。他们批评鲁迅、茅盾、叶绍钧，甚至包括他们自己的成员郁达夫，指出新文学的那种"幼稚"的艺术创作，已经没有现代社会的"现代"意味，"不是能代表现代的"，特别是鲁迅描写的那个"阿Q的时代早已死去"，因此，鲁迅的创作，只能反映的是晚清义和团的时代特点，"他的创作的时代决不是五四运动以后的，确确实实的只能代表新民丛报时代的思想，确确实实的只能代表清末以及庚子义和团暴动时代的思潮，真能代表五四时代的创作实在不多；……鲁迅的著作何如呢？自然，他没有超越时代；不但不曾超越时代，而且没有抓住时代，不但没有抓住时代，而且不曾追随时代；胡适之追逐不上时代，跑到故纸堆中去了，鲁迅呢？在他创作中所显示的精神，是创作的动机大概是和子君'在灯下对坐的怀旧谈中，回味那时冲突以后的和重生一般的乐趣'一样的回忆的情趣下面写成的。在这样思想底下所写成的创作，根据所谓自由主义的文学的规例所写成的文学创作，不是一种伟大的创造的有永久性的，而是滥废的无意义的类似消遣的依附于资产阶级的滥废的文学！"②

然而，在批评甚至是否定了民国之初的新文学后，创造社和太阳社的同人认定的文学艺术审美性质应是什么呢？郭沫若说："我们宜不染于污泥，遁隐山林，与自然为友而为人生之逃避者；不则彻底奋斗，做个纠纷的人生之战士与丑恶的社会交绥。我们的精神教我们择取后路，我们的精神不许我们退撄。我们要如暴风一样唤号，我们要如火山一样爆发，要把一切的腐败

① 李初梨：《怎样地建设革命文学》，1928年2月《文化批判》第2号。
② 钱杏邨：《死去了的阿Q时代》，1928年《太阳》月刊3月号，1928年5月《我们月刊》创刊号。

的存在扫荡尽，迸射出全部的灵魂，提呈出全部的生命。"①尽管这是他在五四新文学运动提出的主张，实际上已经充分地反映了他对新文学艺术审美特性的认识。在《桌子的跳舞》一文中，他指出："中国的新文艺是深受了日本的洗礼的。而日本文坛的害毒也就尽量的流到中国来了。譬如极狭隘，极狭隘的个人生活的描写，极渺小，极渺小的抒情文字的游戏，甚至对于狭邪游的风流三昧……一切日本资产阶级文坛的病毒，都尽量的流到中国来了。"为肃清这种毒害，他提出要建立"为大多数的人类的"的文学，要"以思想，行动及一切阶级的背境为背境。"②也就是说，在创造社和太阳社同人眼中，文学的艺术审美特性应服从于意识形态的判定，而在当时，就是要求有"反抗精神"的文学。这种文学"并不在发明何种流派，而在他们代表同时代的一种社会的伟大的人格，就是说他们一热烈的革命精神，熔铸表现时代的 Tempo 的作品。"③

鲁迅、茅盾等人对新文学的艺术审美特性的认定，与创造社、太阳社的同人持不同意见。鲁迅认为，即便是要做所谓的"革命文学"，也应首先是做一个"革命的人"，而不是像郭沫若说宣称的那样"不怕他昨天还是资产阶级，只要他今天受了无产者精神的洗礼，那他所做的作品也就是普罗列塔利亚的文艺"。鲁迅反对将文学的艺术审美特性定在单纯的"宣传"层面上，反对将文学"工具化"。他指出："一切文艺固是宣传，而一切宣传却并非全是文艺，这正如一切花皆有色（我将白也算作色），而凡颜色未必都是花一样。革命之所以于口号，标语，布告，电报，教科书……之外，要用文艺者，就是因为它是文艺。"④鲁迅反对那种所谓的"超时代"的文艺，而应当有"内容的充实和技巧的上达"。茅盾也持同样的观点，认为无论是什

---

① 郭沫若：《我们的文学新运动》，1923 年 5 月 27 日《创造周报》第 3 号。
② 麦克昂：《桌子的跳舞》，1928 年 5 月 1 日《创造周报》第 1 卷第 11 期。
③ 冯乃超：《艺术与社会生活》，1928 年 1 月 15 日《文化批判》创刊号。
④ 鲁迅：《三闲集·文艺与革命》，《鲁迅全集》（第 4 卷），人民文学出版社 1981 年版，第 421 页。

么时代，文学都应要"凝视现实"，"揭露现实"，而不应只是成为某一个阶级、一个集团或某个人的御用工具。

受苏联文艺的影响，左翼作家于民国十九年（1930年）在上海成立了中国左翼作家联盟，在通过的理论纲领中，左翼作家宣布："我们的艺术是反封建的，反资产阶级的，又反对'失掉了社会地位'的小资产阶级的倾向"，并且表明要"援助而且从事无产阶级艺术的产生"。基于这种文学理念，左翼作家对文学的艺术审美特性，作了更为鲜明的意识形态的规约，指出："诗人如果是预言者，艺术家如果是人类的导师，他们不能不站在历史的前线，为人类社会的进化，清除愚昧顽固的保守势力，负起解放斗争的使命。"①冯乃超更为明确地说："如果没有共产主义运动，即没有有目的意识性的无产阶级解放斗争运动，无产阶级文学运动是不会有的。"他认为，"无产阶级文学运动并不是自发性的社会运动的文学运动"，而是"有组织的"运动，"它的前提是中国无产阶级斗争的组织化"。②鲁迅尽管也加入了左联，但在对文学的艺术审美特性的认识上，与左联的纲领有一定的不同。针对一些斗争意识高昂的左翼作家及其文学主张，鲁迅提醒"左翼"作家，构建具有独特性的"左翼"话语谱系，形成"左翼"强大的话语场，继续五四新文化的那种对于旧文化、旧思想、旧道德的革命性传统，就应具有一种辩证的思维，应充分地考虑到中国社会变革的复杂性、艰难性和持久性，不然一遇到挫折，甚至失败，"左翼"就很快会转向"右翼"，并失去"左翼"话语的建构，失去"左翼"的价值立场。鲁迅认为，即便是建设无产阶级文学，也不应是那种高谈阔论、罗曼蒂克式的"一挥而就"，乃是一场需要耐力、耐心和韧性的持久战精神。他认为，如果只仅仅是抱着"Salon"式的，"Romantic"式的愿望、想法，无产阶级文学是很难建立的，更谈不

---

① 《中国左翼作家联盟的成立》，1930年3月10日《拓荒者》第1卷第3期。

② 冯乃超：《中国无产阶级文学运动及左联产生之历史的意义》，1930年6月1日《萌芽月刊》第1卷第6期。

上它的独特性构建。他指出，"Salon"式的高谈阔论，其实质是脱离实际，"高雅得很，漂亮得很，然而并不想到实行的"，而"Romantic"式的浪漫激情，却也是"不明白革命的实际情形"，因为"革命是痛苦，其中也必然混有污秽和血，决不是如诗人所想像的那般有趣，那般完美；革命尤其是现实的事，需要各种卑贱的，麻烦的工作，决不如诗人所想像的那般浪漫"。①

其实，不论左翼作家内部对文学的艺术审美特性有怎样的不同意见，但在认定文学与意识形态有着密切的关联上，大家的看法较为一致。鲁迅说通过不同观点的论争，使他硬是"挤"出一些时间来阅读马克思主义的文艺论著。他亲自翻译了两本《艺术论》，一本是苏联卢那察尔斯基撰写的，一本是普列汉诺夫撰写的，认为这两本《艺术论》把文艺看作是一种社会意识形态，一种特殊的社会现象，并指出文艺揭示了社会生活的规律，加深了对社会生活的认识和理解。通过对苏联文艺的认识，左翼作家从意识形态的维度认识和把握文学的艺术审美特性，认为是为无产阶级文学的建立而奋斗着的，这样，在他们的文学观念中，也就会自然而然地把阶级斗争、阶级性纳入文学的艺术审美范畴。

冯乃超指出："在阶级社会的里面，阶级的独占性适用到生活一般的上面。言语，礼仪，衣食住，学术，技艺，乃至一切的内容。这决不是德谟克拉西的，是有阶级性的。贵族的王孙，他的'人性'就是'落花秋月'的一类的'感慨'，和晨昏囚在黑暗的工人不会发生任何的关系。"他强调："人间依然生活着阶级的社会生活的时候，他的生活感觉，美意识，又是人性的倾向，都受阶级的制约。'吟风弄月'，这是有闲阶级的文学，'剥除资本主义的假面；却又向农民大众说忍耐'，这是小资产阶级的文学。赞美资本家是雄狮，贬谪民众是分食余裔的群小兽类的文学，这是反革命的文学。这不是无端地加在人身上的'罪名'，而是根据作品的内容的思想在阶级社

---

① 鲁迅：《二心集·对于左翼作家联盟的意见》，《鲁迅全集》（第4卷），人民文学出版社1981年版，第233页。

会中所演的任务，引导出来的结论。"①冯乃超的这一观点，得到了鲁迅的支持。鲁迅也先后发表了《新月社批评家的任务》、《"硬译"与"文学的阶级性"》等文章，对持自由主义立场的梁实秋、徐志摩等人关于文学的艺术审美特性的认定，进行了反驳和批评。

梁实秋手稿

梁实秋曾发表《文学与革命》一文，认为"一切的文明，都是极少数天才的创造"，文学也不例外。因为"天才也是基于人性的"。他强调说："就文学论，我们划分文学的种类派别是根据于最根本的性质与倾向，外在的事实如革命运动复辟运动都不能借用做量文学的标准。并且伟大的文学乃是基于固定的普遍的人性从人心深处流出来的情思才是好的文学，文学难得的是忠实，——忠于人性；至于与当时的时代潮流发生怎样的关系，是受时代的影响，还是影响到时代，是与革命理论相合，还是与传统思想所拘束，

---

① 彭康：《冷静的头脑——评驳梁实秋的〈文学与革命〉》，1928年8月10日《创造月刊》第2卷第1期。

满不相干，对于文学的价值不发生关系。因为人性是测量文学的唯一的标准。"①在《文学是有阶级性的吗？》一文中，他再次强调："文学的国土是最宽泛的，在根本上和理论上没有国界，更没有阶级的界限。一个资本家和劳动者，他们的不同的地方是有的，遗传不同，教育不同，经济的环境不同，因之生活状态也不同，但是他们还有同的地方。他们的人性并没有两样，他们都感到生老病死的无常，他们都有爱的要求，他们都有怜悯与恐怖的情绪，他们都有伦常的观念，他们都企求身心的愉快。文学就是表现这最基本的人性的艺术。无产阶级的生活的苦痛固然值得描写，但是这苦痛如其真是深刻的，必定不是属于一阶级的。人生现象有许多方面都是超于阶级的。"②徐志摩在《〈新月〉的态度》一文中也强调："我们这几个朋友，没有什么组织，除了这月刊本身，没有什么结合，除了在文艺和学术上的努力，没有什么一致，除了几个共同的理想。"这个"共同的理想"，其实就是坚持对文学的艺术审美超越一切阶级的共识。他宣称，《新月》的态度是：

不敢附和唯美与颓废，因为唯美不甘牺牲人生的阔大，为要雕镂一只金镶玉嵌的酒杯。美，我们是尊重而且爱好的，但与其咀嚼罪恶的美艳，还不如省念德性的永恒，与其到海陀罗凹腔里去收集珊瑚色的妙药，还不如置身在扰攘的人间倾听人道那幽静的悲凉的清商。

我们不敢赞许伤感与热狂，因为我们相信感情不经过理性的清虑，是一注恶浊的乱泉。它那无方向的激射至少是一种精力的耗废。我们未尝不知道放火是一桩新鲜的玩艺，但我们却不忍为一时的快意造成不可救济的惨象。"狂风暴雨"有时是要来的，但狂风暴雨是不可终朝的。我们愿意在更平静的时刻中提防天时的诡变，不愿意借口风雨的猖狂放弃清风白日的希冀。我

---

① 梁实秋：《文学与革命》，1928 年 6 月 10 日《新月》第 1 卷第 4 期。
② 梁实秋：《文学是有阶级性的吗？》1929 年 9 月 10 日《新月》第 2 卷第 6、7 合刊。

们当然不反对解放情感，但在这头骏悍的野马的身背上，我们不能不谨慎地安上理性的鞍索。

我们不崇拜任何感情的偏激，因为我们相信社会的纪纲是靠着积极的情感来维系的，在一个常态社会的天平上，情爱的分量一定超过仇恨的分量，互助的精神一定超过互害与互杀的动机。我们不愿意套上着色眼镜来武断宇宙的光景。我们希望看一个真，看一个正。

我们不能归附功利，因为我们不信任价格可以混淆价值，物质可以替代精神，在这一切商业化恶浊化的急坡上我们要留住我们倾颠的脚步。我们不能依傍训世，因为我们不信现成的道德观念可以用做评价的准则，我们不能听人思想的矫健僵化成冬烘的壅肿。标准，纪律，规范，不能没有，但每一个时代都得独立去发见它的需要，维护它的健康与尊严，思想的懒惰是一切准则颠覆的主要根由。[①]

在认定文学的艺术审美特性上，持自由主义立场的作家和理论家，大多认为文学的艺术审美特性应突出"理"对"情"的制约，反对滥情，煽情，应有一种"肃穆"、"肃静"和"庄严"之美。被称为自由主义文艺理论家的朱光潜，就曾大力提倡"静穆"的审美观，他发表《"曲终人不见，江上数峰青"》一文，提出了"和平静穆"的艺术审美观。他说："我爱这两句诗，多少是因为它对于我启示了一种哲学的意蕴。'曲终人不见'所表现的是消逝，'江上数峰青'所表现的是永恒。可爱的乐声和奏乐者虽然消逝了，而青山却巍然如旧，永远可以让我们把心情寄托在它上面。……不仅如此，人和曲果真消逝了么；这一曲缠绵悱恻的音乐没有惊动山灵？它没有传出江上青峰的妩媚和严肃？它没有深深地印在这妩媚和严肃里面？反正青山和湘灵的瑟声已发生这么一回因缘，青山永在，瑟声和鼓瑟的人也就永在

---

① 徐志摩：《〈新月〉的态度》，1928 年 3 月 10 日《新月》第 1 卷第 1 期。

了。"①在他看来，"和平静穆"之美是"诗的极境"，美的"最高境界"，也是人生的"最高理想"的哲理。因为这是一种超越阶级，超越现实，超越一切利害、得失、是非、恩怨和善恶的"无矛盾、无冲突"的人生美学境界。当然，他的这种对文学艺术审美特性的认定，遭到了来自坚持"阶级论"立场的左翼人士的批评。鲁迅读了此文，就很不以为然，在他的《"题未定"草》中提出了驳议。鲁迅批评说："被论客赞赏着'采菊东篱下，悠然见南山'的陶潜先生，在后人心中，实在是飘逸得太久，……除论客所佩服的'悠然见南山'之外，也还有'精卫衔微木，将以填沧海，形天舞干戚，猛志固常在'之类的'金刚怒目'式，在证明着他并非整天整夜的飘飘然。"同时，他又指出："荷马的史诗，是雄大而活泼的，沙孚的恋歌，是明白而热烈的，都不静穆。我想，立'静穆'为诗的极境，而此诗不见于诗，也许和立蛋形为人体的最高形式，而此形终不见于人一样。……历来的伟大的作者，是没有一个'浑身是"静穆"'的。"②

不过，持自由主义立场的作家，不像左翼作家那样有组织，往往是通过集体的声音来表达立场。尽管受到左翼阵营的批评，自由主义作家仍然坚持他们对于文学的艺术审美理念。此时比较有影响的批评家刘西渭（李健吾）就反复强调，批评不是一种工具，不应把"批评变成一种武器，或者等而下之，一种工具"。持不同的文学立场和观念可以理解，但批评如同创作一样，也是一种"表现"，是批评家"叙述他的灵魂在杰作之间的奇遇。"在这个基础上，他进一步指出，如同文学创作一样，文学批评也是一种自我表现，有着批评家的个性、批评家的风格。他还解释道，风格即人，文如其人，强调一个成熟的批评家，在进行批评实践时，也将努力地形成自己的风格，突出自己的风格，不断地突破自我，实现自我，发扬自我，发展自己的

①　朱光潜：《"曲终人不见，江上数峰青"》，1935年12月《中学生》第60期。
②　鲁迅：《且介亭杂文二集·"题未定"草（六至九）》，《鲁迅全集》（第6卷），人民文学出版社1981年版，422、427、430页。

独特风格。他说:"拿自我做为批评的根据,即使不是一件新东西,却是一种新发展,这种新发展的结局,就是批评的独立,犹如王尔德所宣告,批评本身是一种艺术。"①因此,持自由主义立场的作家和理论家(批评家),仍然将文学的艺术审美特性定在艺术审美本身,强调文学自身的艺术独立性,即便是突出文学与人生的关系,也不应是机械的反映,不是为某一阶级持立场,或代言。

民国二十一年(1932年),林语堂创办了《论语》半月刊,后于民国二十三年(1934年)又创办小品文半月刊《人间世》和《宇宙风》。他标榜"性灵文学",指出"性灵文学"就是"以自我为中心,以闲适为格调,与各体别,西方文学所谓个人笔调是也",要求能够"善治情感与议论于一炉,……包括一切,宇宙之大,苍蝇之微,皆可取材",②不拘一格,无所谓阶级立场,也不为任何阶级或集团代言。他要求回归人的本性,在自然的状态下表现文学与人的关系。在艺术表现上,主张"幽默"、"闲适"的艺术审美特性。他认为,幽默是智慧的闪光,一切幽默都源于人的智慧。有智慧的人思考起来就会超越前人、与众不同,在生活中就有可能创造出幽默。其次是平等和博爱的观念。他说:"幽默之所以异于滑稽者,在于同情于所谑之对象",并认为,只有当人们平等待人,用充满"爱意"的眼光看待别人的弱点时,才可能生发出幽默。在分辨幽默与嘲讽时,他作了这样的论述:"假如你能够在你所爱的人身上见出荒唐可笑的地方而不因此减少你对他们的爱,就算有俳调(这里意指幽默)的鉴察力;假使你能够想象爱你的人也看出你可笑的地方而承受这项矫正,这更显明你有这种鉴察力。"③从人的"幽默"本性,基于"闲适"的立场来看待文学的艺术审美特性,虽然全无所谓"阶级性"的立场,但也给人们一种对文学的多维艺术审美透视。

---

① 刘西渭:《自我和风格》,1937年4月25日《大公报》。
② 林语堂:《〈人间世〉发刊词》,1934年4月5日《人间世》第1期。
③ 林语堂:《论幽默》,1934年1月16日《论语》第33期。

基于同样的立场，被称为"自由人"或"第三种人"的胡秋原、苏汶等人，也坚持文学具有独立的艺术审美特性的观点。胡秋原指出："艺术者，是思想感情之形象的表现，而艺术之价值，则视其所含蓄的思想感情之高下而定。所以，伟大的艺术，都具有伟大的情思。而伟大艺术家，常是被压迫者，苦难者的朋友。……艺术虽然不是'至上'，然而决不是'至下'的东西。将艺术堕落到一种政治的留声机，那时艺术的叛徒。艺术家虽然不是神圣，然而也决不是叭儿狗。以不三不四的理论，来强奸文学，是对于艺术尊严不可恕的冒渎。"①在另一篇文章里，他说自己并不否定所谓的"民族文艺"，也不否定"普罗文艺"，而是要坚持文学的艺术审美独立性。他强调说："无论中国新文学运动以来的自然主义文学，趣味主义文学，浪漫主义文学，革命文学，普罗文学，小资产阶级文学，民族文学以及最近民主文学，我觉得都不妨让他存在，但也不主张只准某一种文学把持文坛。而谁能以最适当的形式，表现最生动的题材，较最能深入事象，最能认识现实把握时代精神之核心者，就是最优秀的作家。"他主张文学应有"高尚情思"，反对文学的"虚伪"。②苏汶则站在更为自由的立场角度论述文学的艺术审美独立性，他说："资本主义下的文学无论在旁的地方是显得多么虚伪，多么骗人，但在文学上倒未必绝对如此：这原故是在于文学家可以拿他的所作当做商品到市场上去自由竞争，而无需乎像封建社会下似的定要被收买，豢养才能生活了。"又说："再如，文学形式低级到某一程度，它必然是要减少文学性的；欧化文学无论如何总是比连环画进步的形式。这个，我想左翼文坛应该承认吧，否则他们也用不到说什么'和群众一起提高文化水准'，因为连环画就已经够高了。"③

　　通过论争，虽然各种观点不一定能够达成共识，但在这种论争中，则会

---

① 胡秋原：《阿狗的文艺》，1931 年 12 月 25 日《文化评论》创刊号。
② H. C. Y：《勿侵略文艺》，1932 年 4 月 20 日《文化评论》第 4 期。
③ 苏汶：《"第三种人"的出路》，1932 年 10 月《现代》第 1 卷第 6 期。

引发更多的思考，加深对新文学的艺术审美特性的认识和把握，从而能够更加丰富民国文论自身理论体系的建设，并推动新文学的深入发展，同时，也显示出在民国多元文化的态势中，民国文论内容建设的多样性和丰富性，以及所达到的广度和深度。

四　文学的大众化和民族形式

如果说民国文学的发展需要在实践中获得印证，真正成长为大众认可和接受的文学，那么，有关文学的大众化和民族形式问题，也就成为民国文论要认真讨论的话题。

鲁迅说："在中国，小说是向来不算文学的。"① 在传统文学的观念中，小说之类的文体，只是供人们茶余饭后用来做谈资的"闲书"体，其主角也多半是"勇将策士，侠盗赃官，妖怪神仙，佳人才子，后来则有妓女嫖客，无赖奴才之流。"②他声称："我深恶先前的称小说为'闲书'，而且将'为艺术而艺术'，看作不过是'消闲'的新式的别号。所以我的取材，多采自病态社会的不幸的人们中，意思是在揭出病苦，引起疗救的注意。"③其目的就是为了能够让新文化的启蒙运动深入人心。对于新文学运用民族形式的问题，鲁迅以当时社会上流行的连环画为例说："现在社会上的流行连环图画，即因为它有流行的可能，且有流行的必要，着眼于此，因而加以导引，正是前进的艺术家的正确的任务；为了大众，力求易懂，也正是前进的艺术家的正确的努力。旧形式是采取，必有所删除，既有删除，必有所增

① 鲁迅：《且介亭杂文·〈草鞋脚〉小引》，《鲁迅全集》（第6卷），人民文学出版社1981年版，第20页。

② 鲁迅：《南腔北调集·〈总退却〉序》，《鲁迅全集》（第4卷），人民文学出版社1981年版，第621页。

③ 鲁迅：《南腔北调集·我怎么做起小说来》，《鲁迅全集》（第4卷），人民文学出版社1981年版，第512页。

益，这结果是新形式的出现，也就是变革。而且，这工作是决不如旁观者所想的容易的。但就是立有了新形式罢，当然不会就是很高的艺术。艺术的前进，还要别的文化工作的协助，某一文化部门，要某一专家唱独脚戏来提得特别高，是不妨空谈，却难做到的事，所以专责个人，那立论的偏颇和偏重环境的是一样的。"①尽管对于民国新文学的兴起来说，通俗文学也起到很大的推波助澜的作用，特别是晚清小说通俗化的发展，为民国新文学的崛起，提供了生长的环境和空间，但是，民国文论对于文学的大众化还有自身独到的见解。换言之，民国文论并不把文学的大众化，单纯地看作是文学的通俗化过程，而是要在大众化过程中，让文学承担起唤醒民众、启蒙民众的历史重任。

早在民国新文学兴起之初，除了周作人大力主张"平民文学"之外，一些新文化和新文学的倡导者，都主张新文学应面向大众，特别是为贫苦的劳工和农民写生，要求新文学创作应通俗易懂，应根植于民众的土壤，如守常（李大钊）就撰文指出，新文学"必须有深厚的土壤培植他们。宏深的思想、学理、坚信的主义，优美的文艺，博爱的精神，就是新文学新运动的土壤、根基。在没有深厚美腴的土壤的地方培植的花木，偶然一现，虽是一阵热闹，外力一加摧凌，恐怕立萎。"②沈雁冰（茅盾）在《论无产阶级艺术》一文中指出："从文学发展的史迹上看来，文学作品描写的对象是由全民众的而渐渐缩小至于特殊阶级的。"他通过对中国和欧洲文学发展史的梳理发现："无产阶级艺术实在只是正在萌芽；就现在已有的作品而言，虽不能说是太少，却实在不够说一声：'已经多了'。"③因此，新文学要走大众化之路，就应该结合民国文学的发展实践，来推动包括无产阶级文学艺术在内

---

① 鲁迅：《且介亭杂文·论"旧形式的采用"》，《鲁迅全集》（第 6 卷），人民文学出版社 1981 年版，第 24 页。

② 守常：《什么是新文学》，1919 年 12 月 8 日《星期日》社会问题号。

③ 沈雁冰：《论无产阶级艺术》，1925 年 8 月 3 日《语丝》周刊第 38 期。

的大众化文学。在他看来，没有这种实践，也就没有大众化可言。瞿秋白曾批评"五四的新文化运动对于民众仿佛是白费了似的！五四式的新文言（所谓白话）的文学，以及纯粹从这种文学的基础上产生出来的初期革命文学和普洛文学，只是替欧化的绅士换了胃口的'鱼翅酒席'，劳动民众是没有福气吃的……现在，平民群众不能够了解所谓新文艺的作品，和以前的平民不能够了解古诗文词一样。"①

进入三四十年代，民国文坛上发生了两次较有影响的有关"文学大众化"的讨论：一是民国十九年（1930年）开始，大约持续了八九年以"文艺大众化问题"为中心的相关讨论；二是民国抗战时期出现的以"民族形式"为主题的"文艺大众化"的讨论，包括在延安时期的有关文艺大众化的讨论。两次讨论的主题看似不同，但从文论的角度来看，其内容实质是一致的。

一般来说，持左翼立场的作家对"文艺大众化"的认识，表现出了一种集体性的话语，同时，也显示出一种意识形态的强化和对抗，提倡"普罗文学"的意志。如郭沫若就说，"我现在来向着'大众文艺'放送：'大众文艺！你要认清你的大众是无产大众，是全中国的工农大众，是全世界的工农大众！''你要向着这个大众飞跃，你须要认清楚：你不是飞上天，你是飞下凡！你是要飞下凡来叫地上的孙悟空上天空去打金箍棒！'所以我所希望的新的大众文艺，就是无产文艺的通俗化！"②瞿秋白则是引用苏联文学中关于大众文学的理论，强调指出，传统的小说、戏曲，如《七侠五义》、《说唐》、《征东传》、《岳传》等，以至于《火烧宝莲寺》式的大戏、影戏、木头人戏、西洋镜、说书、滩簧、宣镌之类的，其"意识形态是充满着乌烟瘴气的封建妖孽和'小菜场上的道德'——资产阶级的，'有钱买货无钱挨饿'的意识。"因此，文艺大众化的主要工作就是"创造普洛大众文

① 宋阳：《大众文艺的问题》，1932年6月10《文学月报》创刊号。
② 郭沫若：《新兴大众文艺的认识》，1930年3月1日《大众文艺》第2卷第3期。

艺，——应当向那些反动的大众文艺宣战。这一条唯一的道路——可以造成新的群众的语言，新的群众的文艺，站在群众的'程度'上去，同着群众一块儿提高艺术的水平线。所谓'非大众的普洛文艺'和'普洛大众文艺'之间区别，将要在这一条道路上逐渐的消灭净尽。"①这种持意识形态立场的文学大众化观念，在民国时期的"延安文学"②那里，达到了一个顶点，并成为特定区域和特定文学的重要文论文献，当然，也从一个侧面反映出民国文化的多元化，尽管在这个意义上来说多元化，还是显得有些被动或无奈。

《在延安文艺座谈会上的讲话》是毛泽东代表中共最高领导层对文艺的指导性意见。在讲话中，毛泽东对文艺应该为什么人服务、普及与提高的关系、文艺的政治与艺术标准、文艺与生活的关系、文艺家的世界观等一系列问题，都发表了他的观点和主张。其中，有关文艺大众化的问题，也是重中之重。他说："我们是站在无产阶级的和人民大众的立场。对于共产党员来说，也就是要站在党的立场，站在党性和党的政策的立场。"那么，这种性质的文艺，究竟写给谁看呢？他接着说："工作对象问题，就是文艺作品给谁看的问题。在陕甘宁边区，在华北华中各抗日根据地，这个问题和在国民党统治区不同，和在抗战以前的上海更不同。在上海时期，革命文艺作品的接受者是以一部分学生、职员、店员为主。在抗战以后的国民党统治区，范围曾有过一些扩大，但基本上也还是以这些人为主，因为那里的政府把工农兵和革命文艺互相隔绝了。在我们的根据地就完全不同。文艺作品在根据地

① 史铁儿：《普洛大众文艺的现实问题》，1932 年 4 月 25 日《文学》第 1 卷第 1 期。
② 所谓"延安文学"，指的是在民国时期，由于抗战时期特殊社会、政治环境下而形成的，由中国共产党实际控制和管辖的区域（亦称抗战"敌后根据地"或"解放区"）而形成的文学现象。特别是在 1942 年（民国三十一年）5 月，毛泽东出席了延安文艺座谈会并发表重要讲话。这篇讲话包括 5 月 2 日所作引言和 5 月 23 日所作结论两部分。1943 年（民国三十二年）10 月 19 日在延安的《解放日报》正式发表。1953 年编入《毛泽东选集》第 2 卷。《在延安文艺座谈会上的讲话》开创了民国时期的一个特殊区域的文学发展时代，是"延安文学"的重要文论文献。"延安文学"强调文艺大众化，主导是思想的大众化，观念的大众化，也称革命主义大众化。其特点是要求广大文艺工作者深入前线，歌颂抗日英雄，歌颂根据地的大好形势，歌颂穷人"翻身做主人"，以反帝、反封建和宣传阶级斗争为内容。

的接受者，是工农兵以及革命的干部。根据地也有学生，但这些学生和旧式学生也不相同，他们不是过去的干部，就是未来的干部。各种干部，部队的战士，工厂的工人，农村的农民，他们识了字，就要看书、看报，不识字的，也要看戏、看画、唱歌、听音乐，他们就是我们文艺作品的接受者。即拿干部说，你们不要以为这部分人数目少，这比在国民党统治区出一本书的读者多得多。……什么叫做大众化呢？就是我们的文艺工作者的思想感情和工农兵大众的思想感情打成一片。而要打成一片，就应当认真学习群众的语言。如果连群众的语言都有许多不懂，还讲什么文艺创造呢？英雄无用武之地，就是说，你的一套大道理，群众不赏识。在群众面前把你的资格摆得越老，越像个'英雄'，越要出卖这一套，群众就越不买你的账。你要群众了解你，你要和群众打成一片，就得下决心，经过长期的甚至是痛苦的磨练。"①毛泽东坚持意识形态化的立场，很鲜明地强调了文艺大众化的价值取向和为政治服务的目的性。从文论的流变和影响上来说，这也是自民国文学和文论主张"革命文学"、左翼文学以来发展的一个必然的结果。因为基于意识形态化的文艺观，要争取革命斗争的胜利，要成为鼓动民众的一个工具，就必然会强化文学的工具性作用，即便是在态度相对温和、立场相对持中的作家、理论家（批评家）那里，也基本上持这样的观念，如郑伯奇就说，文艺大众化的问题核心就是"文学——就连一切艺术——应该是属于大众的，应该属于从事生产的大多数的民众的。……大众文学应该是大众能享受的文学，同时也应该是大众能创造的文学。所以大众化的问题的核心是怎样使大众能整个地获得他们自己的文学。"②

---

① 毛泽东：《在延安文艺座谈会上的讲话》，《毛泽东选集》（一卷本），人民出版社 1964 年版，第813 页。

② 郑伯奇：《关于文学大众化的问题》，1930 年 3 月 1 日《大众文艺》第 2 卷第 3 期。

民国时期的农民戏

讨论文艺大众化，就自然而然地会涉及文艺的民族形式问题，因为这关系到如何使民众尤其是文化程度相对低的民众接受新文学的问题。其实，在茅盾那里，他就比较早地看到了这个问题的症结所在，并对此作了认真的思考。他说"我们应当在'文字本身'以外搜讨旧小说比之'新文艺'更能接近大众的原因，这原因并不全在旧小说的文字易叫大众上口。"他专门对形式问题进行了分析，他说："大众是文化水准较低的，他们没有智识分子那样敏感，他们的联想作用也没有智识分子那样发达。他们不耐烦抽象的叙谈和描写，他们要求明快的动作。……一篇大众文艺的故事应得有切切实实的人名地名以及环境。听去好像明明是想象出来的故事，大众不要听。"①但是，受意识形态的影响，对于如何实现"民族形式"的运用，不仅在实践上，同时在理论上，都还存在着相应的偏差。在理论上，一些人简单地区分"旧形式"和"民间形式"，并以所谓"封建毒素"对"旧形式"一律排

① 茅盾：《问题中的大众文艺》，1932年2月《文学月报》第1卷第2期。

斥，同时又只是部分地选择一些所谓的"民间形式"来加以点缀或修饰，认为"只要配上新内容，旧形式就不成其为完全的旧形式了。采用之际，或有改造，这改造就会使旧形式渐渐变为旧形式"。①胡风于民国二十八年（1939 年）至二十九年（1940 年）撰写出版了《论民族形式问题》一书。这是他有关抗战文学"民族形式"问题大讨论所撰写的一部理论著作，由重庆生活书店于 1940 年（民国二十九年）12 月出版。它集中地反映了胡风有关民间文艺和文学的"民族形式"的基本观点。在论述民间文艺当中，他首先针对当时的主流观点进行了批驳，并认为民间文艺"本质上是用充满了毒素的封建意识来吸引大众，但同时也是用闪烁着大众自己底智慧光芒的、艺术表现的鳞片的生活样相"。所以，"一方面封建意识底传布力就特别强烈……但依然能够透过它底曲折线多多少少地看到民族底或自己底生活样相"。对于民间文艺，现实主义作家并不只是"运用"它的形式，而是"为了要从它得到帮助，好理解大众底生活样相，解剖大众底观念形态，汲受大众底文艺词汇。"对于民族形式的认识，他提出了"反映'新民主主义的内容'的'民族的形式'的文艺，它底内容要随着现实斗争底发展而发展，它的形式也要随着现实斗争的发展而发展。'民族形式'，是在不断的发展过程上面"的观点。②在有关文艺大众化和民族形式的讨论中，胡风的观点具有一定的代表性，也显示出民国文论对于这个问题的探讨所达到的理论高度。

---

① 徐懋庸：《民间艺术形式的采用》，1938 年 4 月 20 日《新中华报》。
② 胡风：《论民族形式问题》，重庆生活书店 1940 年版，第 38 页。

第五章　艺术革新文化与民国文论话语系统

反抗、批判、革新、创造……这些词语都是民国文论常用的话语，表现出民国文论重建自身独立的话语系统所做的一种努力。尽管在一开始还多处在模仿、借用的阶段，多是从近现代西方文论的一些话语库里移植过来的一些词汇，像傅斯年就曾公开地说过，要做好白话文，就得"直用西洋词法"，他宣称："文学家对于语言有主宰的力量，文学家能变化语言。文学家变化语言的办法，就是造前人所未造的句调，发前人所未发的词法。造的好了，大家不由得从他，就自然而然的把语言修正。我们现在变化语言的第一步，创造的第一步，做白话文的第一步，可正是取个外国的榜样啊！"①然而，从总的发展趋势上来看，民国文论对话语系统的重建，还是在致力于打造具有现代性价值特点的话语系统，以便能够真正地显示出民国文学、文论与世界文学发展相对应、相对接的发展特点。

---

① 傅斯年：《怎样做白话文？》，1919 年 2 月 1 日《新潮》第 1 卷第 2 号。

丹尼尔·贝尔在谈到新兴的资本主义艺术特点时指出："它提供了一条通向新生活的捷径，造成前所未有的社会流动性。在艺术家的画布上，描绘对象不再是往昔的神话人物，或大自然的静物，而是野外兜风，海滨漫步，城市生活的喧嚣，以及经过电灯照明改变了都市风貌的绚烂夜生活。正是这种对于运动、空间和变化的反应，促进了艺术的新结构和传统形式的错位。"①民国新文学生成与发展也同样具有这个特点，深究其内在的根源，应与民国时期的艺术革新文化有密切的关系，同时也与民国文论对话语系统的重建有密切的关系。正是这种双重的密切关系，使民国新文学自始至终都保持着一种"进行时态"，让自身处于不断的变化、更新与发展之中。用成仿吾的话来说，就是"我们新文学的运动，决不能就这样就满足了。我们这个运动的目的，在使我们表现自我的能力充实起来，把一切的心灵与心灵的障碍消灭了。表现能力薄弱的语言，莫如我们的国语。多人相会的时候，他们谈话的取材，不是些日用的起居饮食，便是些关于时事的照例的唏嘘，而这些关于时事的唏嘘，便是他们最高尚的话题，与最丰富的表现。如果他们谈到了更难的话题，便要感到自己的表现力太薄弱了。"②可以说，民国的艺术革新文化没有一刻是静止的，求新、求变、求发展是其主导潮流，并深深地影响了民国的文学和文论的发展。在这当中，整个民国文论的发展也呈现出了一种生机勃勃的创新特点，一种充满建设性的发展走向，尽管出现许多派别，许多争论，但民国文论也就是在这种不同的意见交流、不同的观点碰撞中发展过来的，不仅促进了新文学能够以多样化的表现风格和新颖的艺术方式进行大胆的创作，而且也巩固了民国文论的话语地位，推动了民国文学的现代转型。

---

① ［美］丹尼尔·贝尔：《资本主义文化矛盾》，赵一帆等译，生活·读书·新知三联书店1989年版，第94—95页。

② 成仿吾：《新文学之使命》，1923年3月20日《创造周刊》第2号。

第一节　艺术革新逻辑与民国文论话语基点

早在撰写《文化偏至论》时，鲁迅就曾指出，在文化竞争失败后，要迎头赶上去，就必须在顺应世界范围的现代化潮流当中，来为中国文化、文学的现代化探寻一条"外之不后于世界之潮流，内之仍弗失固有之血脉"①的发展道路。从文学发展的维度来看，民国时期艺术革新文化的蓬勃开展，对民国文论建设来说，其发展的路径基本上是沿着这个方向而行进的。虽然中间有一些激进的态势，甚至也有所谓"充分的世界化"，或"全盘西化"的观点，但这种激进的态势往往是发生在传统的势力，或曰保守的势力，传统的习俗和国民性过于强大的时期，如果不是用激烈、激进的方式来进行"破"的话，许多的新规则、新范式、新观念也就无法建立起来，如同鲁迅所说的那样，"不是很大的鞭子打在背上，中国自己是不肯动弹的。"②

在民国倡导革新、创造的文化氛围中，艺术革新的对象首先是指向传统的艺术，其次是指向自身的缺陷和落后，或不思进取的艺术。鲁迅早就发出呼吁："世界日日改变，我们的作家取下假面，真诚地，深入地，大胆地看取人生并且写出他的血和肉来的时候早到了；早就应该有一片崭新的文场，早就应该有几个凶猛的闯将！"他坚信："没有冲破一切传统思想和手法的闯将，中国是不会有真的新文艺的。"③冲破传统的束缚，对于新文学的建设和发展来说，民国文论致力于各种文体的革新上，分别在观念上、结构上、理路上、方式上、效果上完成全新的建构，并力图全方位地确立起自身的一整套话语体系。

---

① 鲁迅：《坟·文化偏至论》，《鲁迅全集》（第1卷），人民文学出版社1981年版，第56页。
② 鲁迅：《坟·娜拉走后怎样》，《鲁迅全集》（第1卷），人民文学出版社1981年版，第164页。在小说《头发的故事》中，鲁迅这样描绘道："阿，造物的皮鞭没有到中国的脊梁上时，中国便永远是这一样的中国，决不肯自己改变一支毫毛！"
③ 鲁迅：《坟·论睁了眼看》，《鲁迅全集》（第1卷），人民文学出版社1981年版，第241页。

在宏观的观念体系层面上，确立民国文论话语中心的理论依据，应首推周作人对"人的文学"的倡导，这也是建构民国文论独特的话语体系的重要价值基点和理论依据。周作人充分肯定人道主义的思想作用，提出新文学必须是以"人道主义为本"，"对于人生诸问题，加以记录的文字"的文学，它不在于材料方法，而在于创作态度，是以合乎人性"灵肉一致"生活为主导的，而"非人的文学"是以违反人性的礼法制度和兽性为主导的文学。同时，他还强调"人的文学"是以一种个人的人间本位主义为本的人道主义文学，从而紧紧地把握了民国初期新文学关于"人的发现"和"个性解放"之间的密切关系和根本主题，揭示出了新文学与人的个体性、主体性和独立性的内在关联，为民国文论建构自身独特的话语系统，提供了从观念到理论与方法上的系统支持。其次，是要推胡适从语言转换的策略入手，大力推崇"国语文学"的建设，为在实践的层面上，有效地建构民国文学、文论的独特的话语权力，设计了具体的方略，提出切实可能的实施方案。

在微观的技术设计层面上，民国文论聚焦于新文学各种文体的内部构造，注重各种艺术元素的配置。在《文学改良刍议》一文中，胡适就注意到："吾国近世文学之大病，在于言之无物。今人徒知'言之无文，行之不远'，而不知言之无物，又何用文为？"传统的文论一再强调文学要"载道"，可是，即便是"载道"，文学仍然是八股式的，空洞无物，既无情，也无理，尽是一些套话、废话、大话、空话。因此，他首倡"八事"，从创建新文学的新文体、新文本的具体构造入手，详细地勾画出新文学的新样式，为民国文论确立自身独立的话语系统进行了有益的探索。在追求艺术革新的文化氛围中，民国文论家除了大力传播新文学观念之外，对如何做白话文等具体问题，也都进行了细致深入的探讨。傅斯年就撰写了《怎样做白话文？》一文，详细地探讨了白话文的做法，在当时引起了较大的反响。他在文中说："文学的精神，全仗着语言的质素。语言里所不能有的质素，用在文章上，便成就了不正道的文章。中国的'古文'，所以弄得愈趋愈坏，只因为把语言里不能有的质素，当做文章的主质。"胡适则宣称要建立"一种国语的文学"，并着重强调："那已死的文言只能产生没有价值没有生命的文学，决不能产生有价值有生命的文学。"①傅斯年还曾对理想的白话文作出具体的勾画：

（1）"逻辑"的白话文。就是具"逻辑"的条理，有"逻辑"的次序，能表现科学思想的白话文。

（2）哲学的白话文。就是层次极复，结构极密，能容纳最深最精思想的白话文。

（3）美术的白话文。就是运用匠心做成，善于入人情感的白话文。②

洪深也指出："要做批评和介绍的工作，当然需要一种清楚、准确，而容易传达那工作者的意思、情感、理论的工具。而那时现成有的工具是有很大的欠缺的，于是便不得不从事于工具的修正与创造了。一部分想着改革中国的语言和文字的本身；提出如注音字母，罗马字母拼音，世界语

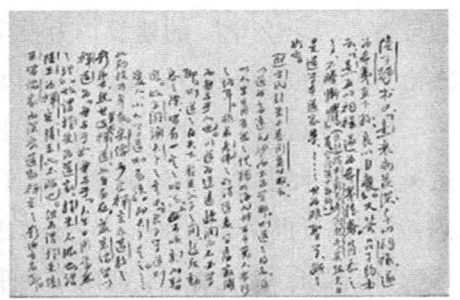

胡适手稿

等问题。又一部分人想利用中国原有的汉字，但改善汉字的使用法，提出如国语文法，标点，白话文等问题。另有一部分人，想更进一层，利用白话文，创造出白话文学，使得它成为那教育，领导，组织中国人，'在心理上

---

① 胡适：《建设的文学革命论》，1918 年 4 月 15 日《新青年》第 4 卷第 4 号。

② 傅斯年：《怎样做白话文?》，1919 年 2 月 1 日《新潮》第 1 卷第 2 号。

情感上反封建'的工具，提出如背后文学，革命文学等问题。"①一句话，就是使白话能够重建自身独立的话语系统，更好地为新文学的建设和发展服务。由此看来，在新文学生成之初，提倡以白话文替代文言文，不仅在观念上是一种创新，同时更重要的则是使新文学能够获得新的话语权力，使新文学能够迅速地占领阵地，占据文学历史舞台的中心位置。所以，用历史的眼光看，白话文运动虽然还有不完善之处，但不像当时一些人所攻击的那样，指责白话文破坏了汉语的优美性，损害了汉语的诗意表达。在当时的特定语境中，不改变旧文学的文言文表意方式，不确立新文学的话语权，就不可能完成新思想、新观念的思想文化启蒙，也不可能产生新的文学，而这正是民国文论话语的聚焦点。

米歇尔·福柯认为话语是一种权力，并强调："话语既可以是权力的工具，也可以是权力的结果。"②雅克·德里达也说："当自我亲近的自然受到阻碍或妨碍、当言语无法守护在场的时候，写作就成为必要的了。它必须紧急追加于言语。……言语是自然的，或至少是思想的自然表达，是表述思想的最自然的制度或惯例的形式"。③用这个观点来看，民国新文学生成之初的文言与白话两种话语的新旧交替与思想价值观念的互动，乃是在语言结构的内部反映出文学话语权力的运作，其中代表的也是特定的政治权力、意识形态和文化观念、文学审美理念。从这个意义上讲，民国的白话文运动就是新文学争取启蒙话语权的斗争。换句话说，这也是白话与文言所代表的两种文化价值系统，在中国特定历史时空的一次正面的交锋，也是长期占据中国权威位置的传统权力话语，受到了代表历史发展必然的新生力量的强有力挑战。文白两种语言符号系统转换，所涌动的是轰轰烈烈的思想解放、文化观

---

① 洪深：《〈中国新文学大系戏剧集〉导言》，赵家璧主编：《中国新文学大系》（第9集），上海良友图书印刷公司1935年版，第8页。

② ［法］米歇尔·福柯：《性史》，转引自：蒋孔阳、朱立元主编《西方美学通史》（7卷），上海文艺出版社1999年版，第381页。

③ ［法］雅克·德里达：《文学行动》，赵兴国等译，中国社会科学出版社1998年版，第47页。

念转变和文学审美理念更新的大潮。从建构现代性的角度来说，文学意义上的现代性，最重要的是如何通过语言的置换，来充分地体现新兴的知识阶层对新的民族国家的想象与认同，如同李欧梵所指出的那样，文学意义上的现代性，"最重要的是叙述的问题，即用什么样的语言和模式把故事叙述出来。"①近现代中国变革的特定历史时期，民国作家、文论家自觉地策划、领导和实施了这场语言转换的运动，像胡适、鲁迅、周作人、钱玄同、刘半农、沈雁冰（茅盾）、郭沫若、郁达夫、冰心、宗白华等一大批的民国作家、文论家。在这场语言转换所带来的新文学的现代性建构运动中，以富有独创性语言的文学创作实践，为丰富和发展新文学的现代性内涵做出了历史性的贡献。特别是鲁迅，他的《狂人日记》之所以成为中国现代文学史上第一篇白话小说，除了得时间之先的因素外，最主要的还在于小说采用白话文的叙述方式和话语表达的独特，通过对个人主体意识的开掘，个体对历史感悟的心理叙事，表现了一代人的意识觉醒，展现出新兴的知识阶层对中国历史上"未曾有过的第三样时代"，也即对新的民族国家的热烈企盼。因此，民国新文学、文论作为整个国家、民族及其文化现代化过程的产物，对于话语权利的重新建构，对新文学的现代性建构，则不完全像晚清那样，只仅仅局限在一些表层的事物上，如近代文学的"诗界革命"虽然提出了"我手写我口"的口号，也尝试对古典格律诗的清规戒律有所突破，但在总体上还未真正地完成由古典的格律诗体向现代的自由诗体的质的转换，其中，未能完成语言和体式上的现代置换，乃是其中的一个重要原因。而民国文论对于新文学提出新的要求，其特点就是要在语言的现代置换当中，获得新文学的话语权建构，进而在完成观念的现代性转变当中，通过一整套有异于传统文学的新的形态、范式，充分地展现近代以来对新的民族国家共同体的想象与认同，凸现新文学对传统文学的历史性突破，也充分地展现出民国

①　李欧梵:《中国现代文学与现代性十讲》，复旦大学出版社2002年版，第9页。

文论对传统文论的整体超越，并进一步充实艺术革新文化的内容。

　　基于民国艺术革新文化的创造发展理路，民国文论在新文学各种文体内部艺术元素的聚焦、选择、配置上，都非常注重话语的建构。在民国新文学之初，在鲁迅创作了第一篇白话小说《狂人日记》之后，就因为"表现的深切和格式的特别"而引起了广泛的注意，并向世人表示，一种崭新的白话小说的诞生。沈雁冰（茅盾）于1922年（民国十一年）7月10日在《小说月报》上，发表《自然主义与中国现代小说》一文，首先就对旧式的章回小说、不分章回的旧式小说、中西混合小说进行了批评，指出其只是"文以载道"和"游戏人生"的表现形式，并对这类小说"记账式"的叙述方式进行了批评，认为它缺乏对现实人生的描写，也不会对客观生活进行观察，只是任凭主观虚构，结果导致小说的"失真"，失去对现实人生的认识功能与作用。他指出：

　　此派小说大概是用白话做的，描写的也是现代的人事，只可惜他们的作者大都不是有思想的人，而且亦不能观察人生入其堂奥；凭着他们肤浅的想象力，不过把那些可怜的胆怯的自私的中国人的盲动生活填满了他的书罢了，再加上作者誓死尽忠，牢不可破的两个观念，就把全书涂满了灰色。这两个观念是相反的，然而同样的有毒：一是"文以载道"的观念，一是"游戏"的观念。中了前一个毒的中国小说家，抛弃真正的人生不去观察不去描写，只知把圣经贤传上朽腐了的格言作为全凭"柱意"，凭空去想象出些人事，来附会他"因文以见道"的大作。中了后一个毒的小说家本着他们的"吟风弄月文人风流"的素志，游戏起笔墨来，结果也抛弃了真实的人生不察不写，只写了些佯啼假笑的不自然的恶札；其甚者，竟空撰男女淫欲之事，创为"黑幕小说"，以自快其"文字上的手淫"。所以现代的章回体小说，在思想方面说来，毫无价值。

　　那么艺术方面，即描写手段，如何呢？我上面已经说过，章回的格式太呆板，本足以束缚作者的自由发挥；天才的作者尚可借他们超绝的才华补救一些过来，一遇下才，补救不能，圈子愈钻愈紧，就把章回体的弱点赤裸裸的暴露出来了。中国现代这派的作者就是很好的代表。他们作品中每回书的字数必须大略相等，回目要用一个对子，每回开首必用"话说""却说"等字样，每回的尾必用"要知后事如何，且听下回分解"，并附两句诗；处处呆板牵强，叫人看了，实在起不起什么美感。他们书中描写一个人物第一次登场，必用数十字乃至数百字写零用账似的细细地把那个人物的面貌，身材，服装，举止，一一登记出来，或做一首"西江月"，一篇"古风"以为代替。全书的叙述，完全用商家"四柱账"的办法，笔笔从头到底，一老一实叙述，并且以能"交代"清楚书中一切人物（注意：一切人物！）的"结局"为难能可贵，称之曰一笔不苟，一丝不漏。他们描写书中的并行的几件事，往往又学劣手下围棋的方法，老老实实从每个角做起，棋子一排一排向外扩展，直到再不能向前时方才歇手，换一个角来，再同样努力向前，直到和前一角外扩的边缘相遇；他们就用这种样呆板的手段，造成他们的所谓"穿插"的章法。他们又模仿旧章回体小说每回末尾的"惊人之笔"。旧章回体小说每当一回的结尾往往故意翻一笔，说几句险话，使读者不意的吃了一惊，急要到下一回里去跟究底细；这种办法，天才的作者能够做得不显露刻画的痕迹，尚可去得，但现代的章回体小说作者以为这是小说的"义法"，不自量力定要模仿，以至丑态百出。他们又喜欢详详细细叙述一件事的每个动作，而不喜——恐怕实在亦即是不能——分析一个动作而描写之；譬如写一个人从床上起身，往往是"……某甲开眼向窗外一看，只见天已大明，即忙推开枕头，掀开被窝，坐起身来，披上了一件小棉袄，随即穿了白丝袜，又穿了裤子，扎了裤脚管，方才下床，就床边套上那双拖鞋……"一大段，都是直记连续的动作，并没有一些描写。我们看了这种"记账"式的叙述，只觉得眼前有的是个木人，不是活人，是一个无思想的木人，不是个有头脑能思想的活人；如果是个活人，他做这些动作的时候，全身总该有表情，由这些表情，我们乃间接的窥见他内心的活动。须知真艺术家的本领即在能够从许多动作中拣出一个紧要的来描写一下，以表见那人的内心活动；这样写在纸上的一段人生，才有艺术的价值，才算是艺术品！须知文学作品重在描写，并非记述，尤不取"记账式"的记述；人类的头脑能联想，能受暗示，对于日常的生活有许多地方都能闻甲而联想及乙，并不待"记账式"的一笔不漏，方能使人觉得亲切有味。现代的章回体派小说，根本错误即在把能受暗示能联想的人类的头脑看作只是拨一拨方动一动的算盘珠。①

在他看来，为克服旧式小说的弊端，唯有采取自然主义的"实地观察"和"客观描写"，方能使现代新型的小说得以蓬勃发展，而要做到这一点，则必须要在新小说内部构造的各个方面，完成现代思想和情感的灌注，如他所指出的那样："新派以为文学是表现人生的，诉通人与人间的情感，扩大人们的同情的。凡抱了这种严正的观念而作出来的小说，我以为无论好歹，总比那些以游戏消闲为目的的作品要正派得多。"不言而喻，沈雁冰要求现代小说应充分灌注"现代思想和情感"的主张，旨在为民国文论建立话语权和相应的话语系统，提供艺术革新的逻辑依据。

其实，胡适在《文学改良刍议》提倡"八事"时，就曾明确指出新文学的艺术特性有两大特征：情感和思想。他指责旧文学的要害第一就在于"言之无物"。他说："吾国近世文学之大病，在于言之无物。今人徒知'言之无文，行之不远'，而不知言之无物，又何文乎。……吾所谓'物'，约有二事。（一）情感……（二）思想……"胡适明确将"情感"称之为"文学之灵魂"，思想为文学"脑筋"。②依据这种逻辑理路，民国文论对现代小说的思想和艺术的表达非常注重，反对为现实单纯的写实。叶绍钧指

①　沈雁冰：《自然主义与中国现代小说》，1922 年 7 月 10 日《小说月报》第 13 卷第 7 期。
②　胡适：《文学改良刍议》，1917 年 1 月 1 日《新青年》第 2 卷第 5 号。

出："文艺的本质是思想感情，我们就当修养我们的思想情绪。一切事物是我们情思所托的材料，我们就当真切地观察一切事物。有什么感受就写录出什么来，没有就十年不写录也不妨，一任我们创作的冲动指挥着。"又指出："文艺家决不是一切的忠仆和书记官，他也不是冷淡的傀儡似的一个能作文的人，只随意记些所见所闻以为消遣。……文艺家有他的修养，所以有他的世界观和人生观，有他的'自我'。他本着这个接触一切，自然有他独特的情绪，独特的理想。于是他将这些用艺术的手段写出来。所写的自然也不过是人生之断片，永劫之流的一滴，然而化了，化而为文艺家精神所渗透的文艺品了。"此外，在他看来，"真正的文艺作品不是供人消遣的，然而人对于它的爱好和陶醉一定远胜于玩物的作品，因为它不仅是告诉人一件有趣的故事，不是要满足人的好奇心，而在唤起人的同情；它不仅是给人看一篇文字，这篇文字里含有活力，能够吸引读者于不自觉。人只觉一种浓厚的感情渗透自己的心灵，从这里可以增进自己的了解、安慰或悦怿。这才是人间所必需和期求的东西，也就是文艺家应当从事的东西。"①

思想和情感来自现实的人生，更来自对现实人生的感悟和体验。创造社成员张资平说："文学原来是由创造的本能而生的产物。"②郭沫若则强调："生命是文学底本质。文学是生命底反映。离了生命，没有文学。"他以充满激情的语调说道：

　　生命底文学是个性的文学，因为生命是完全自主自律的。
　　生命底文学是普遍的文学，因为生命是普遍咸同的。
　　生命底文学是不朽的文学，因为 Energy 是永恒不灭的。
　　生命底文学是必真，必善，必美的文学：纯是自主自律底必然的表示故真，永为人类底 Energy 底源泉故善，自见光明。谐乐，感激，温暖故美。

---

① 叶绍钧：《文艺谈（16—25）》，1921 年 3 月 5 日至 6 月 25 日《晨报·副刊》（连载）。
② 张资平：《文艺上的冲动说》，1925 年 9 月 30 日《晨报·副刊》。

真善美是生命底文学所必具之二次性。

不真、不善、不美的文学只是 Energy 底浪费，是人生中莫大的罪恶。一切罪恶只是 Energy 底浪费。

创造生命底文学，第一当创造人：当先储集多量的 Energy 以增长个体底精神作用。

创造生命文学的人当破除一切的虚伪、顾忌、希图、因袭，当绝对地纯真、鲠直、淡白、自主。一个伟大的婴儿。

创造生命文学的人只有乐观；一切逆己的境遇乃是储集 Energy 的好运会。Energy 愈充足，精神愈健全，文学愈有生命，愈真、愈善、愈美。

一切艺术作如是观，一切创作均作如是观。①

将思想和情感作为新文学各文体的主导话语，民国文论注重从艺术革新的维度，突出艺术元素配置对发扬人的主体性所产生的作用。郁达夫在《日记文学》一文中认为，日记文学是"文学的重要分支"，也是"文学里的一个核心，是正统文学以外的一个宝藏"。他在文章中大力提倡用第一人称写的日记体、书简体文章，并指出，如果用第三人称来写，很容易使读者感到幻灭，假如要对第三人称的主人公心理进行描写，读者就会怀疑作者何以知道得如此精细，这样就会使文学的真实性消失。他坚持认为，日记体文学是"最便当的一种体裁"，最易抒发主人公的内心情感，传达主人公的心灵意识，解剖自己，展示自己，从而也能够自如地"批评文化"，"穷究哲理"，因而也就"比第一人称的小说在真实性的确立上更有凭藉，更有把握"，也更富有艺术感染力，艺术的"兴味更觉浓厚"。在他眼中，"以日记体写下来的文章，除有始有终的记事文之外，更可以作小品文，感想文，批评文之类，它的范围很广很自由的。"②

---

① 郭沫若：《生命底文学》，1920 年 2 月 23 日《时事新报·学灯》。
② 郁达夫：《日记文学》，1927 年 5 月 1 日《洪水》第 3 号第 32 期。

以强化主体的自由度来推动艺术的革新，确立相应的话语系统，推动新文学文体的变革和发展，民国文论看重新文学对现实人生的广度和深度的话语表现。朱自清在回顾民国以来小品散文发展状况中，高度赞同周作人关于小品散文的定义："用平淡的谈话，包藏着深刻的意味；有时很像笨拙，其实却是滑稽。"在他看来，民国以来的小品散文的创作实践，打破了"美文不能用白话写作"的说法，新文学作家就是用白话写作出了上乘的小品散文。他指出：

各体实在有着个别的特性；这种特性有着不同的价值。抒情的散文和纯文学的诗，小说，戏剧相比，便可见出这种分别。我们可以说，前者是自由些，后者是谨严些；诗的字句、音节，小说的描写、结构，戏剧的剪裁与对话，都有种种规律（广义的，不限于古典派的），必须精心结撰，方能有成。散文就不同了，选材与表现，比较可随便些多所谓"闲话"，在一种意义里，便是它的很好的诠释。它不能算作纯艺术品，与诗，小说，戏剧，有高下之别。但对于"懒惰"与"欲速"的人，它确是一种较为相宜的体制。这便是它的发达的另一原因了。我以为真正的文学发展，还当从纯文学下手，单有散文学是不够的；所以说，现在的现象是不健全的。——希望这只是暂时的过渡期，不久纯文学便会重新发展起来；至少和散文学一样！但就散文论散文，这三四年的发展，确是绚烂极了：有种种的样式，种种的流派，表现着，批评着，解释着人生的各面，迁流曼衍，日新月异：有中国名士风，有外国绅士风，有隐士，有叛徒，在思想上是如此。或描写，或讽刺，或委曲，或缜密，或劲健，或绮丽，或洗炼，或流动，或含蓄，在表现上是如此。①

---

① 朱自清：《论现代中国的小品散文》，1928 年 11 月 25 日《文学周报》第 345 期。

同样，对于从外来引进的剧种，如话剧、歌剧等，民国文论也是强调思想和情感对于新戏改造旧剧的重要性。在谈到话语的未来前景时，宋春舫就全面分析和论述了话剧在中国兴起的缘由、现状和发展前途，指出作为舶来品的话剧在中国的历史很短，大多数中国老百姓不熟悉，对它的接受会有一个过程。但话剧的引进，也是历史发展的必然，它对中国传统戏曲的冲击，将会给中国戏剧带来革新的局面。话剧创作只要坚持革新的理念，以传播新思想、新文化为己任，表现现代中国人的思想情感、性格心理、历史命运，正视现实，反映现代中国的真实面貌，就能够获得广泛的接受，得以自身的发展和壮大，将来的前途仍然是光明的。他指出："可是中国话剧的观众，脑筋中何尝是空空洞洞的呢？他们早有了忠孝节义那一类的东西盘踞着，必须先把那一套陈腐的东西驱逐得干干净净，然后再能把别的灌输进去，方可发生效力。否则先入为主，即使你用尽了心思和脑力，也是吃力不讨好；况且你所要灌输到他们脑子里去的学说和思想，又恰好和那先入为主的忠孝节义一类的东西相反，南辕北辙，不但不能互相容纳，反在那里打起架来，如何是好？"他批评民国初期的话剧创作，只重视艺术技巧和形式，忽略现代思想和情感的表现，如果只是这样做的话，无论如何都是难以获得自身的话语权建构的。他以胡适创作的《终身大事》为例说："五四运动的时候，胡适之曾经写过一篇《终身大事》的剧本，从技巧方面看来，当然是幼稚的，然而写剧的宗旨却是对的，他以为如果要灌输新的学说和思想到中国人脑筋里去，必须先把旧有的一切驱逐出去。可惜当时我们从事新文化运动的人，大半是好高骛远，不在此一点上着想。《终身大事》一类剧本的缺点，是完全在乎技巧方面。罗马不是一日造成，技巧也不是一看便会，因为材料缺乏，便不能不取材异国，这一来好替易卜生的《娜拉》等等造机会。五四运动是在写实派命运告终以后才产生的"。①对于新文学新文体，如果只是单

---

① 宋春舫：《宋春舫论剧》，商务印书馆 1937 年版，第 87—88 页。

纯的模仿，而不是结合对现实人生的独特认识、感悟和体验，形成独到的思想和情感，自然只能是停留在幼稚的层面上，而不能发展，也不能形成自身的话语权。李长之曾经批评新诗人说，造成白话新诗贫瘠的是现代思想和情感的欠缺，是诗人情感的"贫血"。他说："现代的中国诗人，对于诗，是像捉迷藏似的，始终没有找到诗在哪里。自以为找到的诗，其实却是些疑阵而已。有的觉得诗是应该表现时代的，现在的时代是大众受压迫又要抬头的时代呵。于是觉得只要代表时代呼声的就是诗了，忘了这同样可以不是诗，而是口号和标语。……诗有诗的本质，诗有诗之所以为诗者在，英文所谓Essence，德文所谓 Das Wesen。这是审美呢？这就是真的情感。只有真的情感固然也不一定是诗，但是没有真的情感却决不是诗！"他批评现代的诗人是"生命上不充实"，他说，现代的诗人"生活没有生活，精神的粮食——书——没有精神的粮食。"造成这种原因，在他看来，"有一部分是国语运动还没有普及之故，因为我们没有作到'文学的国语'所以我们也没作到'国语的文学'。不但没有文学的国语，正确的国语就少，明白的国语就少，说话是糊涂惯了。"他强调："诗的本质是情感，只要表现在情感上深厚、浓烈、真挚、伟大，这才是一切。"①

民国文论话语聚焦在思想与情感层面的建构，有着自身的理论认识依据。朱自清曾说："西方文化的输入改变了我们的'史'的意念，也改变了我们的'文学'的意念。我们有了文学史，并且将小说、词曲都放进文学史里，也就是放进'文'或'文学'里。"尽管从西方文学中获得"史"的概念，但朱自清认为，"改变面目是不够的，我们要求新的血和肉。"②而这"新的血和肉"从何而来呢？除了借鉴近现代的西方文学之外，自然就是要从自身的传统中获得。如果说周作人在《中国新文学的源流》一文中，将中国文学分为"言志派"和"载道派"，并认为当时的文坛由"言志"

---

① 李长之：《现代中国新诗坛的厄运》，《批评精神》，南方印书馆1942年版，第189页。
② 朱自清：《诗言志辨》，开明书店1947年版，第1、2页。

转向"为人生"的新的"载道"文学。朱自清则不完全同意周作人的观点，指出"言志"和"载道"并非截然对立，而是相互渗透。他说："现代有人用'言志'和'载道'标明中国文学的主流，说这两个主流的起伏造成了中国文学史。'言志'的本义原跟'载道'差不多，两者并不冲突；现在却变得和'载道'对立起来"。他认真地辨析了"言志"的政教性质，并拈出"缘情"与之相区别。他认为"缘情"多是"歌咏人生的"，"与政教无甚关涉处"，认为陆机《文赋》的价值在于"第一次铸成'诗缘情而绮靡'这个新语"，就是赋予文学思想和情感的内涵，新文学要建立自己的话语系统，就应该继承这个传统。他将"诗缘情"与"诗言志"对举出来，指出"言志"文学是具有政教伦理和功利色彩的，然而，如果除去这种色彩，就可以将现代的思想灌注其中，增强新文学厚重的内容，而非简单的"载道"，至于"缘情"本身，则是无关乎政教伦理的，文学不讲"缘情"，也就失去了文学的艺术感染力。因此，新文学应该在现代思想和情感的层面，完成现代意义的阐释和建构。显然，民国文论按照艺术革新文化的逻辑理路，寻求自身话语系统的建构，是有着深厚的文化底蕴和思想内涵的。

第二节　艺术革新范畴与民国文论话语聚焦

按照库恩的有关"范式"理论的原理，一种事物的范式的演变，通常是旧的模态向新的模态不断转换的一个过程（Paradigm Shift），本身还隐含着自我更新的机制。民国新文学的兴起，实际上是新文学的艺术范式对自身发展作出相应的规定，即强调新文学的艺术发展，一是要顺应时代发展的需求，二是要遵循艺术的发展规律。民国文论依据新文学艺术范式变革的原理，在话语聚焦中对相关的艺术范畴，如悲剧、喜剧、幽默、风格等进行了广泛的讨论。胡适说："我以为创造新文学的进行次序，约为三步：（一）

工具，（二）方法，（三）创造。前两步是预备，第三步才是实行创造新文学。"①在这里，胡适对新文学的艺术革新机制进行了规定，强调新文学的艺术发展，并不是随心所欲的事情而是有其自身的规定性，有"预备"的步骤。沈雁冰也认为："时代精神支配着政治，哲学，文学，美术等等，犹影之与形。……各时代的作家所以各有不同的面目，是时代精神的缘故；同一时代的作家所以必有共同一致的倾向，也是时代精神的缘故"，②这实际上是强调文学的艺术革新发展，应确立与时代相对应的机制。文学不是孤立的，艺术也不是随心所欲的，不是纯属个人情感范围的事情，而是与时代、社会、历史、文化和人生密切相关。文学的艺术发展，自然要受到这些相关要素的制约，所以，在自身的发展机制上，也要对此作出相应的规定，以保证话语系统的有序建构。

根据新文学的艺术革新蓝图，民国文论重点对诸如悲剧、喜剧、讽刺、幽默、风格、写意、写实等相关范畴，进行了认真的探讨，为构建新的话语系统进行了理论奠基。

悲剧　民国文论对悲剧的论述，最早要追溯到王国维。他运用叔本华的悲剧哲学原理，阐释了《红楼梦》的悲剧性质和内涵，尽管从时间的范畴上来说，不是发生在民国时期，然而，他的有关悲剧的论述，对民国文论的悲剧理论则产生了很大的影响。王国维依据叔本华的悲剧哲学理论，将悲剧分为三种："第一种悲剧，由极恶之人，极其所有之能力，以交构之者。第二种，由于盲目的命运者。第三种之悲剧，由于剧中之人物之位置及关系而不得不然者，非必有蛇蝎之性质与意外之变故也，但由普通之人物、普通之境遇逼之，不得不如是。彼等明知其害，交施之而交受之，各加以力而各不任其咎。此种悲剧，其感人贤于前二者远甚。何则？彼示人生最大之不幸非例外之事，而人生之所固有故也。若前二种之悲剧，吾人对蛇蝎之人物与盲

---

① 胡适：《建设的文学革命论》，1918 年 4 月 15 日《新青年》第 4 卷第 4 号。
② 沈雁冰：《文学与人生》，1922 年 7 月《松江第一次暑期学术演讲会演讲录》第 1 期。

目之命运，未尝不悚然战然，以其罕见之故，犹幸吾生之可以免，而不必求息肩之地也。但在第三种，则见此非常之势力足以破坏人生之福祉者，无时而不可坠于吾前。且此等惨酷之行，不但时时可受诸己，而或可以加诸人，躬丁其酷，而无不平之可鸣，此可谓天下之至惨也。若《红楼梦》，则正第三种之悲剧也。兹就宝玉、黛玉之事言之，贾母爱宝钗之婉口而惩黛玉之孤僻，又信金玉之邪说而思压宝玉之病。王夫人固亲于薛氏，凤姐以持家之故，忌黛玉之才而虞其不便于己也。袭人惩尤二姐、香菱之事，闻黛玉'不是东风压西风，就是西风压东风'之语，（第八十一回）惧祸之及而自同于凤姐，亦自然之势也。宝玉之于黛玉信誓旦旦，而不能言之于最爱之之祖母，则普通之道德使然，况黛玉一女子哉！由此种种原因，而金玉以之合，木石以之离，又岂有蛇蝎之人物、非常之变故行于其间哉？不过通常之道德、通常之人情、通常之境遇为之而已。由此观之，《红楼梦》者，可谓悲剧中之悲剧也。"①王国维从叔本华那里获得启示，悲剧是作为"欲望"存在而不可能得以满足的生命痛苦。这是源自生命内核的一种挥之不去的意识，但又深藏在"无意识"的生命体之中，如果不能清晰地认识悲剧之源，生命也将变得无聊和痛苦。

　　如果说王国维是从叔本华的悲剧哲学中获得对悲剧的论述，那么，鲁迅对悲剧的论述，则主要是人生价值和意义的维度来进行认识和把握的。他将悲剧定义为"人生的有价值的东西毁灭给人看"的过程与结果，具有很强的现实针对性。鲁迅说："不过在戏台上罢了，悲剧将人生的有价值的东西毁灭给人看，喜剧将那无价值的撕破给人看。讥讽又不过是喜剧的变简的一支流。但悲壮滑稽，却都是十景病的仇敌，因为都有破坏性，虽然所破坏的方面各不同。中国如十景病尚存，则不但卢梭他们似的疯子决不产生，并且也决不产生一个悲剧作家或喜剧作家或讽刺诗人。所有的，只是喜剧底人物

---

① 王国维：《〈红楼梦〉评论》，徐洪兴编选：《王国维文选》，上海远东出版社1997年版，第171页。

或非喜剧非悲剧底人物，在互相模造的十景中生存，一面各各带了十景病。"①不像王国维那么严肃地看待《红楼梦》的悲剧意义，鲁迅是以人间的视角，以观察国民劣根性生成的方法，来考量悲剧的价值和意义，更多是发现了隐匿在日常生活之中的那种习以为常的"几乎无事的悲剧"，特别是那种看不见，但有无处不在的"无物之阵"式的悲剧。所以，他用这样的悲剧观来看《红楼梦》时，与王国维的认识就有所不同。他说："《红楼梦》中的小悲剧，是社会上常有的事，作者又是比较的敢于实写的，而那结果也并不坏。无论贾氏家业再振，兰桂齐芳，即宝玉自己，也成了个披大红猩猩毡斗篷的和尚。和尚多矣，但披这样阔斗篷的能有几个，已经是'入圣超凡'无疑了。至于别的人们，则早在册子里一——注定，末路不过是一个归结：是问题的结束，不是问题的开头。读者即小有不安，也终于奈何不得。然而后或续或改，非借尸还魂，即冥中另配，必令'生旦当场团圆'才肯放手者，乃是自欺欺人的瘾太大，所以看了小小骗局，还不甘心，定须闭眼胡说一通而后快。赫克尔（E. Haeckel）说过：人和人之差，有时比类人猿和原人之差还远。我们将《红楼梦》的续作者和原作一比较，就会承认这话大概是确实的。"②这种将悲剧与现实人生密切关联，旨在更深层次地发现容易被忽视的悲剧，为打破传统的"十景病"、"大团圆"式的虚假人生，构建富有现代文明价值的社会和人生，具有深远的意义。

1942 年（民国三十一年）2 月，应重庆储汇局同人进修服务社的邀请，曹禺作了题为《悲剧的精神》的讲演。他认为，日常生活的悲惨事件，尽管令人悲伤，但这不是悲剧，"真正的悲剧，绝不是寻常无衣无食之悲"，而是"与国家、社会"存在着"内在关系"，"多少是要离开小我的利害关系的"，只有那些具有"崇高的理想，宁死不屈的精神的人，才能成为悲剧

---

① 鲁迅：《坟·再论雷峰塔的倒掉》，《鲁迅全集》（第 1 卷），人民文学出版社 1981 年版，第 193 页。
② 鲁迅：《坟·论睁了眼看》，《鲁迅全集》（第 1 卷），人民文学出版社 1981 年版，第 239 页。

的主人"。因此，"悲剧的人物，首先要赋有火一样的热情"，要"遇事绝不采取和平、中庸、妥协的办法。凡事有真知，全力以赴。信得准确，宁可以死赴之，决不中途而废"。与此相关，悲剧的精神要素主要有"崇高的理想"、"雄伟的气魄"、"伟大的胜利的灵魂"，只有这样的悲剧精神，才能够"使我们振奋，使我们昂扬，使我们勇敢，使我们终于看见光明，获得胜利"。他指出：

在我们中间，有这样一类人，一向是在平和中庸之道讨生活，不想国家的灾难，不愿看人间的悲剧，更不愿做悲剧中人物，终日唯唯诺诺，谋求升发之道，取得片刻安乐，对一切事物都用一幅不偏不倚的眼睛来揣摩，吃饭穿衣，娶妻生子，最后寿终正寝。

这自然是"悲剧"，一个庸人的"悲剧"。

我说的悲剧是另外一种。它是抛去萎琐个人利害关系的。真正的悲剧，绝不是寻常无衣无食之悲，一个小公务员，因为眼前困难，家庭负担重，无法过下去，终日忧伤，以至病死，一再表演，都被拒绝，终于跳江自杀。这些能称为悲剧吗？他们除了表现个人的不幸外，与国家、社会，没有其他任何内在关系。这不能称为悲剧。悲剧要比这些深沉得多，它多少是要离开小我的利害关系的。这样的悲剧不是一般人能做它的主角的。有崇高的理想，宁死不屈的精神的人，才能成为悲剧的主人。

悲剧的精神，应该是敢于主动的。我们要有所欲，有所取，有所不忍，有所不舍。古人说："所爱有甚于生者，所恶有甚至死者。"这种人，才有悲剧的精神。不然，他便是弱者，无能。无能的行为，反映到文章上，号悲诉苦，乞怜于恶人、敌人（无论是自然的、社会的、政治的）的脚下，便是可笑的庸人，不是悲剧中人物。不想轰击现实，一再忍受无理的摧残，不想举起刀剑反击，那是一只躲进洞里，永不见阳光的耗子，是令人厌恶的动物。活着，像一条倒卧的老狗，捶下去不起一点反应，从这里怎能生出悲剧？①

曹禺从悲剧的精神维度，分析和探讨了悲剧的内涵，更多地赋予了责任和担当的精神。在谈论他创作的《雷雨》时，他就说："《雷雨》所显示的，并不是因果，并不是报应，而是我所觉得的天地间的'残忍'（这种自然的'冷酷'，四凤与周冲的遭际最足以代表。他们的死亡，自己并无过咎）。……种种宇宙里斗争的'残忍'和'冷酷'。"②面对这种"残忍"和"冷酷"，需要的是勇于面对和担当，才能最终走出人生的困境。

民国文论对悲剧的探讨，打破了传统"中和之美"的悲剧艺术藩篱，去除虚假，正视现实人生，强调悲剧的哲学意蕴和人生意义，对新文学创作起到了价值提升的作用，对构建新的话语系统也是具有积极的促进作用的。

喜剧　喜剧与悲剧是一对范畴，鲁迅在论述悲剧时，就将喜剧定义为"将那无价值的撕破给人看"。也就是说，在鲁迅看来，喜剧的意义仍然要从面对现实人生的角度来进行认识和把握，当人生有价值的东西全都毁灭后，剩下的就只能是一些"无价值的东西"了。然而，所谓"无价值的东西"，并不等于没有意义，它同样能够为人生起到警示的作用。事实上，悲剧和喜剧精神乃是人生的两面，也反映出一个人对于人生这两面的态度：对待"有价值的东西的毁灭"，表示悲伤、沮丧、怜悯、惋惜，也就认识到了悲剧给予人生的意义，起到了"净化心灵"的作用。而对待"无价值的东西"被揭露、被撕破，由此而感到兴奋，感到激动，这就是喜剧精神在发生作用，使人认识到了人生无价值东西的肮脏、无聊和虚空。当然，这种意义视域中的喜剧，往往也包含着悲剧的底蕴，与悲剧一道构成了人生的正反两个方面。民国文论对喜剧的这种认识，给新文学的喜剧创作带来了积极的

---

① 曹禺：《悲剧的精神》，1942 年 2 月《储汇服务》第 25 期。
② 曹禺：《〈雷雨〉序》，《雷雨》，文化生活出版社 1936 年版，第 2 页。

意义。李健吾、陈白尘等人的风俗喜剧，就走出"家庭"和"客厅"的限制，走向现实生活，走向世俗，以贴近普通民众生活，顺应时代潮流作为创作的驱动。李健吾曾说，喜剧往深里挖就是悲剧，并声称"我唯一畏惧的是自己和人生隔膜"。①陈白尘也说，创作喜剧要"无情地把一个赤裸裸的现实剥脱出来——而这，就是一个作者对于人类最大的服务，也是一个作者在创作中最大的快乐处"。②在创作实践中，李健吾创作的以华北农村古老城镇为背景的《梁允达》、《以身作则》、《青春》等喜剧，大都是公开暴露封建社会的黑暗和罪恶，现实性很强，其中重点展现人们道德观的失范和价值观的失衡现象，如儿子弑父谋财，恶棍教唆犯罪，兵痞调戏民女，举人淫邪无耻，寡妇风流偷情，男女逃婚私奔等，都纳入他的创作视野，尽管是一些"无价值的东西"，但仍然让人感到人生的沉淀和对生命意义的叩问。尽管在戏剧的舞台上可以虚构，艺术表演可以夸张、滑稽，但内在的精神，应与悲剧的人生精神保持一致，如同洪深所说，"一切的艺术，在起头的时候，都是实际地于人类的生活有帮助的"。他指出："从古以来，戏剧总是用来传播鼓吹一个部落或一个集团的理想、主张、生活方式与人生哲学的"，"而愈是在社会有剧烈变革的时期，戏剧的影响大众的行为的作用，便愈是强大"，"戏剧永远是为了影响人类的行为而作的"。为了在编剧中实现他的创作理想，他非常重视剧中的人物塑造，认为决定人物塑造的是人物所生活的时代、社会、环境，以及人与人之间的复杂关系，这也是人物独立个性生成的重要元素，他指出："每一个人有他的独特的个性，而同时又能代表成千上万的人"。③喜剧也不应例外，也是现实人生精神的真实反映。这样，喜剧的艺术效果虽然让人发笑，但它的艺术审美效应则是严肃的，深沉的，博大的，让人在笑声中领悟人生的意义。

---

① 李健吾：《吝啬鬼·序》，开明书店1949年版，第10页。
② 陈白尘：《乱世男女·自序》，上海杂志公司1946年复兴第2版，第8页。
③ 洪深：《电影戏剧的编剧方法》，正中书局1935年版，第58页。

讽刺　同样，鲁迅在论述悲剧和喜剧时，则将"讥讽"定为"喜剧的变简的一支流"，具有"悲壮滑稽，却都是十景病的仇敌"，并具有"破坏性"。为什么是具有"破坏性"呢？在鲁迅看来，讽刺虽属于喜剧范畴，但它讽刺的是现实人生的"丑"和"恶"。在《什么是"讽刺"》一文中，鲁迅在解释"讽刺"的涵义时指出："我想，一个作者，用了精炼的，或者简直有些夸张的笔墨——但自然也必须是艺术的地——写出或一群人的或一面的真实来，这被写的一群人，就称这作品为'讽刺'。"他又强调说："讽刺的生命是真实，不必是曾有的事实，但必须是会有的实情……。它所写的事情是公然的，也是常见的，平时是谁都不可以为奇的，而且自然是谁都毫不注意的。不过这事情在那时却已经是不合理，可笑，可鄙，甚而至于可恶。但这么行下来了，习惯了，虽在大庭广众之间，谁也不觉得奇怪；现在给它特别一提，就动人。……有意的偏要提出这等事，而且加以精炼，甚至于夸张，却是'讽刺'的本领。"尽管从艺术效果上来看，"讽刺"要不遗余力地对丑恶的人生现象进行"攻击"和"破坏"，但在鲁迅看来，仍然是要有一颗"善良的心"，艺术态度必须是"善意"的。他说："讽刺作者虽然大抵为被讽刺者所憎恨，但他却常常是善意的，他的讽刺，在希望他们改善，并非要捺这一群到水底里。然而待到同群中有讽刺作者出现的时候，这一群却已是不可收拾，更非笔墨所能救了，所以这努力大抵是徒劳的，而且还适得其反，实际上不过表现了这一群的缺点以至恶德，而对于敌对的别一群，倒反成为有益。我想：从别一群看来，感受是和被讽刺的那一群不同的，他们会觉得'暴露'更多于'讽刺'。如果貌似讽刺的作品，而毫无善意，也毫无热情，只使读者觉得一切世事，一无足取，也一无可为，那就并非讽刺了，这便是所谓'冷嘲'。"①鲁迅区分了"讽刺"与"冷嘲"的区别，规定了"讽刺"的艺术内涵，推崇《儒林外史》的那种"秉持公心"的"讽

---

①　鲁迅：《且介亭杂文二集·什么是"讽刺"？》，《鲁迅全集》（第6卷），人民文学出版社1981年版，第329页。

喻"艺术，而反对将"讽刺"沦为纯粹的"搞笑"，只仅仅是生活的"笑料"，而同样是要体现新文学的社会使命感和人生的责任心。在艺术创作方法上，鲁迅称赞果戈理的讽刺艺术，认为其"独特之处，尤其是在用平常事，平常话，深刻地显示出当时地主的无聊生活。"同时，他还强调"讽刺"艺术的写实性，指出："非写实决不能成为所谓'讽刺'。"①无疑，鲁迅的这种讽刺艺术观，为新文学的"讽刺"艺术的发展，做出了重要的贡献，产生了深远的影响。像张天翼就告诫人们，创作讽刺作品，要不徒作激烈的空喊，不敢做趋时的草就之章，即便是在抗战时期，他也深刻地认识到社会的丑恶和阴暗，写出了《华威先生》这样具有很强讽刺效果的作品。所以，他后来说，创作讽刺作品，一定是要"认真的看世界，认真的写。"②张天翼是一位承前启后的喜剧作家，是民国讽刺文学的一位大家。他在一篇小说里常常能够塑造几个类型的喜剧形象——农村地主、小市民以及无聊的知识分子，善于熔政治讽刺、道德讽刺、风俗讽刺、人性讽刺于一炉。这种艺术创作态度，与鲁迅关于"讽刺"艺术的观点是一致的。此外，老舍的讽刺艺术创作，也秉持了这种讽刺艺术精神，尽管与鲁迅等人相比，在讽刺艺术形式上，老舍显得更为活泼、自由，但他更善于通过人物的形态、动作、场面、语言等的荒唐可笑的行为特征，产生喜剧艺术的轻松快感，善于将严肃的人性命题和让人生深思的思想含义，隐含在轻松、愉快和笑声的背后。从理论到实践，民国文论对讽刺艺术及其话语的梳理、分析和建构，使讽刺艺术在新文学的实践发展中独树一帜。

幽默 "幽默"一词是英文单词 humor 的音译，为林语堂所首创。在《八十自叙》一书里，林语堂还单辟"幽默"一章，不无自豪地宣称："我创造了'幽默'这个译文，人家都叫我'幽默大师'。"在《论幽默》一文

---

① 鲁迅：《且介亭杂文二集·论"讽刺"》，《鲁迅全集》（第6卷），人民文学出版社1981年版，第279页。

② 张天翼：《我怎样写〈清明时节〉的》，《清明时节》，上海生活书店1936年版，第149页。

中，他指出："幽默本是人生之一部分，所以一国的文化，到了相当程度，必有幽默的文学出现。人之智慧已启，对付各种问题之外，尚有余力，从容出之，遂有幽默——或者一旦聪明起来，对人之智慧本身发生疑惑，处处发见人类的愚笨、矛盾、偏执、自大，幽默也就跟着出现。"他指出："幽默有广义与狭义之分，在西文用法，常包括一切使人发笑的文字，连鄙俗的笑话在内。（西文所谓幽默刊物，大多是偏于粗鄙笑话的，若《笨拙》、《生活》，格调并不怎样高。若法文 Sourire，英文 Ballyhoo 之类，简直有许多"不堪入目"的文字。）在狭义上，幽默是与郁剔、讥讽、揶揄区别的。这三四种风调，都含有笑的成分。不过笑本有苦笑、狂笑、淡笑、傻笑各种的不同，又笑之立意态度，也各有不同，有的是酸辣，有的是和缓，有的是鄙薄，有的是同情，有的是片语解颐，有的是基于整个人生观，有思想的寄托。最上乘的幽默，自然是表示'心灵的光辉与智慧的丰富'，如麦烈蒂斯氏所说，是属于'会心的微笑'一类的。各种风调之中，幽默最富于情感，但是幽默与其他风调同使人一笑，这笑的性质及幽默之技术是值得讨论的。"对于幽默艺术的创作，他认为，要"有相当的人生观，参透道理，说话近情的人，才会写出幽默作品。无论哪一国的文化、生活、文学、思想，是用得着近情的幽默的滋润的。没有幽默滋润的国民，其文化必日趋虚伪，生活必日趋欺诈，思想必日趋迂腐，文学必日趋干枯，而人的心灵必日趋顽固。其结果必有天下相率而为伪的生活与文章，也必多表面上激昂慷慨，内心上老朽霉腐，五分热诚，半世麻木，喜怒无常，多愁善病，神经过敏，歇斯的利，夸大狂，忧郁狂等心理变态。"他还曾多次论述创造"幽默"的两个必要条件：其一是拥有智慧。他认为幽默是智慧的闪光，一切幽默都源于人的智慧。有智慧的人思考起来就会超越前人、与众不同，在生活中就有可能创造出幽默。其二是平等和博爱的观念。他说："幽默之所以异于滑稽者，在于同情于所谑之对象"，并认为，只有当人们平等待人，用充满"爱意"的眼光看待别人的弱点时，才可能生发出幽默。

在民国文论中，林语堂是对"幽默"艺术进行全面系统论述的第一人。他指出，"幽默"的艺术效果——"这种的笑声是和缓温柔的，是出于心灵的妙悟。讪笑嘲谑，是自私，而幽默却是同情的，所以幽默与谩骂不同。因为谩骂自身就欠理智的妙悟，对自身就没有反省的能力。幽默的情境是深远超脱，所以不会怒，只会笑，而且幽默是基于明理，基于道理之参透。麦烈蒂斯说得好，能见到这俳调之神，使人有同情共感之乐。谩骂者，其情急，其辞烈，惟恐旁观者之不与同情。幽默家知道世上明理的人自然会与之同感，所以用不着热烈的谩骂讽刺，多伤气力，所以也不急急打倒对方。因为你所笑的是对方的愚鲁，只消指出其愚鲁便罢。明理的人，总会站在你的一面。所以是不知幽默的人，才需要谩骂。"对于中国人如何来认识、理解和表现"幽默"艺术的问题，他强调说："我尚有补充几句，就是关于中国人对于幽默的误会。中国道统之势力真大，使一般人认为幽默是俏皮讽刺，因为即使说笑话之时，亦必关心世道，讽刺时事，然后可成为文章。其实幽默与讽刺极近，却不定以讽刺为目的。讽刺每趋于酸腐，去其酸辣而达到冲淡心境，便成幽默。欲求幽默，必先有深远之心境，而带一点我佛慈悲之念头，然后文章火气不太盛，读者得淡然之味。幽默只是一位冷静超远的旁观者，常于笑中带泪，泪中带笑。其文清淡自然，不似滑稽之炫奇斗胜，亦不似郁剔之出于机警巧辩。幽默的文章在婉约豪放之间得其自然，不加矫饰，使你于一段之中，指不出那一句使你发笑，只是读下去心灵启悟，胸怀舒适而已。其缘由乃因幽默是出于自然，机警是出于人工。幽默是客观的，机警是主观的。幽默是冲淡的，郁剔讽刺是尖利的。世事看穿，心有所喜悦，用轻快笔调写出，无所挂碍，不作滥调，不忸怩作道学丑态，不求士大夫之喜誉，不博庸人之欢心，自然幽默。"①在分辨幽默与嘲讽时，他还作了这样的论述："假如你能够在你所爱的人身上见出荒唐可笑的地方而不因此减少你

---

① 林语堂：《论幽默》，1934 年 1 月 16 日《论语》（半月刊）第 33 期。

对他们的爱，就算有俳调（这里意指幽默）的鉴察力；假使你能够想象爱你的人也看出你可笑的地方而承受这项矫正，这更显明你有这种鉴察力。"通过这两个方面的分析，他揭示出了幽默作为一种文体的意识基础和精神特征。与鲁迅不同，他认为中国产生了诸如老子、庄子、陶渊明等幽默大家。他有关"幽默"的论述，在民国文坛上产生了深远的影响。

当然，与林语堂的"幽默"艺术观不同的人，民国时期也大有人在，鲁迅、老舍等人就有自己的"幽默"艺术观，与林语堂有所不同。鲁迅早在 20 年代，就翻译介绍过日本鹤见祐辅的《说幽默》，到了 30 年代，又先后写了《从讽刺到幽默》、《滑稽例解》等十余篇文章探讨幽默问题。鲁迅曾经慨叹："我不爱'幽默'，并且以为这是只有爱开圆桌会议的国民才闹得出来的玩意儿，在中国，却连意译也办不到。……一来，是声明了圣叹并非反抗的叛徒；二来，是将屠户的凶残，使大家化为一笑，收场大吉。我们只有这样的东西，和'幽默'是并无什么瓜葛的。"①对于"幽默"问题，鲁迅认为，"幽默"艺术是受制于一定的时代、社会和人们的思想情绪，以及审美趣味和民族性格等因素的影响的。他指出："'幽默'既非国产，中国也不是长于'幽默'的人民，而现在又实在是难以幽默的时候。"因此那种"为笑笑而笑笑的是不能长久的，于是幽默也就免不了改变样子了，非倾于社会的讽刺，即堕入传统的学笑话和讨便宜。"②鲁迅主张"幽默"应有实在的现实人生的内容，应充分考虑到民族的审美性格特点，如果不分青红皂白地一味强调"幽默"，则在特定的时代，就有逃避现实之嫌。显然，他的这种"幽默"艺术观，与他信奉"为人生"和"文学是战斗"的观念有着密切的关系。张天翼也基本上是持这种观念，但他从幽默艺术的特点出

---

① 鲁迅：《南腔北调集·"论语一年"》，《鲁迅全集》（第 4 卷），人民文学出版社 1981 年版，第 567 页。

② 鲁迅：《伪自由书·从讽刺到幽默》，《鲁迅全集》（第 5 卷），人民文学出版社 1981 年版，第 43 页。

发，强调了幽默艺术必须追求真实的重要性。他指出："幽默者，即是真实"，其艺术效用是"把世界一些鬼脸子揭开，露出了真面目，就成其为幽默。"同时，在艺术表现上，应"不再加一句话，不批评。"①老舍也是一位擅长幽默创作的作家，他曾在《谈幽默》一文中，认为幽默"首要的是一种心态。我们知道，有许多人是神经过敏的，每每以过度的感情看事，而不肯容人。这样人假若是文艺作家，他的作品中必含着强烈的刺激性，或牢骚，或伤感；他老看别人不顺眼，而愿使大家都随着他自己走，或是对自己的遭遇不满，而伤感的自怜。反之，幽默的人便不这样，他既不呼号叫骂，看别人都不是东西，也不顾影自怜，看自己如一活宝贝。他是由事事中看出可笑之点，而技巧的写出来。他自己看出人间的缺欠，也愿使别人看到。不但仅是看到，他还承认人类的缺欠；于是人人有可笑之处，他自己也非例外，再往大处一想，人寿百年，而企图无限，根本矛盾可笑。于是笑里带着同情，而幽默乃通于深奥。"②在老舍看来，"幽默"的背后，应潜隐着深刻的文化内涵，并非为了取笑而幽默。由此可见，民国文论对幽默的论述尽管各有不同，但不同的论述其实都有一个基本点，这就是非常注重"幽默"话语的文化内涵建构，强调艺术革新并不是在形式上做一些调整，而是要通过艺术革新赋予新文学一种创造性功能。

风格 什么是风格？通常说"风格即是人"或"风格即是自我"。成仿吾在论述新文学使命时指出："文学既是我们内心的活动之一种，所以我们最好是把内心的自然的要求作为它的原动力。"③民国文论通常将风格看做是出于内心的一种创作精神特征，是内心的精神与语言艺术的一种奇妙结合的产物。民国二十五年（1936 年），老舍在《宇宙风》上连续发表了一组有关创作谈的文中，如《人物的描写》、《事实的运用》、《谈幽默》等。在

① 张天翼：《什么是幽默》，1936 年 5 月 10 日《夜莺》第 1 卷 3 期。
② 老舍：《谈幽默》，1936 年 8 月《宇宙风》第 23 期。
③ 成仿吾：《新文学之使命》，1923 年 3 月 20 日《创造周刊》第 2 号。

《言语和风格》一文中，他认真地从用字、比喻、句子、节段、对话等几个方面，论述了文学作品的语言问题，指出了作为语言艺术的文学的艺术特性。他认为，文学语言体现创作的风格，因此，语言必须符合人格的精神，如作品中的人物对话，其语言就要把日常生活的语言进行艺术提炼，使之调动得"生动有力"，并指出，小说中的人物"要说什么必与时机相合，怎样说必与人格相合。顶聪明的句子用在不适当的时节，或出于不相合的人物口中，便是作者自己说话。顶普通的句子用在合适的地方，便足以显露出人格来。什么人说什么话，什么时候说什么话，是最应注意的。老看着你的人物，记住他们的性格，好使他们有自己的话。"对于人格精神的认识，老舍强调这就是创作风格的内涵，是作者"心灵的音乐"，只有这样才能使文学创作具有"思想的力量"。他比较小说和散文的风格特点指出："小说是用散文写的，所以应当力求自然。诗中的装饰用在散文里不一定有好结果，因为诗中的文字和思想同是创造的，而散文的责任则在运用现成的言语把意思正确的传达出来。诗中的言语也是创造的，有时候把一个字放在那里，并无多少意思，而有些说不出来的美妙。散文不能这样，也不必这样。自然，假若我们高兴的话，我们很可以把小说中的每一段都写成一首散文诗。但是，文字之美不是小说的唯一的责任。专在修辞上讨好，有时倒误了正事。"尽管他没有给"风格"下定义，但他从创作实践出发，指出小说的风格应具有以下几个方面的要素：

小说当具怎样的风格？也很难规定。我们只提出几点，作为一般的参考：

（一）无论说什么，必须真诚，不许为炫弄学问而说。典故与学识往往是文字的累赘。

（二）晦涩是致命伤，小说的文字须于清浅中取得描写的力量。Meredith 每每写出使人难解的句子，虽然他的天才在别的方面足以补救这个毛病，但究竟不是最好的办法。

（三）风格不是由字句的堆砌而来的，它是心灵的音乐。叔本华说："形容词是名词的仇敌。"是的，好的文字是由心中炼制出来的；多用些泛泛的形容字或生僻字去敷衍，不会有美好的风格。

（四）风格的有无是绝对的，所以不应去摹仿别人。风格与其说是文字的特异，还不如说是思想的力量。思想清楚，才能有清楚的文字。逐字逐句的去摹写，只学了文字，而没有思想作基础，当然不会讨好。先求清楚，想得周密，写得明白；能清楚而天才不足以创出特异的风格，仍不失为清楚；不能清楚，便一切无望。

老舍从小说的语言提炼的层面上探讨"风格"问题，具体而形象生动，针对性强，说理性强，指导性也很强。而李健吾则是结合文学批评的实践来论述"风格"的特点，他非常赞同法朗士关于文学批评和批评家的观点："好批评家是这样一个人：叙述他的灵魂在杰作之间的奇遇"，因为文学批评本身即是一种欣赏，也是一种体味，一种发现，一种创造。在这个基础上，他进一步指出，如同文学创作一样，文学批评也是一种自我表现，有着批评家的个性，批评家的风格。他还解释道，风格即人，文如其人，强调一个成熟的批评家，在进行批评实践时，也将努力地形成自己的风格，突出自己的风格，不断地突破自我，实现自我，发扬自我，发展自己的独特风格。他指出：

所以一个批评家，依照勒麦特，不判断，不铺陈，而在了解，在感觉。他必须抓住灵魂的若干境界，把这些境界变做自己的。蒙田指示我们，我们对于人世就不会具有正确的知识，一切全在变易，事物和智慧，心灵和对象，全在永恒的变动之中进行。被研究的对象一改变，研究它的心灵一改变，心灵所依据的观点一改变，我们的批评就随时有了不同。一个批评家应当记住蒙田的警告："我知道什么？"唯其所知道的东西有限，他才不得不放弃布雷地耶式的野心，客客气气，走回自己的巢穴，检点一下自己究竟得到了多少。和其他作家一样，他往批评里放进自己，放进他的气质，他的人生观了；和其他作家一样，他必须加上些游离的工夫。

假如我们的推论不至于过分忘谬的话，我们会得到这样一个结论，什么是批评的标准？没有。如若有的话，不是别的，便是自我。

拿自我做为创作的根据，不是新东西。但是拿自我做为批评的根据，即使不是一件新东西，却是一种新发展，这种新发展的结局，就是批评的独立，犹如王尔德所宣告，批评本身是一种艺术。

…… ……

谈到表现，我们马上就触到另一座礁石。这座礁石那样美好，那样动目，有些人用尽平生的气力爬不上去，有些人一登就登在这珊瑚色的礁石的极峰。这就是我们通常所谓的风格，或者文笔。什么是风格？毕风（Buffon）说："风格就是人自己。"我们同样有一句老话：文如其人。如若批评是一种艺术，犹如其他的艺术，犹如诗歌戏剧小说，如若一切艺术是表现自我，我们晓得，对于所有的作家（批评家也在内），一个中心的萦惑便是文笔。作家所重视的不是被表现的东西，往往是怎样来表现。歌德那样伟大的诗人，还自谦道："语言是要听话的话，我或许会是一个大诗人！"同样福楼拜，那样一个勤勤恳恳的工作者，永久喊着："文笔即一切！"大家把风格看得好不重要，几乎每一个青年都望着它害单思病。一个着眼在内容上的现代作家，例如萧军先生，会告诉我们："每次无论是想到一个题目，一个故事，一个人物表现的方法，或甚至一个字句，如果已经知道了某一个人，或者某部书中曾经用过了，总是像躲避一条美丽的蛇似地逃避着。"他要发见那更新的。这更新的不是别的，就是自我，而区别这自我的，证明我之所以为我的，正是风格。①

　　民国三十八年（1949年），黄药眠专门发表了《论风格的诸要素》一文，可谓是对前一段时间民国文论有关"风格"讨论的一个总结。在文中，他认为"风格是内容与形式的统一"，但又不能对此作机械的理解，他指出，一种风格的形成，"并不是意味着某种一定的内容就必然采取某种一定的形式"。针对"风格"形成的这种特点，他分别梳理了蕴含其中的十四个要素，并一一进行释义和分析，全面和系统地论述了形成"风格"的主客观原因。同时，也特别强调，"风格"的诸多要素并不是"平行"并列的，或是"各因素永远占着同样的比例"。在他看来，促成"风格"形成的"主要的杠杆"，还是"特定时代的阶级生活和阶级的实践要求"。此外，"风格"也"包涵着偶然的因素"，必须要认识到"一个作家的风格"乃是"非常错综复杂的统一体"的特点，只有这样，才能真正把握作家的风格特征。他着重是从社会意识的角度探讨了文学风格的十四个特征，指出："我想作为构成风格的主要的杠杆乃是特定时代的阶级生活和阶级的实践要求。没有这个要求，那么作家对于外在的世界只有一片冷淡，没有排斥，也没有吸收，没有憎也没有爱，外在的一切都成为了僵死的东西。只有当我们手有所触，脑有所思，心有所感，然后我们才能够把外在的事物，变成我们的题材，形成形象。然后我们才会努力把握到它们的本质，组织成适当的形式找寻到适当的语言去表达它们。至于其他的诸因素，也并不是并行的，或是各因素永远占着同样的比例的。因为时间，地点，作家本人的个性和当时生活情调的不同，这些因素当中，有时是这几个因素起的作用大些，有时是那几个因素起的作用大些。甚至同一社会，同一个时代，同一个阶级，同一个作家，因为创作时候，个人的心绪不同，因而作品也受其影响而有着不同的情

----

① 李健吾：《自我和风格》，1937年4月25日《大公报》。

调不同的风格。所以风格也包涵着偶然的因素的。正因为这个缘故，所以一个作家的风格乃是非常错综复杂的统一体，而批评家要了解一个作家，和批评一个作家，就必须熟悉所有这些构成风格的诸因素，具有广博而丰富的知识。当然把握到最基本的因素，固然重要，但只把握到这一点最基本的东西，翻来覆去老是运用着同一的公式，那也是很难有说服力量的。"①

民国文论将"风格"置于多维视域中进行探讨，获得了开阔的视野、思想的启示和艺术革新的话语建构，无论是对于创作，还是对于批评，对"风格"的强调，实际上也是对自我意识的强调，对艺术独特性的强调。如同李长之把文艺批评概括为一种独立精神那样，显示出民国文论在自身话语系统建构中对于独特性的执着追求精神。在从事文艺批评实践中，李长之认为，独立的话语建构应是文艺批评最要紧的秉性，也是批评家最根本的品格，是"风格"形成的关键性要素。他说："文艺批评家的态度，无异于自然科学家的态度。为要求真，他的态度便先要忠实。碍了面子，说话是不能忠实的；互相标榜，说话是不能忠实的；受了命令，说话是不能忠实的；别有目的，如想登广告，想出风头，想拉拢，想敲竹杠，是不能忠实的。这些都有害于批评。在自然科学家，也不顾一切，他为的是真理。批评家亦如是！自己的工作和使命，是比任何事都重要的，是神圣的，是尊严的，为这，牺牲一切，都在所不惜。只有如此，那小小的创获，也才是对人类有益的事业"。②批评如此，创作也如此。民国文论对"风格"的强调，为自身独特性的话语建构，提供了思想和艺术革新的价值尺度。

写意与写实　作为一对艺术范畴，写意和写实其实也是一个事物的正反两面，在民国文论看来，二者并不可以完全的割裂开来，尽管有时可以侧重写实，如文学研究会关于"文学应是人生的写实"的主张，有时可以侧重写意，如创造社同人关于"为艺术而艺术"的主张，突出自我的主观情怀，

① 黄药眠：《论风格的诸要素》，1949 年 3 月 15 日《文艺生活》（海外版）第 12 期。
② 李长之：《文艺批评家要什么?》，《批评精神》，南方印书馆 1942 年版，第 55 页。

表现对现实人生的超越，等等。但是，如果将二者完全地对立起来，则不是艺术革新的目的，机械地理解二者的区别，也不利于新的话语权利的建构。1931年（民国二十年）9月，戏剧理论家熊佛西在出版的《佛西论剧》中专门就这个问题进行了阐述，他不同意有关"中国戏是写意的，西洋剧是写实的"观点，并依据亚里士多德关于"艺术是对自然的摹仿"理论，对"抄袭"和"摹仿"，"艺术"与"技术"进行了认真的辨析，认为"抄袭与摹仿有别。抄袭是客观的，摹仿是主观的。抄袭的目的在真像，分寸不能苟，毫厘不能差。摹仿的目的在挑炼其精华而美化"，而"艺术"是"摹仿"，在"摹仿"中有创造，融入了艺术家的人格，"技术"则只是自然的抄袭，没有灵魂，"所以抄袭是死的，摹仿中含有创造，抄袭里没有摹仿"。虽然在文中，他所针对的主要是戏剧创作，但对其他门类的艺术，包括文学在内，对于写意和写实的论述都是具有重要的借鉴意义的。在文章中，他引述亚里士多德的话说：

亚里士多德说一切艺术都是人生的摹仿，但摹仿不是抄袭。摹仿人生不是抄袭人生。关于这一点亚氏在他的《诗学》第二章说得很清楚：他说悲剧的人格应该较一般的人格更伟大，更完美。这很可以看出亚氏对于"摹仿"的意义，不是指抄袭，而是指创造。近几百年来因为受了科学昌明的影响，万事都求真确，艺术亦是如此，发生了所谓写实主义。于是画求像，戏求实，一切艺术求其确。"写实"之风，极盛一时。摹仿人生一变而为抄袭人生矣。

其实抄袭与摹仿有别。抄袭是客观的，摹仿是主观的。抄袭的目的在真像，分寸不能苟，毫厘不能差。摹仿的目的在挑炼其精华而美化。既挑炼，当然不能真；既美化，当然不能像，自然而然的与摹仿的对象宣布独立了。譬如甲乙同画一株古松。甲抄袭，乙摹仿。抄袭者自然一株不少，一针不短。无株不像，无针不真，结果画上之松与自然之松，毫无差异。摹仿者自然先挑炼，继补造，结果画上之松与自然之松，迥然不同。乙的作品中有他的人格，有他自己独到的见解，是艺术；是自然的摹仿，而非自然的抄袭。甲的作品中没有他的个性，没有他自己的灵魂，不是艺术。只是自然的抄袭，而非自然的摹仿。所以抄袭是死的，摹仿中含有创造，抄袭里没有摹仿。

不幸一般人把抄袭当着写实，把创造当着写意，这实在是冤枉。无聊。我不是说艺术中不应该有"实"。应该有"实"。应该有生命之源之"实"，不应该仅仅有抄袭生活之实。明乎此，写实与写意之称，根本不能成立。

戏剧是人生的摹仿，是创造人生的艺术，不是抄袭人生的技术。戏就是戏，不管中国演外国戏。不应该有写实写意之分。我们应该把艺术与技术的程式划分清楚，虽然二者是很难划分的。中国舞台的程式是近于意造，我们是承认的。由此就断定中国戏剧艺术是写意的，我们是绝对不敢承认的。①

虽然是以戏剧为例来探讨"写意与写实"的艺术特点，但对新文学的其他文体的创作，也具有重要的指导价值和意义。就纯粹的"写意"而言，民国文论其中更注重其"象征"的精神和内涵，关于这方面的论述，首推梁宗岱在民国二十三年（1934 年）于《文学季刊》上发表的《象征主义》一文。他在高度称赞歌德的《浮士德》创作艺术特点时指出："当歌德在他底八十一岁高年，完成他苦心经营了大半世的《浮士德》之后，从一种满意与感激的心情在那上面题下这几句《神秘的和歌》（Chorus Mysticus）。说也奇怪，这几句《和歌》，我们现在读起来，仿佛就是四十年后产生在法国的一个瑰艳，绚烂，虽然短促得像昙花一现的文艺运动——象征主义——底词。如果我们把这八行小诗依次地诠释，我们也许便可以对于象征主义得到一个颇清楚的概念。这并非因为歌德有预知之明，虽然绝顶的聪明往往可以由对于事理的精微和透彻的体系而达到先知般的直觉；只因为这所谓象征主

---

① 熊佛西：《佛西论剧》，新月书店 1931 年版，第 97 页。

义，在无论任何国度，任何时代底文艺活动和表现里，都是一个不可缺乏的普遍和重要的原素罢了，这原素是那么重要和普遍，我可以毫不过分地说，一切最上乘的文艺作品，无论是一首小诗或高耸入云的殿宇，都是象征到一个极高的程度的。"他还进一步指出。尽管"象征"的"写意"也强调"情意交融"，但"不过情景间的配合，又有程度分量的差别。有'景中有情，情中有景'的，有'景即是情，情即是景'的。前者以我观物，物固着我底色彩，我亦受物底反映。可是物我之间，依然各存本来的面目。后者是物我或相看既久，或猝然相遇，心凝形释，物我两忘：不知何者为我，何者为物。前者做到恰好处，固不失为一首好诗；可是严格说来，只有后者才算象征底最高境。"所以，"象征"的"写意"主要有"两个特性了：（一）是融洽或无间；（二）是含蓄或无限。所谓融洽是指一首诗底情与景，意与象底惝恍迷离，融成一片；含蓄是指它暗示给我们的意义和兴味底丰富和隽永。"①对于梁宗岱来说，象征艺术的"写意"，把人的肉身和灵魂完美地结合在一起，实现了"写意"的最高象征意义，是为"最上乘"的艺术境界。

民国文论通过相关艺术范畴的梳理和论述，强化了自身独特话语权的地位，创造性地转化了传统的文论话语，通过对近现代西方文论话语的接受和消化，基本上建立起了自身的话语系统，推动了民国文学和文论的现代发展。

第三节　艺术革新宗旨与民国文论话语策略

海登·怀特指出，"历史与文学"本质上都是一种"语言形式"，都具有"叙事性"，其特点是"都不同程度地参与了对意识形态问题的'想象的'解决。"②文学作为语言艺术，在民国倡导艺术革新的文化驱动下，民国

---

① 梁宗岱：《象征主义》，1934 年 4 月 1 日《文学季刊》第 2 期。
② ［美］海登·怀特：《后现代历史叙事学》，陈永国等译，中国社会科学出版社 2003 年版，第 10 页。

文论对话语系统的建构，强调了系统转换的理念，主张在新的模态创制中，建构新的话语范式，由此形成新文学的新的语法规则，以便能够更好地传达现代人的思想和情感。同时，从艺术革新的宗旨上来说，民国文论的话语建构的策略是，既然新文学必然取代旧文学，同时，在新文学生成之初，一时还无法撼动文言文的话语霸主地位，那就不如另辟蹊径，从话语体系、权力、范式等方面进行根本性质的系统转换，废弃文言文，转而全盘采用白话文系统，以便获得一种全新的话语体系和范式的建构，使新的意义能够在新的话语范式中得以全新的展示，如同钱玄同所指出的那样："世界万事万物，都是进化的，断没有永久不变的；文字亦何独不然。"①

其实，早在晚清时期，一时间用白话办报就非常流行。1904 年，陈独秀在安庆就办过《安徽俗话报》，他是该报的主笔，兼编辑论说、新闻、实业、来文等栏目。进入民国时期，对于白话的倡导已是一种理性自觉的行为。对于新文学来说，文学的语言问题，并不是单纯的文学表达技巧问题，而是涉及相关的文学价值理念、意义取向等知识体系建构等相关问题，正如福柯在论述知识与权力（主要是指话语权力）关系所指出的那样："权力制造知识；……权力和知识是直接相互连带的；不相应地建构起一种知识领域就不可能有权力关系，不同时预设和建构权力关系就不会有任何知识。……认识主体、认识对象和认识模态应该被视为权力—知识的这些基本连带关系及其历史变化的众多效应。总之，不是认识主体的活动产生某种有助于权力或反抗权力的知识体系，相反，权力—知识，贯穿权力—知识和构成权力知识的发展变化和矛盾斗争，决定了知识的形式及其可能的领域。"②民国文论在建构话语系统中，明确表示放弃与旧文学在文言文语言系统里争夺话语权

①　钱玄同：《通讯：渡河与引路——唐俟、钱玄同答》，1918 年 11 月 15 日《新青年》第 5 卷第 5 号。
②　［法］米歇尔·福柯：《规训与惩罚》，刘北成等译，生活·读书·新知三联书店 2007 年版，第 29—30 页。

力，而是另起炉灶，在白话系统中建构新文学的新的话语系统，其真正的目的就是为了建构新文学的新的话语范式，重构新的意义，促进新文学的全面和具有深度的发展。

因此，在新文学运动中，民国文论开展以白话文取代文言文的理论探讨，表面上看起来只是语言转换的技术问题，但实际上却涉及背后不同的价值观念、意义重构和审美理想的较量。提倡以白话文替代文言文，不仅在观念上是一种创新，同时更重要的则是使新文学能够获得新的话语权力，使新文学能够迅速地占领阵地，占据文学历史舞台的中心位置。傅斯年说："文学的精神，全仗着语言的质素。语言里所不能有的质素，用在文章上，便成就了不正道的文章。中国的'古文'，所以弄得愈趋愈坏，只因为把语言里不能有的质素，当做文章的主质。"①他还对理想的白话文作出具体的勾画，强调"逻辑"的白话文，哲学的白话文，美术的白话文，就是理想的白话文章。梁实秋也说："我们要讲文学的美，我们只能从'文字'上去找具体的例证。因为离开了文字，便没有了文学。文字不是文学，文字是文学的形体，离开了形体文学便不能存在。"② 在民国文论看来，新文学应该在这个层面上，建立以白话为主导的话语系统。

从文学发展的维度上来看，民国文论在思想启蒙和文化开放语境中所建构的话语系统，及其所生成的话语范式，为新文学在三个方面进行有效的规约：

首先是对新文学的创作观念进行有效的话语规约，突出"崇高"类型的审美话语建构，强化新文学以白话文为主导的再现人生、表现自我的话语表达力。

民国文论不单单只是主张对文学形式结构方面的改造，也不单单只是强调文学话语权的简单转换，而是要在新的话语范式建构当中，强调对新文学再现人生、表现自我的审美主导作用，使之具有一个共同的价值信念："再

① 傅斯年：《怎样做白话文？》，1919 年 2 月 1 日《新潮》第 1 卷第 2 号。
② 梁实秋：《文学的美》，1937 年 1 月 1 日《东方杂志》第 34 卷第 1 号。

现人生，指导人生"，"表现自我，展示内心"。胡适在论述新诗创作特点时指出："我认为寄托诗须要真能'言近而旨远'。……从文字表面上看来，写的是一件人人可懂的平常实事；若再进一步，却可寻出一个寄托的深意。"[1]沈雁冰（茅盾）也指出："进化的文学有三件要素：一是普遍的性质；二是有表现人生指导人生的能力；三是为平民的非为一般特殊阶级的人的。唯其是要有普遍性的，所以我们要用语体来做；唯其是注重表现人生指导人生的，所以我们要注重思想，不重格式；唯其是为平民的，所以要有人道主义的精神，光明活泼的气象。"[2]郭沫若则强调："人是追求个性的完全发展的。个性发展得比较完全的诗人，表示他的个性愈彻底，便愈能满足读者的要求。因而可以说：个性最彻底的文艺便是最有普遍性的文艺、民众的文艺。"[3]民国新文学的这种观念范式，为新文学各流派所共同拥有，成为主导新文学发展的内在稳定因素，并对旧文学形成强大的冲击力和对新文学形成强大的催生力。张定璜在对最后一批文言小说和鲁迅的小说《狂人日记》作比较和评论时这样写道："《双枰记》等载在《甲寅》上是 1914 年的事情，《新青年》发表《狂人日记》在 1918 年，中间不过四年的光阴，然而他们彼此相去多么远。两种的语言，两样的感情，两个不同的世界！在《双枰记》、《绛纱记》和《焚剑记》里面，我们保存着我们最后的文言小说，最后的才子佳人的幻影，最后的中国人的祖先传来的人生观。读了他们再读《狂人日记》时，我们就譬如从薄暗的古庙的灯明底下骤然间走到夏日的炎光里来。我们由中世纪跨进了现代。"[4]

民国文论强调这种主导性话语元素的确立，同时也强调了这种主导性话语对新文学创作的思想深度要求，那种无视人的存在意义的创作，那种游戏

---

① 胡适：《寄沈尹默论诗》，赵家璧主编《中国新文学大系》（第 1 集），上海良友图书印刷公司 1935 年版，第 313 页。
② 冰：《新旧文学平议之平议》，1920 年 1 月《小说月报》第 11 卷第 1 号。
③ 郭沫若：《论诗三札》，《沫若文集》（第 10 卷），人民文学出版社 1959 年版，第 202 页。
④ 张定璜：《鲁迅先生》，1925 年 1 月 24 日《现代评论》第 1 卷第 1 号。

人生的创作，以及那种所谓田园牧歌情调的创作，都将受到质疑，受到批评。茅盾说，新文学必须"是站在反封建的自觉上去攻击封建制度的形象的作物——旧文艺"，并着重强调："这是'五四'文学运动初期的一个主要的特性，也是一条正确的路径。"①同时，这种主导话语元素还决定了新文学的表现对象，必须是民族大多数的普通人（包括知识分子）与他们平凡的社会人生，而不是帝王将相、才子佳人一类的人物，不是"古之小说"占主角的"勇将策士，侠盗赃官，妖怪神仙，才子佳人，后来则有妓女嫖客，无赖奴才之流"，而在"'五四'以后的短篇里却大抵是新的智识者登了场。"②民国文论强调这种主导性话语系统的建构，强调对新文学创作的规约，目的是为了有效地规范新文学创作意识的走向，确保新文学创作对思想文化启蒙历史重任的精神承担和艺术表现。例如，鲁迅当年加入"左联"，就对如何建立"左联"话语进行了充分的论述，强调了话语系统的建构与思想观念建构的内在关联。鲁迅在左翼作家联盟成立大会上的讲话，是很尖锐的，用意也是很明确的，就是谋求建构具有独特性的"左翼"话语谱系。他说，话语系统的建构，玩不得半点"虚"的东西，它不是那种一夜之间经过所谓的"洗礼"，就可以蜕变成为一种新的，为大家所接受、认同的简单事情，应该在思维上，在观念上，完成一种具有现代性质的根本转变。鲁迅在讲话中指出，以往与"创造社"、"太阳社"诸成员关于"革命文学"的论争，之所以无法涉及一些实质性的问题，其结果大都是"旧文学旧思想都不为新派的人所注意，反而弄成了在一角里新文学者和新文学者的斗争，旧派的人倒能够闲舒地在旁边观战。"大家除了意气用事、感情用事，"骂来骂去都是同样的几句话"之外，始终没有涉及有关"革命文学"的实

---

① 茅盾：《〈中国新文学大系·小说一集〉导言》，赵家璧主编：《中国新文学大系》（第3集），上海良友图书印刷公司1935年版，第5页。
② 鲁迅：《南腔北调集·〈总退却〉序》，《鲁迅全集》（第4卷），人民文学出版社1981年版，第621页。

质性的理论建构。因此，鲁迅强调，构建具有独特性的"左翼"话语谱系，就必须要注重完成思维方式、价值观念的现代性质的根本转变。没有这种性质的转变，"左翼"话语既谈不上什么号召力、影响力问题，也更谈不上什么独特性的建构问题。

可以说，民国文论谋求在审美观念上进行话语系统的建构，其作用是巨大的，也是持久和卓有成效的。它使整个新文学能够在较短的时间里，有效地聚集巨大的思想能量和艺术能量，调动各方面的有效资源，来与具有长期历史积淀和拥有话语权，且仍处在中心位置的旧文学，展开一场新与旧较量，并取得决定性胜利。正如库恩在论述范式功能时所说的那样："使他们在遇到问题时可以感到没有任何问题就可把它归之于一个先入为主的经验所准备的概念范畴中"，而获得一种前所未有的创造活力。同时，也"正是这种形而上的哲学而不是形而下的科学成分，才能使其成为一种集体信念，具有高度免疫力，足以在反常、反驳、反证的包围中沿着选定的方向前进。"①

在完成由文言向白话的话语系统转换之后，民国文论强调话语对创作观念的规约便开始形成一种传统。每每发生有关文学形态变化而产生论争时，用相应的话语来强调对观念的制约，成为民国文论的一大特点。例如，在有关"革命文学"论争时，创造社、太阳社对鲁迅、茅盾等人的批判，都基本上是用从苏联文艺那里借用来的话语，对鲁迅、茅盾等人进行批判，其中重点是对其创作观念的批判，如钱杏邨对鲁迅的批判，重点是择取他的创作观念，对他创作的《阿Q正传》进行了剖析，认为"鲁迅终竟不是这个时代的表现者，他的著作内含的思想，也不足以代表十年来的中国文艺思潮。"②在《死去了的阿Q时代》一文中，他批评道：

---

① ［美］库恩：《必要的张力》，纪树立等译，福建人民出版社1981年版，第132页。

② 钱杏邨：《死去了的阿Q时代》，1928年《太阳》月刊3月号，1928年5月《我们月刊》创刊号。

我们现在可以再回转来一检鲁迅的创作，究竟能代表新文艺运动的那一个时期的思想呢？除了在《狂人日记》里表现了一点对于礼教的怀疑，除去《幸福的家庭》表现了一点青年的活性，除去《孤独者》，《风波》表现了一点时间背景而外，大多数是没有现代的意味！不仅没有时代思想下所产生的小说，抑且没有能代表时代的人物！阿Q，陈士成，四铭，高尔础这一些人物究竟是什么时代的人物呢？……他的创作的时代决不是五四运动以后的，确确实实的只能代表《新民丛报》时代的思想，确确实实的只能代表清末以及庚子义和团暴动时代的思潮，真能代表五四时代的创作实在不多。

他同时还指出：

不但阿Q时代是已经死去了，《阿Q正传》的技巧也已死去了！《阿Q正传》的技巧，我们若以小资产阶级的文艺的规律去看，它当然有不少的相当的好处，有不少的值得我们称赞的地方，然而也已死去了，也已死去了！现在的时代不是阴险刻毒的文艺表现者所能抓住的时代，现在的时代不是纤巧俏皮的作家的笔所能表现出的时代，现在的时代不是没有政治思想的作家所能表现出的时代！旧的皮囊不能盛新的酒浆，老了的妇人永不能恢复她青春的美丽，《阿Q正传》的技巧随着阿Q一同死亡了，这个狂风暴雨的时代，只有具着狂风暴雨的革命精神的作家才能表现出来，只有忠实诚恳情绪在全身燃烧，对于政治有亲切的认识，自己站在革命的前线的作家才能表现出来！《阿Q正传》的技巧是力不能及了！阿Q时代是早已死去了！我们不必再专事骸骨的迷恋，我们把阿Q的形骸与精神一同埋葬了罢，我们把阿Q的形骸与精神一同埋葬了罢！……

这种以革命话语为特征的评论与批评方式，显示出民国文论对话语系统建构的一种特殊的理论路径。这既是民国开放的文化带来的结果，也是由民

《太阳月刊》封面

国文论话语系统建构的多样性生态所决定的。尤其是在那个"破"和"立"的时代，这种话语建构的特点更为明显。像郭沫若就曾以"杜荃"的笔名写的《文艺战线上的封建余孽——批评鲁迅的〈我的态度气量和年纪〉》一文，也显示出这种特点。在30年代，"左翼"文艺理论家对于自由主义作家的批评，大都也是沿着这种话语对观念规约的路径演化而来的。如冯乃超对鲁迅对梁实秋的批评，就是如此，他们坚持阶级的话语立场，对梁实秋所主张的普遍人性的观念进行了批评。冯乃超在题为《冷静的头脑——评驳梁实秋的〈文学与革命〉》一文中，他这样写道："我们知道决定诗人，哲学家，或艺术家的活动方向的——他们的人生观或世界观，受他们的生存时代的，围绕他们的社会环境的规定；一部分是环境的传统的见解，而别一部分是与环境的冲突而发生的。所以，我们要研究历史上的文学的意义，不能不从社会环境，社会心理，世界观及人生观上出发。"在他看来："在阶级社会的里面，阶级的独占性适用到生活一般的上面。言语，礼仪，衣食住，学术，技艺，乃至一切的内容。这决不是德谟克拉西的，是有阶级性的。贵族的王孙，他的'人性'就是'落花秋月'的一类的'"慨'，和晨昏囚在黑暗的工人不会发生任何的关系。"用阶级性的革命话语来审视梁实秋的"普遍人性"说，自然就可以发现，"梁教授却去翻弄惊人的警语：'古典主义者尊重人的头，浪漫主义尊重人的心。'（看《浪漫的与古典的》P15）这是我所能收获的回答的一切，呵！你看这样滑稽的妙语，现在竟堂皇地装饰着许多书肆的饰窗。"①

这种话语策略在"左翼"文论家那里，使用得较为娴熟。尤其是在

---

① 冯乃超：《冷静的头脑——评驳梁实秋的〈文学与革命〉》，1928 年 8 月 10 日《创造月刊》第 2 卷第 1 期。

"延安文学"中，几乎达到登峰造极的地步。最突出的是毛泽东在延安文艺座谈会上所作的讲话，使这种话语策略更是鲜明地显示出意识形态的绝对主导地位。毛泽东指出：

　　在现在世界上，一切文化或文学艺术都是属于一定的阶级，属于一定的政治路线的。为艺术的艺术，超阶级的艺术，和政治并行或互相独立的艺术，实际上是不存在的。无产阶级的文学艺术是无产阶级整个革命事业的一部分，如同列宁所说，是整个革命机器中的"齿轮和螺丝钉"。因此，党的文艺工作，在党的整个革命工作中的位置，是确定了的，摆好了的；是服从党在一定革命时期内所规定的革命任务的。反对这种摆法，一定要走到二元论或多元论，而其实质就像托洛茨基那样："政治——马克思主义的；艺术——资产阶级的。"我们不赞成把文艺的重要性过分强调到错误的程度，但也不赞成把文艺的重要性估计不足。文艺是从属于政治的，但又反转来给予伟大的影响于政治。革命文艺是整个革命事业的一部分，是齿轮和螺丝钉，和别的更重要的部分比较起来，自然有轻重缓急第一第二之分，但它是对于整个机器不可缺少的齿轮和螺丝钉，对于整个革命事业不可缺少的一部分。如果连最广义最普通的文学艺术也没有，那革命运动就不能进行，就不能胜利。不认识这一点，是不对的。还有，我们所说的文艺服从于政治，这政治是指阶级的政治、群众的政治，不是所谓少数政治家的政治。政治，不论革命的和反革命的，都是阶级对阶级的斗争，不是少数个人的行为。革命的思想斗争和艺术斗争，必须服从于政治的斗争，因为只有经过政治，阶级和群众的需要才能集中地表现出来。革命的政治家们，懂得革命的政治科学或政治艺术的政治专门家们，他们只是千千万万的群众政治家的领袖，他们的任务在于把群众政治家的意见集中起来，加以提炼，再使之回到群众中去，为群众所接受，所实践，而不是闭门造车，自作聪明，只此一家，别无分店的那种贵族式的所谓"政治家"，——这是无产阶级政治家同腐朽了的资产阶级政治家的原则区别。正因为这样，我们的文艺的政治性和真实性才能够完全一致。不认识这一点，把无产阶级的政治和政治家庸俗化，是不对的。①

　　毛泽东在延安文艺座谈会上的讲话，进一步强化了意识形态话语对文艺创作的规约，特别是对创作观念的规约。尽管作为政治领袖，他未必是在完全了解文学的艺术特性上论述这个观点，但在民国多元文化的语境中，他的这种文论观，也深刻地反映出了民国时期文论在建构话语系统时的一种走向。换言之，这种文论的话语系统建构走向，深刻地反映出了民国文论对话语的重视程度。在他看来，没有掌握好革命的话语、阶级性的话语，又如何创作革命文艺？所以，他强调"文艺为工农兵服务"，突出"政治标准第一，艺术标准第二"的原则，就格外突出了话语对文学观念的内在规约。
　　当然，在民国开放的文化语境中，强调意识形态性质的"革命"话语对创作观念的规约，只是其话语系统建构的一支，并非是全部的形态。相对而言，在持自由立场的文论家那里，他们就对这种话语的建构，就表示了怀疑。梁实秋坚决不同意所谓的"阶级说"，而是坚持在普遍的人性的立场上，强调源自语言艺术自身的内在之美，主张话语系统的建构应尊重文学自身的独特性和规律性。在他看来，虽然语言文字本身无法产生美（中国的书法艺术除外），但经过作家的艺术加工，却会产生奇妙的艺术之美。他说：

　　文字这种符号，经过适当的选择与编排，便能产生意义，在读者心中可以发生几种不同的作用，至少有这几种：
　　（一）文字是有声音的。音在先，形在后。所以文字首先是音的符号。

———————————

① 毛泽东：《在延安文艺座谈会上的讲话》，《毛泽东选集》（一卷本），人民出版社 1964 年版，第 822—823 页。

我们在读文学作品的时候，我们首先感觉到它的音节。例如字音的清浊、尖团、平仄、急徐、宽窄，在我们的听觉上都有其各别的刺激。就作品的整个而论，其腔调节奏之抑扬顿挫，其韵脚、韵首、双声、叠韵之重复和谐，亦均能给读者以一种听觉上的快感。凡此种种，可称之为文学里的音乐美。

（二）文字不仅是声音的符号，它还能在读者心里唤起一幅图画。王摩诘"画中有诗，诗中有画"，就是极言其一方面画里充满了诗的想象，一方面诗里充满了图画（尤其是山水风景）的描写。中国诗里图画的成分极多，所谓写景，所谓状物，都是由文字来画图。西洋诗中所谓 Word—painting 所谓 Imagist school 都是向这方面的畸形发展。但是我们不否认图画成分在文学的位置，亦不否认凭文字在心里唤起的图画也自有它的美。"玉露凋伤枫树林，巫山巫峡气萧森，江间波浪兼天涌，塞上风云接地阴"，这是杜甫《秋兴》八首的第一首，确实画出了满纸秋景，很衰飒，很悲壮，也很谐和。"红豆啄余鹦鹉粒，碧梧棲老凤凰枝"，引出多少无聊的注释，其实也不过是堆砌文字画出一幅绚烂的图画，就像印象派的画家用"碎点法"（Broken colour）来拼凑出一个印象。总之，这叫做文学里的图画美。

（三）文字能使读者感受到音乐的美。图画的美，这能算尽了文字的能事吗？不。文字这种符号还有更伟大更严肃的效用，若经过适当的选择与编排，它能记载下作者的一段情感使读者起情感的共鸣，它能记载下人生的一段经验使读者加深对于人生的认识，它能记载下社会的一段现象使读者思索那里面含蕴的问题，总之文学藉着文字发挥她的道德的任务，但是这与美无关。

他还说，文学除了由语言文字通过奇妙的组合，能够产生内在之美外，还有"小说的结构往往有建筑性的美；戏剧的布局也有其穿插错综之妙；甚至辞赋律诗八股其间排比对偶之处也颇有匠心，也颇能给人以相当的快感；外国文学中一时曾大量使用的'双关语'（Pun）有时候也有其情趣；以至于一词一句，或含蓄，或则旖旎，或则典雅，或则雄浑，或则隽逸，仪态万方，各有其致。文字是各个都有的历史的，异于数学的符号，它能唤起各种各样的'联想'。但是归纳起来，我们若要在文学里寻美，大致讲来，不出图画美与音乐美两个方式。"①胡秋原也强调话语的建构，应尊重文学的语言艺术属性，强调指出："文学与民族以语言文字发生不可分离的关系，两者同时起源，平行发达。随民族国家的成立，也就有民族的文学，即是国语的和国民的文学。"②也就是说，新文学的话语系统建构，应该尊重文学的语言艺术特性，应从文学的内部结构上来进行探讨。如同叶灵凤在论述现代小说的创作特征时所指出的那样，创作要"用着奔放的笔调，将自己的生活经验，自己的想象，人物，故事，和他自己都融合为一的写着，用着奔放的笔调一气呵成的写着"，③这样话语即便是对创作观念有所规约，但也必须服从创作观念和创作对象的需要，尊重创作规律本身，而不是强行要文艺创作完全服从于话语的需要。但是，需要指出的是，这种对话语系统建构的主张，在民国文论中一直未能占到主导性的位置，大都还是作为一种边缘性的主张，出现在民国文论之中，形成民国文论话语系统建构中的一个鲜明特点。

民国文论对话语系统建构的另一个策略是，在规约新文学创作观念当中，也要求新文学承担起思想启蒙的历史重任，同时在对应时代需要当中，也要求新文学能够对应创作接受对象的需求。换言之，也就是要求新文学创作能够做到内部结构的优化，并走大众化、通俗化的道路。这主要表现在两个方面：一是对新文学的形式提出现代性与通俗性并重的要求，要求巨大的思想性须以通俗性的表现形式显露出来；二是推动新文学创作方法的多样化，使新文学的创作在艺术方法上，能够获得更大的选择权。

陈独秀在倡导文学革命时，曾明确指出要"建设平易的抒情的国民文学"，"建设新鲜的立诚的写实文学"，"建设明了的通俗的社会文学"。旨在

---

① 梁实秋：《文学的美》，1937 年 1 月 1 日《东方杂志》第 34 卷第 1 号。

② 胡秋原：《民族文学论》，文风书局 1944 年版，第 18 页。

③ 叶灵凤：《谈现代的短篇小说》，1936 年 4 月 15 日《六艺》第 1 卷第 3 期。

要求新文学的创作能够面向大众，让普普通通的大众都能够读懂新文学，接受新文学。当然，新文学要求创作的大众化、通俗化，并不是要降低要求，降低艺术水准，迎合一些人的低俗要求。相反，新文学一是要求将普通人作为主要表现对象，唤醒他们的主体意识，如鲁迅就是出于改造国民性的强烈愿望，以沉重苦楚的思想情感描绘民族的历史和生活，努力揭示出千百年来普通人所过着的死水一潭的俗生活的悲剧，对应他们的心理需求和审美需求，唤醒他们的觉悟；二是充分考虑到普通大众的文化水准和阅读习惯，使新文学的创作能够向大众提供清晰的、对应大众需求的生命图式和人生图景，提升他们的思想境界，发挥思想文化启蒙的重要作用。周作人在倡导"平民文学"时指出："平民文学应该着重与贵族文学相反的地方，是内容充实，就是普遍的思想与事实。第一，平民文学应该以普通的文体，写普遍的思想与事实。我们不必记英雄豪杰的事业，才子佳人的幸福，只应记载世间普通男女的悲欢成败。因为英雄豪杰才子佳人，是世上不常见的人；普通的男女是大多数，我们也便是其中的一人，所以其事更为普遍。……第二，平民文学应以真挚的文体，记真挚的思想与事实。"他还着重强调了两点："第一，平民文学决不单是通俗文学。……因为平民文学不是专做给平民看的，乃是研究平民生活——人的生活——的文学。他的目的，并非要想将人类的思想趣味，竭力按下，同平民一样，乃是想将平民的生活提高，得到适当地一个地位。……第二，平民文学决不是慈善主义文学。"[1]强调文学创作的"真诚"，反映普通大众的真实的生活"事实"，展现真正的"人"的生活，提升大众的思想文化境界，这对于新文学创作来说，是一个有着明确目的的大众化要求的规范。它使新文学在发展之初，就能够将文学对现代性追求与文学的通俗性有机地结合起来，并在创作实践上取得了实绩，同时也在批判标榜通俗化的鸳鸯蝴蝶派文学创作当中取得了胜利。尽管鸳鸯蝴蝶派标

①　仲密：《平民文学》，1919 年 1 月 19 日《每周评论》第 5 号。

榜自己是最通俗的文学，在创作上往往杜撰一个红颜薄命才子见怜或才子落难佳人打救之类的凄婉故事，写得悲悲切切，黏黏糊糊，乍眼一看似乎也有对社会的不满和对弱者的同情，但实际上则是空虚庸俗的陈词滥调。沈雁冰（茅盾）在《自然主义与中国现代小说》一文里，就对其创作思想和艺术手法，作了全面的清算和批判，以此将新文学的大众化、通俗化与它们划清界限，让人们有所区分。

强调新文学的内部结构优化，以适应大众化、通俗化的发展走向，体现思想性与艺术性，现代性与通俗性的结合，民国文论的各家均对此发表了见解。相比较而言，持左翼立场的大都注重如何大众化、通俗化的探讨，持自由立场的大都注重新文学各文体内部结构在优化中，如何适应不同接受对象的需求。

在持左翼立场的文论家看来，话语系统的建构要适应大众化、通俗化，应充分认识新兴大众文艺的特点。在"左联"的行动纲领中，明确地提出"我们文学运动的目的在于求新兴阶级的解放"的要求。[1]郭沫若在题为《新兴大众文艺的认识》一文中主张"无产文艺的通俗化"，他大声呼吁道："大众文艺的标语应该是无产文艺的通俗化。通俗到不成文艺都可以，你不要丢开大众，你不要丢开无产大众。始始终终要把'大众'两个字刻在你的头上。"[2]郑伯奇在《关于文学大众化的问题》一文，分别就"问题的核心"、"样式技巧问题"、"作者的问题"，对建立巡回图书馆、创作民谣、编排戏剧这些具体方式，都进行了广泛深入的探讨。他指出："大众文学的作家，应该是由大众中间出身的：至少这是原则。"在他看来，坚持这一点，就能够在样式技巧上做到"平易"、"真实"和"简单明了"，在言语方面，"大众当然爱好自己所惯用的言语。修饰雕琢的文章，为他们只是一种头痛

---

[1]　《中国左翼作家联盟的成立》，1930年3月10日《拓荒者》第1卷第3期。
[2]　郭沫若：《新兴大众文艺的认识》，1930年3月1日《大众文艺》第2卷第3期。

膏"。①不过，在持左翼立场的民国文论家中，鲁迅的主张比较独特。他在《文艺的大众化》一文中，表达了他对文艺大众化的独到见解。他认为，"应该多有为大众设想的作家，竭力来作浅显易解的作品，使大家能懂，爱看，以挤掉一些陈腐的劳什子。但那文字的程度，恐怕也只能到唱本那样。"同时，他又坚决反对文学过于将就大众，指出："若文艺设法俯就，就很容易流为迎合大众，媚悦大众。迎合和媚悦，是不会于大众有益的。"而且，他还清醒地认识到："多作或一程度的大众化的文艺，也固然是现今的急务。若是大规模的设施，就必须政治之力的帮助，一条腿是走不成路的，许多动听的话，不过文人的聊以自慰罢了。"②在左翼文论家几乎是一边倒地要求降低文学创作的水准，尽量迁就和迎合大众的口味时，鲁迅的见解充分地考虑到了中国社会发展的现实状况，以及文学本身的多样性审美的要求，不像郭沫若等人那样，狂热地鼓吹"无产大众"式的大规模的、群众性的大众化，而是强调要保持文学的独特性。

如前所述，"左翼"话语系统的大众化、通俗化的要求，是"延安文艺"的重头戏。毛泽东指出："什么是人民大众呢？最广大的人民，占全人口百分之九十以上的人民，是工人、农民、兵士和城市小资产阶级。所以我们的文艺，第一是为工人的，这是领导革命的阶级。第二是为农民的，他们是革命中最广大最坚决的同盟军。第三是为武装起来了的工人农民即八路军、新四军和其他人民武装队伍的，这是革命战争的主力。第四是为城市小资产阶级劳动群众和知识分子的，他们也是革命的同盟者，他们是能够长期地和我们合作的。这四种人，就是中华民族的最大部分，就是最广大的人民大众。"③毛泽东在讲话中，一语道中，将"延安文艺"对话语系统建构的要

---

① 郑伯奇：《关于文学大众化的问题》，1930 年 3 月 1 日《大众文艺》第 2 卷第 3 期。

② 鲁迅：《集外集拾遗·文艺的大众化》，《鲁迅全集》（第 7 卷），人民文学出版社 1981 年版，第 350 页。

③ 毛泽东：《在延安文艺座谈会上的讲话》，《毛泽东选集》（一卷本），人民出版社 1964 年版，第 812 页。

求，以及话语系统对文学的大众化、通俗化规约的路径、对象等阐述得清清楚楚，亮出了意识形态的底牌。

相比较而言，持自由立场的文论家对于话语系统的建构，以及话语系统对文学的大众化、通俗化的阐述，则十分注重文学各文体内部结构的优化。宋春舫在谈及话剧的未来时，就强调话语要获得观众，就应该像平剧（京剧）、电影学习，走这样的大众化、通俗化的路子。他说："话剧是没有历史的背景，这是一件谁也不能否认的事实；既然没有历史的背景便得自己去打天下，打天下不是一件容易的事，尤其是戏剧，他的命脉是观众；进一步说，如果要话语发达，必须先造就话剧的观众。我们且看平剧，他已经有二百余年的历史，不消说，他的观众当然是现成的，不必再想什么法子去招揽他们，原来他们自己会来的，譬如在北平有许多人，几天不不去听戏，便觉得左也不是，右也不是，真是三月不知肉味之概。欧洲有许多国家的人民，如俄国和德国，便是绝好的榜样，如果有一二个月没有听见音乐，他们便寝食不安，皇皇然如丧家之狗。即如最近在上海，也有许多时髦朋友，交际明星，两三星期不看电影，也会觉得周身不舒服起来。电影比话剧到中国来得晚，似乎已经有了观众，这也许电影比较的是带些世界色彩，他的观众不仅限于一国。所以在上海虽然不景气笼罩了全城，只要影片好，仍不愁没有观众。"[1]在他看来，话剧要获得观众，必须体现大众化、通俗化的需求，就要像平剧那样："如我国平剧科班出身的演员，如富连成班等，大都也经过相当的苦练。平剧之能到今日，虽然经过了不少的风波，虽然为潮流所不容，然而仍能保持其旧日的地盘，平心静气，我们不得不归功于科班的训练，因为人人都知道平剧的重要演员，非一蹴所能成功，而必须埋头苦干才兴！当初话剧何尝没有专门学校——如十年前北京的人艺——然而人才呢？也许是管理不得其当，也许是欲速则不达，也许还有其他种种原因。"

---

① 宋春舫：《宋春舫论剧》，商务印书馆1937年版，第70页。

老舍在《言语和风格》一文中，结合小说艺术的探讨，重点从如何"用词"、"用句"、"比喻"、"对话"等内部结构的优化角度，阐述了小说如何使读者接受、认可的问题。施蛰存、叶灵凤等人也对此进行了专门的阐述，同样是沿着这种路径来探讨话语系统的建构，以及话语系统如何适应大众化、通俗化的要求。尤其值得一提的是民国时期的通俗小说家的文论，尽管他们处在边缘，但他们对文学内部结构优化问题的见解，也反映了民国文论对这一问题的理论建树。如张恨水、程小青等人对小说的探讨，就显示出了民国文论的这个特点。张恨水在1945年（民国三十四年）7月1日的《新华日报》上发表的《武侠小说在下层社会》一文，就阐述了武侠小说的大众化和通俗化的功能。他指出，作为通俗文学的重要体裁，武侠小说在民国文坛上也具有较大的影响，尤其是在下层社会，在普通市民中占据较大的份额。张恨水本人就是民国时期影响甚大的通俗小说家，他发表这份通信，目的是论述他对于"武侠"这一文学观念的认识。虽然他自己基本上没有专门创作过武侠小说，但并不妨碍他对于武侠小说的认识，尤其是在下层社会广泛流传的原因探讨。在文中，他指出，武侠小说之所以在下层社会广为流传，主要还是其中寄托了普通百姓的锄强扶弱、除暴安民的愿望，这有一定的合理性。但是，这类小说其中有夹杂着许多封建思想，许多旧的传统，其负面效应就是其中的封建奴才思想太浓，多幻想而不切实际，斗争的方法也多是落后的、错误的。结合通俗小说的创作，他认真地分析了武侠小说创作上的长处和短处，肯定了其中的娱乐、教育和认识的功能，但也指出了其毒害民众，消解民众对社会的客观公正的认识能力。他说："为什么下层阶级会给武侠小说所抓住了呢？这是人人所周知的事。他们无冤可伸，无愤可平，就托诸这幻想的武侠人物，来解除脑中的苦闷。有时，他们真很笨拙的干着武侠故事，把两只拳头，代替了剑仙口里一道白光，因此惹下大祸。这种人虽说是可怜，也非不可教。所以二三百年的武侠小说执笔人，若有今日先进文艺家的思想，我敢夸大一点说，那会赛过许多平民读本的能力。"①他的这篇文章虽然主要是探讨武侠小说的社会功效，但对武侠小说创作特性的分析，也是非常精辟的，对于人们更进一步地认识武侠小说，认识文学的大众化、通俗化也很有帮助。

程小青的《谈侦探小说》连载于1929年（民国十八年）5月11、21日《红玫瑰》第五卷第十一、十二期。在文中，他对侦探小说的文学价值和地位进行了认真的辨析，重点从文学的想像、情感和结构的三个特性来论述的侦探小说的独特功能和文学特征，批评了当时文坛对侦探小说不够重视，甚至贬低的现象。在他看来，侦探小说之所以未被重视，主要的原因还在于其自身的历史太短，传统的保守思想影响过大，使得人们容易忽视侦探小说的社会功效。结合中外文学的发展和自己的创作实践，他认为，侦探小说对社会和人生是具有积极作用的，可以激发人们的想象力、好奇心和对社会和人生的关注之情，同时也将有助于科学逻辑思维、科学认识方式的培育，有利于司法破案和捕凶方法的改进和提高，这对于文学的大众化、通俗化非常有帮助。他批评一些新文学作家将侦探小说排除在新文学的狭隘做法，他指出：

　　我国的刘彦和也说："雕琢性情，组织辞令。"性情的话固然是指情感；那雕琢二字，却也可以代表想像；而组织，自然也是指结构的技巧了。这样可知文学最重要的条件，不外乎想像、情感和和结构的技巧三点。我们若使用这三点来量一量侦探小说的本身，究竟合不合呢？我们知道任何小说都需要想像，而侦探小说更是少不掉这个原素。我们当属稿以前，大概只有偶然触发而生的一点半点小说原子，必须利用了敏锐的想像力，才能演绎成功一篇又离奇又曲折，而又在人们情理之中的情节。凡爱读侦探小说的人们，一定会感觉到侦探小说的想像质素，决不会低于其他的小说。老实说一句，若

---

① 张恨水：《武侠小说在下层社会》，1945年7月1日《新华日报》。

使有什么仪器可以衡量，这质素也许要比别的小说高一些儿。说到情感方面，固然加不上"深镌心版"和"回肠荡气"的考语，比较其他偏重情感的小说，当然未免差些；但写惊骇的境界，怀疑的情势和恐怖愤怒等的心理，却也足以左右读者的情绪，使读的人忽而喘息，忽而骇呼，忽而怒眦欲裂，忽而鼓掌称快，甚且能使读者的精神，会整个儿跳进书本里去，至于废寝忘食。据我的经验，学生们在规定的熄灯时期以后，偷点了蜡烛读侦探小说，委实是极寻常的事。如此看来，若使说侦探小说没有情感的质素，不能"诉诸情感"，那似乎太诬蔑了罢。至于结构的技巧，例如布局的致密，脉线的关合和口语的紧凑等等，都须比较其他的小说格外注意，那更不必说了。①

在民国文坛上，他对侦探一类的通俗小说作了系统的探讨和理论阐释，呼吁人们对侦探小说的关注，对于提升此类小说的文学地位，丰富文学的大众化、通俗化，是有着积极的作用的，强化了独特的话语系统的建构对文学创作的规约及其对文学大众化、通俗化的积极推进。

同时，还特别值得一提的是，民国文论在话语系统建构的策略中，为推动文艺的大众化、通俗化，对民间文学、俗文学也非常重视，在理论上对此进行了系统的探讨和阐释。民国二十五年（1936年），钟敬文在《艺风》上发表《民间文艺学的建设》一文，就是民国文论一篇全面、系统地探讨民间文艺学的文章。在文中，钟敬文认为，现在正是倡导建立独立的民间文艺学的时代，作为一门独立学科，民间文艺已经具备独立建设的内外在各种成熟的条件，他主张要"利用眼前优裕的条件，跨越可以跨越的难关，努力地开拓这个新兴科学的园地。"因为对于新文学话语系统的建构，对推动新文学的大众化、民俗化，有非常积极的作用。他在文章中，全面地论述了

---

① 程小青：《谈侦探小说》，1929年5月11、21日《红玫瑰》第5卷第11、12期。

民间文艺的起源、发展历史和表现特征，并由此对民间文艺学的性质、范围、研究目的、研究方法、发展前景等，也进行了认真的界定，考察了创建这门学科的内外在的条件，并为建立这门学科进行了全面的勾画和设计。他指出："民间文艺，是纯粹地以流动的语言为媒介的文艺，就是所谓'口传的文艺'。反之，文人文艺，却大抵是比较定型的文字为媒介的文艺，就是所谓'书本的文艺'。大体地说，语言和文字，都是表现人类思想和情感的记号，二者原是一件东西的两面。但是，在若干点上，两者却不免有某种程度的距离。因而以它们为表现媒介的文艺，也自然要受到许多影响——彼此显出差异来。……民间文艺学，是文化科学（也即是社会科学）的一种。这种科学的对象，是社会的人们之现实生活的精神反映的产物。像动植物等科学，把那些对象做为自然的一种现象而处理，民间文艺学，它的对象（民间文艺）主要地是做为社会的一种事象而处理的。在人类文化的发生和发展上，自然的条件，当然不容我们轻视。"[1]他将民间文艺从一般文艺中相对地分离出来，提出建立我国民间文艺学的理论构架，对于破除以往只是单纯地从民俗学或一般文艺学的角度，认识民间文艺的传统，进而从科学理论建构适应于现代社会发展的新型民间文艺学做出了重要的理论贡献，给予民国文论建构独特的话语系统，并通过这种话语系统推动民国文学的大众化、通俗化，予以充分的理论阐释和支持。同时，他所提出的民间文艺学的基本原理，也是我国民间文艺学成为一种独立的研究对象和学科的标志。

此外，郑振铎所著的《中国俗文学史》，也是民国时期研究中国俗文学的一部重要学术著作。在这部著作里，他对"俗文学"定义的内涵和外延都进行了界定，他指出"俗文学"，就是流行于民间的通俗文学、民间文学，并依据这个定义，系统地梳理了中国民间文学的发展历程。他认为，应从通俗文化的维度来审视"俗文学"的生成、发展和历史地位，以及给予

---

① 钟敬文：《民间文艺学的建设》，1936年1月《艺风》第4卷第1期。

文学创作和文学史发展所产生的影响。他发掘出"俗文学（民间创作）——文学学士创作（忽视、鄙夷、接受）——新文体形成、推动文学创作的创新——正统文学（王家贵族所欣赏、所接受、所创作）——推动文学发展"的文学演变规律，从而树立起多维度的认识和把握文学发展的文学史观。他指出："中国的'俗文学'，包括的范围很广。因为正统的文学的范围太狭小了，于是'俗文学'的地盘便愈显其大。差不多除诗与散文之外，凡重要的文体，像小说、戏曲、变文、弹词之类，都要归到'俗文学'的范围里去。凡不登大雅之堂，凡为学士大夫所鄙夷，所不屑注意的文体都是'俗文学'。'俗文学'不仅成了中国文学史主要的成分，且也成了中国文学史的中心。"他认为，"'五四'运动以来，搜辑各地民歌及其他俗文学之风大盛。他们不再被歧视了。我们得到了无数的新的研究的材料，而研究的工作也正在进行着。"①在他看来，民国新文学的发展，尤其是话语系统的建构，以及推动文学的大众化、通俗化，都离不开俗文学的支持，而这也是新文学与旧文学能够拉开距离的一种绝好的资源。对于民国文论建构独特的话语系统来说，俗文学提供了文学史的印证和理论依据，并对人们更进一步地认识中国文学发展的特性和规律产生了深远的影响。

民国文论对话语系统的建构，在促使新文学创作方法的多样化方面，取得了明显的成就。因为创作方法的选择与运用，也涉及新文学如何将思想启蒙重任，如何落实到对应最广泛的民众需求，促使他们觉醒，走向主体高度自觉的问题。在五四时期，开放的社会环境，使得外来思潮不断涌入，近现代西方的各种文化思潮、文学思潮均在不同程度上对中国新文学的创作产生了影响，加上新文学的作家大多在国外留学，对西方文学的创作比较了解，这就使他们在进行新文学创作时，能够既按照自己的创作爱好，又可以对应大众需求的方式来决定创作方法的选择，从而形成了新文学创作方法多样性

---

① 郑振铎：《中国俗文学史》，商务印书馆1938年版，第33页。

的局面。郑伯奇在分析创造社的浪漫主义创作特点时就指出："创造社的作家倾向到浪漫主义和这一系统的思想并不是没有缘故的，第一，他们都是在外国住得很久，对于外国的（资本主义）缺点，和中国的（次殖民地的）病痛都看得比较清楚；他们感受到两重失望，两重痛苦。对于现社会发生厌倦憎恶。而国内国外所加给他们的重重压迫只坚强了他们反抗的心情；第二，因为他们在外国住得很久，对于祖国便常生起一种怀乡病；而回国以后的种种失望，更使他们感到空虚。未回国以前，他们是悲哀怀念；即回国以后，他们又变成悲愤激越；便是这个道理。第三，因为他们在外国住得很久，当时外国流行的思想自然会影响到他们。哲学上，理知主义的破产；文学上，自然主义的失败，这也使他们走上了反理知主义的浪漫主义的道路上去。"①事实上，不仅仅只是创造社的创作如此，其他的文学社团、流派的创作也是如此。近现代西方社会所出现的现实主义、浪漫主义和现代主义等几种主要的创作方法，都为中国新文学所吸收和采用，正如钱理群等所指出的那样："在'五四'时期，并不存在现实主义独尊的现象，现实主义与其他思潮、方法多元并存，形成了非常活跃的创作局面。"②像鲁迅的小说创作，就融合了现实主义、浪漫主义、现代主义（如象征主义、印象主义）等多种创作方法，显示出"格式的特别"的特点。沈雁冰说："在中国新文坛上，鲁迅君常常是创造'新形式'的先锋；"③这里所说的"新形式"，除了指文学形式结构之新外，应当还包括运用多种创作方法创造"新形式"的涵义。在小说创作中，鲁迅就融合了现实主义、浪漫主义、现代主义的多种创作方法，像《狂人日记》，一方面严格按照现实主义创作方法的要求来塑造典型人物，展现受迫害但获得觉醒的狂人的形象，他的一举一动都符合狂

---

① 郑伯奇：《〈中国新文学大系小说三集〉导言》，赵家璧主编：《中国新文学大系》（第5集），上海良友图书印刷公司1935年版，第6页。

② 钱理群等：《中国现代文学三十年》（修订本），北京大学出版社1998年版，第29页。

③ 雁冰：《读〈呐喊〉》，1923年10月8日《时事新报》副刊《学灯》。

人（妄想症病人）的特征；但另一方面狂人的每一个真实细节的背后，又给了一种象征性的深刻寓意，具有象征主义的艺术表现特征。可以说，民国文论对多样性的创作方法的推崇，给予了新文学创作的活力，也为新文学艺术表现开辟了广阔的道路，使之能够更好地对应大众的需要，进而推动新文学不断向前发展。

民国文论对话语系统建构的第三个策略是对新文学的语言进行规约，建立起新的语法规则。其特点有以下三个方面：

第一个方面是促使新文学语言从文言的模糊性向白话的清晰性转变。新文学生成之初所倡导的文学革命，选择从语言转换为突破口来倡导新文学，这是充分地考虑到了文学的语言艺术特性的。在新旧文化转型时期，白话取代文言被看作是新文学在语言形式上的一个重要标志，也是构筑新的话语范式的一个重要标志。傅斯年说："新文学建设的第一步，就是应用白话做材料。"①从话语系统建构对语言的规约上看，新文学选择白话做"材料"，其语法规则是要求新文学作文应清晰明了，能够更清晰地表达现代人复杂的内心情感和生命感悟与体验。特别是在新旧交替和转换时期，社会的急剧变动，各种思潮的风起云涌，生活节奏的不断加快，都使得文学的话语总是与启蒙、解放一类的宏大叙事有关。这类由觉醒的知识分子所掌握的话语，就像萨义德所说的那样，它们所"代表的不是塑像般的图像，而是一项个人的行业，一种能量，一股顽强的力量，以语言和社会中明确、献身的声音针对诸多议题加以讨论，所有这些到头来都与启蒙和解放或自由有关。"②基于思想文化启蒙的需要，传统的文言文自然难以负载新时代所赋予的巨大思想内容。文言的模糊性固然有诗一般的优雅和朦胧美感，却不能清晰地传达新时代新思想，以及现代人更为复杂的情与思。

---

① 傅斯年：《怎样做白话文？》，1919 年 2 月 1 日《新潮》第 1 卷第 2 号。
② ［美］萨义德：《知识分子论》，单德兴译，生活·读书·新知三联书店 2002 年版，第 6 页。

据沈卫威在《〈文学改良刍议〉的历史考察》①一文中考证，胡适早年对印象主义（又译意象主义）诗歌有过认真的研究。印象主义诗人庞德、洛威尔、蒙若等人对印象主义诗歌理论有重要的建树，后来，洛威尔又对庞德等人的主张进行修订，并通过印象主义诗歌"六条原理"：

（1）要用普通的话语，但要用得正确。不要用"大体正确"的或单纯为了装饰而使用的语言。

（2）努力创造新的韵体——作为新的情绪的体现；停止使用陈旧的韵律，因为那只不过是陈旧的情绪的回声而已。我们并非主张"自由诗"是诗创作唯一的方法，而是为保卫自由的原理而斗争。我们确信：往往诗人的个性，较之传统形式更适于用自由诗的形式表现。对诗来说，新的格调意味着新的思潮。

（3）主题的选择要有绝对的自由。

（4）要表现印象。我们相信，我们不是画家组织，但是，诗必须更加正确，怎样庄重、朗朗上口也不应该写成虚无缥缈的东西。

（5）不是朦胧的，不明确的，而是明确而清晰的。

（6）最后，我们几乎都确信，唯有凝聚才是诗的主要神髓。②

沈卫威考证指出，胡适曾把这六条原理剪贴在 12 月份的日记上，并批注说，"此派所主张与我所主张多相似之处"。③为什么要推崇印象主义的理论呢？在胡适那里，其意图非常明确，这就是要使所倡导的白话文在表达思想和情感方面，更为清晰明了，反对所谓的朦胧，实际上是模糊不清。

---

① 沈卫威：《〈文学改良刍议〉的历史考察》，《现代学术史上的胡适》，生活·读书·新知三联书店 1996 年版。
② 原文见［日］釜屋修：《胡适与印象主义》，蒋运荣译。本书引自沈卫威文。
③ 胡适：《留学日记》（四），《胡适作品集》（第 37 册）台北远流出版公司 1988 年版，第 162 页。

采用白话文的清晰表意功能，旨在强化新文学的思想启蒙特性。康德曾指出，启蒙"就是人类脱离自己所加之于自己的不成熟状态。……要敢于认识！要有勇气运用自己的理智！这就是启蒙运动的口号。"①其意思是说启蒙者应负有运用理智引导处于蒙昧状态的民众认识自己、认识历史、认识人生的责任。所以，思想文化启蒙在为中国先进的知识分子提供启蒙话语空间的同时，也为中国文学的话语权力的转换提供了历史的理据。由此，以白话为标志的启蒙话语，就成为中国新文学的新话语崛起的标志，表现出民国文论建构话语系统，对新文学的语法规则所提出的内在要求，与中国文化新旧转型时期特定思想文化启蒙的语境是相吻合的，从中体现了一种历史发展的必然性。

第二个方面是促使新文学语言从文言的笼统性向白话的精密性转变。维特根斯坦曾指出："凡是能够说的事情，都能够说清楚，而凡是不能说的事情，就应该沉默。"②语言作为文化的显性形式，与社会、与人生是一种"共变"关系，二者之间互相影响、互相作用、互相制约、共同变化。语言是思想的直接现实，思想通过词（语言表意的最小单位）的形式具有自身的内容。同时，白话文运动兴起与整个中国现代化进程紧密相连，与新文化所倡导的思想启蒙运动密切相关。摆脱封建权威话语符号迫在眉睫，这需要在新的意义建构当中，精密地表达新的思想精髓，用精密或精细的语言对新文化、新思想进行细致的阐释，以便能够使新思想最终能够落实到最广泛的社会民众之中，取得思想文化启蒙的实效和文学革命的实绩。傅斯年当时就宣称："要运用精密深邃的思想，不得不先运用精邃深密的语言"。③鲁迅就曾坚持"硬译"，他指出："这样的译本，不但在输入新的内容，也在输入新的表现法的。"他又指出："中国的文和话，法子实在太不精密了。……这

① ［德］康德：《历史理性批判文集》，何兆武译，商务印书馆1990年版，第22页。
② ［奥地利］维特根斯坦：《逻辑哲学论》，贺绍甲译，商务印书馆1962年版，第20页。
③ 傅斯年：《怎样做白话文？》，1919年2月1日《新潮》第1卷第2号。

语法的不精密，就在证明思路的不精密，换一句话，就是脑筋有些胡涂。"①
他还指出："欧化文法的侵入中国白话中的大原因，并非因为好奇，乃是为
了必要……固有的白话不够用，便只得采些外国的句法。比较的难懂，不像
茶淘饭似的可以一口吞下去是真的，但补这缺点的是精密。"②鲁迅宁肯不顺
的硬译，让人费牙来嚼，也要追求白话的精密性。由于文言几千年"修行"
为一套笼统性、集约性、保守性的话语系统，断绝并封锁了语言的外向性，
扼杀了语言的创造性，中国新文学在建构新的语法规则时，就要求白话文具
有自身的独立品格，以打破文言文的笼统性、集约性、保守性。因为文言文
的笼统性、模糊性、保守性，在漫长的历史中与国家政治权威紧密联系，处
在权威地位，总是要人表示忠诚顺从，而不要人去重新思考和实践。因此，
文言话语的政治象征意义，以及其笼统、集约的语义更有利于实行愚民政
策，语言的保守性也更加根深蒂固。

福柯在论及"话语"的特性时指出："话语这个术语就可以确定为：隶
属于同一的形成系统的陈述整体。"同时，他还指出："话语不是思考、认
识和使用话语的主体庄严进行的展示；相反，它是一个主体的扩散、连同它
自身的不连续性在其中可以得到确定的总体。"③为使语言重获自由，民国文
论要求新建构的话语对白话文的语法规则的规约，就不仅只是文字形式的转
换，更重要的是进行话语系统的价值转换。它触及了文化的深层价值系统，
并在思想层面上推动中国"深度现代化"的完成，在审美层面上推动中国
文学的现代转型，在人生意义的层面推动新的人生终极关怀的构筑。胡适明
确指出要"务去烂调套语"，旨意就是要破除文言文的笼统性、集约性和保

---

① 鲁迅：《二心集·关于翻译的通信》，《鲁迅全集》（第4卷），人民文学出版社1981年版，第382页。
② 鲁迅：《花边文学·玩笑只当它玩笑（上）》，《鲁迅全集》（第5卷），人民文学出版社1981年版，第520页。
③ ［法］米歇尔·福柯：《知识考古学》，谢强、马月译，生活·读书·新知三联书店1998年版，第95、136页。

守性。他说文言的"流弊"在于"遂令国中生出许多似是而非，貌似而实非之诗文。"①这种语言的模糊性造成了文学表意的模糊性，掩盖了人的内心真实情感，也增添了文学反映生活、塑造人物和叙事的困难。黑格尔在谈到语言与思维、思想的关系时指出："一种语言，假如它具有丰富的逻辑词汇，即对思维规定本身有专门的词汇，那就是它的优点。"而他尽管带有一种对中国语言的不了解和由此产生的偏见，但他还是指出了中国的语言（主要是指文言文）的这种模糊性的弱点，他说："中国语言的成就，据说还简直没有，或很少达到这种地步。"②在新的时代，新事物之多，新知识之庞大，新思想之广博，那种笼统、集约、保守的文言话语，无论怎样变化，也不能应对新时代发展的要求。普实克认为，文言话语"基本方法是从现实中选取一些富有强烈情感而且往往能表现主要本质的现象——我们实际上可以把它们称之为表记或象征——用它们创造某种意境，而不是对某一特定现象或状态进行准确的描叙"，因此，"中国旧文学在旧的诗歌和散文中使用的方法是综合性的，而现代散文（当然还有现代诗歌）使用的方法则是分析性的。"③分析性语言，应是精密性语言，或曰精细性语言。其涵义在于能够通过精密（细）的分析，准确无误地将思想、情感传达出来。因为语言形式也是"有意味的形式（Significant form）"，甚至是"生命的形式"（Form of life），④不能用精密、精细的白话语言将其传达出来，也就不能使现代人适应现代社会的飞速发展，而被挤出"世界人"的行列。故在《新青年》刊登的读者来信中，就有读者指出："文字之作用，外之可代表一国之文化，内之可以改造社会，革新思想"，陈独秀对此十分赞同："如果一味地模仿古人，以如陈陈相因之文化，如何能代表文化？如何能改造革命，革

---

① 胡适:《文学改良刍议》，1917年1月1日《新青年》第2卷第5号。

② ［德］黑格尔:《逻辑学》（下卷），杨一之译，商务印书馆1976年版，第7—8页。

③ ［捷克］普实克:《普实克中国现代文学论文集》，湖南文艺出版社1987年版，第5页。

④ ［美］苏珊·朗格:《艺术问题》，滕守尧译，中国社会科学出版社1983年版，第68、54页。

新思想耶?"所以，民国文论的话语系统建构对新语法规则进行规约，所排斥的不仅是文言文话语作为文化、精神外壳的符号，也是文字符号所承载的旧的思想文化体系。鲁迅曾批评用文言文作文的人，"做了人类想成仙；生在地上要上天；明明是现代人，吸着现在的空气，却偏要勒派朽腐的名教，僵死的语言，侮蔑尽现在，这都是'现在的屠杀者'"。①鲁迅直接将语言的革新与现代性联系起来，尖锐地指出其关键是用现代白话说现代思想。"我们要说现代的，自己的话；用活着的白话，将自己的思想，感情直白地说出来。"同时，还要"大胆地说话，勇敢地进行，忘掉了一切利害，推开了古人，将自己的真心的话发表出来。……只有真的声音，才能感动中国的人和世界的人；必须有了真的声音，才能和世界的人同在世界上生活。"②面对"现在的屠杀者"，白话文要真正取得其实质的胜利，那就要把话语系统中精确的"能指"与"所指"平衡起来。因为新的"能指"表达新的"所指"，需要从话语的具体运用（文学创作）来实现对其"所指"的充分表达和创造。符号的变化最终要通过不断创造和挖掘其"所指"的无限含量，扩张意义范围，为自己寻求存在的合理化、合法性。这显然不单纯是语言学的范畴，而进入了文化、文学，乃至思想、意义的创造范畴。所以，胡适指出："文学的生命全靠能用一个时代的活的工具来表现一个时代的情感和思想。工具僵化了，必须另换新的，活的，这就是'文学革命'。"又说："有了文学的国语，我们的国语文学才算得真正国语，国语没有文学便没有生命，便没有价值，便不能成立，便不能发达。"③民国新文学之初的"文学革命"，由从白话到国语到文学，再到国民精神的表现，并将其落实在具体的话语系统转换上，落实在文本的转换和作文方法的改造上，这就完成了文学

---

① 鲁迅：《热风·现在的屠杀者》，《鲁迅全集》（第1卷），人民文学出版社1981年版，第350页。
② 鲁迅：《三闲集·无声的中国》，《鲁迅全集》（第4卷），人民文学出版社1981年版，第15页。
③ 胡适：《建设的文学革命论》，1918年4月15日《新青年》第4卷第4号。

史上一次重大的转型，使新文学能够以坚实的创作，在各种文本和体裁上、方法上同时显示出白话文的优越，从而取代文言文的正宗地位，真正地为新文学的思想文化启蒙话语的存在，争取到合法性，并稳固它的地位，使之在广大的社会领域里发挥其最广泛的效应。

第三个方面是促使新文学语言从文言的经验性向白话的理论性转变。文言文在表意方面，注重经验性的传达，其语言本身也具有直观性、形象性和经验性的特点。使用文言文表意，往往是从主观认识的经验积累入手，认识和发现对象。在文学理论建构中，古典文论、美学所强调的往往是经验性的心得体会，其文言话语表意就是这种经验性的传达。如古典文论、美学有许多关于形象思维、艺术风格、审美趣味等问题的经验之谈，比如"意在笔先，画尽意在"，又如"以形写神"、"迁想妙得"，还如"外师造化，中得心源"等等，常常是只言片语，意蕴深厚。文言文经验性的传达，大都缺乏严格的理论范畴的界定，缺乏严密的逻辑论证手段，故科学的理论性、体系性并不突出。在表达上，一个显著的特点就是不断句，也无标点符号。这使得人们对文本的阅读，只能凭借基本的语感，凭借阅读经验。对于阅读来说，这也无疑增加了阅读的困难。在日新月异的现代社会里，经验性的语言表意，就难以细致、精确地传达现代人的思想情感了。鲁迅曾批评说，中国"难到可怕的一块一块的文字"，"许多人都不能借此说话了，加以古训所筑成的高墙，更使他们连想也不敢想"，就"像压在大石底下的草一样"，"默默的生长，萎黄，枯死了"。[①]陈独秀说："若谓为章法语势之结构，汉文亦自有之。此当属诸修辞学，非普通文法。且文学之文，与应用文不同，上未可律以论理学，下未可律以普通文法。"[②]这样，民国文论对话语系统的建构，强调对新语法规则的规约，就要求效法西洋语法，直接规范白话文的语

---

① 鲁迅：《集外集·俄文译本〈阿Q正传〉序及著者自叙传略》，《鲁迅全集》（第7卷），人民文学出版社1981年版，第81—82页。

② 陈独秀：《答胡适之》，《独秀文存》，安徽人民出版社1987年版，第635页。

法体系，使之具有逻辑的结构性和理论性，如同傅斯年在《怎样做白话文?》一文中所宣称的那样：“白话散文的凭藉—— 一，留心说话，二，直用西洋词法。”因此，新文学的话语系统对语法规则的理论规约，主要表现在两个方面：一是效法西洋语法，将白话文的句法拉长，同时添加了标点符号，再加上从日文转借不少的新词，构筑新文学的语法规则；二是为克服白话话语由于过分强调语言的精确，而损失其艺术的朦胧美感，强调采用增强话语的诗性艺术传达，也即今天人们常引用的俄国形式主义批评流派所说的，追求“陌生化”的艺术效果，以增添新文学话语的诗性意境与艺术色彩。

从克服文言话语的经验性缺陷上看，民国文论开始仍是“破”字当头，以“破”求“立”。傅斯年说：“中国文最大的毛病，是面积惟求铺张，深度却非常浅薄。……都是‘其直如矢，其平如底’，只单句，很少复句；层次极深，一本多枝的句调，尤其没有了。”为增强新文学清晰的话语表达，他主张直接“欧化国语”。他指出：“现在我们使用白话做文，第一件感觉苦痛的事情，就是我们的国语，异常质直，异常干枯。要想弄得他活泼泼的，须得用西洋词学上各种词枝。”[1]鲁迅也曾经愤激地说：“汉字也是中国劳苦大众身上的一个结核，病菌都潜伏在里面，倘不首先除去它，结果只有自己死。”[2]为增强新文学清晰的话语表达，他主张直接“装进异样的句法去，古的，外省外府的，外国的，以后便可以据为己有。”[3]钱玄同则以历史的进化观指出，新文学采用白话作文，不主张用典则是历史的进步，因为白话作文，并“不特以今人操今语，于理为顺，即为驱除用典计，亦以用白

---

① 傅斯年：《怎样做白话文?》，1919 年 2 月 1 日《新潮》第 1 卷第 2 号。
② 鲁迅：《且介亭杂文·关于新文字》，《鲁迅全集》（第 6 卷），人民文学出版社 1981 年版，第 160 页。
③ 鲁迅：《且介亭杂文二集·论新文字》，《鲁迅全集》（第 6 卷），人民文学出版社 1981 年版，第 442 页。

话为宜。"①因此,在效法西洋语法当中,新文学的语法规则确立了求清晰、求精密的基本思想。

然而,从新文学的实践上来看,过于清晰、精密的白话文法,对文学的诗性也是一个冲击。陈独秀就注意到这个问题。他对胡适说:"窃以为文学之作品,与应用文字作用不同。其美感与伎俩,所谓文学美术自身独立存在之价值。"②大力提倡"欧化国语"的傅斯年也认识到这个问题的严重性,他说:"到了现在,我们使用的白话,仍然是浑身赤条条的,没有美术的培养;所以觉得非常干枯,少得余味,不适用文学。"怎么办呢? 自然不能是再回到文言时代去,而是要继续借鉴西洋文法来进行改造,即"想把他培养一番,惟有用修词学上的利器,惟有借重词枝的效用"。③鲁迅也注意到这个问题,并指出新文字过于清晰、精密,也会走向它的反面——啰嗦、重复、拖沓,从而导致新的"含糊"的产生,使人不容易分辨。为克服新文学倡导白话作文的这种弊端,鲁迅认为,应当简约行文,注重文字的意义生成,而非单纯地追求文字之美。他指出:"文字一用于组成文章,那意义就会明显。"于是,新文学话语范式的规范作用,在这个方面就具体表现为对话语的诗性艺术的强调,借用今天的话语理论来说,就是增强白话文话语的"陌生化"。

所谓陌生化,就是"使对象陌生化,使形式变得困难,增加感觉的难度和时间的长度"。④陌生化的"能指"功能,首先是用白话符号取代文言符号,结束文言话语对人的思想意识的操纵和控制;其次是用白话的"所指"——个人化的陌生话语,干预常规白话话语对人的思维感觉的钝化。常规白话话语的世俗性和保守性,使语言与思想脱钩,与意义的表达背离,

---

① 钱玄同:《寄陈独秀》,1917 年 3 月 1 日《新青年》第 3 卷第 1 号。
② 陈独秀:《答胡适之》,《独秀文存》,安徽人民出版社 1987 年版,第 636 页。
③ 傅斯年:《怎样做白话文?》,1919 年 2 月 1 日《新潮》第 1 卷第 2 号。
④ [俄] 什克洛夫斯基:《作为技巧的艺术》,转引自:蒋孔阳、朱立元主编《西方美学通史》(6 卷),上海文艺出版社 1999 年版,第 237 页。

变得暧昧、低俗、重叠、迂回，阻碍人们的视线，搅乱人们的心情，成为思想实在的遮蔽物——"瞒"和"骗"，并构成了一个隐蔽而强大的世俗网络，扼杀一切新生的事物。强大的惯性惰性致使人陷于熟视无睹或者视而不见的境地，所有感觉都因为不断重复而机械化、自动化了，对任何有价值的事情也都兴味索然，甚至是又聋又哑又瞎，事物的价值与意义也被消解一空。鲁迅正是借助"陌生化"这样一种特殊的言说，对抗保守陈腐的语言枷锁和低俗白话话语的侵蚀，并形成一种冲击力震撼心灵，打碎刻板的世俗语言的庸俗状态，恢复生活的动态、睿智之美感。

巴赫金指出："任何现实的已说出的话语（或者有意写就的词语），而不是在辞典中沉睡的词汇，都是说者（作者）、听众（读者）和被议论者或事件（主角）这三者社会的相互作用的表现和产物。话语是一种社会事件，它不满足于充当某个抽象的语言学的因素，也不可能是孤立地从说话者的主观意识中引出的心理因素。"①早在新文学生成之初，民国文论的话语系统建构，表现在语法规则建设等方面，就是确立了增强诗性传达的话语策略，使新文学采用白话文来传达思想意义，以增添白话话语诗性和感觉难度的做法，使明晰、精细的白话也能够潜在地融化实在的对象，将自身也成为思想的实在，使语言——"存在的家"，不再是空话，或套话，不是那种僵死的、程式化的八股文话语，毫无生气，毫无生命力，而是具有诗的意蕴，有思想的意蕴。如同海德格尔所说："言说和心态及领会同源"，能够做到"'诗意的'言说"。②新文学兴起之初，文学创作在这方面就取得了实际的成就，显示了"文学革命"和白话文的"实绩"，从中奠定了白话文学，也即新文学话语范式的基本语法法则。

总之，基于艺术革新的文化理念，民国文论的话语系统建构及其形成的

---

① ［俄］巴赫金：《生活话语与艺术话语》，李辉凡等译，《巴赫金全集》（第 2 卷），河北教育出版社 1998 年版，第 92 页。

② ［德］海德格尔：《人，诗意地安居》，郜元宝译，上海远东出版社 1995 年版，第 59 页。

策略，对新文学的建设和发展起到了很好的规约作用。在这个意义上，人们可以看到，新文学的生成，并不是某个人的主观臆想的产物，也不是单纯的与人的主体意识毫无关系的客观进程的直接结果。新文学的一系列的新范式的建立，表明新文学的生成与发展有着其内在的理路，内在的质的规定性。库恩在论述范式对科学研究的重要规范意义时，就特别强调范式在构筑科学共同的信念和价值规范当中具有重要的作用。只有范式的存在，才会有科学的存在，才能使科学真正成为科学。①同样，新文学的生成与发展也是如此。正因为有了自身的范式，新文学才会从无序走向有序，从幼稚走向成熟，并在动态的发展构成中，促使自身不断地由旧的范式向新的范式转换，从中获得创造性的欲求，完成对旧文学的革命性改造，建立全新的文学形态，充分体现民国建立以来的中国现代化发展的时代需求。

---

① ［美］库恩：《必要的张力》，纪树立等译，福建人民出版社 1981 年版，第 56 页。

第六章　知识谱系转换与民国文论发展路径

作为"后发外生型"迈入现代化的国家，中国文化现代转型是在近代全球化进程引发中西文化冲突、交汇及其时代发展演化等多重合力下而发生的，其中，既有外来文化冲击的压力因素，也有自身文化发展逻辑的推力因素。在这当中，对传统文化的反省与批判，对未来中国及其文化发展的审视和企盼，都是近现代中国知识分子所关注的中心。如果说在晚清，像以魏源、康有为、严复、梁启超等为代表的第一代"先进的中国人"，对于近代西方文化的涌入，提出了"学习西方"的"师夷制夷"的对应策略，还未能全盘考虑对整个中国传统的知识谱系进行深刻的反省，那么，进入民国，像以陈独秀、胡适、鲁迅等为代表的第二代"先进的中国人"，就直接从近现代西方文化的思想库里搬来诸如"德先生"（Democracy，民主）和"赛先生"（Science，科学）的武器，来对整个传统的知识谱系进行反思，掀起了一场轰轰烈烈的反传统的思想文化启蒙运动。在这当中，出于强烈的民族文化复兴和对建立现代民族国家的热情企盼和想象，民国知识分子以近现代西方文化为参照系，对中国传统文化的历史语境、价值理念、知识谱系、结构范型、话语方式等都重新进行了全面的梳理与厘清，同时为中国文化的现代转型进行全盘性的策划，并由此展开现代中国文化发展的思想启蒙工作。

在中国文化现代转型的历史进程中，面对痛苦的文化冲突和意义危机，民国知识分子对以儒道两家为主导的中国传统文化进行了激烈的批判，但整个批判的重心还是落在对传统文化不适应现代文明的思考方面，反思了中国传统的知识谱系应对现代化和现代文明的内在缺陷和机制漏洞，并从中发掘出能够迅速改变落后的中国传统文化的机制，选择其所不拥有的新因子、新质料，完成以现代文明为主导的新的知识谱系的建构，重现中国的现代文化体系。无疑，民国文化的这种特点，对民国文论的发展路径产生了直接的影响。

第一节　文化多样性与民国文论发展理路

晚清至民国时期，是近代以来文化冲突导致文化转型的特定历史时期。在这当中，意义的失落、转换和重构或曰重建，尤其是知识谱系的重构，往往是这个时期所出现的一种重要的文化现象。因为就一般的历史发展逻辑而言，任何一个国家或民族在从传统文化向现代文化、传统社会向现代社会转型之际，都会遇到有关知识谱系、价值体系、意义系统的置换问题。丹尼尔·贝尔说："文化领域是意义的领域（Realm of Meanings）。它通过艺术与仪式，以想象的表现方法诠释世界的意义，尤其是展现那些从生存困境中产生的、人人都无法回避的所谓'不可理喻性的问题'，诸如悲剧与死亡。"同时，他又指出："每个社会都设法建立一个意义系统，人们通过它们来显示自己与世界的联系。这些意义规定了一套目的，它们或像神话和仪式那样，解释了共同经验的特点，或通过人的魔法或技术力量来改造自然。这些意义体现在宗教、文化和工作中。在这些领域里丧失意义就造成一种茫然困惑的局面。这种局面令人无法忍受，因而也就迫使人们尽快地去追求新的意义。"①文化冲突导致文化转型，引发意义系统的置换，其性质往往是一种"新"与"旧"的价值变化。根据历史学家对中国历史的分期，通常将1840年的鸦片战争看作是中国被置于全球化历史进程的一个显著标志。②在滚滚的全球性现代化浪潮中，中国所遭遇的冲击是世界性的。这种冲击不仅仅只是表现在社会结构、政治制度、经济方式等层面上，同时也表现在价值观念、思想意识、文化心理等层面上。美籍华裔学者张灏认为，遭遇世界性冲击的中国文化由此出现了前所未有的意义危机（the Crisis of Meaning）。这种危机导致了中国人的价值取向发生深刻的危机：传统的终极关怀——以儒家基本道德价值为核心的人生价值观发生基础性动摇；精神价值取向——传统的意义世界不足以支持现代人生，传统文明的失重引发文化认同上的深刻危机。③他指出："'意义危机'的源头如同人类历史那般久远，而在中国一如其他的地方，对敏锐的心灵来说，生命与世界的根本意义经常是吸引人的问题。当新的世界观和新的价值系统涌入中国，并且打破了一向借以安身立命的传统世界观和人生观（Weltanschauung and Lebensanschauung）"。④

① ［美］丹尼尔·贝尔：《资本主义文化矛盾》，赵一帆等译，生活·读书·新知三联书店1989年版，第30、197页。

② "全球化"（Globalization）与"国际化"（Internationalization）的内涵有所不同。根据美国麦肯锡全球研究所高级咨询专家洛威尔·布莱恩和黛安娜·法雷尔在题为《无疆界市场》（Market Unbound）的研究报告中所提出的观点，认为"国际化"主要是指国与国之间（通常是两国之间）跨越国界的交往活动，而全球化则是指超越所有国家界线的交往活动。历史学家越来越倾向于将发生在19世纪初由工业革命带来的产品与资本的对外扩张，以及所伴随的对外侵略与殖民活动，看作是当今全球化浪潮的序幕或前奏，或者说是全球化的一个重要源头。同时，从某种意义上来说，全球化进程与世界性的现代化进程是相互交织在一起的。现代化进程的历史发展，必然引发全球化的浪潮。参见：［意］康帕涅拉：《全球化：过程和解释》，梁广严译，《国外社会科学》1992年第7期；张洪贵：《国内"全球化"研究综述》，《当代学术信息》1999年第5期。本书赞同这一观点，并采用这种说法。

③ ［美］张灏：《中国近代思想史的转型时代》，《21世纪》（香港）1999年第4期。

④ ［美］张灏：《新儒家与当代中国的思想危机》，罗义俊编著：《评新儒家》，上海人民出版社1989年版，第49页。

作为"后发外生型"国家,①中国在跨入现代化进程中,随着中西文化的碰撞、冲突、交汇,也面临着如何进行有效的价值转换和意义重构等系列问题。如果说西方"早发内生型"国家在现代化进程中成功地转化了传统文化的价值因子,重构了与现代化进程相一致的新的价值标准和意义系统,给予现代社会、现代文化在意义领域里以充分的合理性与合法性,并为现代化的发展提供了强大的精神动力和意义支持,那么,一直支撑着中国传统社会、传统文化的价值系统,在转换的过程中则遭遇了空前的困境。近现代中国思想文化界所出现的这种现象,以及在中国社会新旧转换之际所表现出来的意义重构的历史要求,对中国新文化运动,以及对新文学、文论的生成、发展,都产生了重大而深远的影响。

近代全球化进程促成了不同文化范型的生成,而不同文化范型对中国文化的现代转型,具有重要的影响和相应的参照与规约。陈独秀主张直接引进现代西方文化的"德先生"(Democracy,民主)和"赛先生"(Science,科学),拯救近代中国的政治、经济、文化、社会、学术上的"一切黑暗"。胡适主张要对中国文化进行"Wholesale Westernization"和"Wholehearted modernization"②。鲁迅则提

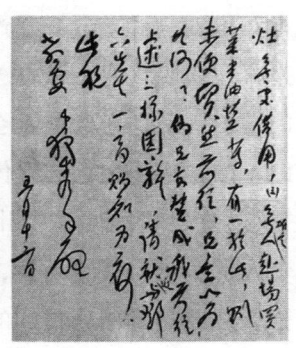

陈独秀致台静农信手稿

<hr>

① 美国社会学家 M·列维将不同国家的现代化分为"早发内生型"与"后发外生型"。前者以美、英、法等国为典型代表,后者则包括德国、日本、俄国以及当今世界广大的发展中国家。前者的现代化进程源自本国社会发展的内部需求,是自身历史发展的必然结果;后者启动现代化的因素,则主要来自外部世界的生存挑战和现代化启示效应。显然,中国的现代化属于后者。参见:许纪霖、陈达凯主编《中国现代化史》(第 1 卷),上海三联书店 1995 年版。

② 胡适后来在《充分世界化与全盘西化》一文中,重新解释并修正了"全盘性西化"的提法,强调说:"这个名词的确不免有一点语病。这点语病是因为严格来说,'全盘'含有百分之一百的意义,而百分之九十九还算不得'全盘'。……至少我可以说我自己的原意并不是这样。我赞成'全盘西化',原意只是因为这个口号最近于我十几年来'充分'世界化的主张;……所以我曾特别声明'全盘'的意义不过是'充分'而已,不应该拘泥作百分之百的数量的解释"。

出"立人"的文化诉求和定位，倡导"人国"的建立。这些都表明，民国的文化实践就不仅仅只是谋求单一的建立在政治、伦理等外在层面上的文化建构，而是主张建立一种高扬了人的主体性、个体性，具有现代文明觉悟的新文化实践。可以说，民国的这种文化立场和价值取向，不仅为中国文化的现代转型，同时也为新文学、文论的精神和发展，提供了一种建设性的现代性价值理路和逻辑构想。

晚清以降，中国知识界在"学习西方"中形成了一种共识，认为近现代西方社会的发达，关键的还在于整个国家和人民在思想文化上享有高度的自由。如严复，他对西方与中国的差距的解释，并不是将其归结为"强者"与"弱者"的差距，而是将其解释为"智者"与"愚者"、"贤者"与"不肖"的对立和差异。在严复看来，所谓"强者"、"智者"、"贤者"，也就是人在摆脱自身的蒙昧当中，走向了文明，建构了以"自由"为核心理念的知识谱系，为人类社会和文化的合理发展，奠定了坚实的价值基础。因此，推动中国文化的现代转型，就必须在"学习西方"中，大力开启"民智"，重建"民德"。如同本杰明·史华慈所指出的那样："假如说穆勒常以个人自由作为目的本身，那么，严复则把个人自由变成一个促进'民智民德'以及达到国家目的的手段。"①进入民国之后，随着第一代先进知识分子的价值隐退，第二代先进的知识分子则更是整体性地从现代西方文化的价值体系中，引进"民主"和"科学"的价值学识，以求借此一揽子解决中国社会和文化发展所遭遇的问题。

民国文论在这种文化的影响下，在初始的阶段，所采用的方法是激进的反传统，发展的路径是希望参照现代西方文化和文学（包括文论）的方式，而完成新文学的整体建构。李大钊说："以视吾之文坛，堕落于男女兽欲之鬼窟，而罔客自拔，柔靡艳丽，驱青年于妇人醇酒之中者，盖有人禽之殊，

---

① ［美］本杰明·史华慈：《寻求富强：严复与西方》，叶凤美译，江苏人民出版社 1995 年版，第133 页。

天渊之别矣。记者不敏，未擅海聂诸子之文才，窃慕青年德意志之运动，海内青年，其有闻风兴起者乎？甚愿执鞭以从之矣。"①对于旧文化、旧文学的日益堕落，新文化和新文学的先驱者们都希望借助现代西方文化之力，来冲刷旧文化、旧思想、旧道德的污浊。陈独秀就以欧洲文艺复兴为例指出："今日庄严灿烂之欧洲，何自而来乎？曰，革命之赐也。欧语所谓革命者，为革故更新之义，与中土所谓朝代鼎革，绝不相类。故自文艺复兴以来，政治界有革命，宗教界亦有革命，伦理道德亦有革命、文学艺术亦莫不有革命，莫不固革命而新兴而进化。近代欧洲文明史，宜可谓之革命史。故曰，今日庄严灿烂之欧洲乃革命之赐也。"②他提出的打倒三大旧文学，建立三大新文学，都旨在为民国文学发展指明路径，希求在新旧文化碰撞、交汇当中，一揽子解决由旧文学向新文学过渡的问题。

值得注意的是，鲁迅的文学主张有他自己的独特见解。在他看来，既然近代西方之强"根底在人"，那么，要使整个中国摆脱近代落后的窘况，在文化建设方面，就必须做到"其首在立人，人立而后凡事举，……国人之自觉至，个性张，沙聚之邦，由是转为人国。人国既建，乃始雄历无前，屹然独见于天下。"③他认为，由于受长期的封建专制主义文化的思想禁锢，"中国人向来就没有争到'人'的价格，至多不过是奴隶"，整个中国的历史也不过是"想做奴隶而不得"和"暂时做稳了奴隶"时代的交替循环，而要打破这种"超稳定"的历史循环，创造中国历史上未曾有过的"第三样时代"，就必须站在"立人"的思想高度，改造国民性，重铸民族魂灵，以便使近代中国能够在克服传统文化弊端，"矫十九世纪文明之弊"当中，进入"深邃庄严"的"二十世纪文明"之中，中国人也能够以一种新型的现代人格，跻身于"世界人"的行列，而文学作为点燃"国民精神的火花"

①　守常：《"晨钟"之使命》，1916年8月15日《晨钟报》创刊号。
②　陈独秀：《文学革命论》，1917年2月1日《新青年》第2卷第6号。
③　鲁迅：《坟·文化偏至论》，《鲁迅全集》（第1卷），人民文学出版社1981年版，第56页。

的方式和途径，则可以在其中脱胎换骨，浴火重生。

确立以人的解放，特别是人的精神解放，为推动中国文化现代转型的价值依据和逻辑起点，鲁迅的用意是多方面：其一，强调近现代西方文化中的"人"的观念，不仅能够充分弥补中国传统文化中"人"的观念的不足，而且重要的是能够更有效地来改变国民的思想观念和精神面貌，做到"群之大觉"，进而使整个"中国亦以立"。①其二，传统文化按照血缘等级伦理来规定"人"的位置，这样虽"有贵贱，有大小，有上下"，然而却往往会陷入"自己被人凌虐，但也可以凌虐别人；自己被人吃，但也可以吃别人。一级一级地制驭着，不能动弹，也不想动弹了"的境地，②并由此恶性循环，强化国民的"奴性"心理，使现代的中国人永远也不可能迈进富强之国的大门。因此，倡导人的解放，是与追求中国历史未曾有过的"第三样时代"——一个摆脱了封建专制和异族侵略的、高度繁荣与文明的"人国"时代的价值取向是一致的。其三，选择近现代西方文化中的"人"的观念，也是更深层次确定寻求人的解放，走向主体自觉的逻辑程序，是张扬个性，追求个性解放的必要前提。在鲁迅看来，"人各有己"、"朕归于我"的精神独立和个性特征，才是最终促使"群之大觉"、"中国亦以立"的内在动力。如果现代中国的社会文化发展，能在这个层次上进行转型，特别是能够使整个国民由此成为具有深刻自我意识能力的独特个体，那么，现代中国也就必定能够真正地摆脱一切内外在的、强制性的政治与伦理规约，获得民族的独立和社会的进步，进而也能够在一种总体超越的位置上来进行符合历史潮流的选择，推动整个民族一道走向现代的文明，进入以"人国"为主导中国社会文化发展的历史新纪元。

美国学者 J.勒文森（Joseph R. Levenson）在评价梁启超时曾指出："如

---

① 鲁迅：《集外集拾遗补编·破恶声论》，《鲁迅全集》（第8卷），人民文学出版社1981年版，第24页。
② 鲁迅：《坟·灯下漫笔》，《鲁迅全集》（第1卷），人民文学出版社1981年版，第215页。

果一人拥有能打开他所在囚笼的钥匙，那么他早已不在他的囚笼之中。"①这句话同样适合于以陈独秀、胡适、鲁迅为代表的民国知识分子及他们所做的文化选择的评价。因为在这一代民国知识分子的价值理念当中，早已"跳"出了"囚笼"，并拿到了打开束缚中国人精神"囚笼"的"钥匙"，如同鲁迅所说的那样："孔孟的书"读得最早，但"与他不相干"。②民国的知识分子深知，传统文化已不再适用于现代中国，必须对其进行彻底的批判，这样才能使整个中国社会迈入"沉邃庄严"的"二十世纪之文明"世界，成为现代文明世界的一员，"在当今的世界上，协同生长，挣一地位"。③显然，在中国文化的现代转型中，民国知识分子的思考和认识，是极具世界性的眼光和见识的，具有相当的广度和深度，特别是他们推动知识谱系的现代转换，对于规约民国文学、文论的发展路径，产生了重要的影响，也从中发挥了重要的作用。

由于民国初期参照现代西方文化、文学的经验，进行知识谱系的现代转换，到了三四十年代，民国文论发展走一条多元化的道路，成为一个显著的特点。尽管自民国建立之初至 20 年代，这种多元化发展的势头就已经出现，但在当时主要是在"破"和引进现代西方文论的层面上，"立"的工作主要还是出现在三四十年代。

在表现上看起来，民国 30 年代的文论发展主要是"左翼"文论和自由主义文论的两大派的对立，但在当中，文论发展的生态环境是比较好的，即便是两大派，其内部也有不同的文论主张。除此之外，游离于这两大派之外的，如鸳鸯蝴蝶派、通俗小说派（内含武侠小说、侦探小说等等），性灵文学派、京派、海派等，各自的文论主张都有着许多不同的观念、主张。对于

---

① ［美］J.勒文森：《梁启超与近代中国思想》，刘伟等译，四川人民出版社 1986 年版，第 2 页。

② 鲁迅：《坟·写在〈坟〉后面》，《鲁迅全集》（第 1 卷），人民文学出版社 1981 年版，第 286 页。

③ 鲁迅：《热风·随感录三十六》，《鲁迅全集》（第 1 卷），人民文学出版社 1981 年版，第 307 页。

民国文论来说，这种多元化的发展路径，使文论的结构呈现出一种开放的格局，易接受各种不同观点，不同主张的学说的碰撞、交流、沟通，表现出一种丰富性、多样性的精神特征。

以新月派为例，崛起于 20 年代中期的新月派，既是现代诗歌史上一个较有影响的诗歌流派，也是一个由民国时期留学欧美一派的同人汇聚而成的文人派别，因此，他们的文论主张，也值得特别一提。"新月"一词，是受泰戈尔《新月集》影响，借"新月"之名，寓意为上升、新生、幸福、吉祥、初始光亮、新的时光的涵义，故被称为新月派。梁实秋在《忆新月》一文中写道，为"新月杂志"热心奔走的是徐志摩和余上沅，一个负责编辑一个负责经理。当时上沅

（徐志摩 1897—1931）

传出消息，"杂志定名为'新月'，显然这是志摩的意念，因为在北平原有一个'新月社'，新月二字是套用印度泰戈尔的一部诗《新月集》，泰戈尔访华时，梁启超出面招待，徐志摩任翻译，所以，他对'新月'二字特别感兴趣，后来就在北平成立了一个'新月社'，像是俱乐部的性质，其中份子包括了一些文人和开明的政客与银行家。"①新月社是一个自由主义文人的团体，大多数成员是欧美留学生，他们的政治倾向多半是以欧美民主共和国为理想的，其价值立场也多是以自由主义为主导。徐志摩在《敬告读者》中宣称："我们办月刊的几个人的思想并不完全一致的，有的是信这个主义，有的是信那个主义，但是我们的根本精神和态度却有几点相同的地方。我们都信仰'思想自由'，我们都主张'言论出版自由'，我们都保持'容忍'的态度（除了'不容忍'的态度是我们所不能容忍以外），我们都喜欢稳健的合乎理性的学说。"②

---

① 梁实秋：《梁实秋自选集》（中国新文学丛刊），台湾黎明文化公司1975年版，第315页。
② 徐志摩：《敬告读者》，1929年9月《新月》第2卷第6、7期合刊。

新月诗派大致上以 1927 年为界，分为前后两个时期。前期是指自 1926 年春始，以北京的《晨报副刊·诗镌》为阵地，主要成员有闻一多、徐志摩、朱湘、孙大雨、饶孟侃、刘梦苇等人。1927 年春，胡适、徐志摩、闻一多、梁实秋等人创办新月书店，次年又创办《新月》月刊，新月派的主要活动开始转移到上海，被后人称为的后期新月派。它以《新月》月刊和 1930 年创刊的《诗刊》季刊为主要阵地，新加入成员有陈梦家、方玮德、卞之琳等。新月派推崇纯美和性灵以及自由主义的艺术精神，欣赏和推崇的是国外浪漫主义、唯美主义、象征主义的诗人，诸如曼殊菲尔、济慈、波特莱尔、王尔德等。同样，新月派的文论主张也多基于此种理念。徐志摩在《译曼殊斐尔诗三首前言》中曾写道："曼殊斐尔，她只是不同，她的诗，正如她的散文，都有她独有的气息与韵味。一种单纯的神秘的美永远在她的笔尖上颤动着。她一生所向往，所追求的是一种晶莹的境界；在人格上，在思想上，在表达的艺术上，她永远凝视着那一个憧憬。"在介绍济慈时，徐志摩这样深情地描述道："济慈有一次低低的自语——'I feel the flowers growing on me'。意思是'我觉得鲜花一朵朵的长上了我的身'，就是说他一想着了鲜花，他的本体就变成了鲜花，在草丛里掩映着，在阳光里闪亮着，在和风里一瓣瓣的无形的伸展着，在蜂蝶轻薄的口吻下羞晕着。"在徐志摩看来，这是诗歌最富想象力的表现，也是诗歌所表现的最纯粹的精神境界。他认为："济慈与雪莱最有这与自然谐和的变术；——雪莱制'云歌'时我们不知道雪莱变了云还是云变了雪莱；歌'西风'时不知道歌者是西风还是西风是歌者；颂'云雀'时不知道是诗人在九霄云端里唱着还是百灵鸟在字句里叫着；同样的济慈咏'忧郁''Odeon Melancholy'时他自己就变成了忧愁本体，'忽然从天上吊下来像一朵哭泣的云'；他赞美'秋''To Autumn'时他自己就是在树叶底下挂着的叶子中心那颗渐渐发长的核仁儿，或是在稻田里静偃着玫瑰色的秋阳！"①

唯美的理想，象征的意蕴，是新月诗人青睐象征主义诗歌的一个重要原因，也是他们提出相应的文论主张的重要原因。梁宗岱在介绍马拉美的诗歌时指出："一切上乘的诗都是无限的。一重又一重的幕尽可以被揭开了，它底真谛最内在的赤裸的美却永不能暴露出来。一首伟大的诗就是一个永远洋溢着智慧和欢欣的泉；一个人和一个时代既经汲尽了他们底特殊关系所容许他们分受的它那神圣的流泻之后，另一个然后又另一个将继续下去，新的关系永远发展着，一个不能预见也未经想象的欢欣的源头。"②梁宗岱的诗学观点，可以看作是对新月诗派诗学观点的一个很好的脚注。新月派的诗人、诗论家孙大雨在试作十四行诗歌而引发争论时，梁宗岱就曾撰文表示大力支持。在他看来，孙大雨的十四行诗的创作，体现了这种唯美的理想，富有丰富的象征意蕴。在诗歌理论上，新月派主张创立新格律诗，以纠正民国初期以来抒情过于泛滥的诗歌现象。徐志摩在《〈诗刊〉弁言》中说：创办《诗镌》是"要把创格的新诗当一件认真事情做"，为新诗构造适当的躯壳，也就是要发现新诗的"新格式"与"新音节"。目的是为新诗创造"完美的形体"，因为"完美的形体是完美精神的唯一表现"，而新时代的作品需要新的格律："我们这民族、这时期的精神解放或精神革命，没有一部像样的诗式的表现是不完全的。"他宣称：

我们信诗是表现人类创造力的一个工具，与音乐与美术是同等性质的；我们信我们这民族这时期的精神解放或精神革命后有一部像样的诗式的表现是不完全的；我们信我们自身灵气里以及周遭空气里多的是要求投胎的思想的灵魂，我们的责任是代替它们构造适当的躯壳，这就是诗文与各种美术的新格式与新音节的发现；我们信完美的形体是完美的精神唯一表现；我们信

① 徐志摩：《徐志摩文萃》，文化艺术出版社 2002 年版，第 172 页。
② 梁宗岱：《象征主义》，1934 年 4 月 1 日《文学季刊》第 2 期。

文艺的生命是无形的灵感加上有意识的耐心与勤力的成绩；最后我们信我们的新文艺，正如我们的民族本体，是有一个伟大美丽的将来的。①

　　徐志摩在出版的诗集《志摩的诗》和后来发表在《诗镌》上的诗，"几乎全是体制的输入和试验"，对前期"新月"诗派的创作也产生了很大的影响。徐志摩宣称"艺术至上"，"感美感恋"，自称是"有愿心想把文章当文章写的一个人"的观点，对"新月"派的诗歌创作带来了重要影响。其实，早在民国十五年（1926 年）闻一多就在《晨报副刊·诗镌》上发表了《诗的格律》一文，这是他建设新诗理论的总结，也可视作是新月诗派诗歌理论的奠基之作之一。在闻一多和徐志摩的推动下，新月诗派致力于中国新格律诗的创作和艺术表现形式的探索，并通过诗歌创作实践，构建新诗格律理论，推动了白话新诗创作的繁荣和发展。从新月派的主张中，可以窥见民国文化多样性对于文论发展的影响。

　　由于日本发侵华战争，南京沦陷，民国政府迁往陪都重庆，加上中共到陕北后建立抗日根据地，到了 40 年代，整个民国实际上是一分为三，分别是国民政府实际控制区域，俗称"国统区"，也称"大后方"。中共实际控制区域，俗称"解放区"和日伪实际控制区域，俗称"沦陷区"。所以，在不同的区域，各自的环境不同，文论的主张也不同。相比较而言，在国民政府实际控制的区域，文论的发展仍然是呈多样性的态势，如在 40 年代出现的"民族形式"的讨论，关于现实主义和"主观"问题的论争等等，不同文论主张，都可以自由论争，也没有出现所谓一边倒的现象，总体的发展还是显示出平稳和多样性的特点。而在中共实际控制的区域，通过"延安整风"，特别是毛泽东在延安文艺座谈会上讲话的发表，以意识形态为主导的文论发展成为主流，尽管也还存在着一些不同的主张，如丁玲、艾青、萧

---

① 徐志摩：《〈诗刊〉弁言》，1926 年 4 月 1 日《晨报副刊·诗镌》第 1 期。

军、王实味等人的文论主张，他们仍然主张"暴露黑暗"，批评现实，与当时主流的延安文艺"为政治服务"、"为工农兵服务"的"歌颂光明"的文论主张相左，但意识形态化的，以"革命"话语为主导的主流文论始终占据上风，这些相左的文论主张也或被压制，或被改造而转变，最终淹没在主流的"歌颂光明"的文论主张之中。日伪实际控制区域的文论发展，显得比较凌乱、复杂，似乎也不成系统，很难用什么主流或非主流的来认定。周作人虽然写了一些文章，不过似乎没有提出什么主张，也没有什么反响。其他的如张爱玲、苏青等人主要的着力点还是在创作方面，文论方面即便有些主张，也大都是发表一些关于文学的"雅"与"俗"的看法。譬如东北沦陷区就围绕通俗小说创作问题展开过讨论，还有华北沦陷区，在民国三十一年（1942 年），北平的《国民杂志》就开辟过"小说的内容与形式"的讨论，还有上海的《万象》杂志，刊发过"通俗文学讨论特辑"。有些文论主张的提出，则是针对具体的创作而展开的，如迅雨（傅雷）就针对张爱玲的小说创作发表过题为《论张爱玲的小说》的文章。他重点对张爱玲的两部小说《金锁记》和《倾城之恋》进行了分析批评。在文中，他高度评价了张爱玲的小说创作，认为她的《金锁记》是当时文坛"最美收获之一"，并从结构、节奏、色彩、心理、风格、创作手法等多个维度，对这部小说进行了精辟的艺术分析，重点是以"情欲"为中心来分析主人公曹七巧的个性和悲剧，指出张爱玲在这部小说中的心理分析少用"独白"，但仍然精彩绝伦，尤其是采用电影的"节略手法"，凸显小说美学独有的意境，这应是张爱玲小说创作当中的"最完满之作"，颇有鲁迅的《狂人日记》中"某些故事的风味"。但对张爱玲的另一部小说《倾城之恋》则颇有微词，指出两个主人公个性肤浅，缺乏现实感。而其他的作品也还存在类似的问题，如《连环套》，它的主要弊病就是内容的贫乏，人物缺少真实性，用语错乱并且俗气。不过，傅雷还是非常欣赏张爱玲的才气和艺术天赋的，认为她是"有多面的修养而能充分运用的作家（绘画，音乐，历史的运用，使她的文体特别富丽动人）"。在这个基础上，他提出了对小说创作的见解，他说：
"小说家最大的秘密，在能跟着创造的人物同时演化。生活经验是无穷的。
作家的生活经验怎样才算丰富是没有标准的。人寿有限，活动的环境有限；
单凭外界的材料来求生活的丰富，决不够成为艺术家。唯有在众生身上去体
验人生，才会使作者和人物同时进步，而且渐渐超过自己。"①傅雷对张爱玲
小说所作的评价，中肯、细腻、精到，艺术品位极高，为民国时的文坛佳
话。

　　以国民政府实际控制区域出现的"战国策"派的文论主张为例，可以
看出，民国文论是如何沿着初期开启的多元化道路而发展过来的。"战国
策"派是出现在民国二十九年（1940 年）抗日战争期间大后方的，一个广
泛涉及哲学、历史学、文学、政治学、文化学等多个学科的综合性文化派
别，成员主要以大学教授为主，核心成员是林同济、陈铨、雷海宗、何永
佶、贺麟等人。他们以《战国策》半月刊和重庆《大公报·战国副刊》为
中心为阵地，发表自己的文化主张，但多侧重于用文论的方式来表达。他们
的主张有很强的德国哲学色彩，林同济、雷海宗、陈铨三人都是留德出身
的。陈铨就曾说："希特拉的纳粹主义，就是德国人也有反对的。但德国民
族精神和思想的独到处，连尧舜禹汤也要认为有效法的价值。"②他们以批判
传统文化和民族病症为基础，呼唤民族的文化竞存力，希望提升民族文化的
表现力，并表现出浓厚的国家主义和英雄崇拜的倾向。在文论方面，最突出
的主张就是林同济提出的文艺上要以"恐怖·狂欢·虔恪"为创作的"三
道母题"之说。林同济用尼采式的浪漫抒情的散文诗形式，表达了他的文
论主张：

　　弟兄们奋起笔来，快快画一画！恐怖是人们最深入最基层的感觉。拨开

① 迅雨：《论张爱玲的小说》，1944 年 5 月《万象》第 3 卷第 11 期。
② 陈铨：《狂飙时代的德国文学》，1940 年 10 月 11 日《战国策》第 13 期。

了一切，剩下的就是恐怖。时间无穷，空间也是无穷的。对这无穷的时空，生命看出自家最后的脆弱，看出那终究不可倖逃的气运——死，亡，毁灭。恐怖是生命看到自家最险暗的深渊：它可以撼动六根，可以迫着灵魂发抖。弟兄们呵！你们的灵魂到如今，需要发抖了！能发抖而后能渴慕，能追求。发抖后的追求，才有能力创造。我看第一步必需的工夫，是要从你们六根底下，震醒了那一点创造的星火。

弟兄们呵！我要你们画狂欢就是要你们画音乐，画那交响曲的高浪头！然而——你们不曾体验到狂欢的颤动的，那里会诞生出交响曲的高浪头？

你们的画，不是说画中有诗吗？唉！诗到如今，难言之矣！你们所谓诗，无病的呻吟，逸兴的硁硁。我的所谓诗，可以兴，可以发，可以舞，可以歌！硁硁的情绪，激不起巨大的音波。如果你们画中有诗，愿这诗不是三五字的推敲，而乃是整部民族史的狂奏曲！

弟兄们，无穷时空的威胁，到处是，随时有，好个猛酷的真实。只有"历史外"的林林总总，自生自灭，他们感不到这个真实的赫赫，而这个真实也受不到他们荡漾之波。他们是古井，有水无波。他们是涸井，根本无水！历史外的人们有福了：一辈子安眠！唉，这"历史外"的安眠，更可使"历史上"的体魂不能合眼呵！

弟兄们！你们是"历史上"的体魂吗？那么，你们的心灵要永远是一个矛盾的结晶，你们对无穷的时空要永远感验到彼此宇宙性的尊缘：本体上是一种无由隔绝之亲，意志上却是两个不共戴天之敌！"自我"与"无穷"永远在斗法。恐怖是无穷压倒了自我，狂欢是自我镇伏了无穷。谁得最后胜利呢？弟兄们呵，是永远的斗争，没有"最后"两个字呵！每场恐怖必须创造出更高度狂欢，更高度狂欢必定要归结到骇人的恐怖！①

---

① 独及：《寄语中国艺术人——恐怖·狂欢·虔恪》，1942 年 1 月 21 日重庆《大公报》。

林同济阐述了"战国策"派的文艺思想和文论主张，表达出"战国策"派文艺所推崇的三道生命母题，也即他所呼吁所要达到的三种人生的境界，即第一步是"恐怖"，主要内核是要"看透时间与空间的无穷"，并在这无穷之中看出自家的脆弱，那种人生所不可避免的"死亡和毁灭"。只有这样，灵魂才会因此而发抖，然后因发抖后方能有生命的追求，人生的创造。第二步是"狂欢"，也即原始生命力的爆发。在他看来，狂欢生于恐怖，而又能战胜恐怖，"我思故我在，我在故我能"。让生命把握着宇宙的节拍，与宇宙打成一片，"我征服了宇宙，我就是宇宙。我就是创造，一个混乱的创造"。最后一步是"虔恪"，其主要内核是"自我外发现了存在，可以控制时空，也可以包罗自我。"在自我与时空之上，发现了一个无限的绝对体，它伟大、崇高、至善、万能，虔恪就是在"神圣的绝对体面前严肃屏息崇拜。"显然，他所阐释的"战国策"派的文艺思想，主要的理论依据是尼采的"权力意志"和"超人"哲学，所鼓吹的是"自我"的中心，推崇的是非理性主义文艺思想。在民国的文坛上，他以及其他有代表性的"战国策"派的文论主张，虽然引起不同的争论，但所产生的影响也不容忽视，所代表的"战国策"派，是民国文坛上（抗战时期）的重要文学流派，所代表的文艺主张，也是民国时期的重要文学主张之一。

　　尽管"战国策"派的主张有国家主义的主张，但是对于"力"的推崇，对英雄的崇拜，表现在文论主张上，也就显示出一种对艺术张力或冲力的推崇，对创作主体精神的重视，这对于抗战文学的创作来说，是具有积极的意义的，从中反映出民国文论即便是抗战的特殊时期，也保持了一种多元发展的价值取向，而非只是单一的意识形态化的发展模式和发展路径。稍后一点出现在西南大后方的"西南联大诗人群"（后来因为其中九人结集出版过诗集，这一诗派又被称为"九叶诗派"）的诗论中，也反映出民国文论发展的这种特点。即便是战火纷飞的特殊年代，对于"西南联大诗人群"的诗人来说，他们仍然是从现代西方文艺理论中获得启示，把个人对于战争独特的生命体验，上升到对整个民族、国家和人类命运的高度，上升到对人的存在境况和未来前景的层面，进行富有形而上哲理的思索和探讨，用唐湜的话来说，新诗创作"就是一种间接的抒情，深潜的深入，客观的暗示，或一种以清晰的感觉为支柱的深情的或思想的意象，……给人一种成熟的宛转。"他比较了浪漫主义、古典主义和现代主义的诗歌创作特点，指出："一般来说，由灵魂（Heart）出发的直觉意象是自然的潜意识的直接突起，是浪漫蒂克的主观感情的高涌，由心智（Mind）出发的五星意象则是自觉意识的深沉表现，是古典精神的客观印象的凝合，而它们的更高的完成则是由于古典精神与浪漫蒂克力量扎起意象内部平行又对抗的凝合，自然的基础与自觉的方向、潜意识的'能'与意识的'知'的完整的结合，思想突破直觉的平面后向更高的和谐与更深的沉潜，最大最深的直觉与雄伟的意志的发展。在那里，无分人我，无分彼此，主观与客观，直接的申诉与间接的传达，一切一切都完全凝合无间，无所区别也毫无间隔。"[1]在战争的特殊环境中，将对战争的生命体验，提升到形而上的哲理思索层面，并与潜意识的生命本能情感相融合，也就突破了单一的浪漫抒情的单调，古典理性的束缚，而把蕴聚在心灵深处的最本真的情与思展现出来了，也就形成了独特的新意象。无疑，生成于战争环境下的这种诗论，具有它的独到性，充分地反映出民国文论的多元和多样性的发展特征。

第二节　新知识传播与民国文论发展动力

民国二十四年（1935 年），由赵家璧主编的《中国新文学大系》由上海良友图书印刷公司陆续出版。这是民国时期最早编纂的大型文学选集，全书分为十卷，由蔡元培先生撰写总序，各卷编选者分别就所选内容写了长篇

---

① 唐湜：《论意象》，1948 年 12 月《春秋》第 6 期（11 月号、12 月号合刊）。

导言。在总序中，蔡元培从中西文明、文化发展的高度，总揽全局、高屋建瓴地论述了文化和文学的相互关系，对中国新文化运动和西方文艺复兴存在的区别，进行深入的比较和探究，从中梳理出两种文化运动的不同发展理路，为中国新文化、新文学的运动，探明发展的路径和方向，并以高瞻远瞩的文化眼光，指出中国新文学的发展，顺乎了历史发展的潮流，实际上也就是中国的文艺复兴运动，适应了现代中国发展的

（蔡元培 1868—1940）

历史规律，传导了迈入现代进程中的中国人的思想与情感。从蔡元培在总序的论述中，可以看出，正是由于现代西方文化、文学的引介，使新的思想和新的知识得以广泛的传播，这样也就为民国文论的发展带来了无限的动力。蔡元培指出：

　　为甚么改革思想，一定要牵涉到文学上？这因为文学是传导思想的工具。钱玄同于七年三月十四日《致陈独秀书》，有云："旧文章的内容，不到半页，必有发昏做梦的话，青年子弟，读了这种旧文章，觉其句调铿锵，娓娓可诵，不知不觉，便被为文中之荒谬道理所征服。"在玄同所主张的"废灭汉文"虽不易实现，而先废文言文，是做得到的事。所以他有一次致独秀的书，就说："我们既绝对主张用白话文作文章，则自己在《新青年》里面做的，便应该渐渐的改用白话。我从这次通信起，以后或撰文，或通信，一概用白话，就和适之先生做《尝试集》一样意思。并且还要请先生，胡适之先生和刘半农先生都来尝试尝试。此外别位在《新青年》撰文的先生和国中赞成做白话文的先生们，若是大家都肯尝试，那么必定成功。自古无的，自今以后必定会有。"可以看见玄同提倡白话文的努力。

　　民元十年左右，白话文也颇为流行，那时候最著名的白话报，是在杭州是林獬、陈敬第所编，在芜湖是独秀与刘光汉所编，在北京是杭辛斋、彭翼

仲所编，即余与王季同、汪允宗等所编的《俄事警闻》与《警钟》每日有白话文与文言文论说各一篇，但那时候作白话文的缘故，是专为通俗易理解，可以普及常识，并非取文言而代之。主张以白话代文言，而高揭文学革命的旗帜，这是从《新青年》开始的。

欧洲复兴时期以人文主义为标榜，由神的世界过渡到人的世界。就图画而言，中古代的神像，都是忧郁枯板与普通人不同，及复兴时代，一以生人为模型，例如拉飞尔，所画圣母，全是窈窕的幼妇，所画耶稣，全是活泼的儿童。使观者有地上实现天国的感想。不但拉飞尔，同时的画家没有不这样的。进而为生人肖象，自然更加表现其特性，所谓"人心不同如其面"了。这叫做由神相而转成人相。我国近代本目文言文为古文，而欧洲人目不通行的语言为死语，刘大白参用他们的语意，译古文为鬼话；所以反对文言提倡白话的运动，可以说是弃鬼话而取人话了。

欧洲中古时代，以一种变相的拉丁文为通行文字，复兴以后，虽以研求罗马时代的拉丁文与希腊文，为复兴古学的工具，而另一方面，却把各民族的方言加以利用为新文学的工具。在意大利有但丁，亚利奥斯多，朴伽丘，马基亚弗利等，在英国有绰塞，威克列夫等，在日尔曼，有路德等，在西班牙，有塞文蒂等，在法兰西，有拉勃雷等，都是用素来不认为有文学价值的方言来叙述圣经，或撰著诗文，遂产生各国语的新文学。我们的复兴，以白话文为文学革命的条件，正与但丁等一同见解。

欧洲的复兴，普通分为初盛晚三期：以十五世纪为初期，以千五百年至前千五百八十年为盛期，以千五百八十年至十七世纪为晚期。在艺术上，自意大利的乔托，基伯尔提，文西，米开兰基罗，拉飞儿，狄兴等以至法国的雷斯古，古容，格雷爱父子等，西班牙的维拉斯开兹等，德国的杜勒，荷尔斑一族等，荷兰与法兰德尔的凡爱克，鲁本兹，郎布兰，凡带克等。在文学上，自意大利但丁，亚利奥斯多，马基亚弗利，塔苏等，法国的露莎，蒙旦等，西班牙的蒙杜莎，莎凡提等，德国的路德，萨克斯等，英国的雪泥，慕尔，莎士比亚等。人才辈出，历三百年。我国的复兴，自五四运动以来不过十五年，新文学的成绩，当然不敢自诩为成熟。其影响于科学精神民治思想及表现个性的艺术，均尚在进行之中。但是吾国历史，现代环境，督促吾人，不得不有奔轶绝尘的猛进。吾人自期，至少应以十年的工作抵欧洲各国数百年。[1]

在蔡元培看来，无论是中国，还是欧洲，文艺的复兴全靠人类新知识的传播，才使得文明不断战胜愚昧，让人类逐渐地摆脱初始的蒙昧状态的束缚，不断地走向现代的文明。文学的发展更是莫过于此，没有新知识的传播，新文化、新思想、新道德不能彰显，新的文学也无法产生，更无法表现和传播人类新的思想和情感。

胡适在《中国的文艺复兴》一文中也指出："肇始于1917年的有时亦被称为'新文化运动'、'新思想运动'、'新浪潮'的新运动，引起了中国青年一代的共鸣，被看成是预示着并指向一个古老民族和古老文明的新生运动"。同时，他指出该运动有三个突出特征："首先，它是一场自觉的、提倡用民众使用的活的语言创作的新文学取代用旧语言创作的古文学的运动。其次，它是一场自觉地反对传统文化中诸多观念、制度的运动，是一场自觉地把个人从传统力量的束缚中解放出来的运动。它是一场理性对传统，自由对权威，张扬生命和人的价值对压制生命和人的价值的运动。最后，很奇怪，这场运动是由既了解他们自己的文化遗产，又力图用现代新的、历史地批判与探索方法去研究他们的文化遗产的人领导的。在这个意义上，它又是一场人文主义的运动。"[2]欧洲也好，中国也好，在文艺复兴运动中，要使新的思想、新的文化得以广泛地接受，深入人心，成为迈向现代文明的新观

---

① 蔡元培：《〈中国新文学大系〉总序》，赵家璧主编：《中国新文学大系》，上海良友图书印刷公司1935年版，第5—6页。

② 胡适：《中国的文艺复兴》，欧阳哲生译，外语教学与研究出版社2001年版，第181页。

念、新举措，就必须依靠新知识的广泛传播。换言之，要使知识谱系的现代转换获得自身强大的驱动力，就必须有赖于新知识的广泛传播，用康德的话说，所谓启蒙，就是要用新的知识照亮人的心田，获得前进和发展的动力。

对于民国文化来说，新知识指的是在现代西方文化的影响下而形成的一整套具有现代文明理念的知识。因为近现代中国社会的急剧变化，特别是中西文化的激烈碰撞与冲突、交汇，传统的文化语境、知识谱系、价值典范、话语系统等都开始出现剧烈震荡的情形，从根本上开始摇撼传统的以"仁"为价值核心，以"忠、孝、礼、义"为人生纲常的权威地位与存在意义，迫使传统意义世界所构筑的终极信仰、终极关怀开始从中心滑向边缘，以至于逐渐退出历史的舞台。这种情形，促使原先在道德本体领域建构的意义，出现了前所未有的失落和危机现象。信仰大厦的坍塌，终极关怀的失落，价值世界的失范，成为近代以来中国社会最严重的危机现象，并不断地蔓延到各个领域。当然，造成意义失落的原因是多方面的。有来自外部的因素，如伴随着西方列强野蛮入侵而来的近现代西方文化的冲击；有来自内部的因素，如长期闭关自守的中央集权的大一统封建社会的解体，沦落为半封建半殖民地社会，以及由此带来的社会急剧变动，导致原有社会秩序的失范。但是，从文化体系和结构的对应性上看，最根本的原因还在于建立在农业文明基础之上的儒家文化，作为长期主导中国文化发展的中坚力量和中国人长期推崇的价值理想与人生信仰，在整个世界性的现代化进程中，愈来愈显示出它的不适应性和发展的滞后性，进而难以为整个中国社会的变迁、文化的转型，为迈向现代化的现代中国人提供一整套具有时代意义的终极关怀。意义的失落，引发了现代中国思想文化史上最为深刻的危机——"意义危机"。张灏认为，这种特定存在的"意义危机"在中国人的心智结构里，主要表现为三个层面的"精神迷失"：

一是"道德迷失"。古代中国社会以儒家文化所倡导的，以"仁"为核心的意义系统和以"忠、孝、礼、义"为纲常的伦理道德规范，与其时的农业—宗法社会相契合，故行之有效。而在现代化的历史进程中，由于社会经济基础发生根本变化，旧的伦理道德业已失范，新的人生意义、新的道德律令却一时难以建构起来，这样，转型时期的"道德真空"、"道德迷失"，将引发严重的意义危机。

二是"存在迷失"。儒家的"内圣外王"的人生境界，在现代社会已被证明不合时宜，并引发人的存在价值和意义的失落，那么，新的安身立命的存在意义又无所寻求，人生的意义将系于何方？存在的意义又究竟落实在哪个层面？在特定的社会时空里，这种无从着落的意义之漂泊，将进一步加深意义危机。

三是"形上迷失"。儒家文化倡导的形上之道与形下之器，在古代中国社会是相互契合的，同时也是二而一的两个方面，但在近代中国，由于它的不合时宜性，以及由于只是单方面地吸收西方的"形下之器"（科技），而忽视西方的"形上之道"（如终极关怀、人道精神等等），同时是又抛弃中国固有的"形上之道"，未能赋予时代意义的创造性转化，从而使现代中国的思想文化建设陷于资源贫乏之地，并加剧了意义危机。①

近代以来出现的意义失落和危机，迫使现代中国的文化发展及其意义必须进行重构或重建，并要求在这种重构或重建中，开启一条"人学"发展的道路，即现代中国文化的发展路径，必须以立足于解决人的发展问题为基点，这样才能使现代文明的知识得以广泛传播，完成思想启蒙的重任，推动中国现代化的发展，最终迈入现代文明世界，成为文明世界大家庭的重要一员。因此，对于民国文化而言，倡导新思想、新文化、新道德，就是要针对封建专制制度对人的压迫，特别是对人的精神产生严重束缚的现象，确立以"人"为出发点，将现代中国社会的发展、文化的发展均归结为"人的问题"，如人的存在价值与意义，生命的理想和人生的归宿，人的本质和发

---

① 参见：张灏《新儒家与当代中国的思想危机》，《近代中国思想史人物论·保守主义》等著作，台湾时报文化出版事业有限公司 1982 年版。

展，人和对象世界的关系等等，均是文化建设、文学理论建设的核心问题。在民国的文化论争包括文学论争当中，无论各派的主张学说如何不同，但都试图从这个维度来探讨问题，如被称为现代大儒的熊十力所说："文化的根荄，必于哲学思想方面。"他本人就试图通过复兴儒学思想的方式，实现自我与宇宙为一、生命与自然为一，以"流行不息"的宇宙本体来为现代中国人创建"新哲学创生之根据"，提供新的人生价值的证明和意义的支持。在他看来，只有这样才能重构意义，开辟中国文化发展的未来。①胡适在致力于"以求学论事观物经国之术"当中，也要求在形而上的哲学层面探寻意义的生成，他指出："真正的哲学必须抛弃从前种种玩意儿的'哲学家的问题'，必须变成解决'人的问题'方法。"②倡导文化问题、哲学问题也就是"人的问题"，其宗旨也就是要建立一种以摆脱封建专制主义的精神压迫而导致"人"的意义危机的解决方案，在没有圣贤承担道统的年代，真正地以独立自主的人格意志、以自我拯救的方式来解决现代中国人的意义危机问题，如同胡适所明确指出的那样："信任天不如信任人，靠上帝不如靠自己。我们要在这个世界上建造'人的乐国'。我们不妄想做不死的神仙了，我们要在这世界上做个活泼健全的人。我们不妄想什么四禅定六神通了，我们要在这个世界上做个有聪明智慧的可以戡天缩地的人。我们也许不轻易信仰上帝的万能了，我们却信仰科学的方法是万能的，人的将来是不可限量的。我们也许不信灵魂的不灭了，我们却信人格是神圣的，人权是神圣的。"③

　　鲁迅在近现代文化碰撞、文明的冲突当中，也深刻地认识到了中国传统文明的落伍性。他指出，在"文化竞争失败之后"，中国就难以见到"振拔

① 熊十力：《文化与哲学》，辽宁大学编：《中国现代哲学资料汇编》（内刊，第 2 集第 6 册），第 173 页。
② 胡适：《实验主义》，1919 年 4 月 15 日《新青年》第 6 卷第 4 号。
③ 胡适：《我们对于西洋近代文明的态度》，《胡适文存》（第 3 集第 1 卷），亚东图书馆 1930 年版，第 6 页。

改进"的文化自信精神，在他看来，个中的原因还在于传统文化自身的一整套有关人的信仰、信念、价值观、意义取向、终极关怀，以及文化发展机制等都统统发生了危机，难以再适应现代中国社会的发展需要，除非对此进行一场彻底的、深刻的革命，传统文明、传统文化都无法为现代中国发展提供新的、强大的文化动力和新的文明发展导向。受近代西方的影响，现代的中国知识分子反倒是从西方寻求"救国救民的真理"，不再是单一地遵循传统的价值理念，认同传统的文化经典，顺从传统的伦理规范，而是大力提倡"新文化、新思想、新道德"。为此，鲁迅也是大力鼓吹要"与旧习对立，更张破坏"，甚至愤激地呼吁："要少——或者竟不——看中国书。"他指出："十九世纪末思想之为变也，其原安在，其实若何，其力之及于将来也又奚若？曰言其本质，即以矫十九世纪文明而起者耳。"①他认为，只有与整个现代文明发展主流相对应、相对接，中国才真正地有出路，才会得以更进一步地发展。

在民国倡导新文化、新思想、新道德中而诞生的新文学，在理论建构层面上，就必须要在这种新知识的传播中获得自身发展的动力，让各种思想、学说、流派都能得到传播、发挥的机会，以便在新知识的广泛传播中，让自身获得长足的发展。民国初期创办的各种文学刊物，都非常重视这一点。如在《〈小说月报〉改革宣言》中，就设立"特载"栏目，声称："同人深信文艺之进步全赖有不囿于传统思想之创造精神；当其创造之初，故惊庸俗之耳目，迨及学派确立，民众始仰其真理。西洋专论文艺之杂志，常有 Modern form 一栏以容受此等作品；同人窃仿其意，特创此栏，以俟国人发表其创见，兼亦介绍西洋之新锐，以为观摩之助。"并还在"杂栏"中设"海外文坛消息"，②以传播来自海外的文艺新知识信息。一些刊物，还有意识地刊发相关的政治、文化、社会，甚至哲学一类的文章，或开辟相关的栏目，也

---

① 鲁迅：《坟·文化偏至论》，《鲁迅全集》（第1卷），人民文学出版社1981年版，第51页。
② 《〈小说月报〉改革宣言》，1921年1月10日《小说月报》第12卷第1号。

旨在为包括民国文论发展在内的思想文化界和广大民众，提供广阔的新知识背景。如《〈洪水〉复活宣言》就说："匆匆便是一年。这一年中，发表思想的刊物如春笋般怒茁起来。有谈政治的，有论社会的，有讨论主义的，有研究问题的，科学的，哲学的，文艺的，美术的，一切都备。"①语丝社创办的《语丝》，在《发刊词》中宣称："周刊上的文字大抵以简短的思想和批评为主，但也兼采文艺创作以及文学美术和一般思想的介绍与研究，在得到学者的援助时也要发表学术上的重要论文。"②这也就是向世人表明，文学及其理论的介绍和研究，与思想和社会批评分不开，不依赖于新知识的传播，纯粹意义上文论几乎没有太大的意义。所以，孙伏园在给周作人的信中说："语丝同人对于政治问题的淡漠，只限于那种肤浅的红脸打进黑脸打出的政治问题，至于那种替政治问题做背景的思想学术言论等等问题还是比别人格外留意的。说得加重一点，倒是语丝同人最热心于谈政治，那种红脸打进做一条评论，黑脸打出再做一条评论的人们才真淡漠于谈政治呢。"③鲁迅则认为《语丝》在"不意中显了一种特色"，这就是"任意而谈，无所顾忌，要催促新的产生，对于有害于新的旧物，则竭力加以排击"。④即便是一些持较为保守立场的刊物，如《学衡》，在杂志简章中，即便是"于国学"为主，但也要"于西学"，做到"博及群书，深窥底奥，然后明白辨析，审慎择取。"⑤

在《〈学衡〉弁言》中也表明，要"诵述中西先哲之精言。以翼学"，"解析世宙名著之共性。以邮思。"⑥正是这种紧随着新知识的广泛传播，民国文论的视野、理念、知识体系与结构、逻辑发展理路等，都十分宽广，一

---

① 《〈洪水〉复活宣言》，1925 年 9 月 16 日《洪水》第 1 卷第 1 号。
② 《〈语丝〉发刊词》，1924 年 11 月 17 日《语丝》第 1 期。
③ 伏园：《语丝的文体》，1925 年 11 月 9 日《语丝》第 52 期。
④ 鲁迅：《三闲集·我和〈语丝〉的始终》，《鲁迅全集》（第 4 卷），人民文学出版社 1981 年版，第 167 页。
⑤ 《〈学衡〉杂志简章》，1922 年 1 月《学衡》第 1 期。
⑥ 《〈学衡〉弁言》，1922 年 1 月《学衡》第 1 期。

种有别于传统的感悟式、点评式的"大文论"的格局便由此而诞生了。

在民国"大文论"的格局中，伴随着新知识的传播和运用，各种文论的见解、批评方法均不断涌现，不论是基于现实主义（写实主义）的、浪漫主义的，还是象征主义的、印象主义的，都出现在民国文论之中，从而丰富了民国文论的体系建构。就文论发展本身而言，民国文论注重以中外经典文学创作和理论为参照，积极探索中国新文学精神品格的整体建构，引导中国新文学精品的产生，推动新文学在创作和理论上不断走向成熟。30 年代赵家璧主编的《中国新文学大系》，胡适、郑振铎、茅盾、鲁迅、郑伯奇、郁达夫、朱自清、洪深、周作人等分别对理论、小说、诗歌、散文、戏剧等文体的产生和发展过程的梳理、概括、提炼、点评、阐述、总结等，不仅仅只是一项对前期发展的简单的汇聚和整理工作，同时也更是随着新知识传播而形成"大文论"格局的一次整体亮相，在为新文学的发展精选与推出精品，以及进行理论探讨和形成特色方面，不断地促成了新文学经典性的整体生成。

第三节　民国文论的创新性发展品格

在民国开放的文化格局中，文论建设和发展在广泛吸纳、锐意进取、争论不休、复杂曲折的实践过程中行进，开阔了认识视野，舒展了思维角度，确立逻辑理路，建构了理论体系，为后世留下宝贵的经验和教训，无论成败得失如何，也都给后人提供了多元性的思考和多样性的智慧。如早在民国之初，关于文言与白话之争，20 年代后期有关"革命文学"的论争，30 年代"左翼"文坛与自由主义文坛的文论主张之论争，像梁实秋的新人文主义对五四思潮，尤其是创造社思潮的驳难性反思，鲁迅、冯乃超与梁实秋开展的文学的"阶级性"与"人性论"的论争，还有 30 年代关于杂文和小品文的讨论，文艺大众化问题的讨论，左翼作家与新月派文人的论争，对民族主义文学的批评，对"自由人"、"第三种人"的批判，对"论语派"及其"性灵文学"的批评，"两个口号"与"国防文学"的论争，一直到40年代出现的关于抗战题材与暴露黑暗问题的争论，对"战国策"派的批判，关于现实主义、民族形式问题和主观战斗精神的论争，"延安文学"的有关"歌颂"与"暴露"的论争，等等，都从文学与时代、社会、政治、文化、现实生活，以及与文学艺术本身的错综复杂的关系中，留下了诸多的耐人寻味的论题，为更宏观、更缜密、更富逻辑思辨性的文论建设与发展，提供了丰厚的思想资源和广阔的阐释平台，奠定了坚实的基础。

纵观民国文论的发展品格，不难发现，不断的创造和创新，是贯穿其中的一条主线。用郭沫若在《创造》季刊上发表的一篇用诗的形式撰写的一段话来形容，就是：

……
吹，吹，秋风！
挥，挥，我的笔锋！
我知道神会了，
我要努力创造！

我唤起周代的雅伯，
我唤起楚国的骚豪。
我唤起唐世的诗宗，
我唤起元室的词曹，
作《吠陀》的印度古诗人哟！
作《神曲》的但丁哟！
作《失乐园》的米尔顿哟！
作《浮士德》悲剧的歌德哟！
你们知道创造者的孤高，

你们知道创造者的苦恼，

你们知道创造者的狂欢，

你们知道创造者的光耀。

昆仑的积雪，北海的冰涛；

火山之将喷裂，宇宙之将狂飙；

如酣梦，如醉陶，

神在太极之先飘摇。

伟大的群星哟！

你们是永不磨灭的太阳，

永远高照着时间的大海。

人文史中除却了你们的光明，

有甚么存在的价值存在？①

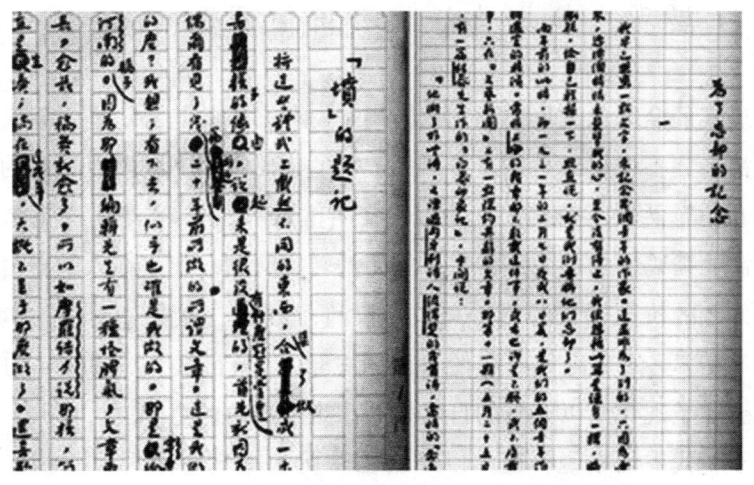

鲁迅文章手稿

① 郭沫若：《创造者》，1922 年 3 月 15 日《创造》季刊第 1 卷第 1 期。

创造、创新，贯穿在民国文论的发展之中，是由民国文化的开放性所决定的。这种创造和成型，体现出了一种建构体系性和经典性的努力。如同瞿秋白所说："文学家的笔就是人类的情感寄之处。……新文学的发现随时随地都可以有。不是因为我们要改造社会而创造新文学，而是因为社会使我们不得不创造新文学。"①也如郁达夫在《创作日宣言》中所宣称的那样："现在我们的创造工程开始了。我们打算接受与天帝一样的创造者，来继续我们的工作。……我们想以纯粹的学理和严正的言论来批评文艺政治经济，我们更想以唯真唯美的精神来创作文学和介绍文学。……我们这一栏是世界人类共有的田园，无论何人，只须有真诚的精神和美善的心意，都可以自由来开垦。"②创造、创新，在民国文论中，并不是一种可有可无，或随心所欲的一种无意行为，而是一种理性自觉精神的展现，一种发展品格的展现，概括起来说，民国文论的创造和创新性的发展品格，主要有以下几个特点：

一　展现出新文化的核心价值理念

　　在近代的全球化进程中，文化转型是一种必然的趋势。进入现代化发展的人类社会，不仅仅只是创造了极大丰富的物质文明，同时更重要的是确立了以"自由"为核心价值尺度的现代文明体系。如同18纪法国著名的启蒙思想家孟德斯鸠所指出的那样，在文明的转换时期，建立在人的自由本质基础之上的人的价值、人的尊严和人的权利，乃是"自由"理念的本质。他强调："哲学上的自由是要行使自己的主张"。换言之，"自由"的意义在于：能够赋予现代人以充分的自主权利和生命自由的意志。

　　对于现代中国来说，迈向以"自由"为核心理念的现代文明，同样也是文化转型和发展一个必然趋势。以现代文明的价值尺度为标准，鲁迅就曾

---

① 　瞿秋白：《〈俄罗斯名家短篇小说集〉序》，新中国杂志社1920年版，第2页。
② 　郁达夫：《创造日宣言》，1923年7月21日《创造日》。

指出，曾经在农耕文明时代创造过辉煌时代的中国，在近代之所以落伍的一个根本原因就是"屹然出中央而无校雠，则其益自尊大，宝自有而傲睨万物，固人情所宜然，亦非甚背于理极者矣。虽然，惟无校雠故，则宴安日久，苓落以胎，追撵不来，上征亦辍，使人荼，使人屯，其极为见善而不思式。"①因此，如何促使现代中国追赶世界先进文明，赶上新一轮的世界发展潮流，也就成为鲁迅意识聚焦的中心。正如他反复强调的那样："许多人所怕的，是'中国人'这名目要消灭；我所怕的，是中国人要从'世界人'中挤出。"他由此清晰地表明了担心和恐惧："于是乎中国人失了世界，却暂时仍要在这世界上住！——这便是我的大恐惧。"②为此，他认为民国新文化、新文学的任务，这就是要促使现代中国"在现今的世界上，协同生长，挣一地位"，由此获得现代文明所认同和倡导的"进步的智识，道德，品格，思想"的基本素质和基本精神，并且在这当中，他明确表示，在"勾消旧账"中，要在"完全解放了我们的孩子"当中，寄希望于下一代，让"人之子"屹立于世界的东方。

在以"自由"为核心的价值层面上，寻求民国文论的体系建构，就必然要求新文学创作须直面现实人生，赋予新文学以鲜明的自由意义。胡适在将五四看作是"中国的文艺复兴"，并将其与欧洲的文艺复兴相比较时指出，"中国的文艺复兴"与"欧洲的文艺复兴"有一点是相似的，那就是中国新文学与欧洲文艺复兴时期的文学一样，具有一种对人类解放的客观愿望，体现了对人的自由的尊重和价值的追求。这种表现在欧洲是使个体获得确认，个人主义思想抬头，使人能够主宰自己的命运，维护人的神圣权利和尊严、自由，而在中国则是把"个人从传统的旧风俗、旧思想和旧秩序的

---

① 鲁迅：《坟·文化偏至论》，《鲁迅全集》（第 1 卷），人民文学出版社 1981 年版，第 44 页。
② 鲁迅：《热风·随感录三十六》，《鲁迅全集》（第 1 卷），人民文学出版社 1981 年版，第 307 页。

束缚中解放出来。"①鲁迅则更是大声地呼吁从事新文学创作的作家："世界日日改变，我们的作家取下假面，真诚地，深入地，大胆地看取人生并且写出他的血和肉来的时候早到了"。②因此，民国文论强调新文学直面现实人生，就不单单是现实主义创作方法问题，关键的则是将现实人生的本来面貌、生活的真实性和矛盾性，以及人性的复杂结构活生生地展现在人们的面前，其宗旨是以求引起现代人更深入的人生思考和对意义的探寻，以及对整个民族解放路径的探讨。这是民国新文学在生成和发展过程中特有的一种精神表现，所具有的思想涵义也是多方面的：或解剖国人的魂灵，剖析国民劣根性；或鼓吹反抗旧的家族制度和礼教规范，主张人的解放、个性解放；或抒发旧式婚姻的苦痛，表达对真正爱情的渴望。陈独秀在谈到旧思想和国体问题时说："这腐旧思想布满国中，所以我们要诚心巩固共和国体，非将这班反对共和的伦理文学等等旧思想，完全洗刷得干干净净不可。"③在五四时期，人们谈论个性，人的文学，都不是孤立地来谈，而是将其作为整个民族生存与发展的问题来进行论述。像鲁迅在论述"中国人"的生存问题时就说，在中国置于世界性的冲击之中，他最担心的是"中国永远与世界隔绝"。④鲁迅主张通过忧患的人生体验和危机认识，在追求个性解放、人的解放的同时，也为整个民族、整个中国社会找到一条最终摆脱贫困、落后和被动挨打局面的道路，消除传统文化与现代文化的隔阂、冲突和对立，在"立人"的层面上，确立现代中国人的主体意识。陈独秀在民国五年（1916年）发表除旧迎新文章时号召，面对千百年封建社会非人道的"所造之罪恶孽"，整个民族都"当此除旧布新之际，理应从头忏悔，改过自新。"⑤显然，将个性解放、人的解放思想与整个民族的生存与发展问题相挂钩，就使

①　唐德刚：《胡适口述自传》，台湾传记文学出版社 1983 年版，第 174—175 页。
②　鲁迅：《坟·论睁了眼看》，《鲁迅全集》（第 1 卷），人民文学出版社 1981 年并，第 241 页。
③　陈独秀：《旧思想与国体问题》，《独秀文存》，安徽人民出版社 1987 年版，第 105 页。
④　鲁迅：《坟·未有天才之前》，《鲁迅全集》（第 1 卷），人民文学出版社 1981 年版，第 167 页。
⑤　陈独秀：《一九一六年》，《独秀文存》，安徽人民出版社 1987 年版，第 33 页。

得民国新文化、新文学所确立的"人"的意识、"个性解放"的意识，都与整个民族争取独立和自由密切相关，积淀着深厚的民族主体意识。

从体现"自由"为价值理念的整体思路上来谋求民国文论体系建构，这使新文学在选择以人的自由为创作的逻辑起点时，就对人的整体——民族的生存境况和前途命运——予以强烈的关注。鲁迅的改造国民性，郭沫若塑造体现民族自我觉醒的抒情主人公形象，郁达夫对"弱中国子民"心理的独特展示，新文学作家群集中暴露社会问题、对人生意义的探讨等等，都表现出新文学对民族生存与发展的强烈关注之情，成为新文学抒情的典型音调。在新文学作家眼中，既然传统的伦理价值观已不足以支持现代的人生，那么，个人的存在、人的自由与解放，乃至整个民族的解放、社会的解放，就凸现出其自身的价值和意义了。如何有意义地认识和把握这种历史发展的机遇，构筑有意义的现代人生，自然而然地就成为文学关注的对象。无论是"为人生"的文学创作思想，还是"为艺术"的创作主张，都将个性的解放、"人"的觉醒、民族的新生等相关的内容，置于文学创作的中心。本着批判哲学的精神，在怀疑、否定旧的传统标准和价值信仰的社会思潮中，民国文论充分地展示了现代人对自己的生命、自己的存在的价值与意义、以及对整个民族的生存与发展前景、历史命运的重新发现、认识、把握和思索、反省、选择。在他们看来，只有否定了外在的权威，才能建立起新的人生价值和意义，获得新的创造性欲求。这显然是一种崭新的文学价值观和审美观。只有对传统的价值观进行整体的否定和批判，才会有发自内在的人格独立意识和民族解放意识的双重觉醒与追求。

二 制定了宏大缜密的文论体系框架

E.卡西勒在论述西方启蒙思想时曾经指出，要想了解它的真正性质，就"只有着眼于它的发展过程，着眼于它的怀疑和追求、破坏和建设，才能搞清楚它的真正性质。这整个不断起伏的过程是不能分解为个别学说的单纯总和的。"①同样，民国文论在建设和发展过程中，也着眼于将自身作为一个整体来进行探寻，着眼于自身的观念、话语、结构、范式、功能等在现代转换中的相互关联，注重文论的体系和结构框架的建设。

相对传统文论重感悟、重点评、重内在逻辑的隐性结构而言，民国文论受近现代西方文论重思辨、重分析、重逻辑阐释的内外结合结构的影响，开始注重整体性的宏大而缜密的理论体系的建构。如同刘半农所分析的那样："前此独秀君撰论，每以'文学之文'与'应用之文'相对待。其说似是。然就论理学之理论言之，文学的既与应用的相对，则文学之文不能应用，应用之文不能视为文学，不佞以'不贵苟同'之义，不敢遽以此说为然也。西人之规定文学之用处者，恒谓'Literature often embraces all compositions except these upon the positive sciences.'其说似较独秀君少有着落。……余决非盲从西洋学说之人。此节所引文学用处之规定，其 Positive 一字，实以'Philosophical Literature'已成为彼邦文学中之一种。而哲学又为诸种科学之一，故必于'科学'之上冠以'实质'，方不至于互相抵触。其实哲学本身，既包有高深玄妙之理想，行文当力求浅显，使读者一望即知其意旨所在。此余所以主张无论何种科学皆当归入文字范围，而不当屡入文学范围也。"②在刘半农看来，既然将文学纳入科学的体系，那么，也就必须要讲究文学的科学规范，建立科学的结构体系，而不是像传统文论那样随意散漫。这种对文学的理论认识，是有相当远见的。因为进入 20 世纪，整个西方的文论开始了向语言学转向，认为文化之根、文学之本均在文本的符号化过程中。因此，要建构起民国的现代文论体系和框架，必须依据文学的语言艺术体系，以汉语的语言体系研究为重要切入口，在由传统的文言文表意系统向现代的白话文表意系统的转换过程中，借助现代西方的文学理论、思想，剖

---

① ［德］E.卡西勒：《启蒙哲学》，顾伟铭等，山东人民出版社 1988 年版，第 3 页。

② 刘半农：《我之文学改良观》，1917 年 5 月 1 日《新青年》第 3 卷第 3 号。

析汉语语言体系，研究汉语的符号化过程，完成文论由传统向现代的价值转换和结构体系的转换。只有首先在完成整个语言转向（由文言文向白话文转换）的基础上，才有可能真正认识、把握和建构起民国文论理论框架和结构，重建中国文论的话语系统，建构富有现代性价值意义的民国文论体系。

与此同时，尽管民国文论对传统文论进行了激烈的评判，但并非是对传统文论的全然废弃，而是注重发掘其中有用的价值因子，使之成功地重新排列组合在新的结构体系之内。这也是民国文论最具有创造和创新的发展品格之一，揭示传统文论的现代价值及其可转换的地方，并充分地挖掘出与现代对应的品性，由此进行创造性的转化，使民国文论的结构体系更加宏大而缜密。如鲁迅就曾以自己为例指出，现在的任务"是在有些警觉之后，喊出一种新声；又因为从旧垒中来，情形看得较为分明，反戈一击，易制强敌的死命。"①批判传统文论的落后性，对其进行创造性的转化，也就成为一种实践的可能。像鲁迅当年批评学衡派时曾这样说道："诸公掊击新文化而张皇旧学问，倘不自相矛盾，倒也不失其为一种主张。可惜的是于旧学并无门径，并主张也还不配。倘使字句未通的人也算是国粹的知己，则国粹更要惭惶煞人！"②在鲁迅的思想主张中，批判传统文论的落后性，并非将其全然抛弃，而是使之更加有利于现代文论的建设，使之作为新文化的新的文明因子，成功地排列组合在新的文论体系和结构之中，承上启下，继往开来，发挥出传统文论所特有的功能和价值意义。

三　规约了现代文论发展的新秩序

将民国文论及所提出来的文学主张，置于民国社会变迁和文化转型的特

① 鲁迅：《坟·写在〈坟〉后面》，《鲁迅全集》（第1卷），人民文学出版社1981年版，第286页。
② 鲁迅：《热风·估〈学衡〉》，《鲁迅全集》（第1卷），人民文学出版社1981年版，第379页。

定历史语境中来考察，不难发现，民国文论的意义建构，体现了与20世纪中国文化发展与整个世界文化发展主流的必然联系，换言之，民国文论的建构和发展，是在顺应世界范围的现代化潮流当中，来为中国文化、文学的现代化探寻一条"外至不后于世界之潮流，内之仍弗失固有之血脉"①的发展道路的。正是在这个意义上，民国文论所体现出的一系列的文化和文学主张，给人们的启示是非常深刻的，即中国文化和文学的现代化，不能只仅仅停留在何为体、何为用，何为道、何为器等技术层面上的探讨，关键的问题还在于如何建构一种超越传统和近代西方文化局限，与整个现代化历史进程相吻合的，并富有本民族文化特质的新的文化和文学理想及其价值观和内在体系、结构和秩序的建构。民国的作家和文论家始终认为，只有完成了价值观念的现代性质的根本转变，整个中国、中国人才能摆脱近代以来被动挨打的局面，走出传统文化落后的困境，从而真正地跻身于"世界人"的行列，而这样才能完成中国文化和文学的现代化的建构。没有理念，没有秩序，终将导致新的文化、新的文学，最终是重蹈旧的覆辙，走不出鲁迅当年所担忧和批评的"破了又修补，修补又破了"的历史循环的怪圈。无疑，民国文论对理念和秩序的强调，表现了一种具有创新性的思想超越精神。无论是在中国文化史、思想史上，还是在中国文学史、文论史上，民国文论的贡献，都是十分独特的。

刘西渭（李健吾）在《咀华集·序一》中说："批评的成就是自我的发现和价值的决定。发现自我就得周密，决定价值就得综合。一个批评家是学者和艺术家的化合，有颗创造的心灵运用死的知识。他的野心在扩大他的人格，增深他的认识，提高他的鉴赏，完成他的理论。创作家根据生料和他的存在，提炼出来他的艺术；批评家根据前者的艺术和自我的存在，不仅说出见解，进而企图完成批评的使命，因为它本身也正是一种艺术。"②其意思就

---

① 鲁迅：《坟·文化偏至论》，《鲁迅全集》（第1卷），人民文学出版社1981年版，第56页。

② 刘西渭：《〈咀华集〉序一》，《咀华集》，文化生活出版社1936年版，第1页。

是说，即便是批评一类的活动，也不是随心所欲的活动，而是一种有艺术性的有序活动。尽管有人说他的批评是一种印象式的批评，显得不是那么具有思辨性和逻辑体系性，而是过于讲究悟性和才情，但是，实际上他的印象式批评，是在严格审视自我的基础上，显示出一种理论的自觉性和秩序性的特征。香港文学史家司马长风在《中国新文学史》（中卷）中就认为，民国时期"有五大文艺批评家，他们是周作人、朱光潜、朱自清、李长之和刘西渭，其中以刘西渭成就最高。他有周作人的渊博，但更为明通；他有朱自清的温柔敦厚，但更为圆融无碍；他有朱光潜的融会中西，但更为圆熟；他有李长之的洒脱豁朗，但更有深度。"①刘西渭的批评之所以获得如此高的评价，在于他实际上是严格遵循文论的批评秩序的，印象式批评并不是漫无边际，主观臆断，随心所欲，而是建立在对作者的创作和文本的独特的艺术感悟和审美发掘之上的。他在《自我和风格》一文中，非常赞赏法国蒙田的散文"往批评里放进自己，放进他的气质，他的人生观"，"加上些游离的工夫"的批评方法，认为这样便会在批评的秩序建构中，显得更为潇洒、从容、睿智。他强调指出："一个批评家应当记住蒙田的警告：'我知道什么？'唯其所知道的东西有限，他才不得不放弃布雷地耶式的野心，客客气气，走回自己的巢穴，检点一下自己究竟得到了多少。和其他作家一样，他往批评里放进自己，放进他的气质，他的人生观了；和其他作家一样，他必须加上些游离的工夫。"②因此，为维护批评的秩序，追求批评的经典性，他就非常注意批评的文体建构，力求在批评文体的创造中，满足一个真正的文论家的艺术心愿。

德里达说："文本即一切，文本之外别无他物。"③马克·肖勒也指出：

---

① 司马长风：《中国新文学史》（中卷），昭明出版社 1976 年版，第 248 页。

② 刘西渭：《自我和风格》，1937 年 4 月 25 日《大公报》。

③ Derrida, Jacques. of Grammatology, trans, G. Spivak. Baltimore, Md.: Johns Hopkins University Press. 1976. 158

"当我们谈论技巧时，那么我们是在谈到差不多一切事情。因为技巧是方式，作家的体验即他的主题借助于这一方式强迫他从事体验；技巧是唯一的方式，是他发现、探索、发展他的主题，传达它的意义，并最终提高它的唯一方式。"①如果从建构文论结构体系的缜密度上来看，民国文论自然要注重在秩序的规约上，详细地讨论文本设计问题。因为这关系到新文学的艺术策略的制定，关系着如何区分与旧文学的界限，如何构筑新的艺术审美标准，如何建构新的文体，以及如何创建新的文本、体式和艺术表现、艺术传达，尤其是涉及意义重构如何进行语言表达等一系列的相关问题。同时，文本设计又包含着新文学的艺术内容和形式等诸多意义元素重建的命题，关系到新文学新文体的建构问题。所以，在有关小说、诗歌、散文、戏剧（含电影文学）等现代文体的论述中，民国文论都对此作了认真细致的论述，为建构新的秩序做出了重要的贡献。韦勒克、沃伦在肯定"只有文体学的方法才能界定一件文学作品的特质"后指出："假如我们能够描述一部作品或一个作家的文体风格，我们就无疑能描述一组作品和一个文学类别的文体风格、哥特式小说，伊丽莎白时代的戏剧、玄学派诗歌；我们也能够分析像十七世纪散文中的巴罗克风格的文体种类。我们甚至还可能进一步总括一个时代或一个文学运动的风格。"②显然，民国文论关注新文学的文本设计，也就是要在建构新秩序当中，使之能够充分地反映出一个时代的精神、一个时代的意义特征，特别是时代的文学精神结构的最细微的意义特征。

四　展现了民国文化发展的时代新精神

五四新文化运动标志着中国新文化的兴起，也标志着近代以降的中西文

---

① ［美］马克·肖勒：《作为发现的技巧》，转引自：W. C. 布斯《小说修辞学》，华明等译，北京大学出版社 1987 年版，第 96 页。

② ［美］韦勒克、沃伦：《文学原理》，刘象愚等译，生活·读书·新知三联书店 1984 年版，第 199 页。

化冲突已经从社会政治制度层面，全面进入到了精神文化层面，出现了重新建构人生价值与意义的历史呼声。陈独秀在《吾人最后之觉悟》一文中指出：

> 自西洋文明输入吾国，最初促吾人之觉悟者为学术，相形见绌，举国所知矣；其次为政治，年来政象所证明，已有不克守缺抱残之势。继今以往，国人所怀疑莫决者，当为伦理问题。

这里所说的"伦理问题"，实际上是泛指文化问题，尤其是精神文化问题，也就是作为整个民族获得生存与发展的一整套价值系统和意义系统的问题。陈独秀进一步强调，如果国人不能在思想文化观念上完成现代性质的转换，即"此而不能觉悟，则前之所谓觉悟者，非彻底之觉悟，盖犹在惝恍迷离之境"，那么，"吾敢断言曰：伦理的觉悟，为吾人最后觉悟之最后觉悟。"[①]

在民国开放的文化格局中，新文学作为新文化运动的历史先锋，在新与旧的价值转换中，发挥了独特的作用，而从中所建构的新文论，在当中也表现得非常突出。民国文论强调，文学对于新文化的意义建构，要打破旧文学"文以载道"的束缚，提出要在新的意义重构这个更为深入、更为广阔的文化层次高度，使新文学体现对历史的主体性、整体性把握，体现对现代人建构人生意义的高度关注，以及体现新文学对于自身艺术特性的审美回归。陈独秀认为，旧的文学"误于'文以载道'之谬见"，指出这种旧文学"作者既非创造才，胸中又无物，其伎俩惟在仿古欺人，直无一字有存在之价值。虽著作等身，与其时之社会文明进化无丝毫关系。"[②]在新文化的先驱者眼中，新文学诞生于五四新文化运动之中，以充当社会变革、文化转型的

---

① 陈独秀：《吾人最后之觉悟》，《独秀文存》，安徽人民出版社 1987 年版，第 41 页。
② 陈独秀：《文学革命论》，1917 年 2 月 1 日《新青年》第 2 卷第 6 号。

"急先锋"面目出现，首先就是要求在顺应时代发展需要当中，自身能够以一种新型的文学观念、形式、语言，迅速地替代日趋僵化的古典文学，以新的文学范式，在中西文化冲突导致文化转型的特定历史语境中，充分展示迈向现代化历史进程的现代中国人的心灵世界和历史命运，传达现代中国人渴望自由，摆脱困境，迈向富强，重构意义的伟大心声。依据这种历史发展的要求，民国文论要求新文学对现实人生和社会历史的观照与把握，不再局限在某一个单纯的领域、某一个层面或某一个角度，而是善于在文化审美这个综合而广阔的层面上，开辟文学创作的新天地、新领域，展现新文学的新的审美活力。因此，在民国文论的这种大力倡导下，新文学从总体上表现出了一种善于从民族文化精神结构、心理内涵的高度，探寻民族文化精神内核和症结，发掘民族心理特征，重构人生意义的审美风采。不论是"为人生"的文学，还是"为艺术"的文学，都突破了古典文学"文以载道"的局限，突破了单一的文学之于政治、经济、伦理、社会等"经世致用"的实用主义、功利主义的局限。新文学创作的那些鲜活的文字，以及蕴藉在文字背后的性灵，自始至终都洋溢着中国新文化运动的那种朝气蓬勃的精神，充满着五四时期的文化反省、批判，意义探寻和重构的思想活力。正如刘纳所描述的那样："80年后再来阅读五四作品，我们在惊奇一些单薄粗陋的作品竟能获得近一个世纪的生命的同时，又会真切地体验到，它们确实焕发着强烈的精神诱惑力。它们是那样地可羡慕和可珍惜。可羡慕的不是文字本身，而是文字背后的性灵；可珍惜的也不是文字本身，而是文字所唤起的情绪。……在五四之后，如果谁想仿效五四作者的纯洁和真挚，只能沦于难堪的矫情。可以说，中国文学从来没有像五四时期这样真实过，简直真实到了天真的程度；中国文学从来没有像五四时期这样坦白过，有些作者简直坦白到了'精赤裸裸'（郭沫若当时认为'文学是精赤裸裸的人性的表现'）的程度。只有个体生命价值获得充分的自我肯定，人才能这样真实和坦白。同时，也只有尚未负担起严峻的社会使命的人，才会显示出只有毫无拘束的真实和毫无顾忌的坦白。这里该用郭沫若爱用的一个词'葱茏'。五四时期出现了中国文学从未有过的葱茏的气象。"①的确，充满着青春的气息，充满着开拓进取的时代精神，真挚、坦诚、炽热、冲动、明朗、单纯、稚嫩、矛盾，乃是中国新文学的精神面貌和表现特征，或许还显得稚气、冲动，或许还不成熟，不规范，但那却是"人之子"（鲁迅语）觉醒了之后的一种空前的青春冲动，是青春创造力的勃发，是时代精神的文学展现。

总之，民国文论呈现出一种创造性、创新性的精神品格，这对于新文学发展来说，创造、创新就意味着永无止境的开拓，意味着不断的艺术革新。卡林内斯库曾经将艺术革新看作是"对过去的拒斥和对新事物的崇拜决定了这些新流派的美学纲领。"②显然，民国文论从生成之日始，自身就具有一种不可抑制的创造冲动，高高地举起了"不断地创造"和"不断地创新"的旗帜，张扬新文学充当历史变革和文化转型的"历史先锋"的前卫性和实验性，目的就是要建构新文学一种崭新的思想和艺术系统，保持新文学从思想到艺术，从思潮到运动，从内容到形式、范式，从观念到语言体系、表现方式等一系列的"革命"、"革新"、"创造"、"创新"和"发展"的态势。因此，处于前沿位置的民国文论，总是以前卫的姿态、先锋的理念、探索的精神、独创的方式出现中国文学发展的历史进程中。

① 刘纳：《从五四走来》，福建教育出版社 2000 年版，第 37—38 页。
② ［美］卡林内斯库：《现代性的五副面孔》，顾爱彬、李瑞华译，商务印书馆 2002 年版，第 126 页。

结语 民国文论现代性价值的文化追求

处于 20 世纪上半叶的民国，社会的震荡，文化的转型，新与旧的交锋，外来思潮与本土势力的碰撞、交汇与交融，一切都处在一种不确定（Inde-terminacy）的状态。从历史发展和社会文化变迁的视阈上来看，民国兴起的新文学应是一种"先锋文学"（Avant – garde Literature）①，其价值取向往往也具有一种先锋性。它所充当的历史角色，乃是中国新文化的"历史先锋"（Historic avant – garde）。与此相关联而诞生的民国文论，也同样具有这种先

---

① "先锋"（Avant – garde）一词，原先主要用于指军队作战的先遣部队，后被广泛用于政治、文化和文学、艺术领域。如 1830 年，傅立叶、欧文、圣西门等一批空想社会主义者就借用这一术语，意为一种"超前性的社会制度和条件的建构"。在价值取向上，这一术语也被赋予具有"与传统或现状不相容的叛逆性"的涵义。1870 年，随着象征主义诗歌的兴起，"先锋"一词多被用来指代新崛起的现代主义作家和艺术家，如达达主义、未来主义、超现实主义、表现主义等，就被称之为"历史先锋派"（Historic avant – garde）。借用这一术语及其价值内涵的规定，对于中国文学发展而言，民国兴起的新文学和与此相关联的新文论，是具有"先锋性"的，其价值取向都具有一种"先锋性"的现代性价值。

锋的性质，其目的就是为了创造新文学新的文化价值，寻求新的意义建构，如同茅盾在论述新文学生成的原因时所指出的那样："那时的《新青年》杂志自然是鼓吹'新文学'的大本营，然而从全体上看来，《新青年》到底是一个文化批判的刊物，而新青年社的主要人物也大多数是文化批判者，或以文化批判者的立场发表他们对于文学的议论。他们的文学理论的出发点是'新旧思想的冲突'，他们是站在反封建的自觉上去攻击封建制度的形象的作物——旧文艺。这是'五四'文学运动初期的一个主要的特性，也是一条正确的路径。"①

　　"先锋"一词的涵义，除了先遣、先锋、激进的意思之外，还包含了前卫、新潮、引领、探索的引申义，显示出一种鲜明的使命意识。从中国文学总的发展进程上来判定民国兴起的新文学和与此紧密关联的新文论的"先锋"特质，也就是说，在现代性的价值追求过程中，新文学乃是整个中国文学发展历史进程中的一个重要节点，并且是一个划时代的节点。作为中国文学发展史上的一种新的文学思潮和运动，就整体而言，民国兴起的新文学和新文论凸现了以反叛旧的文学传统，大胆进行文学的思想探索和艺术实践为主导特征的文化理念和文学思想。虽然前后跨度三十余年，其中的文学流派、艺术主张和审美理念也千差万别，各有不同，前后期的发展特征也各有差异，但总体上还是具有内在的一致性的，反映出了现代中国的时代特征和文化发展态势、趋向，表现了处在变化、转型之中的现代中国人的思想、情感、心理、性格和历史命运，以及他们的审美感受和思想情怀，展现出重构新的价值世界和意义世界的使命感和责任感。特别是新文学总是能够以其特有的前卫姿态，紧密地配合中国文化的现代转型，为现代中国人探寻价值世界和意义世界重构的可能性，以及与之相关的新的艺术和审美的可能性，确立新的美学原则，构建新的审美理想，并且用叛逆的方式对传统文学发起攻

---

① 茅盾：《〈中国新文学大系·小说一集〉导言》，赵家璧主编：《中国新文学大系》（第 3 集），上海良友图书印刷公司 1935 年版，第 5 页。

击，努力地与世界文学发展主流的对应与对接，使中国文学摆脱自我封闭的状态而开始具备"世界性"的因素，同时也使中国作家大大开阔了创作的视野，在汇入世界文学洪流当中，能够与其他国别的作家一道，共同承担起对人类的现代困境、存在境况、前途命运的审视、思考和情感表达的历史重任，由此完成中国文学新秩序和新模式的整体性建构。

具体地来说，民国兴起的新文学和新文论，无论是思维方式、审美准则，还是艺术策略、传达方式，都显示出与传统文学和文论的不同特点。在思想层面上，新文学和新文论一贯强调思想启蒙的重要性，同时又赋予思想启蒙的双重涵义：一是推崇新的人文理性精神，对抗封建专制的蒙昧和传统文明的落后，恪守人道主义立场，倡导"人的文学"，以深邃的思想批判和高亢激越、狂飙突进、伤感抒情的浪漫情怀，来摧毁传统的精神偶像，主张个性解放，鼓吹自由、平等、民主和科学，专注在思想文化层面上，启迪现代中国人的心灵，强调现代中国对人类文明发展的主动对应和积极参与；二是确立人的主体性价值，呼唤人的自我精神的觉醒，强调人对自身生命潜能的发掘，拷问人性的本质，描述心灵意识的非理性状态，探索人的存在状态和前途命运，揭示被理性长期遮蔽的人的某些特性，展示被理性压制甚至扭曲的生命本质。新文学和新文论对人的存在荒谬、异化本源进行了更为深入的艺术表现，为探讨人生的终极意义，寻找自我的根本出路，开辟了一个广阔、深邃和充满神秘、骚动的内心宇宙，反映出了现代中国社会的某些本质方面的特征，尤其是心灵方面的、精神方面的某些本质的特征。在艺术层面上，新文学和新文论在艺术主张方面也多有创新、卓有成就，打破了传统文学在艺术方面的某些清规戒律，条条框框，推动了现代艺术的发展，尤其是能够自觉地依据新的艺术标准，来质疑、审视和反抗传统的不合时宜的艺术规范，善于调动各种艺术资源、手段，特别是善于借鉴、吸收近现代西方的艺术方式，来致力于新文学的艺术建构。这对于打破传统文学的"文以载道"艺术观念长期占据中心地位的束缚，是具有积极的意义的。在审美层面上，与传统文学和文论相比，新文学和新文论打破了古典的"和谐"美学思想，推崇以"对立"为特征的崇高型美学，甚至是将"丑"纳入审视的范畴，如同李斯托威尔在论述近代美学特点时所指出的那样，"丑"在"对立"的崇高型美学当中，成为"近代精神的一种产物"。①新文学和新文论执着于对传统既定的美学规范进行颠覆，同时也注重对文学未来的审美发展进行各种可能性的积极实验，不仅改变传统审美的单一性局面，而且也使"对立"、"崇高"的美学规范本身，也处在一种不断调整和不断演化的态势中，使之总是能够以一种开放的姿态和包容的精神，来与世界文学的发展主流相对接、对应，从中获得自身不断变革、不断发展的文化审美驱动力。

卡林内斯库指出："从逻辑上讲，每一种文学或艺术风格都应该有它的先锋派，因为认为先锋派艺术家走在他们时代的前面，准备去征服新表现形式以供大多数其他艺术家使用，这是再自然不过的事情。"②将整个新文学、新文论置于现代文明的发展主流中来予以认真的审视，我们不应对其先锋性的属性做过于狭义的理解，不应将新文学的先锋性简单地与现代西方的现代主义艺术画等号，虽然先锋性也并非新文学、新文论的全部内涵，虽然新文学和新文论的内部结构和形态也还呈现出不同的特点，对此不能一概而论。但是，新文学和新文论的先锋特质，则是它的"破"和"立"的精神动力，是中国文学在转型时期最活跃、最激进、最富有创造性、创新性和最具有思想和艺术活力的力量，因此，将新文学和新文论置于人类文明发展的历史长河中，我们也就可以清新分辨出它所负载的思想革命、思想启蒙、文化变革、文化转型、价值建构、意义探寻等富有创新特色的思想与艺术内涵，特别是对于突破传统文化、传统文学的重重束缚而言，新文学和新文论正是以其特有的先锋性，打破了传统文化、传统文学一统天下的局面，推动了中国文学的整体性转型，并且与世界文化、文明和文学的发展主流相对应、相吻

---

① ［英］李斯托威尔：《近代美学史评述》，蒋孔阳译，上海译文出版社 1980 年版，第 103 页。
② ［美］卡林内斯库：《现代性的五副面孔》，顾爱彬等译，商务印书馆 2002 年版，第 126 页。

合。就民国文论自身的建设和发展而言，在现代性价值追求中，也显示出它自身鲜明的特点。

作为中国新文化、新文学的"历史先锋"，民国文论非常注重思想性的建构，其特点是善于将思想启蒙与艺术的先锋精神有机地结合起来，形成一种巨大的批判合力，并由此完成"现代思想"的文学理论建构，使新文学具有"现代思想"的精神气质和品格，就像巴尔加斯·略萨将思想性看作是"文学的抱负"一样，强调文学"重要的是对现实生活的拒绝和批评应该坚决、彻底和深入，永远保持这样的行动热情——如同唐·吉诃德那样挺起长矛冲向风车，即用敏锐和短暂的虚构天地通过幻想的方式来代替这个经过生活体验的具体和客观的世界。但是，尽管这样的行动是幻想性质的，是通过主观、想象、非历史的方式进行的，可是最终会在现实世界里，即有血有肉的人们生活里，产生长期的精神效果。"① 民国文论在注重保持新文学的激进性、超越性的特点中，强调了文学新思维、新思想的理论建构，主张将新文学所肩负的思想文化启蒙重任，具体地落实到新文学的创作实践之中，赋予新文学重构现代意义的思想内涵。

同时，民国文论还凸现了新文学的使命性、责任性的特质，强化了新文学的社会价值建构。米兰·昆德拉曾指出，小说具有一种反专制主义的天质，认为"小说作为建立在人类事物的相对和模糊性之上的世界的样板，与专制的天地是不相容的。这一不相容性比起一个不同政见者和一个官僚、一个人权斗士与一个行刑者之间的区别还要深，因为它不仅是政治或道德的，而且也是本体论的，这也就是说，建立在唯一真理之上的世界，与小说的模糊和相对的世界两者由完全不同的说话方式构成。专制的真理排除相对

---

① ［秘鲁］巴尔加斯·略萨：《给青年小说家的信》，赵德明译，上海译文出版社 2004 年版，第 6 页。

性、怀疑、疑问，因而它永远不能与我所称为小说的精神相苟同。"①民国文论在赋予新文学反叛精神特质的同时，也强化了新文学社会价值建构的特点，使新文学具有鲜明的历史使命感和社会责任感，正如鲁迅所说的那样"自己背着因袭的重担，肩住了黑暗的闸门，放他们到宽阔光明的地方去"。②民国文论要求新文学拒绝那种事不关己，高高挂起的悠然自得心态，那种不受约束的个人情感的放任自流，以及那种将民族危机和苦难转化为个体伤感，或在苦难背后低吟与独自咀嚼个人悲欢的哀婉之情，而是要求能够自觉地承担起唤醒民众摆脱危机和苦难的思想文化启蒙的重任，尤其是要求关注民族的苦难，关注民众的痛苦，特别是精神苦痛，促使新文学的创作更进一步地完成自身特有的社会价值体系的建构。

此外，民国文论展现出了新文学的动态性、发展性的特质，展示了新文学对审美现代性的不懈追求。从历史进程上来看，新文学的审美的现代性从一开始就是启蒙的现代性发展而来的，它本身就具有不断转换和发展的动态性机制，即它总是处在变化、发展之中。虽然新文学总是标榜以反传统和标新立异为特点，但实际上在"内在的理路"上仍然要受到传统的制约。今日的先锋，或许会成为明日的传统，成为制约后续发展的障碍，所以，要获得新文学的长足发展，就必须使自身处在动态的发展之中，永远走在时代的前列。从先锋性的自身特点上来看，先锋本身就包含着不确定（Indeterminacy）和发展性（Development）的因素，正如卡林内斯库所指出的那样："现代性已经打开了一条通向反叛的先锋派之路，同时，现代性又反过来反对它自身，通过把自己视为颓废，进而将其内在的深刻危机感戏剧化了。"因为"在其最宽泛的意义上说，现代性乃是一系列对应的价值之间不可调

---

① ［捷克］米兰·昆德拉：《小说的艺术》，孟湄译，生活·读书·新知三联书店 1992 年版，第 11 页。

② 鲁迅：《坟·我们现在怎样做父亲》，《鲁迅全集》（第 1 卷），人民文学出版社 1981 年版，第 140 页。

和的对抗的反映……审美的现代性揭示了其深刻的危机感和有别于另一种现代性的根据，这另一种现代性因其客观性和合理性，在宗教衰亡后缺乏任何迫切的道德上的和形而上学的合法性。"①民国文论强调新文学注重审美现代性的建构，其特点是善于对传统的因子进行创造性的转化，使之成为新文化、新文学的质料，在新的理念、新的价值系统中完成意义世界的构筑，从而使新文学自始至终都成为一种直接指向未来的，具有创新价值的艺术样式。

先锋艺术家尤奈斯库认为："先锋派就应当是艺术和文化的一种先驱的现象，从这个词的字面上来讲是说得通的。它应当是一种前风格，是先知，是一种变化的方向，……这种变化终将被接受，并且真正地改变一切。"②人类社会迈向现代化的过程是一个必然的过程，以现代化为核心的全球化进程也是一种必然的趋势。任何一种新的文学形态要获得自身的生成、发展、延续，都必须从自身的文化传统中获得营养的汲取和资源的支持，获得对自身传统的大胆突破和创新，并且将所构造的价值学说与意义实践，与走向现代化过程的现实社会相适应，对实践当中所出现的种种价值困惑、情感困惑和心理困惑，做出人类理性的回应，为走向现代化社会的人们提供一个完整的意义世界和终极关怀系统。在新旧文化转型的历史时期，民国兴起的新文学和新文论充当了与新文化相关的思想启蒙、民族救亡图强和价值与意义世界重构的"历史先锋"，并在不断的演变和发展历程中，提出了许多建设性的文化思路、美学理念、文学精神和艺术主张，使自身真正地成为中国文学发展史上的一个新纪元。正是在现代化历史进程的节点上，民国兴起的新文学和新文论总是能够以先锋的精神、创新的理念，为中国文学的发展贡献卓越的思想睿智和艺术新思维，推动了中国文化、文学的整体转型与发展。

---

① 转引自：周宪《审美现代性与日常生活批判》，《哲学研究》2000 年第 11 期。
② 转引自：王忠琪等《法国作家论文学》，生活·读书·新知三联书店 1984 年版，第 368 页。

附录一

"民国文学"还是"现代文学"?
——关于民国文学发展的思考

　　关于"民国文学"概念的提出，学术界有不同的认识，应该说，这是一种正常的学术争鸣现象，但也有学者认为，提出"民国文学"将会冲击现有的"现代文学"、"二十世纪中国文学"的提法，实属多此一举，甚至是在替后人担忧。一些学者认为"民国文学"框架实际上无法容纳很多重要的文学现象，而且有些问题不好处理，例如，解放区（即民国时期为共产党实际管辖的地区，如井冈山、瑞金等"红色苏维埃区"，抗战期间的"陕甘宁边区"等等），虽然属于民国时代，却又不归民国政府管辖的部分，其文学又怎么写？还有，大陆解放后，台湾还在持续"中华民国"名号，又如何看待这一特殊的现象？所谓"民国文学"，到底是时间概念，还是意义概念？等等。网络上也曾有人提出"民国文学概念的提出，是否有助于加深我们对中国文学史整体面貌的认识"的问题，有人则解答道："不是已经有了吗，就是现代文学呀，如果是中华民国文学作为一个概念提出来，也不是不可以，但这样提出来，那段屈辱的历史会刺痛很多中国人的心，现在的划分不会影响对中国文学史整体面貌的认识。"①温儒敏教授在博客中也就这个问题发表了看法，他指出：

> "民国"曾经是一个国家实体，是历史事实，所以"民国文学"应该研究。以"民国"为研究角度，也许会发现某些过去文学史所有意无意遮蔽了的现象。但如果写一本民国文学史，肯定会碰到很多麻烦。我主张这个问题不必再争议不休。能不能写？怎样写？最好在实践中去摸索，拿出"干货"来，那时再讨论，才有眉目。但无论如何，"民国文学"只是现代文学的一部分，不能也不应以"民国文学史"取代"现代文学史"。现代文学研究应当拓展视野，但不能丢失价值尺度去做大拼盘的文学史，要防止陷入历史虚无主义与相对论。②

的确，采用"民国文学"的概念来撰写一部现代中国文学史，首先要做的工作不是急于简单地将"民国文学"取代"现代文学"，也不是要急于撇开与"现代文学"的关系，另起炉灶，而是在与现在通用的"现代文学"的相互关联当中，使民国这一历史时期的文学研究，能够更加显示出文学发展的原生态，以及独特的空间场域和发展进程的规律特征。

就现代中国发展的历史进程而言，如果说1840年是原先相对封闭而大一统的封建社会，开始沦落为半封建半殖民地社会的转折性标志，那么，自这之后的中国社会便逐渐地进入现代化社会发展的进程，作为意义重建范畴的"现代"、"现代性"一类概念，也开始为人们所青睐。文学史家钱基博先生在民国二十一年（1932年）出版的《现代中国文学史》中，就对"民国"与"现代"的概念进行了辨析与解说，解释了为什么采用"现代"而弃"民国"的缘由。他说：

---

① http：//zhidao. baidu. com/question/117474199. html
② http：//blog. sina. com. cn/s/blog_ 59432ccb01015e6v. html? tj = 2

吾书之所以题为"现代",详于民国以来而略推迹往古者,此物此志也。然不提"民国"而曰"现代",何也?曰:维系民国,肇造日浅,而一时所推文学家者,皆造蘚然露头角于让清之末年;皆甚遗老自居,不愿奉民国之正朔;宁可以民国概之?而别张一军,翘然特起于民国纪元之后,独章士钊之逻辑文学,胡适之白话文学耳。然则生命之世,言文学必限于民国,言文学而必限于民国,斯亦廑矣。治国闻者,倘有取焉。①

虽然钱基博先生当时主要考量的是由于民国建立的时间较短,且许多文学上有名气者,皆与晚清有着紧密的联系,故在当时采用"民国文学"概念,时机未必成熟,而采用"现代"之说,主要是要将民国文学与以往的文学作一个时间上的区分。应该说,钱先生的这种认识理念,对后世认识民国文学,产生了较大的影响。然而,值得注意的是,他将"现代"置于"中国文学史"之前,而非"中国"之后,也即并非后人所称的"中国现代文学史"。这决不是搞文字游戏,其用意还主要是从历史的发展维度来界说民国文学,也即他所采用的"现代",更多的还是基于历史时空的考量,并不是像后人那样更多的是基于"现代"、"现代性"的意义考量。因此,虽然说钱先生采用"现代"之说,对后世影响也甚大,但后人总是有意无意地忽视了他的真正用意所在。

对于民国文学而言,"现代"、"现代性"等意义的涵义,无疑是其中最重要的价值内核。晚清以降,"现代性"(Modernity)就成为中国文学进入现代历史进程之后挥之不去的主导元素。就现代中国发展境况而言,渴望摆脱被动挨打和贫穷落后的困境,迈向民族的独立、解放和建立新型国家的意识,不仅是确立现代性主体不可或缺的要素,而且它本身几乎就是现代性内涵的唯一价值标记,由此生成的宏大叙事(Grand narrative),也就一直都在

---

① 钱基博:《中国现代学术经典·钱基博卷》,河北教育出版社 1996 年版,第 14 页。

为现代文学重构现代性，构筑最基本的认知空间。这就是后来的学者之所以坚持把民国以来的文学，称之为"现代文学"的最主要的理据。然而，无论是从历史发展的维度来看，还是从文学发展的维度来看，这个理据虽然有较充分的理论基础，但实际上并不全面，也不够细致，甚至也有失客观公允。无论是有意，还是无意，在一定的程度上，都遮蔽了民国时期文学发展的许多价值与意义的内涵，许多曾经活跃在民国文坛上的鲜活的文学现象，不能全面地展现民国时期文学的独特性、多样性和多元性价值构建的历史发展境况。

众所周知，文学的发展离不开相对应、相制约的时代要素。以时间维度而言，当整个中国社会自晚清被迫进入现代化历史发展进程以来，"现代"、"现代性"的要素就开始植入中国文学的发展进程中。进入民国之后，整个国家在政治、经济、文化、社会等各个方面，都在开始发生根本性质的变化。特别是随着民国的建立，一种与新的共和体制相对应的新的政治、经济、文化、社会等观念、意识也随之而诞生。和以往与封建大一统的中央集权社会体制相适配的观念不同，民国时期所诞生的观念、意识，则是一种与现代化社会发展相适配的全新观念、全新意识。它势必对现代中国人的思想、情感产生重大的影响，对于文学发展而言，它也意味着一种新的文学形态、类型、样式将横空出世，成为中国文学发展史上"划时代"的标志。换言之，也就是说进入民国之后，随着社会观念、意识和文化生态发生根本的变化，一种与之相适配的文学也就随之诞生了。尽管周作人在《中国新文学的源流》中说，民国时期诞生的新文学与明清时期的文学思潮有密切的关联，但民国文学自身无论是在观念、意识上，还是在结构、体制上都是全新的。这是由民国时期的政治、经济、社会、文化等体制结构所决定了的。特别是受现代文化的自由观念和意识影响，它自身的形态也是呈多样性状态的，价值是呈多元取向的，不仅仅只是单纯的"现代"、"现代性"的唯一尺度。如果撇开民国建立的这些要素，只仅仅用单纯的"现代"、"现代性"等意义性的概念来统筹民国时期的文学，就势必会将与民国体制相适应、相匹配的诸多文学现象、文学思潮、文学创作特点等，都有意或无意地遮蔽或忽略，造成对民国文学生态多样性、价值取向多元性的忽视或消解。以民国社会变迁为例，日常生活习俗的变革，人生礼仪的变迁，社会节日的演变，新的生活方式的确立，都不只是一种表象的变化，而是开新风气之先，其背后深含着鲜明的现代社会价值理念，这些都将导致人们审美观念的变化，形成新的文学理想，促使文学的现代转型。如果忽视民国社会变迁、文化转型、观念变革、意识创新等要素对文学的深刻影响，显然不是一种客观的历史观和史识态度，也无法让后人看到民国文学的真面目。

以空间维度而言，当整个中国进入以共和制度为主体的民国宪政体制之后，民国宪政无论是在创作思想观念方面，还是在写作机制方面，都为现代作家从事相对独立的文学写作，提供了一种保障，一种空间。具体地说，就是民国的创立，为包括文化和文学在内的意识形态，提供了法律和制度上的保障。民国宪政体制使现代作家开始脱离原先的依附关系，使写作成为一种专门的职业行为，而不再为"代圣人言"、"代帝王言"，在新的民族国家"共同体"中，从事着活跃思想、传播文化的独立写作，或借文学发动"思想革命"，或直接参与"革命斗争"，或从事自由的写作活动，特别是当民国宪政成为文学的一种追求自由的理想时，整个国民都能清晰地感知到文学的力量、文学的精神、文学的理想，从而使诞生于民国时期的现代文学，就与古代文学大大地拉开了距离。与民国宪政相关联，民国经济、教育、文化等体制的新构建，也对文学的发展起到了积极的促进作用。仅以为传播新文化、新文学做出重大贡献的新闻出版传播业为例，从中就可以看到民国经济在其中所起到的重要作用。没有民国的现代经济基础，仅靠传统的小农经济，形成不了民国文学通过现代出版传播的范式，可以一种崭新的形态替代旧文学的气势和实力，也展现不出民国文学独有的现代文明精神气质。民国的教育提倡教育权的平等，宣传平民主义教育，也即民主主义教育，注重培养人的个性和独立人格，大大促进了中国现代教育的形成，而依照现代教育制度建立起的各种类型的大中学校，也为民国文学的繁荣奠定了坚实的基础。特别值得一提的是，民国文化的建设与发展对民国新文学形态的生成，构筑民国文学整体框架所起到的强有力的促进作用。在民国时期，对民主、科学、自由等现代价值理念的崇尚，乃是民国文化的时代之魂。正是这种文化精神，使民国文化在各个领域的发展中，都无不处处体现出一种现代文明的精神特质。民国文化的深刻变革，为新文学的崛起，创作出与现代文明精神相吻合的作品，提供了重要的精神保障和有力的支撑。

以文学自身发展维度而言，虽然民国文学依然有着承上启下的特点，诸多的文学理念、文学思想、审美取向、艺术手法等也承继着中国文学的优良传统，但在整个中国文学发展史上，它又是一个具有"划时代"意义的新纪元。这是因为受民国这种新型的民族国家政体的影响，民国文学较为完整地体现了自身发展的一种新的形态、新的品格、新的价值和新的审美理想，陈独秀称它是"平易的抒情的国民文学"、"新鲜的立诚的写实文学"、"明了的通俗的社会文学"，正是这种以现代的审美标准而建立的新文学，与"雕琢的阿谀的贵族文学"、"陈腐的铺张的古典文学"、"迂晦的艰涩的山林文学"划清了界限。① 同时，它也深刻地表明，中国文学在进入民国时代至少是在两个方面开始发生根本性变化：一是超越传统的"文以载道"的政治、伦理层面，在更为广阔的文化视野中，通过新的文学方式来对现实人生和社会、历史等进行深刻的文化观照与把握；二是在文化反省与批判中，促使文学审美理想由传统向现代转变，探寻新文学的观念、性质、功能、价值等相关的时代意义的建构。在使文学成为民国文化的一个有机组成部分当中，也使文学成为点燃"国民精神的火花"，成为"引领国民精神前途的灯火"。因此，民国之后的新文学，就不再是对文学进行局部的改良，而是善

---

① 陈独秀：《文学革命论》，1917 年 2 月 1 日《新青年》第 2 卷第 6 号。

于从文化审美的高度，对现实人生和社会历史进行整体性的反省、批判、革新，并进行新的意义的重构，对文学自身范式、观念和审美理想进行重大的革新，对文学审美价值与审美意义进行现代性质的整体转换。它打破了传统文学"文以载道"的规约，提出要在意义重构的视域和范畴中，在更为深入、更为广阔的文化审美层次和高度，使新生成的文学能够充分地体现对历史的主体性、人的主体性的整体把握，体现对现代人建构新的人生意义的高度关注，体现新的文学对于自身艺术特性的审美回归。如同陈独秀指出的那样，旧的文学"误于'文以载道'之谬见。"而"文学本非为载道而设，而自昌黎以迄曾国藩所谓载道之文，不过钞袭孔孟以来极肤浅极空泛之门面语而已。……此等文学，作者既非创造才，胸中又无物，其伎俩惟在仿古欺人，直无一字有存在之价值。虽著作等身，与其时之社会文明进化无丝毫关系。"① 正是从这个意义上来说，民国文学诞生于民国新的文化兴起时代，以充当社会变革、文化转型的"急先锋"面目出现，在顺应时代发展需要当中，就能够以一种新型的文学观念、形式、语言、创作机制，迅速地替代日趋僵化的古典文学，以新的文学范式，在中西文化冲突导致文化转型的特定历史语境中，充分展示迈向现代化历史进程的中国人的心灵世界和历史命运，传达现代中国人渴望自由，摆脱困境，迈向富强，重构意义的伟大心声，表现出对现代文明、现代意识、现代观念和现代价值标准的建构理念和思想。由此，民国文学获得了一种与传统文学迥然不同的创作理念和开阔的创作视野，使它对于社会历史和现实人生的审美观照与把握，不再局限在某一个单纯的领域、某一个层面或某一个角度，而是善于在文化审美的综合而广阔的层面上，开辟文学创作的新天地、新领域，展现新的文学的多样性、多元价值取向，以及新的审美活力。从总体上说，民国文学表现出了一种从民族文化精神结构、心理内涵的高度，探寻民族文化精神内核和症结，发掘

---

① 陈独秀：《文学革命论》，1917 年 2 月 1 日《新青年》第 2 卷第 6 号。

民族心理特征，重构人生意义的审美风采。不论是"为人生"的文学，还是"为艺术"的文学，也不论流派、政治立场是相同还是相异，民国文学都突破了传统文学"文以载道"的局限，突破了单一的文学之于政治、经济、伦理、社会等"经世致用"的实用主义、功利主义的局限。民国文学创作的那些鲜活的文字，以及蕴藉在文字背后的性灵，自始至终都洋溢着中国新文化运动的那种朝气蓬勃的精神，充满着民国时期的文化反省、批判，意义探寻和重构的思想活力。

以历史发展维度而言，进入民国之后的中国社会发展的状况，如同马克思、恩格斯在描绘20世纪上半叶的状况时所指出的那样："一切固定的古老的关系以及与之相适应的素被尊崇的观念和见解都被消除了，一切新形成的关系等不到固定下来就陈旧了。一切固定的东西都烟消云散了，一切神圣的东西都被亵渎了。人们终于不得不用冷静的眼光来看他们的生活地位、他们的相互关系。"①从历史发展和社会变迁的视域上来看，处于新旧文化转型时期的民国文学，乃是中国文学史上的一种"先锋文学"（Avant - garde Literature），虽然整体上还显得年轻、稚嫩，但却充满着青春朝气的创造活力。其价值取向也具有一种开拓性质的先锋性，所充当的是中国新文化的"历史先锋"（Historic avant - garde）角色，它为整个中国进入现代化历史进程之后的意义重构，发出了时代的呐喊之声，同时也在为整个中国文学在新的历史时期，开辟出一个新的发展天地。正如圣西门在谈论艺术的"先锋性"时所宣称的那样："是我们，艺术家们，将充当你们的先锋。因为实际上艺术的力量最为直接迅捷：每当我们期望在人群里传播新思想时，我们就把它们铭刻在大理石上或印在画布上……我们以这种优先于一切的方式施展振聋发聩的成功影响，我们诉诸于人类的思想和情感，因而总是要采取最活泼、

---

① 《马克思恩格斯选集》（第1卷），人民出版社1972年版，第254页。

最有决定性意义的行动。"①

　　为此，圣西门还强调指出："……在这伟大事业中，艺术家们，那些想象的人，将开始进军：他们将从过去选取黄金时代，并将其作为礼物赠与将来的世代；他们将使社会满怀热望地追求其安乐程度的上升，为做到这一点，他们将描绘新繁荣的图景，将使每一个社会成员意识到，他们可以分享迄今为止只是一个极小阶级的特权的享乐；他们将歌颂文明的福祉，为实现他们的目标，他们将运用一切艺术、雄辩、诗歌、绘画和音乐手段。一句话，他们将揭示新制度诗意的方面。"②尽管民国时期的社会还存在着转型时期诸多的不确定性（Indeterminacy），但文学的发展在展现新的历史时代新的面貌当中，展现出来的却是现代中国人迈向现代文明的诗意精神。作为现代中国人重构新的人生意义的新文学，民国文学始终都将文化审美当作了衡量新文学意义建构的一个重要价值标准。胡适就曾以诗歌创作为例说："如果诗不表达人类痛苦遭遇的呼喊，而只以做美女圣贤的传声筒自满，那么诗便忽略了其应负的神圣任务之一了。"③民国文学受民国时期新的文化观念的制约，在将新的意义重构作为自身生成与发展的一条主线时，对于现代中国人的精神世界给予了高度关注，如文学对道德的关注，对宗教的关注，对信仰的关注，对社会变革的关注，对个性、自我、主观性的关注，对人生观的关注，对人的存在价值与意义的关注，等等，都体现了一种向民族文化性格和心理结构深处开掘的总体走向，尤其是在中西文化冲突，导致文化转型的特定语境中，民国文学能够自觉地在宽广的文化审美视野中，把文学对于意义重构的努力，引向文化审美的深层领域，使新的文学能够具有一种探寻人的存在意义和高度关注人的精神解放、心灵自由的思想激情和精神风采，进

---

① ［法］圣西门：《关于文学、哲学及工业的意见》，转引自［美］丹尼尔·贝尔：《资本主义文化矛盾》，赵一帆等译，生活·读书·新知三联书店1989年版，第81页。

② ［法］圣西门：《社会组织》，转引自［美］卡林内斯库：《现代性的五副面孔》，顾爱彬等译，商务印书馆2002年版，第110—111页。

③ 胡适：《中国诗歌中的社会信息》，《中国社会政治科学》（英文版）1923年1月号。

而能够最终摆脱"文以载道"的观念制约，获得超越传统审美束缚的一种新的审美自由，使现代中国人在进入民国这个新的民族国家共同体之中，能够充分地领悟到与此相匹配、相适应的存在价值和生命意义的审美关怀。

以回归历史本位，寻求历史真相为原则，全面、系统、深入地探讨民国文学的发展历史，是一种追求历史正义的价值体现。历史发展是有其内在的逻辑和程序的，无论人们怎样认识历史，阐释历史，都不可能回避对历史真相的探寻，对历史正义的维护。因为历史不能被用来为人们刻意造成事态的工具，更不能为意识形态所任意左右。用诺齐克的观点来说，对历史关注的"目的状态"或"模式化"的正义理论核心特征，就在于它认为历史正义并不是个人行为的一种特性，而是某些"事态"或历史（社会）过程的"结果"的一种特性。①保持对历史发展的客观审视态度，并非完全排斥人的主观能动认识性。相反，则是在尊重历史，把握历史规律当中，最大限度地发掘蕴含在历史原生态中的那些本质性的特征，以便为后人在认识历史当中，真正地能够从历史发展中获得宝贵的经验和教训，从而更好地推动历史在当代社会的深入发展。因此，以学术研究维度而言，用"中华民国文学"和"中华人民共和国文学"来替代"现代文学"和"当代文学"，不是简单的名称更换，更不是替后人担忧，而是以尊重历史为尺度，来厘清历史时间和空间的体积和容量、现象和本质、广度和深度，体现历史发展的客观性和历史逻辑的正义性，还历史发展的本来面目，尤其是把原本遮蔽和忽视的历史客观地展现出来，让后人在历史的客观进程与原生态中，真正地把握到历史发展发脉搏和发展轨迹。即便是如今的台湾地区仍然坚持沿用"中华民国"为"国号"，但就文学发展而言，民国文学所开辟的中国文学新的历史，只是分别在中华共和体制的两个重要时段与场域中进行和发展的不同态势，这本身不应该成为文学史研究的障碍。所以，致力于正确的历史观建设，尤其

---

① ［美］罗伯特·诺齐克：《无政府、国家与乌托邦》，何怀宏等译，中国社会科学出版社 1991 年版，第 10 页。

是文学史观的建设，编撰一部吻合历史发展境况和体现历史发展规律特征的民国文学史，将会使历代文学史的时序线索得以完整地无缝链接，进而能够更加有力地促进中国文学谱系的完整化，有效地避免众说纷纭的"现代性"称谓及其内涵的纷争所带来的干扰，消除以往过于注重意识形态对文学史研究的渗透，造成挤对文学史真相的弊端。这对于廓清研究对象，梳理出清晰的中国文学发展历史境况和版图，建构起完整的中华民国文学史体系，或者说完整的中华共和体制的文学史体系，都是具有重要的价值和意义的。它将使人们能够在民国文学的历史风云中，真正领略到民国文学的筚路蓝缕之功和开新风气之先的精神特质。

——原载《华夏文化论坛》（第 10 辑）

附录二

战争与人生苦难的审视
——从人学视域看民国作家的战争书写

在人类发展的历程中，战争总是影响着人类的生存和发展。它往往以一种极端和残酷的方式，颠覆着人类的文明，把人类推向苦难的深渊，展示出人类生存中最荒谬、最残暴，也是最痛苦的一幕。从中国近现代历史发展进程上来看，连年不断的战争，给刚刚建立共和体制的民国，造成了社会秩序的混乱、社会发展的停滞，无辜的百姓被卷入战争，家园被毁，妻离子散，噩耗接踵而来，失踪、死亡、流离失所，颠沛流离、四处漂泊、流浪……有的负伤或被俘，被迫改变人生的命运，无数人的心灵上留下的是战争带来的累累伤痕。战争给予现代中国人的是无尽的人生苦难。民国作家的战争书写，无论是宏大性的叙述，还是精细性的描绘，都对战争进行了认真的审视，其中一个最大的特点，就是多维度地展现战争对生命的摧残，对人性的扭曲，对人生的重创，展示现代中国人对战争的深思和批判，对和平的企盼和追求。

一　对战争摧残生命的伤感与正视

　　战争对生命的摧残，不仅是对整体人类的沉重打击，同时也是对个体人生的无情伤害。在人类的记忆中，战争是一道永难抹去的心理印痕。战争苦难的承受者是每一个鲜活的生命，无论是生命的毁灭，还是身体的伤残，也无论带来的是光辉的荣耀，还是无尽的伤痛，战争留给生命的，永远都是挥之不去的身心苦痛。民国作家对战争进行书写，首先是在对战争摧残生命的伤感中，正视战争的无情和罪恶，旨在传达出尊重生命，唤起人类生命尊严的意识。

　　受周作人倡导"人的文学"创作理念的影响，民国作家的战争书写，多聚焦在战争对生命的摧残上。在他们看来，正视战争对生命的摧残，展开生命的关怀，乃是"人的文学"的重要内涵。尽管在宏观层面上，民国作家的战争书写也展示出反抗外来入侵、反思战争对民族生存与发展的思考，但对战争审视的重心，仍然是落在如何维护生命尊严的意识维度上，从中传达出对和平安宁生活的企盼。李次九在《新青年》就曾撰文强调指出："和平与兵绝对不相容。"①《小说月报》还曾专门出版过"非战的文学"专号，其中的插画写有"纪念我战死的儿子"的字样，从中反映出民国作家对战争摧残生命的愤怒和悲伤。叶伯和的《一个农夫的话》，以一个农夫的经历，控诉军阀部队的士兵践踏生命，违反人权，无视生命的尊严，强奸还未满月的产妇，记录了战争的罪恶。善生的《完卵》写一群士兵追赶年迈的母亲，逼迫其跳河。徐玉诺的《一只破鞋》则写自己的叔父被士兵打伤，在风雨中哭喊而死亡的悲惨事件。陶雪峰更是以《人间地狱》为题，描绘出战争摧残生命的罪恶：

---

① 李次九：《真正永久和平之根本问题》，1919 年 2 月 25 日《新青年》第 6 卷第 2 号。

有一家的门口，——门是开着——横着一个死尸，上半身埋在雪的底下，一双脚搁在门限上，厨下却有几颗没有肉的小儿头骨。房里面有两三具枯腊样的男女尸骨，有的卧在床上，有的倒在地上。

这无疑是一幅人间地狱图，也是一幅对战争摧残生命的血泪控诉图，把民国作家对战争摧残生命的思考，提升到了维护生命尊严的高度，展现出民国战争文学追求生命权利高于一切的"人的文学"的创作思想。

对于日本发动的侵华战争，民国女作家萧红以女性作家特有的、细致入微的生命体验，展现出她对战争摧残生命的深刻认识。在见证日本侵华战争给中国人，特别是给中国女人所带来的双重痛苦时，她说："我一生最大的痛苦和不幸都是因为我是个女人。"[①]相比男性而言，战争对女性生命的摧残更为严重。萧红的创作更是注重从女性的认知视域来展开对战争的审视，认识战争摧残生命的罪恶。她深刻地感到战争对生命，尤其是对女性生命严重摧残的残酷性，小说《生死场》就表达了她的这种认识。在她的笔下，女性都是一群战争的受压迫者，她们的生命如丝一般脆弱，也如丝一般被抽离，生死之间并没有截然的界限，如同她所说的那样，战争总是使"人和动物一起忙着生，忙着死。"在她的小说中，美丽、善良、勤劳的月英，生命下场是病得"下体腐烂生蛆"，临死时甚至要喝一口水也得不到帮助。王婆，这个经受磨难而一直在为自己权利而抗争的女性，战争给她的却是无尽的痛苦，生命的尊严荡然无存。还有金枝，那个情窦初开的少女，她勇敢地反抗命运的束缚，历尽艰难困苦，而战争却使她走上了一条生命毁灭之路。萧红非常关注在战争环境中人的生死状态，更多的是描写由战争而带来的生命悲伤与痛苦，让人感受到了战争的无情与残酷，同时，她还结合对人生、人性、民族生存内涵和历史精神等方面的深入探讨，认真反思战争摧残生命

---

① 季红真：《萧红传》，北京十月出版社 2000 年版，第 37 页。

而带来的一系列深层次的人生问题。

另外一位民国女作家庐隐，在描写"一·二八"淞沪战争的《火焰》中，也细致地描绘了侵华日本士兵占据上海之后摧残生命的罪恶：

（日本士兵）把许多老的少的妇女，连在一起，叫她们绕着院子跑三圈，然后停下来。把年轻的，略有动人姿色的，全选了出来，叫她们把衣服都脱光，然后穿上绿色的、红色的运动衣，迫令她们做狮子打滚。在打滚的时候，周围站了四个日本兵，那滚得面色发红的年轻的妇女们，时常被她们领到草棚后面去，在那里发出一阵阵羞耻的愤怒的压迫的惨叫。

庐隐控诉了日本士兵强奸女性，践踏女性生命的罪恶。她描写道：在中国少女不从时，日本士兵更是用刺刀将少女的衣服刺破，"刺刀亮铮铮的在少女胸前一闪，流血的手无力的垂了下来。跟着雪白的胸前的一对乳峰，也蠕蠕然的掉在尘土上，血涌了出来，少女昏厥在地上。"而另一位不从的少女，则被日本士兵用"那长而锋利的刺刀"，"刺了进去"下体，"一声尖利的号哭，震动所有的人心。"庐隐愤怒地揭露了日本士兵的暴行，她认为，对生命的摧残，特别是对女性生命的摧残，所激发的不仅仅只是民族的仇恨，同时也更是表现对失去生命的悲痛，是在人类尊严的最高意义上，体现对生命美好的理想追求。

真实地揭露日本侵华战争所犯下的累累罪行，是民国作家战争书写的重心。萧军在《八月的乡村》中选择了这样一个战争片段，描绘出日本侵华战争摧残中国人生命的惨景：

松原在路上随时可以看到倒下去的尸体，女人们被割掉了乳头，裤子撕碎着，由下部滩流出来的血被日光蒸发，变成黑色。绿色的苍蝇盘旋着飞……女人生前因为劳动变粗了的手指，深深地，深深地探入地面上。

孩子被抛在沟下的石头上。脑汁沁流在小溪旁边，随着流水流到什么地方去。

如果说对外来侵略者发动的战争及其对生命的摧残，一般都表现出强烈的民族主义情感，总体的书写呈现出激发民众爱国主义热情的倾向，那么，在对内战书写方面，民国作家则更多地揭示出战争摧残生命的罪恶性，暴露社会的丑陋和黑暗，展现强烈的社会批判意识和深厚的人道主义精神。台静农、沙汀等作家的小说创作就体现了这种特点，如台静农的《新坟》，沙汀的《兽道》、《在祠堂里》等小说，就写了内战期间军人掠夺百姓财物、强奸女人的罪行。台静农的《新坟》展现了这样残忍的一幕：四太太死了丈夫后，将全部的生活希望寄托在儿女身上，可是，军阀混战却杀死了她儿子，奸杀了她女儿，从此她疯了，成为一个疯人妇，丧失了对生命权利的维护。沙汀的《兽道》也同样是揭示出生命被战争摧残的悲惨景象：魏老婆子的儿媳刚生完孩子，可大兵就闯入她家，她要求大兵不要碰儿媳，让自己与大兵"来"（指发生男女关系），可是大兵嫌她"太老"，硬是强奸了她的儿媳，儿媳不堪屈辱，上吊自杀，魏老婆子也因此而发疯。可见，战争对生命的摧残，是对生命尊严的极大漠视，暴露出社会和人性中最黑暗的一面，最丑陋的一幕，留给人们的是惨痛的记忆，长久的心灵悲伤。

无疑，战争毁灭了无数的生命，给人类带来了无尽的罪恶。从生命的意义上来说，战争没有赢家，留给国家、民族、人民的都是无尽的痛苦，无尽的悲伤。民国作家对战争摧残生命的认识是悲痛的、悲伤的，从中也深刻地揭示出了造成这种生命痛苦的根源，显示出民国作家的对战争本质特性的认识和思考，从而使战争的书写，不仅仅只是停留在对战争罪恶单纯的一般性的控诉和描绘上，而是深入到了对战争本质的思考和反省上，表现出一种宽广的生命尊严意识和深厚的人道主义情怀。

二　对战争扭曲人性的审视与体察

文学对战争的审视和观照，是人类对自身本性的一种自我认识反映。换言之，也是对人性的一种深刻洞察。人性是衡量战争的一把尺子，在人性的天平上审视战争，战争书写的终极目的，就是要用永恒的人性意识超越战争意识，而不是复述战争本身，更不是一般性地颂扬战争的正义性，因为任何类型的战争，究其本质特性而言，都是对人、对社会、对人性的沉重打击和毁坏。像诺贝尔文学奖获得者海明威（E. M. Hemingway）的战争书写，其审视对象主要是战争本身的合理性、合法性问题，以及对人性所产生的深刻影响。第二次世界大战结束前后涌现出来一大批作家、艺术家，也更多地直接面对人性本身进行审视，而非对战争英雄主义神话的推崇。

民国作家对战争的审视和体察也同样是如此，因为人性是文学所要表现的一个永恒主题。战争这种人类活动中的极端形式，使人性面临着非同寻常的压力与考验，无论是什么性质的战争，人性呈现出来的往往都是一种错综复杂的多重面貌。其中，人性被扭曲和异化，就是战争压迫人性所带来的直接后果。民国作家在表现战争的残酷性方面，非常注重展现对战争扭曲人性的描绘，力图全方位地展示出人性的复杂性和应有的深度。

在侵华战争中，日本军人滥杀无辜，奉行"三光政策"、"焦土政策"对中国进行掠夺与毁坏。民国作家的战争书写，不仅仅只是单纯从社会批判的角度来认识，而是从人性被扭曲的角度来进行审视。最早的一批以"九一八"事变和"一·二八"淞沪战争为题材而创作的小说，如《火焰》、《八月的乡村》、《边陲线上》等，就展现出战争对人性扭曲的细致描写。萧军的《八月的乡村》在这方面描写得尤为细致，在揭露日军暴行的同时，也深刻地审视了被扭曲的人性。小说描写了一位叫松原太郎的日本士兵的人性扭曲的过程：在松原太郎出征中国前，女友芳子嘱咐他"——你打仗，不要弄支那女人哪！这就够悲惨了。"然而，松原太郎就根本没有把女友的话记在心里。在告别女友后，他就询问老兵：

——你们全怎样弄支那女人哪？
——这是容易的咧！只要你用刺刀晃一晃，她们就什么也顺从你。不顺从的你就杀了她。
——长官不让吧？
——在满洲地方，在打仗的时候，长官还管这些吗？长官也一样弄的。

从松原太郎与老兵的对话中，不难看出，无论是松原太郎，还是一群老兵，或长官，在战争中，深藏在人性中那种种的邪恶，已是暴露无遗。就是在这种人性邪恶的力量驱使下，松原太郎的兽性占据了上风，他带着武器独自出去找女人，杀死了李七嫂的孩子，强暴了李七嫂。战争像恶魔一样，扭曲了松原太郎的人性，将他人性中丑恶、兽性和野蛮的元素激发出来，玷污人类的文明，让善良、正义的人性暗淡无光。

战争不仅扭曲军人的人性，同样也扭曲了普通百姓的人性，造成了国民性的缺失、堕落。萧红的创作就揭示出在战争的魔影下，普通百姓不仅遭受着人生的痛苦，而且人性也在战争中变异、扭曲。她怀着对战争苦难所特有的一种强烈的生命体验，描写出战争中普通百姓的人性被压迫、变异、扭曲的现象，从中发掘出国民性的深层性格和心理特征，由此直达国民在战争环境中的生存境况，表现出国民精神的失态和变异。在《生死场》中，她就描写了战争对现代中国人心灵的摧残，造成人性、国民性的堕落情景：在日本侵略军大举进犯下，人们不是奋起反抗，而是互相欺诈，彼此伤害，年老体弱的妇女被无情撵走，无人过问，无人关心，人性的光辉不在，人间的温暖荡然无存，冷漠、无情、自私、下流、愚昧，连战争的隆隆枪炮声也都无法震醒，显示出人性在战争中的加速堕落。在小说《马伯乐》中，萧红描绘了小人物马伯乐在战争中的人性丑态：在日本侵略者的侵犯面前，他依然是那样极端的自私、虚伪、卑琐、冷漠，如葛浩文所指出的那样，马伯乐"是个自私自利、放纵，但不能自力更生的社会上的迷途羔羊；他在战时的中国东漂西荡，是个十足的庸材懦夫，全身就找不到一点可取之处。可是就是他那些不足取法的毛病和缺点，使他成为生动而逗人笑乐的小说中的角色。对马伯乐而言，整天怨天尤人，逃避现实和困难，成天沉迷在自己的悲观哲学中。"①不言而喻，马伯乐的所作所为，不仅仅只是性格的投机取巧，而是人性在战争中的扭曲和堕落。

在战争的环境中，社会发展进程被干扰，人的正常生活、正常的成长和发展秩序被打乱，严重地影响了人的心理发育和成长。人性被战争扭曲的现象，涉及被战争侵害的所有人。民国作家的战争书写，注意到了人性受战争影响的这种深层次的变化，如丁玲的战争书写，就表现出了对这种现象的深邃思考。她创作的《我在霞村的时候》，写了一个叫贞贞的农村少女，被日军抓去当"慰安妇"，回来后又被重新派去利用"慰安妇"身份为革命收集情报，却又被众人误解，遭到调侃和指责的故事。在丁玲看来，贞贞所做的一切，无论是被日军强迫，还是被边区政府派遣，她所做的一切，实际上都表明女性在战争遭受侮辱和损害的严重性，表明女性才是战争的最大受害者。对于女性的不幸、女性的孤独、女性的困境，特别是人性的变异，人们虽然都会对她们在战争中的遭遇表示同情和怜悯，但是，却又总是被战争的正统性、整体性等一些宏大性要素所遮蔽、所忽视，往往体察不到女性性格、心理和人性的深层次变化。作为一个在战争恶劣环境中成长的女性，贞贞无法受到正常的教育和良好的文明熏陶，因而她也就无法让人性获得健康的发育和成长的机会，这才是战争造成她性格、心理和人性发生深层次变异和扭曲的重要原因。丁玲不是一般性地描写女性如何受战争的摧残和迫害，

---

① ［美］葛浩文：《萧红评传》，香港文艺书屋1978年版，第136页。

而是深入到女性的心灵深处，探讨女性的人性变异、扭曲的内在原因。丁玲选择女性的人性变异来探讨战争扭曲人性的要害，也就超越了战争对国家、对民族带来灾难的那种表象性特征的认识、思考和探讨，而是发掘出深藏在这种表象性特征之下的人性的不幸遭遇及其症结所在，如同董炳月所指出的那样："丁玲对女性问题的关注在某种程度上冲淡了她的民族意识，于是，在处理中国女子被日军强暴这一最适合宣传日本军之暴虐、激发民族抗日情绪的题材的时候，丁玲反而解构了国家的神圣性，表现了革命对个人的残酷，甚至无意中展示了那些屠杀中国人的日本兵的人性。"①

战争扭曲人性，也考验人性。战争使许多女性尽妻子、母亲天职的希望化为泡影，也使许多男人一去不归，战死沙场。战场上的巨大伤亡，令人口的金字塔倾斜，造就了数以万计的人妻离子散，无家可归。战争的爆发，尽管交战双方都在不断强调各自更具道德上的优势，但是对于人类而言，战争都是人生的苦难深渊。对战争扭曲人性的审视，民国作家不只单单是审判战争的罪行，而同时也是把战争和战争意识推上审判席，放在人性的法庭上接受审判，深度地思考战争究竟是怎样扭曲人性，怎样窒息人性的，向人们发出这样的提问：人性的拯救，或被拯救，还真的需要战争吗？可以说，民国作家对于战争与人性的思考，是带有终极性的，涉及对战争与人性关系中的核心命题，并把对战争的认识和思考，引向了更开阔的人性空间，使战争扭曲人性的艺术表现，更加显示出追求人类和平发展、致人性以全的普世价值和意义。

三 对战争重创人生的思考与反省

战争改变许多人的人生轨迹，虽然造就了一批战争英雄，但也带来诸多

---

① 董炳月：《贞贞是个"慰安妇"——丁玲〈我在霞村的时候〉解析》，《中国现代文学研究丛刊》，2005 年第 2 期。

的人生苦难。历史发展表明，从古至今的战争形成，都源于当时不同国度的政治、军事、经济和社会矛盾的激化。无论是正义的战争，还是非正义的战争，均成为导致千百万个体生命受损或死亡的必然性诱因，是产生人生苦难的一个重要缘由，而战争对人生的重创，尤其是对人的生命的摧残，又往往是以突然的、无法预知的时间和方式而表现出来的。不管是战争的开始，还是战争的延续，参与战争或受战争波及的人，都将会使人生的轨迹被迫改变，使生命突然消失。战争对人身伤害的严重性，是无情的，也是残酷的。如果说，在战争环境中幸存下来的人是有"运气"的话，那么，这种所谓的人生"运气"，则带有极大的随机性和不确定性。在战争的主客观条件不断变化中，任何被战争所涉及的人生，要想事前预知自己的未来，几乎是不可能的。尽管一些战争是正义的，每个人为战争作出牺牲也值得肯定，但是，对于人生来说，战争给予的重创及其带来的苦难，依然是致命的、沉重的。

对于战争重创人生的问题，在第一次世界大战中，海明威就曾对此进行过认真的思考。他聚焦的不是战争本身的宏大、宏伟和正义与否，而是回归人生的视角，考察战争对每一个人的人生所带来的深远影响。他至少提出了两个值得人们深思的重要问题：第一，所有的战争目标都是值得怀疑的，因为从人生的视角思考战争，人们都会发现，无论哪种性质和类型的战争，都并非是那么高尚和富有意义，对人生而言，战争怎么说都是一种灾难；第二，任何战争的承受主体，不仅仅只是民族、国家这种集体，而是个体本身，因为战争的重负，最终还是落在每一个个体上，个人为战争付出了全部的身心创伤和代价，并伴随终生，战争给人生带来的永远都是难言的苦痛。

海明威式的战争人生思考，在民国作家的战争书写中也有同样的表现。他们打破了以往书写战争就一定要表现战争是伟大的，一定要展现英雄辉煌人生的创作模式。特别是在对内战的书写中，民国作家对战争的思考，多是聚焦在对人生进行缜密观察的视角之上。早在五四时期，面对军阀的战争，不少作家在"为人生"的创作思想指导下，就注重选择战争的题材来展现他们对"人"和人生的思考。周仿溪在《小说月报》上发表的小说《归家》，描写了一位士兵在战争中负伤回到家乡后的人生遭遇。他并没有像英雄那样凯旋，没有受到英雄的赞誉和崇拜，而是家乡人民带着血和泪的战争控诉，特别是亲人那悲伤的诉说，使他真正地感受到了战争给人生带来的沉重灾难，他的母亲、妻子、弟弟均死于枪炮之中，成为战争的冤魂。在听到这些人生灾难的控诉后，他仰天质问道：

咳，吃人的沙场哟，

是谁将你赶在我们的颍水之滨；

你有红喙吞食我一家人的肝胆，你有血口嚼碎了我凄酸的心。

……　……

我的亲人呵，别再来吧，

别再怕我孤寂伶仃；

那是我黑夜里的好伴侣呀——

凄冷的鬼哭，晶绿的磷灯，跳动着的心悸，颤落着的泪声！

可见，这种带着血和泪的控诉，蕴涵在其中的是对战争重创人生的深邃思考，让人认识到战争毁坏人生的本质特性。张天翼的小说《仇恨》也显示出这种思考，他重点写了战争中的兵民对立：海老头对参战的士兵充满了仇恨，因为他们抢走了他的大妞，等邻居把赤身裸体的她抬回来时，大腿、小肚，全是血，被折磨着奄奄一息。亲人的悲惨遭遇，让海老头感到了空前的人生悲伤。作为底层百姓，他们无法抗拒来自战争带来的人生苦难，除了仇恨，别无他有。

在民国作家中，一些具有从军经历的作家，如沈从文、谢冰莹、周文等人，他们的创作，则更是以自己亲历战争的认识和体会，描绘出战争人生的艰辛。沈从文曾从过军，对战争重创人生，有自己独特的认识和体会。他以

"疏政治而亲人性"①的人生视角，审视战争，以自己的从军经验，思考战争。他不是宏大性地叙述战争的伟大，而是关心普通人，普通士兵的战争生活，不论是写旧式军队、边地土著军队的作战，如小说《占领》、《连长》、《入伍后》等，还是写他所经历的"一·二八"和抗日战争，如小说《黑夜》、《早上——一堆土一个兵》、《过岭者》等，都表现出了这种基于人生思考的视角，他规避了对战争正义与否的探讨，直接描写战争下的人生百态。被誉为"中国第一女兵"的谢冰莹，既是军人，也是作家，对战争的认识和体验，比一般作家更具自己思考的特点。她以投身北伐战争、抗日战争的亲身经历来反映战争人生，所描写的是军阀部队和汉奸、日寇们的抢掠、枪杀、奸淫、强行拉夫、欺辱百姓等恶劣的行为，如兵匪的惨无人道，把抗拒强奸的农妇怀中的孩子撕成两块；汉奸的毫无人性，助纣为虐，不仅帮助日本侵略者绑架少女，乱拉壮丁，杀害抗日革命者，而且还把自己的妻子送给日寇享用。这种被战争重创的人生，使她感到震撼，也是成为她毅然从军，追求自由、独立人生的思想渊源。她的《从军日记》、《新从军日记》、《军中随笔》、《战士的手》、《一个女兵的自传》、《女兵十年》等，不仅表达她自立、自强的性格特点，也传达出鲜明的人生觉醒的意识。周文在十六岁时在驻西康（今四川）的一个地方军阀部队当过兵，后来还在一个军官学校当过教员。他的创作注重对士兵艰苦人生的描写。《雪地》写士兵在冰天雪地训练的肉体痛苦和精神怨气。西康的山海拔较高，长年为雪所覆盖，空气稀薄，周围无人烟，有的士兵被冻掉了脚指头，成了废人，有的死在雪山上，成为无家可归的冤魂。特别是在土著军阀部队参战，无正义和对错可言，有奶便是娘，官兵对立，官民对立，兵民对立，相互欺诈，官逼兵反，是士兵的人生常态。《山坡上》写的就是士兵作战的惨状，经过残酷的肉搏之后，士兵李占魁苏醒过来，看到的是一群狗正在吞食尸体。显然，这

---

① ［美］金介浦：《沈从文笔下的中国社会和文化》，虞建华等译，华东师范大学出版社1994年版，第87页。

种惨烈的战争人生，表现的不是单纯的伤亡数字，而是置于死亡边缘的苦难人生。这种对战争重创人生进行书写的方式，使从军的民国作家的战争书写，显得别具人生的启示意义。

执着于对战争重创人生的思考和反省，民国作家意识到，战争既给参战的士兵带来痛苦的人生，也给普通平民带来人生命运的逆转，而夹杂在其中的是难言的人生苦楚和艰辛。从人生的角度来思考战争，就必然要对战争与人生的关系进行深入的探讨。巴金、张爱玲的战争书写，虽然不直接描写战争的残酷，但却展现出另外一种被战争重创的人生景象。巴金的长篇小说《寒夜》，以抗日战争末期的生活为背景，通过对公务员汪文宣一家艰辛度日，最后家破人亡的悲惨遭遇的描写，真实地反映了战争人生的苦难。小说主人公汪文宣和曾树生是一对大学教育系毕业的夫妇。年轻时有过许多美丽的人生梦想，希望办一所"乡村化、家庭化"的学校，但抗日战争爆发后，他们逃难到重庆，汪文宣在一家图书文具公司当校对，曾树生在银行当职员。母亲为了减轻儿子的生活负担，赶来操持家务，然而婆媳关系不和，汪文宣夹在中间两头受气，又患上肺病，家庭经济非常拮据，最后曾树生跟银行年轻的经理乘飞机去了兰州，汪文宣却在抗战胜利的鞭炮声中病死，汪母带着孙子回了昆明老家。两个月后，曾树生回到重庆，但物是人非，伤感不已。小说写出了战争给一个勤恳、忠厚、善良的知识分子所带来的悲惨命运。在看似平淡的背后，却饱含着无尽的人生苦楚。汪文宣夫妇的人生遭遇，绝对不是他们个人的因素造成的，而是战争对他们人生的一种重创，包括来自物质和精神两个方面的重创。张爱玲的战争书写，同样是从战争人生的角度来思考的，她写的是女性在一个战争时代的人生和命运。她认识到身处在这个"时代"之中的女人生存境况和命运前景的险恶，由此她感受到了一种前所未有的人生苍凉。在她的笔下，白流苏、吴翠远、曹七巧，还有那些旧式家庭的太太小姐们，都逃脱不了战争阴影笼罩下的那种"无可奈何花落去"的人生苍凉，以及带来的人生的无奈、无聊和苦痛，从而真实勾画出了战争环境下的人物命运的悲欢离合，如同她自己所说的那样：

"……我的小说里，除了《金锁记》里的曹七巧，全是些不彻底的人物。他们不是英雄，他们可是这时代的广大的负荷者。因为他们虽然不彻底，但究竟是认真的。他们没有悲壮，只有苍凉。悲壮是一种完成，而苍凉则是一种启示。……而且我相信，他们虽然不过是软弱的凡人，不及英雄的有力，但正是这些凡人比英雄更能代表这时代的总量。"①

　　文学理论家沃伦、韦勒克曾指出："作家是个公民。要就社会政治的重大问题发表意见，参与其时代的大事。"②战争对于人类来说，无疑是一种"社会政治的重大问题"，而且更是"时代的大事"。在民国作家看来，在战争环境中，生命被摧残，人性被扭曲，人生被重创，在表现形式上或许是偶然性的，但却有着内在的必然性，它是人性弱点的集中显现。从"人学"的视域来展现战争，就必须要反思战争给人类带来的痛苦。如果人类社会的进步，发展到能够从根本上消除产生战争的种种因素，或者大幅度地减少战争，使战争这种威胁人的生命，导致无数人正常的人生曲线被突然切断的罪魁祸首，最终消失在人类社会，使众多的生命能够在正常的生活状态中生存、发展，那就是人类和平的最高理想。正是在这个意义上，民国作家对战争造成整体生命伤害，对造成人性扭曲和人生重创的必然性的揭示，体现了一种深刻反省战争，追求和平的人类大同理想，洋溢着一种寻找人、生命、人性、人生、社会异化的战争根源，探索人的生命价值和意义，以及寻求发展出路和追问最终归宿的思想激情和精神风采。

　　　　——本文为参加国立韩国全南大学举办的第三届"感性研究"
　　　　国际学术会议的论文，收入会议论文集《感性研究》，由国立
　　　　韩国全南大学出版。国内刊发在《西部学刊》2014年第4期。

---

① 张爱玲：《自己的文章》，《张爱玲文集》（第4卷），安徽文艺出版社1992年版，第65页。
② ［美］沃伦、韦勒克：《文学原理》，刘象愚等译，读书·生活·新知三联书店1984年版，第96页。

后记

　　记得是 2012 年底，我从印度参加第二届"国际鲁迅研究论坛暨印度鲁迅文化周"活动回来后，接着又去了武汉，参加武汉大学与哈佛大学共同举办的"现当代中国文学史书写的反思与重构"国际高端学术论坛，我向大会提交的论文是《民国文论发展的文学史意义》。在会上，遇到李怡兄，他对我的选题很感兴趣，并对我说，他正在组一组有关"民国文学"的笔谈，希望我也写一篇，我接受了他的约稿。后来，他又给我发邮件，说他与山东文艺出版社商谈好，出版一套题为"民国历史文化与中国现代文学研究"的丛书，也约我写一本。我知道，李怡兄先前在台湾出版了一套由他主编的民国文学丛书，颇受好评。在国内学术界，他也是较早提倡从民国的角度来研究现代文学的著名学者，他的倡议产生了广泛的学术反响。尽管当时我正在编辑葛涛兄为纪念鲁迅研究一百周年而策划的"中国鲁迅研究名家精选集"，内收我的一本自选集，加上在这之前，我还接受了西泠印社出版社委托我编选《民国文论精选》的任务，比较忙碌，但是仔细考虑了一下，最终还是答应撰写一本。所以，可以说，这本书是在李怡兄的催促（准确地说是督促）下完成的。不是他的约稿和督促，也许就不会有这本小册子，至少不会这么快问世。在此，谨向李怡兄表示衷心的感谢！

之所以选择民国文化的角度来论述民国文论，其实并不是为了赶什么"民国热"的时髦。学术研究需要的是实事求是的精神，不需要赶时髦，也不需要去迎合什么硬性的任务，更不是为了做什么学术明星。需要的则是要对历史怀有尊重的态度，对历史的千头万绪进行认真的梳理、辨析和对价值与意义的探寻，尽可能客观地描述历史，再现历史的风貌和精神特质。因此，近年来我将研究的重点放到了民国文化和民国文学方面，意图真正地厘清那段历史的真相，梳理我对中国新文化、新文学生成源头和发展过程的思考。

中国历来有写史的传统，而且似乎有一条不成文的约定，就是当朝人一般不给当朝写史，因为与当朝的距离太近，许多史料无法解密，真相不得而知，即便得知又囿于当朝的社会环境而难以言说。如果写史的话，也就难以做到客观公正。因此，如要写史则多半是下一朝的人，为上一朝或上几朝的历史写史，这样或许会相对客观公正一点。对于写民国史而言，尽管海峡对岸仍然保留采用"民国"的称号，延续"民国"的文脉，但基于大陆的现实，实际上也是台湾发展的现实，今天我们来做民国文化和文学的研究，相对而言，还是可以做到尽可能地对那段历史进行实事求是研究的，毕竟今天与那段历史产生了"距离"，而"距离"就是客观写史的一个重要前提。我想，这也是我之所以对李怡兄倡导写民国文学史表示赞同的一个重要原因。我这样考虑，不是说我反对用"现代"或"新"一类的词冠名民国文化和文学，毕竟诞生于民国时期的新文化、新文学，曾经是那么充满朝气，风华正茂，充分地反映出现代中国人迈向现代文明和现代社会的思想和情感。在这其中，现代性的价值建构，是民国文化和文学生成和发展的重要内容，虽然"现代"或"新"的一类的词可以很好地表现出民国文化和文学的特性，但毕竟是有其时间性或过程性特点的，其内在的意义规约性和历史的限度也十分突出。为了保证历史探索的纯正性，回归于历史的本源，探究历史发展的内在规律，我本人非常赞同用"民国文学"来命名这段文学发展的历史。

然而，本书不是为民国文论写史，也即不是从史的角度来探寻民国文论的，而是从文化与文学关联的维度来探寻民国文论的规律和特征的。不知自己的设想是否能真正实现，因为对于文论研究来说，我以往着力并不多，研究得也不够深入，如果不是西泠印社出版社委托我编选《民国文论精选》，硬逼得我花大量的时间"泡"图书馆，与那些静静地"躺在"图书馆的民国报刊和先贤们的著作打交道，我还真的不敢答应李怡兄的约稿。所以，本书所涉及的文论资料，所引用的先贤们的言论，大多数都是从历史文献的"第一手资料"中引述，一般不作转述，以期最大限度地保持民国先贤们发表言论的历史原貌。

本书在写作的过程中，得到了许多师长和朋友的关心和支持，在此，谨向各位表示我最诚挚的感谢！

本书出版承蒙山东文艺出版社的大力支持，纳入"民国历史文化与中国现代文学研究"丛书出版。山东文艺出版社在出版过程中，为拙著的编辑出版做了许多艰辛的工作，在此也一并表示我最诚挚的感谢！

本书的部分章节曾以论文的形式发表过，附录的两篇论文似乎与民国文论无关，之所以将其作为本书的附录，主要是考虑到与本书论述有内在的关联，以便能够展示我对民国文化和文论所做的整体思考。在此，特做以上说明。书中的观点和论述，还存在许多不足，欢迎广大读者批评指正，以便将来有机会再版时，予以认真采纳和修改。

黄　健

2014 年秋于西子湖畔

图书在版编目（CIP）数据

民国文化与民国文论/黄健著. —济南:山东文艺出版社,2015.6

（民国历史文化与中国现代文学研究丛书/李怡,张中良主编）

ISBN 978 - 7 - 5329 - 4906 - 9

I. ①民… Ⅱ. ①黄… Ⅲ. ①文化史—中国—民国 ②中国文学—现代文学史—民国 Ⅳ.①K258.03 ②I209.6

中国版本图书馆 CIP 数据核字(2015)第 017594 号

民国历史文化与中国现代文学研究丛书

民国文化与民国文论

黄　健　著

主管部门　山东出版传媒股份有限公司

出版发行　山东文艺出版社

社　　址　山东省济南市英雄山路 189 号

邮　　编　250002

网　　址　www. sdwypress. com

读者服务　0531 - 82098776（总编室）

　　　　　　0531 - 82098775（市场营销部）

电子邮箱　sdwy@ sdpress. com. cn

印　　刷　山东临沂新华印刷物流集团

开　　本　700 毫米×1000 毫米　1/16

印　　张　21　插页/2

字　　数　280 千

版　　次　2015 年 6 月第 1 版

印　　次　2015 年 6 月第 1 次印刷

书　　号　ISBN 978 - 7 - 5329 - 4906 - 9

定　　价　38. 00 元